CAROLYN JEWEL

In den Armen des Dämons

Buch

Carson Philips ist eine Hexe, doch sie weiß nichts von ihrer Macht. Sie hält sich für nicht mehr als die einfache Gehilfin des Magiers Magellan. Doch als sie ihn bei einem Mord beobachtet, flieht sie. Dabei stiehlt sie eine magische Statuette, über die sie nicht viel weiß. Und das ist ihr Verhängnis. Denn mit Hilfe des Artefakts ist es möglich, Unsterblichkeit zu erlangen. Viel zu spät wird ihr klar, dass Magellan sie niemals entkommen lassen wird, solange sie die Statuette in ihrem Besitz hat. Und auch ein anderer Jäger setzt sich auf ihre Spur. Der Dämon Nikodemus will um jeden Preis verhindern, dass sie die Macht des Artefakts erweckt. Denn der Preis für die Unsterblichkeit ist der Tod eines Mitglieds seines Volkes. Eher wird er Carson töten, als das zuzulassen. Doch dann steht er ihr gegenüber – und er weiß, dass er seine Mission niemals beenden kann, ohne sich selbst zu verdammen …

Autorin

Carolyn Jewel lebt gemeinsam mit ihrem Sohn in Nordkalifornien. Sie hat einen Magister in Englischer Literatur und arbeitet als EDV-Spezialistin.

Carolyn Jewel

In den Armen des Dämons

Roman

Aus dem Englischen
von Lothar Woike

blanvalet

Die amerikanische Originalausgabe erschien unter dem Titel
»My Wicked Enemy (01 My Immortal)«
bei Hachette Book Group, New York.

MIX
Papier aus verantwortungsvollen Quellen
FSC® C014496

Verlagsgruppe Random House FSC-DEU-0100
Das FSC®-zertifizierte Papier *Holmen Book Cream*
für dieses Buch liefert Holmen Paper, Hallstavik, Schweden.

1. Auflage
Deutsche Erstausgabe Juli 2012

Dieses Werk wurde vermittelt durch die
Literarische Agentur Thomas Schlück GmbH, 30827 Garbsen.

Umschlagmotiv: bürosüd°, München
Redaktion: Anja Rüdiger
HK · Herstellung: sam
Satz: Buch-Werkstatt GmbH, Bad Aibling
Druck und Einband: GGP Media GmbH, Pößneck
Printed in Germany
ISBN: 978-3-442-37923-1

www.blanvalet.de

1

Jemand folgte ihr. Er war ihr bereits zweimal aufgefallen, zuletzt vorhin, vor zwanzig Minuten, als sie sich einen Kaffee zum Mitnehmen gekauft hatte.

Jetzt stand sie mitten in Chinatown an einer Fußgängerampel und wartete darauf, dass diese auf Grün schaltete. Er wartete auch. Es war derselbe Mann. Unverkennbar allein schon durch seine beeindruckende Körpergröße.

Sie schaute über ihre Schulter. Sein Blick glitt über sie, und schnell sah sie wieder weg. Ihr Herz klopfte wie verrückt. Farben flackerten am Rand ihres Sichtfeldes auf, ein sicheres Anzeichen völliger Erschöpfung. Wenn Magellan ihn geschickt hatte, dann war sie bereits so gut wie tot.

Bitte, dachte sie, *lass mich keinen Anfall bekommen! Nicht jetzt.*

Der Kaffee war längst getrunken, doch noch immer hielt sie den Becher in der Hand, noch immer hatte sie rasende Kopfschmerzen. Spätestens in einer Stunde würde sie sich nicht mehr auf den Beinen halten können, unfähig, irgendetwas anderes zu tun, als in einem abgedunkelten Raum zu liegen und darauf zu warten, dass der Anfall vorüberging.

All diese Geräusche machten es nicht besser. Carson war nicht an den Lärm und eine solche Menge Menschen gewöhnt. Nur selten ging sie unter Leute. So gut wie nie. Und allein erst recht nicht! Selbst wenn sie nicht verfolgt würde, hätte sie so die Arme um sich geschlungen, den leeren Kaffeebecher noch immer in der Hand – nervös und ratlos, wie sie war. Inzwischen war sie sicher, dass sie sich nicht mehr lange genug auf den Beinen würde halten können, um es zurück zu der Toreinfahrt zu schaffen, in der sie die vergangene Nacht verbracht hatte.

Mehr als alles andere sehnte sie sich danach, nach Hause zurückzukehren, zu duschen und sich in ihrem Bett zusammenzurollen, in ihrem Zimmer, dem vertrauten Haus, und sich geborgen und sicher zu fühlen. Allein der Gedanke daran schnürte ihr die Kehle zu. Doch sie konnte nicht zurückgehen. Nie mehr. Denn sie hatte etwas begriffen, von dem sie wünschte, sie hätte es nie begreifen müssen, und etwas gesehen, was sie lieber nie gesehen hätte. Gestern noch hatte sie in einem Herrenhaus gelebt, mit fünfzehn Bediensteten, die Álvaro Magellan umsorgten. Heute streifte sie durch San Francisco, mit gerade mal hundert Dollar in der Tasche und in Kleidern, die vorher anderen Leuten gehört hatten.

Die Ampel schlug um. Einen Wimpernschlag lang bewegte sich niemand, während noch zwei Autos und ein Fahrradkurier über die Kreuzung schossen. Dann drängten all diese normalen, gewöhnlichen Leute nach vorn, und Carson ließ sich von ihnen mittragen. Genau wie ihr Verfolger. Doch halbwegs den Block hinunter wurde die Menschenmenge immer dünner. Carson blieb vor einem Juweliergeschäft stehen und starrte in die Auslage, aber sie blickte nicht auf die Schmuckstücke. Während sie sein Spiegelbild betrachtete, überlegte sie, was sie jetzt tun sollte.

Dieser große, muskulöse Mann in der verwaschenen Jeans – blassblau an den Oberschenkeln, weiß an den Knien –, dem alten T-Shirt und den Cowboystiefeln wirkte ein bisschen zu cool, um für Magellan zu arbeiten. Ein Zwei-Tage-Bart warf Schatten auf seine Wangen, sein Haar war dunkel, würde in der Sonne aber bestimmt wie Bronze schimmern. Einen Haarschnitt hätte er durchaus vertragen können. Welche Augenfarbe er hatte, konnte sie nicht erkennen, dafür war er zu weit entfernt. Er stand gegen eine Wand gelehnt, lässig wie ein Calvin-Klein-Model.

Sie selbst hatte ebenfalls für Magellan gearbeitet, wie jeder in seinem Haus, auch wenn sie nicht zu den bezahlten Angestellten gehört hatte. Álvaro Magellan bevorzugte den »Yes, Sir!«-Typ. Ihr Verfolger jedoch sah nicht so aus, als kämen die Worte »Yes, Sir!« jemals über seine Lippen.

Carsons Puls verlangsamte sich, es gelang ihr wieder, normal zu atmen. Doch die Kopfschmerzen wurden schlimmer. Sie ging ein paar Schritte zur Seite und wandte dabei den Kopf, um den Fremden weiterhin im Auge zu behalten. Vielleicht war er ja bloß ein mieser kleiner Gauner, der ihr die Handtasche stehlen wollte – wenn sie Glück hatte.

Sie ging weiter zum nächsten Schaufenster, tat so, als betrachtete sie die ausgestellten Porzellankatzen. Doch Mr. Cowboy-Boots spiegelte sich nicht länger in der Scheibe. Vielleicht hatte ja inzwischen eine andere Handtasche sein Interesse geweckt.

Geschickt ließ ein Mann an einem Verkaufsstand klingende Qigongkugeln über seine Handfläche rollen. Carson sah ihn anerkennend an, doch sein Gesicht verschwamm hinter Schwaden von Orange. Ihre Haut begann zu kribbeln, in einer Welle vom Kopf bis zu den Beinen und wieder zurück bis zum Hals. Kantonesische Laute schrillten in ihren Ohren, und einen Moment lang war sie in der Lage, den Sinn der Worte zu verstehen. Doch gleich darauf nahm sie nur noch den unverständlichen Rhythmus einer Sprache wahr, die vom asiatischen Kontinent stammte.

In China war das Kantonesische eine aussterbende Sprache, verdrängt vom Mandarin. Doch hier, in Städten wie San Francisco mit einem hohen Anteil an Asiaten, deren Vorfahren in der Zeit des Goldrauschs in die USA eingewandert waren, war Chinesisch gleichbedeutend mit Kantonesisch.

Im Hintergrund hallte der Verkehrslärm. Hupen ertönten, Räder sirrten über den Asphalt, Motoren röhrten. Die Luft roch scharf nach Abgasen. Tauben gurrten von den Dachrinnen. Carson hörte in sich verändernder Tonfrequenz die Leute reden, die an ihr vorbeigingen, und gleichzeitig die blechernen Laute aus ihren iPods. Musik aus einem der offenen Läden legte sich über all die Geräusche. Carson konzentrierte sich darauf, gleichmäßig zu atmen, doch ihre Kopfschmerzen wollten nicht vergehen.

»Na, so was«, sagte eine samtweiche Stimme hinter ihr, »wenn das nicht Magellans Hexe ist!«

Urplötzlich ließ alles nach, was sie quälte: die wirbelnden Farben, die verzerrten Laute, die Eiseskälte, die sich in ihrem Magen zusammenzuballen schien. Ihre Gedanken klärten sich. Sie war meilenweit von ihrem Zuhause entfernt. In San Francisco. In Chinatown. Einen halben Block hinter der Kreuzung von California Street und Grant Street. Und ungefähr eine Meile von der Toreinfahrt entfernt, in der sie die Nacht verbracht hatte. Wenn sie von hier immer weiterginge, würde sie zur Bucht gelangen.

Magellan wusste, dass sie gegangen war, doch er hatte keine Ahnung, wo sie sich aufhielt. Er konnte es gar nicht wissen. Für ihn war es unvorstellbar, dass sie es ganz allein bis nach San Francisco geschafft hatte. Er hielt sie doch für vollkommen hilflos.

Gestern hatte sie alles hinter sich gelassen, ihren gesamten Besitz. Ihre Handtasche, ihre Kleider, ihre Bücher, ihre Medikamente. Das Einzige, was sie mitgenommen hatte, als sie nach draußen lief, war das Geld, das auf einer Kommode lag. Und heute verfolgte sie ein Fremder. Er war keiner von Magellans Anzugträgern. Und er war auch kein Handtaschendieb, denn er kannte Álvaro Magellans Namen.

Carson drehte sich um, und Mr. Cowboy-Boots schenkte ihr ein offenes, freundliches Lächeln. »Jedes Mädchen liebt es, eine Hexe genannt zu werden«, erwiderte sie. »Danke für das Kompliment. Wirklich.« Aus der Nähe sah er noch besser aus, als sie gedacht hatte. »Wer sind Sie?«, wollte sie wissen. »Und warum folgen Sie mir?«

»Hmmmmm«, sagte er gedehnt, immer noch lächelnd, und Carson war sicher, dass er lügen würde. »Nikodemus.«

»Kein Nachname?«

»Nein.«

Der Schmerz kehrte zurück, pochte und hämmerte, und ihr Haar schien plötzlich elektrisiert zu sein.

Die Lider halb gesenkt, ließ er seinen Blick prüfend über sie gleiten, vom Kopf bis zu den Zehenspitzen und wieder zurück zu ihrem Gesicht. Sie hatte sich oft genug in der Gesellschaft von Männern befunden, um zu wissen, dass seine Musterung gleichzeitig ein sexuelles Abschätzen war.

Nikodemus.

Nikodemus. Wie albern. Sie umklammerte den Griff der schäbigen schwarzen Handtasche, die sie bei Goodwill aus einer Tonne gefischt hatte. Ihre Knie zitterten. Ihr Körper fühlte sich an, als wollte er gleich davonschweben. Dieser Mann sah gut aus, darin hatte sie sich nicht geirrt. Aber er sah nicht so aus wie dieses … *Wesen* aus Magellans Aufzeichnungen. Seine Augen waren grau mit einem Schimmer von Blau. Seine Jeans schmiegten sich eng an die schmalen Hüften und die Oberschenkel. Den Namen Nikodemus hatte er wahrscheinlich nur benutzt, um ihr zu beweisen, dass er Magellan kannte. Wieder lief ein Schauder über ihren Körper. Dieser Mann war gefährlich, dessen zumindest war sie sich sicher.

Sie schob sich an ihm vorbei. Ihr Herz klopfte heftig.

»Wieso gehen Sie? Und wohin?«, sagte er zu ihrem Rücken. »Wissen Sie, das ist ziemlich unhöflich.«

Sie hatte kaum drei Schritte getan, als er plötzlich wieder vor ihr war. Er lief rückwärts, sodass sie ihn ansehen und jeder ihm ausweichen musste. Das Atmen fiel ihr plötzlich schwer, und sie fühlte sich benommen.

»Süße«, sagte er und breitete die Arme aus, »warum laufen Sie vor mir davon?« Seine Stimme klang einschmeichelnd und verlockend.

Während Carson weiterging, kramte sie in ihrer Handtasche nach einem Dollar. Ihre Finger zitterten. Wenn jemand sie beobachtete und sah, dass sie ihm einen Dollar gab, dann würde er vielleicht denken, dass der Typ sie einfach anbettelte und deshalb dieses Theater veranstaltete. Sie tastete über den Boden ihrer Tasche, und ihre Finger streiften das kleine Objekt, das dort lag. Carson zuckte zusammen. Die Statuette fühlte sich heiß an.

»Wer auch immer Sie sind, verschwinden Sie.« Selbst ihre Stimme zitterte. Carson fand einen Dollar. Sie blieb stehen und hielt ihn dem Fremden hin. Der Schein flatterte in der Luft. »Wenn Sie ein Freund von Álvaro Magellan sind, dann will ich nichts mit Ihnen zu tun haben.«

Er legte beide Hände an die Brust und gab vor zu taumeln. »Ein Freund!«

»Hören Sie auf, mich zu belästigen!« Sie tat so, als hielte sie nach einem Polizisten Ausschau. »Hier, nehmen Sie den. Und gehen Sie jetzt. Bitte!«

Er lächelte. Seine Zähne waren weiß und ebenmäßig. »Danke.« Er nahm den Schein. »Carson.«

Als er den Kopf bewegte, bemerkte sie, dass er in einem Ohrläppchen einen Sternrubin trug, einen Rubin, der das Licht sternförmig reflektierte. Der rund geschliffene Stein schien ihr zuzublinzeln.

Carson erstarrte, irritiert von dem Gedanken, dass dieser Edelstein sie beobachtete.

»Finden Sie nicht, wir sollten darüber reden, was Sie hier machen? So ganz allein?«, fragte der Fremde.

»Nein, das finde ich nicht.«

»Aber ich.«

Er musste mindestens einsneunzig sein und damit rund dreißig Zentimeter größer als sie. Ihre Chancen standen schlecht. So wie ihre Kopfschmerzen sie immer weiter schwächten, würde es ihr kaum gelingen, ihm davonzurennen. Und bei einem Gerangel würde sie garantiert nicht die Oberhand behalten.

Er beugte sich zu ihr. »Magellan steht auf meiner Liste der meistgehassten Leute ganz oben, und falls er diesen Platz auch auf Ihrer Liste einnimmt, dann sollten wir unbedingt miteinander reden.«

Ihre Knöchel schmerzten bereits, so fest hielt sie die

Handtasche umklammert. Sie starrte in sein Gesicht, musste zu ihm aufschauen. »Aber nicht hier.«

Erneut lächelte er. »Ich bin kurz vorm Verhungern«, sagte er. »Was halten Sie von dem Restaurant dort drüben?«

Fünf Minuten später betrachtete Carson ratlos die Speisekarte. Sie hatte nicht die geringste Ahnung, was die Namen der Gerichte bedeuteten. Diese Kultur, die ihre Speisen Frühlingsrollen, General Tsos Huhn oder Mapo Tofu nannte, war ihr völlig fremd.

Magellan aß niemals auswärts, und so war auch sie noch nie in einem Restaurant gewesen. Hin und wieder ließen seine Leute sich Essen liefern, aber sie hatte man nie dazu eingeladen. Frauen zählten nicht viel in ihrer Welt. Und sie war auch keine Angestellte, nicht wirklich, obwohl sie definitiv nicht zur Familie gehörte.

Das Licht in dem Restaurant war gedämpft, was ihre Kopfschmerzen aber nur in einem deprimierend geringen Maß milderte. Carson saß zur Wand hin, doch sie hatte ihren Stuhl zur Seite gedreht. Sie war nicht so dumm, ihren ungeschützten Rücken einer Tür zuzukehren, die sie nicht im Auge behalten konnte.

Nikodemus, der mit dem Rücken zur Wand Platz genommen hatte, hatte sich entspannt in seinem Stuhl zurückgelehnt. Als sie das Lokal betreten hatten, hatten sich die Leute nach ihnen umgedreht, Frauen wie Männer, schließlich war dies San Francisco. Er hatte eine starke Ausstrahlung, die Aufmerksamkeit erregte. Carson fand das irritierend.

Er grinste sie an. »Ich glaub's einfach nicht: Carson Philips, wie sie leibt und lebt.«

Sie starrte zurück, sprachlos. Würde ihr Kopf nicht so heftig pochen, hätte sie vielleicht schon herausgefunden, warum er sich ausgerechnet Nikodemus nannte. Ohne Nachnamen. Das war kein Name, den man sich mal eben so aussuchte. Nicht, wenn dieser Name eine so wichtige Rolle in den Mythen spielte, die Magellan studierte. Er hatte sogar selbst eine Arbeit über diesen Nikodemus verfasst und über die Rituale, mit denen er verehrt wurde.

Das Dumme war nur, dass dieser Nikodemus hier – oder wer auch immer er sein mochte – jetzt kein bisschen gefährlich mehr wirkte. Er war jung. Vom Alter her war er ihr viel näher als Magellan. Er machte den Eindruck, dass man Spaß mit ihm haben könnte. Als ob es interessant sei, ihn kennenzulernen.

»Sagen Sie etwas!«, forderte er sie auf.

»Sie kommen bestimmt von Harvard oder Yale«, meinte sie.

Er schnaubte. »Wohl kaum.«

Carson bemühte sich um Konzentration, aber wieder sah sie diese Farbblitze vor sich. Sie versuchte, sie allein durch ihren Willen auszublenden. »Dann sind Sie ein Sammler? Jemand, der bei einer Auktion gegen Magellan den Kürzeren gezogen hat?« Sie blickte durch die Farben hindurch auf sein Gesicht. »Sind Sie jemand, der Artefakte erwirbt?«

»Nein, nein und ein drittes Mal nein.«

Eine Kellnerin kam, und er bestellte auf Chinesisch, ohne in die Karte geschaut zu haben. Diesmal verstand Carson nicht das Geringste. Sie zeigte auf ein Gericht, das billig war und sich nicht allzu exotisch anhörte. Und dann saß sie da, wusste nicht, was sie tun sollte, außer in die Teekanne zu schauen und zu überprüfen, ob das Wasser schon Farbe angenommen hatte, obwohl der Tee noch nicht lange genug zog.

Carson lehnte sich zurück. Nikodemus beobachtete sie, den Kopf zur Seite geneigt. Ihr Schädel schmerzte so sehr, dass sie sich dumm und begriffsstutzig vorkam.

»Wieso sind Sie mir gefolgt?«, wollte sie wissen.

Er sah sie an, als sei sie nicht recht bei Verstand. Und wahrscheinlich war sie das in diesem Moment auch nicht. Sie konnte kaum vernünftig denken.

»Weil Sie Magellans Hexe sind«, erwiderte er und zuckte mit den Schultern.

»Wenigstens unterstellen Sie mir nicht noch etwas Schlimmeres«, sagte sie und lehnte sich so unvermittelt zurück, dass ihr Kopf zu platzen drohte. »Dennoch würde ich es schätzen, wenn Sie mich nicht mehr so nennen würden.«

»Ich denke, Sie wissen sehr genau, was ich meine.«

Sie rieb sich die Schläfen. »Ehrlich gesagt, weiß ich es nicht.«

»Dann will ich Ihnen mal helfen.« Er tat so, als müsste er nachdenken. »Carson Philips, Sie sind eine Hexe.«

Er sagte das in einem Ton, als hätte dieses Wort eine besondere Bedeutung, die sich jedoch gerade ihrem überstrapazierten Hirn entzog. Sie fragte sich, ob er vielleicht Magellans Arbeit über Nikodemus gelesen hatte. Bestimmt.

»Klar, natürlich bin ich eine Hexe. Genauso, wie Sie der Dämon sind, der sich vermutlich zum ersten Mal vor fünftausend Jahren in der Wüste Gobi manifestiert hat.«

Er verzog keine Miene. »Das Klima hier bekommt mir besser.«

»Ha, ha, ha.« Sie schätzte ihn auf Anfang dreißig, vielleicht ein bisschen jünger. »Wie haben Sie mich gefunden?«, fragte sie.

»Warum fliehen Sie vor Magellan?«

»Wer sagt denn, dass ich das tue?« Ihre Finger zitterten, daher legte sie ihre Hände auf das weiße Tischtuch, starrte auf ihre Handrücken. »Kann man denn nicht mal ein bisschen shoppen gehen, wenn man Lust darauf hat?« Das schien leichthin gesagt, doch ihre Hände verrieten ihre Anspannung. Sie versuchte, die Finger zu lockern, doch es gelang ihr nicht.

Er wusste, dass sie Magellan davongelaufen war. Woher? Woher wusste er so vieles über sie, ein vollkommen Fremder? Während sie selbst noch nicht einmal die Leute, mit denen sie so lange zusammengelebt hatte, richtig kannte. Das, was sie in Magellans Haus gesehen hatte, hatte ihre Welt auf den Kopf gestellt, und nun war sie nicht mal sicher, ob sie der Kellnerin trauen konnte, geschweige denn diesem Nikodemus ohne Nachnamen.

»Vielleicht kann ich Ihnen helfen«, fuhr er fort.

Als sie aufschaute, überfiel sie der absurde Gedanke, dass er tatsächlich dazu in der Lage sein könnte, und ließ sie nicht mehr los.

Er beugte sich näher zu ihr. »Warum fangen wir nicht damit an, dass Sie mir mehr über Magellan erzählen?«

Die rechte Seite ihres Kopfes fühlte sich taub an. Auf den Sternrubin in seinem Ohrläppchen zu schauen half ihr, sich zu fokussieren. Der Schmerz pochte nicht mehr so heftig.

»Meine Eltern sind tot«, begann Carson. »Seit ich acht war, habe ich bei ihm gelebt.« *Bei* ihm, das war die passende Bezeichnung. Unpersönlicher als Álvaro Magellan hätte sich kein Mensch einem Kind gegenüber verhalten können. »Von Anfang an legte er Wert darauf, mir deutlich zu machen, dass er sich lediglich einer Verpflichtung beugte. Hätten meine Eltern ihn nicht zu so etwas wie meinem Vormund bestimmt, hätte es keinerlei Verbindung zwischen uns gegeben. Er gab mir zu essen. Und ein Dach überm Kopf. Bezahlte meine Kleidung, versorgte mich mit Taschengeld. Bis ich zwölf war, wechselte ein Kindermädchen das andere ab, jedes Jahr ein neues, und stets wurde ich eindringlich gewarnt, ihn bloß nicht zu belästigen. Niemals. Es gab weite Bereiche im Haus, die ich nicht betreten durfte. Gott bewahre, wenn er mich jemals dort erwischt hätte.« Sie schnaubte. »Dem Koch habe ich mich näher gefühlt als Magellan.«

Er streifte die Papierhülle von einem Paar hölzerner Essstäbchen. »Wetten, dass er Sie auch zu Hause hat unterrichten lassen?«

Was machte ihn so sicher? »Ich konnte nicht auf eine normale Schule gehen.«

»Weil man Ihresgleichen nicht frei in der Welt herumlaufen lassen sollte.«

Ihresgleichen. Sie fragte sich, was er damit meinte. Genauso wie sie sich fragte, was er unter einer »Hexe« verstand. Aber eigentlich wollte sie es gar nicht wissen. »Normaler Unterricht wäre zu anstrengend für mich gewesen.«

»Natürlich«, sagte er, doch es hörte sich nicht so an, als stimme er ihr zu.

»Das ist die Wahrheit.« Sie hatte einen Großteil ihrer Kindheit und Jugend in Arztpraxen verbracht, bei Spezialisten, die sie allen möglichen Tests unterzogen, sie piksten und plagten und ihr ständig neue bunte Pillen verschrieben, von denen eine so wenig wie die andere half, ihre Kopfschmerzen zu vertreiben. Stattdessen wurden sie immer schlimmer, traten häufiger auf und hielten länger an. »Idiopathische Kopfschmerzen, das heißt ohne fassbare Ursache. Begleitet von ständiger Ermüdung.«

»Aha.«

Ihre Lippen waren trocken. Er gab ihr das Gefühl, als sei ihr gesamtes Leben eine einzige Lüge. Und wahrscheinlich war es das ja auch. »Er hat viel Geld für all diese Ärzte ausgegeben.«

»Klar. Magellan ist ein großartiger Kerl.« Er betrachtete seine Essstäbchen. Graue Augen mit einem Hauch Blau. So wie der Himmel, kurz bevor die Sonne aufging.

Schöne Augen, dachte sie.

»Ein herausragender Bürger. Ein Mistkerl«, fügte er hinzu.

»Ich glaube, er mag Kinder nicht besonders.«

»Hab ich doch gesagt: ein Mistkerl.«

Carson atmete langsam ein. War seine Abneigung Magellan gegenüber Grund genug, ihm mehr zu erzählen? Und wenn ja, wie viel? Sie wusste es nicht. Sie wusste nur, dass sie die vergangene Nacht in einer Toreinfahrt verbracht hatte und dass es nicht so schlimm sein konnte, ihren Hass auf Álvaro Magellan mit jemandem zu teilen.

»Nun ja, seine Arbeit hat halt immer an erster Stelle gestanden …«

»Seine Arbeit!« Nikodemus' Stimme klang nun nicht mehr sanft und einschmeichelnd. Er warf die Stäbchen auf den Tisch. Sein T-Shirt mit der Aufschrift »Hochsicherheitsgefängnis Alcatraz« spannte sich über seiner Brust. Wann immer er sich bewegte, konnte man seine Muskeln spielen sehen. »Sie haben ihm bei seiner Arbeit geholfen, nicht wahr?«

Sie zuckte zusammen, weil seine Stimme in ihren Ohren wehtat. »Manchmal. Er ist berühmt, aber das wissen Sie ja schon. Herausragend in seinem Fachgebiet«, fügte sie hinzu. Was, wenn sie jetzt einfach aufstehen und verschwinden würde? Doch wohin? Und wie würde es dann weitergehen? »Was die Legenden über Wüstendämonen betrifft, ist er weltweit der führende Experte.« Sie versuchte, seinen Gesichtsausdruck zu deuten und zu entscheiden, wie viel er über Magellans geheime Forschungen wissen mochte, doch es gelang ihr nicht. »Ständig schreiben ihm irgendwelche Leute, wollen seine Meinung zu einem bestimmten Artefakt, dieser oder jener Quelle des Mythos hören. Bitten um Kopien seiner Arbeiten. Manche haben die verrücktesten Ideen. Und irgendjemand muss schließlich die ganze Post beantworten und alles organisieren.«

Nikodemus sah sie lange an, viel zu lange, und die Kälte in seinen Augen rührte nicht allein von seinem Ärger her. Doch Carson hielt seinem Blick stand. Wegschauen hieß, dass man schwach war. Als gäbe man damit zu, bedeutungslos zu sein. Doch niemals würde sie zulassen, dass jemand ihr das Gefühl gab, ohne Bedeutung zu sein. Nicht einmal Magellan. Nikodemus' Augen erschienen ihr wie eine Festung: Er konnte herausschauen, doch sie gelangte nicht hinein. Sie prüfte erneut den Tee. Er hatte immer noch nicht ausreichend gezogen.

»Und Sie sind sicher, dass er Mythen über die Wüstendämonen studiert?«, hörte sie Nikodemus sagen.

Carson schaute wieder auf, blickte erneut in seine Augen. Immer noch wirkte er so abweisend.

»Natürlich tut er das«, behauptete sie. Und noch einiges mehr, wie sie inzwischen erfahren hatte. Auch Nikodemus, oder wie immer er heißen mochte, schien das zu wissen. Carson begann, am ganzen Leib zu zittern. Sie war so unsicher, was sie noch verraten durfte und was nicht.

Nikodemus schüttelte den Kopf. »Das ist unglaublich«, meinte er. »Wirklich unglaublich, Carson. Gleich werden Sie wohl auch noch behaupten, dass Sie es nicht verdient haben zu sterben.«

2

Die Kellnerin, eine hübsche Chinesin im gleichen Alter wie Carson, brachte ihnen die Suppe und Frühlingsrollen. Nikodemus musterte die junge Frau von Kopf bis Fuß. Ohne jede Eile. Und die Kellnerin konnte ihren Blick nicht einen Moment von ihm abwenden.

Carson wusste Bescheid über Männer und ihre Flirtmethoden. Manchmal, nicht sehr oft, hatte einer von Magellans Assistenten mit ihr geflirtet. Und dann hatte es diesen jungen Mann gegeben, der zu Studienzwecken zu Magellan gekommen und eine Weile geblieben war. Das war ein wenig übers Flirten hinausgegangen, was hieß, dass sie in Bezug auf das andere Geschlecht nicht völlig unbedarft war.

Die Kellnerin – die wirklich ausgesprochen hübsch war – sagte etwas auf Chinesisch zu Nikodemus. Er antwortete in der gleichen Sprache, und sie lachten beide. Als sie ging, schaute er ihr hinterher.

Schweigend aßen sie ihre Suppe. Carson rührte die Frühlingsrollen nicht an, Nikodemus dagegen ließ sie sich schmecken. Er sah nicht übermäßig gut aus, es war eher seine Ausstrahlung. Nun ja, doch, er *sah* gut aus. Wenn auch auf andere Weise als Magellans Männer mit ihren italienischen Anzügen und dem auffallend kurzen Haar.

Carson musste Nikodemus immer wieder ansehen, da er sich so sehr von den Männern in ihrer Umgebung unterschied: das lange Haar; der Ohrring; das unbeschwerte Lächeln; das Selbstvertrauen, das man ihm anmerkte.

Nachdem er alles aufgegessen hatte, die Suppe und sämtliche Frühlingsrollen, ihre wie seine, blickte er auf sein Handgelenk. Obwohl er keine Uhr trug, war die Geste eindeutig. Eindringlich schaute er dann Carson an. Das Sternenlicht ließ seinen Ohrring aufblitzen.

»Verraten Sie mir, warum Sie meine Hilfe brauchen, und wenn Sie schon mal dabei sind, könnten Sie auch gleich hinzufügen, warum ich Sie nicht sofort dafür umbringen sollte, dass Sie ihn bei seiner Arbeit unterstützen.«

Für einen Augenblick brachte er ihre Welt ins Wanken. »Ich verstehe nicht«, erwiderte sie, als sie begriff, dass sie sich nicht verhört hatte.

Ihre Brust hob und senkte sich heftig, wieder hatte sie Mühe zu atmen. Das Einzige, woran sie denken konnte, war, dass er ihr hier nichts tun würde, nicht in diesem Restaurant. Nicht in aller Öffentlichkeit. Die Kopfschmerzen kehrten mit Wucht zurück, der Schmerz pochte hinter ihren Augen. Nikodemus würde ihr nicht helfen. War sie vor Magellan geflohen, nur um jemand anderem in die Arme zu laufen, der sie umbringen wollte? Unauffällig rieb sie ihre angstfeuchten Hände an ihren Jeans ab.

»Ich habe Ihnen doch gar nichts getan …«

»Was ist daran so unverständlich?« Er strich sich das Haar aus der Stirn. Es schimmerte in allen möglichen Brauntönen. Wenn er es kurz geschnitten trüge, würde es ihm nicht ständig ins Gesicht fallen. »Sie brauchen nur zu sagen: ›Nikodemus, ich möchte‹, – und dann, was auch immer Sie möchten – ›und Sie sollten mich nicht töten, weil‹ – welchen Grund Sie auch haben. Ist doch ganz einfach, oder?«

Die Kellnerin brachte ihnen die Hauptgerichte. Sie schob Nikodemus einen Zettel zu und sagte etwas zu ihm, woraus Carson lediglich das Wort »Handy« heraushören konnte. Er steckte den Zettel in seine Brieftasche, während sie eine Gabel neben Carsons Teller legte.

Carson stellte fest, dass er sich etwas bestellt hatte, was Tentakel besaß. Es roch merkwürdig, aber nicht schlecht. Er nahm sich von dem Reis und verteilte ein paar Löffel von seinem Gericht darauf.

Carson griff nach ihrer Gabel. Auf ihrem Teller erkannte sie gebratenes Hühnchen mit Gemüse, überzogen mit einer klebrigen roten Sauce. Bei diesem Anblick drehte sich ihr der Magen um. Aber großen Hunger hatte sie eh nicht gehabt.

»So schwierig kann das doch wirklich nicht sein«, fuhr er fort, und seine Stimme klang mitfühlend.

Trotz allem oder vielleicht gerade deswegen wünschte Carson sich, sein Mitgefühl wäre echt. Sie wollte, dass jemand zu ihr hielt. Sie wollte nicht allein sein.

»Sprechen Sie es einfach aus. Ich kann sowieso keine schlechtere Meinung mehr von Ihnen bekommen, als ich bereits habe.«

Er wartete, während Carson überlegte, wie sie beginnen sollte. Das Dumme war, dass sich ihr Wunsch, ihn zu mögen und ihm zu trauen, nicht mit seiner Drohung vertrug, sie umzubringen, die er mit so samtweicher Stimme ausgesprochen hatte. Als ob es etwas völlig Normales wäre. Als ob er jedes Recht hätte, schlecht von ihr zu denken. Es wäre wahrscheinlich klüger, ihn der Kellnerin zu überlassen. Aber er würde ihr trotzdem folgen und sie töten, oder? Ein dicker Kloß saß in Carsons Kehle und hinderte sie am Sprechen.

»Nun ja«, meinte er, nachdem sie zweimal den Mund geöffnet und wieder geschlossen hatte. »Vielleicht bringt uns das ja weiter: Heute Morgen hatte ich folgende Punkte auf meiner Liste.« Er hob eine Hand. »Frühstücken«, fuhr er fort und malte einen imaginären Haken in die Luft. »Erledigt.« Der Punkt wurde gestrichen. »Álvaro Magellan umbringen. Nicht erledigt.« Er wandte sich wieder seinem Essen zu.

Carson starrte ihn an, fasziniert von seinen schönen Augen.

»Sie stehen übrigens auch auf dieser Liste. An vierter Stelle: Carson Philips umbringen.«

»Mich?«

»Ja. Sie.«

»Warum?« Sie schob ihr Essen mit der Gabel von einer Seite des Tellers auf die andere. Er musste entweder ein Wissenschaftler sein oder ein Antiquitätenhändler. Etwas anderes konnte sie sich nicht vorstellen. Mochte sie sich nicht vorstellen. Besonders intellektuell wirkte er nicht, also musste er ein Händler sein. Oder die nicht ganz legale Variante eines Händlers. »Habe ich vielleicht nicht höflich genug auf ein Angebot von Ihnen reagiert? Habe ich Ihnen zu direkt mitgeteilt, dass wir nicht die Absicht hätten, Ihre gefälschte babylonische Figurine zu kaufen, die angeblich direkt aus dem Grab von Hammurabi selbst stammt?«

»Wenn ich ein antikes Kunstwerk besäße, wäre es garantiert keine Fälschung.« Er hielt ihren Blick fest. »Vielleicht kann ich heute ja doch noch einen weiteren Punkt auf meiner Liste abhaken. Natürlich würde ich die Welt viel lieber von Magellan befreien, aber seine Hexe umzubringen wäre auch nicht schlecht. Würde diesen Tag zu einem Festtag machen. Hilft Ihnen das weiter? Denn egal, welchen Eindruck Sie von mir haben mögen, Carson: Ich bin kein geduldiger Mann.«

»Warum bezeichnen Sie mich dauernd als Hexe?«, fragte sie leise.

Eine Augenbraue zuckte hoch. Die Essstäbchen verharrten irgendwo in der Luft. »Süße, offensichtlich haben Sie ein ganz großes Verdrängungsproblem.«

Carson begann erneut zu zittern, und so legte sie die Gabel weg, versteckte ihre Hände unter dem Tisch und verschränkte die Finger. »Okay«, meinte sie. »Wenn Sie darauf bestehen. Dann bin ich eben eine Hexe.« Sie fragte sich, ob sein Verhalten normal war. Sie hatte nicht viel von der Welt gesehen, aber sie hatte Bücher und Zeitschriften gelesen. Zeitungen. Manchmal hatte sie sogar ferngesehen. Magellan verhielt sich alles andere als normal. *Nikodemus weiß das,* dachte sie. Er weiß erschreckend viel über Magellan.

»Ich brauche Hilfe«, sagte sie leise.

Wieder legte er den Kopf ein wenig schräg. »Wieso?«

Sie sah ihn offen an. »Weil er irre ist«, erwiderte sie.

Er aß ein Stückchen von einem Tentakel. »Irre wie ›Er hält sich für eine Topfpflanze‹, oder irre wie ›Er ist ein durchgeknallter Killer‹?« Er blickte zur Decke hinauf, tat so, als müsste er überlegen. »Moment, ich hab's gleich. Er ist ein Killer.« Seine grau-blauen Augen wandten sich ihr wieder zu, kälter noch als zuvor.

Einen Moment lang glaubte sie, noch etwas anderes in seinen Augen zu sehen, etwas wie eine Bewegung, doch das war albern. Niemand hatte solche Augen.

»Im Ernst, Carson, sagen Sie endlich, was los ist. Wenn nicht, dann verschwenden Sie bloß meine Zeit, und das kann ich gar nicht leiden.«

Wieder blitzte grelles Orange vor ihren Augen auf. Nikodemus berührte sie an der Schulter, und der pochende Schmerz wurde augenblicklich gedämpft. Ihr Verstand sagte ihr, dass diese beiden Tatsachen nichts miteinander zu tun hatten, und doch verband sie sie in ihren Gedanken.

»Carson«, begann er, und nun klang er wieder milder, »reden Sie. Wenn Sie nichts sagen, kann ich Ihnen nicht helfen.«

Die Sanftheit, die in seiner Stimme lag, berührte sie. Sie wusste, er machte ihr nur etwas vor, aber sie wollte so verzweifelt daran glauben, dass er es ernst meinte. Sie zwang sich, ihn anzuschauen, und wusste, dass sie eine miserable Lügnerin wäre.

Zum Lügen müsste sie sich daran erinnern können, was sie behauptet und wann sie die Wahrheit so abgeändert hatte, dass die Lüge unauffällig hineinpasste. Was sie erzählt und was sie nicht erzählt hatte. Doch ihr Kopf schmerzte immer noch zu sehr, als dass sie das fertiggebracht hätte. Also musste sie sich mit Halbwahrheiten behelfen.

»Ich denke, dass er an Dämonen und Magie glaubt«, sagte sie.

Nikodemus nickte und kratzte sich am Kinn. »Das erklärt sein Hobby.«

»Heißen Sie wirklich Nikodemus?«

Er verzog das Gesicht. »Was bedeutet es schon, ob das mein richtiger Name ist oder nicht?«

»Nun, dann ist es einfach nur … nun ja, ein Zufall. Vermute ich.« Ihre Hände ballten sich zu Fäusten. Sie dachte an Magellans Arbeit über Nikodemus und die Rituale, die er darin beschrieben hatte. Sie fühlte sich unsicher, so als wäre die Welt um sie herum gerade dabei, sich aufzulösen.

»Ich denke, Magellan glaubt, dass es tatsächlich einen uralten Dämon namens Nikodemus gibt …«

»Vielleicht doch eher die ›Topfpflanze‹?«

Er wirkt fast wie ein Europäer, dachte Carson, aber da war etwas in seinem Gesicht, das sie nicht einordnen konnte. Die hohen Wangenknochen, der weiche Mund. Nicht wie bei einem Spanier, überlegte sie, da gab es sicher etwas Exotischeres in seinem Stammbaum. Aus China kam er jedenfalls definitiv nicht.

»Sie beschäftigen sich nicht mit den Mythen, habe ich recht? Sie sammeln einfach nur Artefakte, nicht wahr?«, fragte sie.

»Welche Mythen meinen Sie?«

»Mythen über Dämonen. Wüstendämonen. Ich meine nicht die Art Dämonen, wie sie in der Bibel beschrieben sind. Sondern uralte Wesen. Wissen Sie, Magellan ist von ihnen besessen.«

Nikodemus verzog den Mund, dann wurde sein Gesicht ausdruckslos. »Also, wenn Sie mich fragen, dann ist das eine ziemlich seltsame Art von Besessenheit. Kein Wunder, dass Sie geflohen sind.«

»Sie können den Willen eines Menschen kontrollieren und dessen Körper übernehmen.«

»O je, jetzt bekomme ich aber wirklich Angst«, sagte er, doch er sah nicht so aus, als flöße ihm diese Vorstellung Furcht ein. Er blickte sich in dem Lokal um. »Was meinen Sie: Wie viele Menschen befinden sich in diesem Raum, deren Gestalt von anderen Wesen in Besitz genommen wurde?«

»Diese Dämonen verkörpern das Böse.« Sie lehnte sich vor, forschte in seinem Gesicht, ob nicht doch eine winzige Regung verriet, dass er Magellan keineswegs für einen Spinner hielt. »Aber ein Magier, ein Hexenmeister, kann sie kontrollieren und dadurch verhindern, dass sie den Menschen Schlimmes antun.« *Oder eine Hexe,* setzte sie in Gedanken hinzu. Auch eine Hexe kann sie kontrollieren. So stand es jedenfalls in Magellans Schriften.

Er sah sie gelassen an. »Ist das wirklich wahr?«

»Ich fürchte, er ist davon überzeugt. Davon, dass Dämonen wirklich existieren und dass man sie mit dem richtigen magischen … Unsinn kontrollieren kann.« Sie malte mit den Fingern sinnlose Zeichen in die Luft.

Wieder zuckte eine seiner Brauen nach oben. »Unsinn?«

»Hokuspokus.« Nikodemus sollte nicht den Eindruck bekommen, dass sie auch nur das Geringste von all dem für wahr hielt. Schließlich vertraute sie lediglich auf den Verstand und die Logik. Alles andere war reiner Schwachsinn. »Artefakte, Beschwörungen – Magellan sammelt solchen Kram und schreibt darüber. Mystisches Zeug, an das unsere Vorfahren vor Hunderten oder Tausenden von Jahren glaubten.«

»Sie meinen, an übernatürliche Wesen, die den Willen einer Person steuern können. Wie im *Exorzisten?«* Sie nickte, und er lachte. »O Mann, was für ein haarsträubender Blödsinn, Carson! Drehen Sie jemandem den Kopf um hundertachtzig Grad, beschimpft er Sie nicht länger, sondern stirbt.« Er legte sich die Hände um die Kehle und machte ein Geräusch, als wäre er dabei zu ersticken.

Carson wollte lachen, aber es gelang ihr nicht. Ihr Magen rebellierte wieder.

Nikodemus griff nach ihr, berührte erneut ihre Schulter, und sofort fühlte sie sich besser.

»Was ist, wenn Magellan wirklich an Dämonen glaubt? Ich weiß, dass das lächerlich ist, aber vielleicht hat er tatsächlich den Verstand verloren?«

»Nun ja«, meinte er und zog seine Hand zurück. Augenblicklich setzte der Kopfschmerz wieder ein. »Die Vorstellung, dass Dämonen unter uns leben könnten, hat schon etwas Faszinierendes.« Er schenkte sich Tee ein. Lächelte er? »Um ehrlich zu sein, habe ich bis jetzt nichts über ihn gehört, was eindeutig darauf hinweist, dass er wahnsinnig geworden ist. Es gibt eine ganze Menge normaler, geistig gesunder, aber fehlgeleiteter Leute, die an einen solchen Mist glauben.«

Carsons Herz schlug wie wild, doch sie zwang sich, nach außen hin ruhig zu wirken, obwohl ihre Gefühle sie zu überwältigen drohten. »Ich habe gesehen, wie er einen Mann getötet hat.«

»Einen Mann?« Nikodemus füllte nun auch ihre Tasse.

Carson hob die Hände und dachte an Magellans rot glänzende Finger. »Ja. Einen Mann.«

Nikodemus schob ihre Tasse näher zu ihr hin. Er hatte schlanke Finger, mit ein wenig zu langen Nägeln. Irgendwo hatte sie einmal gelesen, dass Gitarristen sich die Nägel absichtlich lang wachsen ließen. War er vielleicht Musiker?

Er hatte sich zurückgelehnt, mit einer Hand hielt er seine Tasse. Nachdenklich sah er sie an. »Denken Sie, Magellan hat diesen Mann für einen Wüstendämon gehalten?«

»Vielleicht.« Sie starrte auf den Tisch. »Vielleicht. Ja.«

»Woran könnte man einen Dämon erkennen? Sie sagten doch, dass das Opfer ein Mann war?« Sein Blick zwang sie, ihn anzuschauen. Noch nie hatte sie Augen von einer solch klaren, durchdringenden Farbe gesehen. Ihr schwindelte.

Jemand, der solche Augen hatte, konnte mit einem einzigen Blick ein Herz für sich gewinnen.

»Ja, natürlich«, erwiderte sie. »Es war ein Mann.«

Seine Augen flackerten. »Wieso sind Sie sich so sicher?«

»Weil es keine Frau war. Weil es jemand war, den ich kannte.« Sie atmete tief ein. Zu gern hätte sie ihm auch den Rest erzählt, doch er glaubte ihr ja nicht einmal das. »Er hat für Magellan gearbeitet. Magellan hatte mir befohlen, auf mein Zimmer zu gehen, was ich getan habe. Doch ich bin nicht dort geblieben.« Nein, sie konnte ihm nicht alles erzählen. Was, wenn sie sich irrte, wenn sie diejenige war, die dabei war, den Verstand zu verlieren? »Ich bin weggelaufen.«

»Warum haben Sie nicht die Polizei gerufen?«

Sie wusste, dass er ihr Zögern bemerkt hatte und ahnte, dass sie nicht die ganze Wahrheit sagte. Dass sie log. Aber sie musste vorsichtig sein. Und so, wie ihr Kopf schmerzte, brauchte sie mehr Zeit als sonst, um sich darüber klar zu werden, was sie preisgeben durfte und was sie besser verschwieg.

Carson schüttelte den Kopf. »Ich hatte schon die Nummer eingegeben, doch dann sah ich seinen Wagen den Hügel herunterkommen, sicher auf der Suche nach mir, und mein Handy klingelte. Da hab ich es einfach weggeworfen. Ich hatte Angst, dass sie mich finden würden, wenn ich es behielte.« Sie atmete tief durch. »Und so habe ich dann den Bus genommen und bin schließlich hier gelandet.« Was eine grob untertriebene Beschreibung der schrecklichsten Nacht ihres Lebens war.

Nikodemus trank einen Schluck. Das Schweigen zwischen ihnen schien fast greifbar. Was auch immer er jetzt dachte, etwas Angenehmes war es sicher nicht. Nach einem weiteren Schluck stellte er die Tasse ab und sagte: »Wollen Sie mich auf den Arm nehmen, oder sind Sie wirklich so naiv?«

»Was meinen Sie?« Ein kühler Luftzug streifte ihre Wange, als sich die Eingangstür öffnete. Carson schob ihren Teller mit der klebrigen blutroten Sauce weg. Der Geruch schlug ihr auf den Magen, und sie konnte sich nicht leisten, dass ihr übel wurde. Nicht jetzt. »Magellan hat einen Mann getötet. Ich habe es gesehen. Ich habe gesehen, wie er es getan hat.« Vor ihren Augen hatte sich der Körper verkrampft; sie hatte diesen Laut gehört, den grässlichen Laut, der immer noch in ihren Ohren nachklang. »Und es war sicher nicht das erste Mal.«

»Was Sie nicht sagen, Sherlock!« Er aß noch einen Bissen.

Sie starrte auf den Rubin in seinem Ohr. Sternrubine spielten eine wichtige Rolle in den alten Ritualen, die Magellan so verzweifelt nachzuahmen versuchte. War auch das ein Zufall? Genauso ein Zufall wie der Name?

Seine Augen veränderten sich. Wechselten die Farbe. Von grau-blau zu silber-schwarz. Niemandes Augen konnten die Farbe wechseln.

»Vielleicht bin ja doch ich es, die verrückt wird«, sagte sie.

Nikodemus lehnte sich zurück, als wolle er einer Frau, die um ihre geistige Gesundheit kämpfte, lieber nicht allzu nah sein. »Und nun, Carson?«

Sie schloss die Augen, sah erneut den Raum vor sich, in dessen Mitte Magellan stand, während rotes Blut von seinen Händen tropfte. Und erneut spürte sie das Entsetzen, das sie in jenem Moment empfunden hatte.

»Bitte, helfen Sie mir«, flüsterte sie.

Er nannte sich Nikodemus, und seine Augen schienen so merkwürdig. Das alles musste doch etwas zu bedeuten haben. Carson unterdrückte ein Schluchzen. Sie durfte jetzt nicht zusammenbrechen. Eine Weile noch musste sie durchhalten.

»Ich bin vor Magellan davongelaufen, und er lässt niemals zu, dass jemand ihn verlässt.«

Nikodemus griff in die vordere Tasche seiner Jeans, zog einen Hundert-Dollar-Schein heraus und warf ihn auf den Tisch. »Da ist jemand hereingekommen«, sagte er, ergriff ihre Hand und zog sie auf die Füße. »Falls Sie so lange leben möchten, bis Sie mich überzeugt haben, dass Sie nicht lügen, dann sollten Sie sich schleunigst in Bewegung setzen.«

Carson wandte den Kopf, und das Herz rutschte ihr bis in die Zehenspitzen. Zwei Männer hatten das Restaurant betreten. Sie wirkten wie Investmentbanker: dunkle italienische Maßanzüge und auf Hochglanz polierte Lederschuhe. Kurzes Haar. Sehr kurz. Einer trug eine Sonnenbrille. Der andere hatte eine Hand in sein Jackett geschoben, als greife er nach etwas, was sich darin befand.

Carson erkannte sie: Kynan und Tibold. Tibold war erst vor Kurzem von Magellan eingestellt worden, doch Kynan arbeitete schon ewig für ihn, und von Anfang an hatte Carson Angst vor ihm gehabt. Er war groß und durchtrainiert; seine hellbraunen Augen waren so schön, dass es einem den Atem nahm – bis man den Hass darin entdeckte. Wenn er sie anschaute, fühlte sie sich nackt.

Keiner der beiden beachtete die hübsche Kellnerin, die Nikodemus ihre Telefonnummer gegeben hatte und die den gerade Eingetretenen einen Tisch zuweisen wollte. Stattdessen schauten sie sich suchend in dem Lokal um.

Einen winzigen Moment lang weigerte sich Carson zu

glauben, dass sie sich in Gefahr befand, doch dann setzte ihr Selbsterhaltungstrieb wieder ein. Sie suchten nach ihr, und das bedeutete nichts Gutes. Kynan entdeckte sie als Erster, und als er seinen Blick auf sie richtete, schien ihr Rückgrat zu Eis zu erstarren.

»Magellan macht keine halben Sachen, was?«, meinte Nikodemus. »Er hat seine Bluthunde auf Sie angesetzt.« Er zeigte auf eine Glastür, auf der in großen schwarzen Buchstaben »Notausgang« stand. »Da entlang«, fügte er hinzu.

Tibold rief etwas, als Nikodemus und sie auf die Tür zueilten. Dann prallte er gegen die Kellnerin, und sie gerieten beide ins Stolpern. Eine Schale mit Reis segelte durch die Luft.

Kynan sprang auf einen Tisch und stieß sich ab, schien unmenschlich lange in der Luft zu schweben.

Glas splitterte, Porzellan zerbrach, Essen flog durch den Raum. Die Gäste schrien und gingen in Deckung, um sich in Sicherheit zu bringen. Nikodemus kippte einen Tisch um und warf ihn gegen den springenden Mann. Dann packte er Carson an den Händen und zog sie weiter zum Notausgang, der sich ganz einfach durch eine Druckstange öffnen ließ. Sie stolperte hinter ihm her, versuchte, nicht das Gleichgewicht zu verlieren. Die Tür führte in eine schmale, für den Verkehr gesperrte Gasse, und hinter ihnen schrillte der Alarm los.

»Magellan hat sie geschickt«, sagte Carson. Sie zitterte, schlimmer als zuvor. Wenn sie daran dachte, was Kynan mit ihr tun würde, falls er sie erwischte, wurde ihr übel. »Sie werden mich umbringen.«

»Kluges Kind«, erwiderte Nikodemus. Abschätzend blickte er die Straße hinauf und hinab, dann schaute er wieder zur Tür. Er sagte kein Wort. Er bewegte sich nicht. Die Härchen in Carsons Nacken stellten sich auf. Gänsehaut überzog ihre Arme.

Der Alarm verstummte.

Licht blendete sie für einen kurzen Moment, wie der Blitz einer Kamera.

Kynan, wesentlich größer als sein Begleiter, erreichte den Notausgang als Erster und legte eine Hand auf die Druckstange, um die Tür aufzuschieben. Doch nichts passierte. Er drückte erneut, aber noch immer bewegte sich die Tür keinen Millimeter. Tibold half ihm. Er hatte die Sonnenbrille verloren.

Kynan starrte durch das Glas, genau in Carsons Augen, und unwillkürlich wich sie einen Schritt zurück. Sein Mund verzerrte sich vor Wut, und er verdoppelte seine Anstrengungen, die Tür zu öffnen.

Nikodemus lachte, als habe er gewusst, dass die Tür sich nicht bewegen würde, und schien es witzig zu finden, wie die beiden Männer gegen das Glas hämmerten. Wieder nahm er Carsons Hand und zog sie zur Einmündung der Straße. Carson musste rennen, um mit ihm Schritt zu halten.

Hinter ihnen explodierte die gläserne Fluchttür. Carson stolperte, als die Druckwelle sie traf. Glas- und Holzsplitter und kleine Metallteile regneten auf sie herunter.

Nikodemus fing Carson auf, schwang sie herum und lehnte sie mit dem Rücken gegen eine Ziegelmauer. Er stellte sich schützend vor sie, so dicht, dass sie sich nicht rühren konnte.

Sie atmete seinen Duft ein, die wüstenheiße Glut, die von ihm ausging und sie einhüllte. Wenigstens schmerzte ihr Kopf jetzt nicht mehr.

»Kynan ist hinter mir her«, flüsterte sie. Magellan hatte Kynan auf die Suche nach ihr geschickt. Ein Schauder lief über ihren Körper. Schon immer hatte sie Kynan misstraut.

»Atme«, sagte Nikodemus und berührte sie leicht. »Brech jetzt bloß nicht in Panik aus. Das sind nur zwei magiegebundene Dämonen, Carson. Nichts, womit ich nicht fertigwerden könnte.«

Sie begriff nichts von dem, was er sagte, sondern wiederholte in Gedanken wie eine Beschwörung das, was ihr am meisten Angst machte: Er ist gekommen, um mich umzubringen. Er ist gekommen, um mich umzubringen. Er ist gekommen, um mich umzubringen.

Nikodemus verstärkte den Druck seines Körpers. »Möchtest du, dass ich die Kontrolle über dich übernehme, Carson?«

Das holte sie in die Wirklichkeit zurück. Ihre Gedanken klärten sich, der Schrecken verblasste. Ein wenig jedenfalls. Weil die ganze Situation so irrwitzig war. Vollkommen absurd. Carson wünschte sich weit weg. Sie wollte losrennen. Fort von dem Albtraum, zu dem ihr Leben geworden war.

Nikodemus löste sich von ihr, als Kynan und Tibold auf die Straße stürmten. Gleißendes Licht traf die Augen der beiden Männer, ließ ihre Pupillen in einem hellen Orange auflodern.

Ich muss aufhören, mir solche Dinge einzubilden, dachte Carson. Menschen können nicht die Farbe ihrer Augen ändern. Das ist völlig unmöglich.

Tibold taumelte, als sei er von etwas getroffen worden. Er stieß einen überraschten Laut aus, als er hart aufs Straßenpflaster fiel. Kynan jedoch war nicht aufzuhalten. Tibold setzte sich auf, die Hände gegen die Brust gepresst, und rang nach Atem, während Kynan weiterstürmte, den Blick fest auf Carson gerichtet.

Die abgesprengte Druckstange war neben Carsons Füßen gelandet. Sie griff danach, denn eine andere Waffe hatte sie nicht. Das Metall fühlte sich in ihrer Hand eiskalt an.

Nikodemus rannte auf Kynan zu, wirbelte herum und nutzte den Schwung der Drehung, um ihm einen wütenden Tritt ins Gesicht zu versetzen.

Carson hörte Knochen brechen.

Nikodemus hielt erst in der Bewegung inne, als er hinter Kynan stand. Er hielt seinen Arm um Kynans Hals geschlungen und drückte zu. Doch Kynan warf ihn über seine Schulter. Er taumelte, Blut quoll aus seiner gebrochenen Nase.

Tibold hatte sich wieder aufgerappelt und visierte Nikodemus an.

Carson schrie Nikodemus eine Warnung zu, und Kynans Kopf schnellte zu ihr herum.

Seine gebrochene Nase heilte vor ihren Augen. Er grinste und zeigte auf Carson.

Inzwischen hielt Nikodemus Tibold im Schwitzkasten. Sie sah, wie sich seine Muskeln anspannten. Wieder brachen Knochen, und als Nikodemus losließ, rutschte Tibold auf den Boden und bewegte sich nicht mehr. Nikodemus kniete sich hin und machte etwas mit seiner Hand. Tibolds Körper zuckte kurz.

Jemand brüllte auf. Kynan, wie Carson feststellte. Er schoss so schnell auf sie zu, dass ihr keine Zeit blieb, zu überlegen. Ich werde sterben, dachte sie, aber ich werde nicht kampflos aufgeben.

Mit dem eingerissenen Ende der Stange erwischte sie Kynan an der Wange und riss ihm die Haut auf. Er legte eine

Hand an sein Gesicht, seine Augen glühten wie ein Schmelzofen.

Carson hatte das Gefühl, dass die Welt sich um sie drehte. Sie konnte sich nicht bewegen. Ihr Verstand war wie eingefroren.

Kynans Augen leuchteten so rot wie das Blut, das zwischen seinen Fingern hervorquoll.

»Keine Bange«, sagte er, »ich werde mir Zeit mit dir lassen. Es wird Stunden dauern, bis ich dich getötet habe.«

Hinter ihm hatte sich Nikodemus wieder aufgerichtet. Er wirkte kein bisschen freundlicher als Kynan. Eine seiner Hände stieß vor, und Kynans Körper bog sich Carson entgegen. Die Starre fiel von ihr ab. Kynan wirbelte zu Nikodemus herum, der sie beide umkreiste.

Carsons Kopfschmerzen kehrten mit Macht zurück. Ihre Sehkraft ließ nach, die Schmerzen machten sie fast blind. Ihr Magen brannte. In ihrem Mund spürte sie einen bitteren, metallischen Geschmack.

Carson blinzelte. Kynan erschien ihr kaum noch wie ein Mensch, erinnerte sie eher an einen Löwen. Irgendetwas an seiner Kopfform hatte sich verändert. Seine Augen glühten immer noch. Er stürzte sich auf Nikodemus. Dampf stieg unter seinen Füßen auf. Der Boden unter ihr schien sich zu wellen.

Kynan knurrte. Es war ein bedrohlicher Laut, der in ihren Ohren widerhallte und ihren Körper erbeben ließ. Er sprang Nikodemus an, die Arme ausgestreckt, die Finger zu Klauen gekrümmt.

Carson packte die Metallstange mit beiden Händen und stürzte auf Kynan zu, schrie ihre heiße Wut heraus. Sie schwang die Stange mit aller Kraft und hieb sie ihm auf den

Hinterkopf. Das Krachen hallte wie der Schuss eines Gewehrs. Von der Wucht des Aufpralls schmerzten ihre Gelenke.

Kynan schwankte.

Hitze umfloss sie, verbrannte sie beinahe. Ihre Haut knisterte, und sie war sicher, dass ihr Kopf gleich genauso wie die Glastür zerspringen würde. Schmerz hüllte sie ein, und sie schrie.

Die Hitze kam von Nikodemus. Sie waberte um ihn herum, bündelte sich und schoss nach vorn. Es war nichts zu sehen, doch Carson spürte, wie die Hitze mit einem Schlag ihren Körper traf.

Kynan wurde nach hinten geworfen und fiel zu Boden, rutschte seitlich weg. Rauch stieg in Wirbeln aus seinem Mund und seinen Augen.

Er stemmte sich hoch, torkelte. Nun wirkte er wieder vollkommen menschlich, wies keine tierischen Züge mehr auf, zeigte nur noch sein normales, schönes, hasserfülltes Gesicht.

Carson hielt die Stange wie einen Baseballschläger fest.

»Komm mit!« Nikodemus packte sie am Handgelenk, rannte los. Erst als sie die Hauptstraße erreicht hatten, verlangsamten sie ihr Tempo. Nikodemus zog sie durch die Menschenmenge, drängte die Leute beiseite. Carson hielt immer noch den Metallstab umklammert.

»Den kannst du jetzt fallen lassen«, sagte er.

Sie sah die Stange an. »Nein.«

»Wie du willst.« Er zuckte mit den Schultern.

Unten am Fuß des Hügels, nicht weiter als einen Block entfernt, schob sich ein Oberleitungsbus der Linie Eins durch den Verkehr. Carson fühlte sich plötzlich in der Menge gefangen, Menschen schoben sie auf die Bushaltestelle zu. Nikodemus ging ein Stück vor ihr, bewegte sich unbedrängt in der Masse, weil er so groß war und so tat, als gehörte der Bürgersteig ihm.

Carsons Kopfschmerzen waren zu einem dumpfen Pochen geworden, aber sie hatte immer noch Sehstörungen und das Gefühl, dass die Luft um sie herum von Elektrizität knisterte. Ihre Hand tat weh, weil sie die Stange so fest umklammerte, doch sie ließ sie nicht los, denn sie wollte nie wieder in ihrem Leben ohne Waffe sein. Etwas zu haben, womit sie sich verteidigen konnte, war das Einzige, was sie davor bewahrte, zusammenzubrechen.

Nikodemus war längst an der Haltestelle vorbeigegangen. Nun blickte er zurück, sah, wie weit sie hinter ihm war, und blieb stehen. Carson hielt weiter auf die Leute zu, die auf den Bus warteten. Sie wollte fort. Weg von hier. Weg von Kynan und explodierenden Türen und Dingen, die zu sehen sie sich einbildete. Schweiß lief ihr den Rücken hinunter, ihre Schultern waren völlig verspannt. Jemand prallte gegen sie, versuchte, sich an ihr vorbeizudrängen und sich in die Warteschlange einzureihen.

Der Bus hielt, die Türen öffneten sich zischend. Nikodemus schaute prüfend über die Menge, wandte nur für einen Moment den Blick von ihr ab.

Einer der Vorteile, so klein zu sein, war, dass Carson sich unauffällig in eine Lücke in der Reihe der Fahrgäste schieben konnte. Sie stieg ein, kramte nach ein paar Vierteldollars und bezahlte. Sitzplätze waren keine mehr frei. Zu viele Menschen! Carson presste die Lippen zusammen. Körper drückten sich aneinander, ohne Rücksicht auf Alter, Geschlecht oder Anstand.

Durchs Fenster sah sie, wie Nikodemus sich anschickte,

den Weg zurückzugehen, den sie gekommen waren. Sie drängelte sich im Bus bis ganz nach hinten durch, stand dann dort, eingezwängt zwischen all den Menschen, die ein ganz normales Leben führten und sich nicht fragen mussten, ob sie allmählich den Verstand verloren.

Nikodemus suchte die Straße ab, stieß einen Mann mit einer Aktentasche an und rief etwas. Wirbelte herum. Seine Lippen waren zusammengepresst, sein Blick bewegte sich suchend. Und wieder rief er etwas. Ihren Namen.

Als die letzten Fahrgäste bezahlten, spürte Carson plötzlich, wie Panik ihr die Kehle zuschnürte. Nikodemus hatte in der kleinen Gasse für sie gekämpft, sie gegen Kynan und Tibold verteidigt. Ja, sie hatte ihren Verstand verloren – wenn sie dachte, dass Kynan sie nicht jederzeit wiederfinden könnte. Er würde nicht aufgeben. Das wusste sie. Und wenn sie schon umgebracht werden sollte, dann lieber von Nikodemus als von ihm.

Im allerletzten Moment lehnte sie sich über die sitzenden Passagiere hinweg und hämmerte mit der Faust gegen das Fenster. Nikodemus wandte sich um. Ihre Blicke trafen sich, und plötzlich hatte sie das unglaubliche Gefühl, dass er sich in ihrem Kopf befinde. Er rannte los und schaffte es gerade noch, in den Bus zu steigen, bevor sich die Türen schlossen. Er zeigte dem Fahrer eine Metro-Karte und kämpfte sich dann zu ihr durch. Er stand ganz nah vor ihr. Zu nah. Nur wenige Zentimeter trennten sie, und hinter Carson war kein Platz mehr, um zurückzuweichen.

Nikodemus lächelte. »Du hast Kynan ganz schön einen verpasst«, sagte er.

Sie hob den Kopf, sodass sie Nikodemus ansehen konnte. »Er hat es verdient.«

Sein Lächeln wurde zu einem breiten Grinsen. »Du kannst jederzeit in meiner Mannschaft mitspielen.«

Der Bus fuhr an, den Hügel hinauf. Und Carson konnte an nichts anderes denken als an Nikodemus, der vielleicht fünftausend Jahre alt war oder auch nicht.

Sie umklammerte die Metallstange noch ein bisschen fester und betete, dass er nicht gerade in diesem Moment überlegte, wie er sie am besten umbringen könnte.

3

Nikodemus nahm die Hexe an der Hand und stieg mit ihr an der Polk Street aus, in einem Viertel, das vor Kurzem noch schäbig und verrufen gewesen war, sich inzwischen jedoch zu einem begehrten Wohngebiet gewandelt hatte. Es gab etliche Geschäfte hier – Antiquariate, einen Supermarkt, eine Bäckerei, den Laden einer Drogeriekette – und Restaurants. In den oberen Stockwerken der Gebäude befanden sich meist Wohnungen.

Carson ging einen Schritt hinter ihm, doch er bemerkte trotzdem, wie schwer es ihr fiel, ihm zu folgen.

Nikodemus wandte sich um und zog sie an sich. Carson wehrte sich nicht. Er presste einen Finger auf ihre Stirn, und der Verkehrslärm verblasste. Keine Sirenen waren mehr zu hören, keine Stimmen. Es war ein perfekter Moment der Stille, und Nikodemus wünschte, er würde für immer andauern. Auch wenn sich immer noch Schmerz in Carsons Augen spiegelte, blickten sie nun herzergreifend klar, sahen ihn eindringlich an.

»Geht es?«, wollte er wissen.

Sie schwankte, nicht mehr so stark wie zuvor, doch es fiel ihr immer noch schwer, das Gleichgewicht zu halten.

»Klar«, erwiderte sie, dann lachte sie, doch es klang nicht so, als ob sie etwas komisch fände. »Es sei denn, du hast immer noch vor, mich umzubringen.«

»Ich bringe niemanden um, wenn er hilflos ist. Du hast mein Wort darauf«, erwiderte er lächelnd. Er hatte keine Ahnung, wie viel sie tatsächlich wusste, vermutete aber, dass es nur eine Menge Unsinn war. Allerdings hatte sie sich inzwischen sicher einiges zusammengereimt, vielleicht mehr, als er dachte. »Ist schon okay«, fügte er hinzu. Verdammt, sie war hübsch. Genau sein Typ. Er legte die Arme um sie und zog sie an sich. Die Metallstange schlug gegen sein Bein. »Ehrlich.«

»Warum sollte ich dir glauben?«

Sie klammerte sich an ihn, als wären sie ein Liebespaar, doch sie ahnte nicht, dass er sich in diesem Moment genau das wünschte. Nun ja, vielleicht ahnte sie es doch. Sie schob ihn weg, und plötzlich standen ihr Tränen in den Augen.

»Süße.« Er fuhr mit den Fingern über ihre Wange. Sie wandte das Gesicht nicht ab. Zu schade. Denn so spürte er, wie weich ihre Haut war, und die Berührung hatte eine seltsame Wirkung auf ihn. »Wen hast du denn sonst noch, dem du vertrauen könntest? Und was noch wichtiger ist: Wer sonst wäre bereit, dich vor Kynan zu beschützen?« Merkwürdig, dass ihre Magie in diesem Moment praktisch nicht existent war, was sie plötzlich ganz und gar menschlich erscheinen ließ.

Sie sah ihn an, angestrengt und konzentriert, denn es wurde bereits dunkel, und sie konnte in der Dunkelheit nicht so gut sehen wie er.

»Niemand«, sagte sie.

»Warum dann nicht ich?«

»Ich kenne dich nicht«, sagte sie sanft und berührte seinen Ohrring.

War das nicht typisch Hexe, sich geradewegs auf das Objekt der Macht zu konzentrieren?

»Du hättest mich Kynan überlassen können«, fuhr sie fort. »Aber du hast es nicht getan? Wieso nicht?«

»Ein schwerer Irrtum meinerseits«, erwiderte er mit einem Lächeln, damit sie wusste, dass er es nicht ernst meinte. Oder nur ein bisschen. »Andererseits bin ich bekannt dafür, dass ich für alles offen bin. Schau, Carson, du kannst mir vertrauen, doch falls du aus welchem Grund auch immer zu dem Schluss kommen solltest, dass du dazu nicht in der Lage bist, dann zieh mir doch einfach eins mit diesem Ding hier über. Okay?«

Sie nickte, und er nahm ihre Hand in seine. Sie gingen weiter. Langsam, bis ihre Schritte sicherer wurden.

Sie ließen den Lafayette Park hinter sich, bogen ab und folgten einer Allee bis zu seinem Haus im Edwardianischen Stil. Zwanzig Stufen führten zum Eingang hinauf.

Oben zog Nikodemus einen Schlüsselbund aus der Tasche und steckte den passenden Schlüssel ins Schloss. Dann machte er einen Schritt beiseite, um ihr den Vortritt zu lassen. Während er sich nach der Post bückte, schaute Carson sich um.

Es war ein wunderschönes Haus, und Nikodemus beobachtete, wie sie alles musterte. Die hohen Decken, den Lüster, der über ihnen hing, und die floralen Verzierungen an den Tür- und Fensterrahmen. Besonders fasziniert schien sie jedoch von den Medaillons mit den koboldhaften Gesichtern zu sein, die die strenge Geometrie der Deckenleisten durchbrachen.

Ob sie wusste, was das war?

Zur Linken führte eine Treppe hinauf ins obere Stockwerk. Der Eingangsbereich erstreckte sich weit ins Haus. Rechts ging ein gewölbter Durchgang ab.

Nikodemus knipste das Licht an. Carson schloss die Augen. Als sie sie nach einer Weile wieder öffnete, starrte sie verwirrt auf eins der gemalten Medaillons.

»Wo sind wir hier?«, wollte sie wissen.

»Home, sweet home«, erwiderte Nikodemus und warf die Post auf ein Tischchen. Dann griff er um Carson herum, um die Tür zu verschließen. Der Riegel rastete ein.

Plötzlich lief es ihm eiskalt den Rücken hinunter, er wirbelte herum, in der Erwartung, mit etwas Tödlichem angegriffen zu werden, doch die Hexe hielt den Kopf gesenkt. Sie lehnte mit den Schultern an der Wand und klammerte sich an die Metallstange, als wäre sie ihr einziger Freund auf der gesamten Welt.

»Bist du in Ordnung?«, fragte er.

Carson nickte.

Nein, sie war nicht in Ordnung, das hätte selbst ein Idiot bemerkt, und Nikodemus war kein Idiot. Aber sie war immer noch eine Hexe, und ihre Sinne würden auf vieles hier in seinem Haus reagieren. Er hob eine Hand zur Decke, und die Gesichter in den Medaillons wurden still.

»Möchtest du dieses Ding wirklich nicht weglegen?«

Sie schüttelte den Kopf und stieß sich von der Wand ab. Es schien ihr Mühe zu bereiten, ihren Blick zu fokussieren.

»Was ist los mit dir?«, fragte er nach einem Moment.

»Ich habe Kopfschmerzen.« Sie drückte ihre Tasche an sich, die Metallstange lag quer vor ihrem Körper. Carson war wirklich klein. Und wirkte kein bisschen gefährlich. »Migräne, und ich habe meine Medikamente nicht mitgenommen.«

Er legte eine Hand auf ihre Schulter, schob Carson weiter ins Haus hinein. »Ich gebe dir etwas, was helfen wird.«

»Normale Medizin hilft mir nicht.«

Dunkelheit lag in dem gewölbten Durchgang, schloss sie ein. Nikodemus war daran gewöhnt, doch Carson blieb abrupt stehen. Er sah sie an. Sie machte einen Schritt nach vorn, stolperte, und die Stange fiel klirrend zu Boden.

»So schlimm?« Er packte sie am Oberarm und stützte sie. In dem chinesischen Restaurant hatte sie kaum etwas gegessen, nur ein bisschen Suppe. Wahrscheinlich war ihr schwindelig vor Hunger. »Komm weiter.«

Sie ließ sich von ihm in die Küche führen. Diesmal schien sie dankbar dafür, dass er das Licht nicht für sie einschaltete. Er nahm ein Bier und eine Plastikflasche mit einer dunklen Flüssigkeit aus dem Kühlschrank, die er in seinen Lieblingsbecher goss. »Stud«, stand darauf, »Hengst«, in goldfarbenen Buchstaben auf grünem Grund.

Carson nahm den Becher nicht, und so trank Nikodemus ihn zur Hälfte aus, bevor er ihn wieder auffüllte.

»Du bist nicht die Einzige, die unter Kopfschmerzen leidet.« Er hielt ihr den Becher hin. »Du kannst das Zeug trinken. Ist ein altes Familienrezept«, fügte er hinzu. »Es wird dir die Schmerzen nehmen, das verspreche ich dir.«

Sie nahm den Becher. »Und was genau ist das?«

»Ein traditionelles Heilmittel für das, was dich quält.« Nikodemus beobachtete sie, wie sie an der Flüssigkeit schnupperte. »Riecht schrecklich«, meinte er. »Aber es wirkt. Setz dich.« Er zeigte auf die Stühle, die um einen Chromtisch standen.

Während sie seiner Aufforderung folgte, öffnete er die Flasche mit dem eiskalten Asahi Black. Dann nahm er ihr gegenüber Platz, streckte die langen Beine aus und legte sie an den Fußknöcheln übereinander.

»Normalerweise süße ich das Zeug mit braunem Zucker«, meinte er, während sie das Gebräu probierte. »Bringt aber nicht viel.«

Sie schluckte und bemühte sich, nicht das Gesicht zu verziehen. Er tat so, als bemerkte er es nicht. Für eine Hexe hatte sie wirklich hervorragende Manieren.

Carson stellte ihre Füße auf die Querstange des Stuhls. »Müsste ich jetzt sagen, dass es irgendwie interessant schmeckt?«

»Wieso das denn?«

Sie senkte den Kopf und blickte in ihre Tasse. »Na ja. Das sagt man doch, wenn man findet, dass etwas eklig schmeckt, man es aber nicht so deutlich ausdrücken will. Tut mir leid, wenn ich dich beleidigt habe.«

Er antwortete nicht gleich. »Und ich hatte schon befürchtet, dass du unter Geschmacksverirrung leidest. ›Schmeckt irgendwie interessant!‹ Wie Sumpfwasser schmeckt dieser Shit!« Er lachte, und Carson schmunzelte. Sie hatte ein nettes Lächeln. Nicht dass ein nettes Lächeln irgendetwas geändert hätte. »Es hat mich schon ein bisschen nervös gemacht, dass du über meine Scherze gar nicht lachen konntest.« Er trank einen Schluck Bier. Feuchtigkeit kondensierte an der Flasche. Nikodemus sah Carson über die Flasche hinweg an. »Ich würde dir ja auch ein Bier anbieten, aber erst einmal musst du deine Kopfschmerzen loswerden.« Er grinste. »Und dann mache ich dich betrunken und nutze die Situation aus.«

Die Hexe lachte und trank den Rest in einem einzigen langen tapferen Zug aus.

»Braves Mädchen«, lobte er sie, als sie ihm den leeren Becher hinhielt. Er nahm ihn und stellte ihn auf den Tisch, dann deutete er mit dem Kopf in Richtung Flur. »Komm mit, ich will dir jetzt mein Gruselkabinett zeigen, während wir darauf warten, dass der Saft wirkt.«

Sie stand auf. »Auch wenn du mich umbringen willst – ich muss sagen, dass du der netteste, höflichste Killer bist, dem ich je begegnet bin.«

»Danke«, erwiderte er und legte eine Hand an seine Brust. »Ich weiß das zu schätzen. Echt.« Er mochte selbst kaum glauben, dass er sie witzig fand oder sogar den Wunsch verspürte, sie zum Lachen zu bringen.

Sie folgte ihm aus der Küche, beobachtete, wie er sich bewegte, und er war sich dessen überdeutlich bewusst.

»Also, das war die Küche«, fuhr er fort. »Hier geht's zum Wohnzimmer.« Er zeigte mit der Bierflasche in die entsprechende Richtung. Ein glitzernder Wassertropfen rollte am Glas hinab und fiel zu Boden. Bevor sie den Raum betraten, schaltete er das Licht ein, und diesmal brauchte Carson die Augen nicht zu schließen. »Hier bewahre ich übrigens die Kettensäge auf.«

Sie schaute sich um. »Und wo ist die blutbefleckte Axt?«

»Im Gästezimmer.«

Carson lachte, ein helles, fröhliches Lachen. Himmel, sie war umwerfend, wenn sie lachte! Er beobachtete sie. »Ich hatte schon immer eine Vorliebe für Frauen mit grünen Augen.«

Carson öffnete den Mund, um zu antworten, doch dann schloss sie ihn wieder. Sie war ziemlich gut darin, ihre Gedanken zu verbergen. Er fragte sich, was ihr gerade durch den Sinn gehen mochte. *Danke. Ich finde es auch schön, dass ich grüne Augen habe.* Oder vielleicht: *Rühr mich nicht an, oder ich schreie!*

Er lehnte sich gegen die Wand, die Arme verschränkt, und beobachtete sie schweigend. Er hatte den Eindruck, dass sie auf etwas lauschte, doch das Haus war so still wie ein Grab.

»Was machen deine Kopfschmerzen?«, wollte er wissen. »Besser?«

»Ja. Tatsächlich.« Sie berührte kurz ihre Schläfe. »Was ist das für ein Wunderzeug?«

»Ist ein Familienrezept, wie ich schon sagte. Ein geheimes Familienrezept.« Er stieß sich von der Wand ab. »Okay, dann können wir jetzt ja reden.«

4

Reden. Unwillkürlich wich sie einen Schritt zurück. *Nein,* dachte Carson. Sie wollte nicht reden. Das führte lediglich in eine Richtung, die sie nicht einschlagen mochte. »Ja.«

Mit seiner freien Hand umschloss er ihre Finger und zog sie Richtung Wohnzimmer. Selbst mit den Cowboystiefeln machte er kein Geräusch. Er bewegte sich geschmeidig wie ein Tänzer. Doch vorhin, beim Restaurant, hatten sich seine geschmeidigen Bewegungen in eine tödliche Bedrohung verwandelt. Nein. Das stimmte nicht. Es war nichts passiert. Gar nichts.

Das Wohnzimmer war gemütlich und einladend. Das mit grünem Samt bezogene Sofa wirkte bequem. Dazu gab es zwei passende Sessel und einen Lehnstuhl aus schwarzem Leder.

Nikodemus stellte sein Bier auf den Tisch, zog sein Handy aus der hinteren Hosentasche und legte es daneben, dann setzte er sich lässig hin.

Carson entdeckte auf dem Tischchen neben dem Flachbildfernseher ein Wii-Set samt Fernbedienung und Nunchucks. Das Gerät war ihr vertraut, weil Magellans Männer ständig damit spielten.

Nikodemus hatte einen Ellbogen auf das hochgezogene Knie gestützt. Wieder fielen Carson seine schlanken Finger auf. Und die langen Beine. Die schmalen Hüften. Und die ausgeprägten Muskeln. So nah, wie sie vor ihm stand, waren sie nicht zu übersehen. Kein Wunder, dass er keine Angst vor Kynan hatte.

»Du nimmst den Sessel«, sagte er. »Du solltest nicht zu bequem sitzen.«

»Okay.« Ihr Mund wurde trocken. Sie stellte ihre Tasche auf den Boden und setzte sich. Der Sessel war wirklich unbequem. Carson blickte zur Decke hinauf. Ganz schwach funkelten dort Bronzesterne im Putz, liefen, zu einem Muster geordnet, hin zu einer Wand und an dieser hinab zu einem kupfernen Krug, der so platziert war, dass es schien, als fielen die Sterne hinein. Oder vielleicht stiegen sie auch aus ihm auf.

»Ich bin bereit, dir eine Chance zu geben und dich nicht von vornherein zu verurteilen.« Nikodemus' Stimme klang nun ganz ernst. Sein freundliches Lächeln war verschwunden.

Es war ihr gar nicht in den Sinn gekommen, dass er ihr nicht vertrauen könnte. Die Vorstellung, dass sie nicht die Einzige war, die jedes Recht hatte, misstrauisch zu sein, irritierte sie. Was hatte sie sonst noch übersehen?

»Für was hältst du mich?«, wollte sie wissen.

»Für eine grünäugige Hexe, die beinahe von Kynan Aijan ins Jenseits befördert worden wäre.«

Sie umklammerte die Sessellehnen. »Du kennst ihn.«

»Magellan lässt Kynan immer dann auf jemanden los, wenn er ernsthaften Schaden anrichten will.«

»Kynan hasst mich. Das war schon immer so.«

»Ja. Natürlich. Du bist eine Hexe.«

Carson blinzelte.

»Ich werde dich nicht töten, wenn es das ist, was du denkst. Ich will lediglich die Wahrheit herausfinden.«

»Ich habe dir die Wahrheit gesagt.«

»Nein. Jedenfalls nicht die ganze Wahrheit.« Er legte den Kopf schief. »Wie wäre es, wenn du mir alles erzählen würdest? Von dem Moment an, als du zum letzten Mal etwas ›Normales‹ getan hast, bis jetzt.«

Carson kauerte sich in dem Sessel zusammen, doch auch damit konnte sie nicht die Kälte vertreiben, die ihr in die Knochen kroch. »Nichts in meinem Leben ist normal.«

»Nun ja, was für dich normal war.«

»Ich war in meinem Zimmer.«

»Wann?«

»Gestern. Ich hatte Kopfschmerzen. Ziemlich schlimme. Ich wollte meine Medizin aufschrauben, doch meine Hände zitterten so sehr, dass es mir nicht gelang. Mir war schrecklich übel.« Sie strich sich über die Stirn. »Und ich konnte auch nicht besonders gut sehen. Magellan mag es nicht, wenn ich seine Assistenten belästige, und der Koch hatte seinen freien Tag. Also habe ich mich auf die Suche nach Magellan gemacht.«

Sie war die Treppe hinuntergegangen, wie von Sinnen. Weinend vor Schmerzen und weil sie Angst hatte, dass sie an einer tödlichen Erkrankung leiden könnte. Und dann, in dem Moment, als sie die untere Tür geöffnet hatte, hatte jegliche Normalität ein abruptes Ende gefunden.

»Ich bin nicht verrückt«, flüsterte sie. »Ich weiß, was ich gesehen habe.« Und ob sie das wusste! Es hatte sich in ihren Verstand eingebrannt. »Ich weiß, was ich gesehen habe.«

»Du hast Magellan gesehen. Und was noch?«

Sie hielt ihren Blick auf sein Gesicht gerichtet, als sie antwortete. Wie viel sie ihm anvertrauen würde, hing davon ab, was sie in seinen Augen las. »Er stand da, über einen Mann gebeugt.«

»Was passierte dann?«

Carson setzte sich auf ihre Hände, damit Nikodemus nicht bemerkte, wie sehr sie zitterten. »Er hielt ein steinernes Messer in der Hand.« Solange sie an dieses Messer dachte, brauchte sie nicht an andere, viel schlimmere Dinge zu denken. »Laut Katalog stammt es aus der Thar, der Großen Indischen Wüste. Ich bin mir ziemlich sicher, dass es gestohlen wurde. Von einer Ausgrabung.« Sie holte tief Luft. »Magellan stach mit dem Messer auf ihn ein.«

»Und?« Das klang nicht ungläubig. Nicht betroffen. Und auch nicht mitleidig.

Erneut sprang das Entsetzen sie an, als wäre sie gerade erst in jenen Raum marschiert und stünde dort, jemanden anstarrend, den sie kannte und dessen Körper dennoch irgendwie anders wirkte. Nicht mehr menschlich. Und genau das war der springende Punkt, oder?

Carson zwang sich, wieder ruhiger zu werden. Sein Körper hatte nicht menschlich *gewirkt.* Der emotionale Aufruhr dieser Nacht hatte dazu geführt, dass sie nicht mehr beurteilen konnte, was sie tatsächlich erlebt hatte. In ihrer Erinnerung verlieh sie dem, was sie gesehen hatte, eine gewisse Monstrosität, weil das, was sich ereignet hatte, tatsächlich monströs war. Und so erzählte sie von dem, was geschehen war.

»Niemand zeigt gegenüber Magellan Ungehorsam.« Carson war kein Mensch, der einfach drauflosplapperte. Stets redete sie mit Bedacht, es war ihr wichtig, die Worte sorgsam auszuwählen. Besonders jetzt. »Er würde niemals seine Stimme erheben, doch jeder weiß, wann er verärgert ist. Es ist schrecklich.«

Sie war ganz nach vorn auf die Sesselkante gerutscht, beugte sich nun vor, die Knie zusammengepresst. »Er war wütend auf mich. Von mir wurde erwartet, dass ich seine Assistenten nicht belästigte. Und es wurde erwartet, dass ich auch ihn nicht belästigte, wenn er mit seiner Arbeit beschäftigt war. Bis dahin hatte ich das auch noch nie getan. Aber ich brauchte so dringend Hilfe.«

Sie fuhr sich mit den Händen durchs Haar. »Er war wütender, als ich ihn je zuvor erlebt hatte. Tibold war bei ihm. Er führte mich aus dem Raum.« Sie schauderte allein bei der Erinnerung daran. Und fand es seltsam, wie sehr es sie erleichterte, nun davon zu erzählen. »Er öffnete das Fläschchen für mich. Doch als er gegangen war, hatte ich plötzlich Angst, die Pillen zu nehmen.« Sie blickte Nikodemus an, um zu sehen, wie er reagierte. Sein Gesicht verriet nichts, blieb ohne jede Regung. »Weil ich mit tödlicher Sicherheit wusste, dass ich nicht mehr sicher war. Ich konnte nicht länger bleiben. Deshalb bin ich weggerannt.« Zitternd atmete sie ein. »Tja, und dann bin ich hier gelandet.«

»Und hast nichts mitgenommen außer der Kleidung, die du anhast.«

»Ja. Genau.« Sie blickte an sich herab. Bis zu diesem Zeitpunkt hatte sie noch nie eine Jeans getragen. »Aber das sind gar nicht meine Sachen.« Sie legte ihre Hände in den Schoß und verschränkte sie. »Ich wusste, dass er mich suchen würde, deshalb wollte ich mein Äußeres verändern. Magellan mag es nicht, Dinge zu … zu verlieren. Und dann bist du mir gefolgt.«

Nikodemus, der Mann, der den gleichen Namen wie ein fünftausend Jahre alter Dämon trug, nickte. Ihre Blicke trafen sich, und sie spürte eine merkwürdige Anziehungskraft, als zöge Nikodemus mit einem unsichtbaren Band an ihr. Doch sie wagte es nicht, ihn danach zu fragen. Sie wollte nicht laut aussprechen, was in ihrem Kopf vorging.

»Nun ja, wenn ich sagen müsste, wer denn nun verrückt geworden sei, dann würde ich auf mich tippen.«

»Du bist nicht verrückt.«

Vor ihrem inneren Auge sah sie erneut Magellan mit seinen von Blut geröteten Händen, und sie spürte immer noch die Kühle des Raums. Sie sah den Wahnsinn in Magellans Augen, und sie sah auch wieder dieses Wesen vor sich, das im einen Moment ein Mensch war und gleich darauf etwas Nicht-Menschliches und dann tot. Sie spürte ein weiteres Mal, wie das Leben aus ihm schwand. Aus ihm – dem Monster. Nichts würde jemals diese Erinnerungen auslöschen können. Nicht einmal, wenn sie fünftausend Jahre alt werden würde.

»Das ist alles?«

»Ja.«

»Ganz sicher?«

Sie schaute weg, dann wieder zu ihm hin. »Ja.« Ihr Herz klopfte so heftig, dass sie kaum sprechen konnte, und ihre Worte waren nicht mehr als ein Flüstern. »Weißt du, was mir immer wieder durch den Kopf geht?«, sagte sie. »Wozu würde es dich machen, Nikodemus, wenn all die Legenden über Wüstendämonen wahr wären?«

Er schien nachzudenken. »Zu einem Warlord ohne spezielle Aufgaben?«

Carson musterte ihn, doch sie hätte nicht sagen können, ob er scherzte oder nicht. Machte sie sich jetzt selbst verrückt?

Nikodemus zuckte mit den Schultern. »Nun ja, zu einer

dieser Kreaturen, die Magellan unbedingt ins Jenseits befördern will«, fügte er hinzu.

»Kommst du aus China? Aber dann hättest du dunkle Augen.« Sie blickte in seine, die grau-blau waren.

»Wieso?«, fragte er. »Woher willst du das wissen? Falls es tatsächlich so etwas wie Dämonen gibt, warum sollten sie dann die gleichen rassischen und herkunftsbedingten Merkmale wie die Menschen zeigen?«

»Warum sollten sie überhaupt wie Menschen aussehen?«

Wieder neigte er den Kopf zur Seite. »Gute Frage, Carson.«

»Ich finde, du siehst ganz normal aus«, erwiderte sie. »Wie ein ganz normaler Durchschnittsmann.« Ihre Stimme drohte ihr plötzlich zu versagen, und ohne zu fragen, nahm sie schnell einen Schluck aus Nikodemus' Flasche. Das Bier war eiskalt.

»Ehrlich, bis jetzt war ich überzeugt, über dem Durchschnitt zu liegen«, meinte er. »Aber auch das ist ziemlich normal, oder?« Er stützte seinen Ellenbogen auf. »Also gut, nehmen wir einmal an, ich wäre tatsächlich einer dieser Wüstendämonen.«

Sein Lächeln schickte einen Schauder über ihren Rücken. Er war kein normaler Mann. Das war ihr klar, doch das wollte sie lieber nicht laut sagen. »Okay.«

»Weißt du, was ich dann tun würde?«

»Was?«, flüsterte sie.

»Ich würde in deinen Verstand eindringen. Deinen Willen beugen. Nur ein wenig. Gerade so viel, dass ich erkennen könnte, was ich wissen muss. Dann wüsste ich zumindest sicher, was du bist.«

Beide schwiegen sie eine Weile. Carson verspürte einen

Druck an ihrer Stirn, und sie warf den Kopf zurück, spannte die Nackenmuskeln an.

»Könnte ein Dämon das tatsächlich herausfinden?«, wollte sie wissen.

»O ja«, sagte er sanft und liebevoll.

»Und wie würde sich das anfühlen?«

»Es würde nicht lange dauern«, entgegnete er. »Es wäre nicht angenehm, doch im Eilverfahren wäre es schnell vorbei. Man kann sich dabei auch Zeit lassen, doch dann dauert auch der für dich unangenehme Teil länger. Ich beherrsche beides. Du hast die Wahl: langsam oder schnell?«

»Schnell«, erwiderte sie kaum hörbar. Ihr Mund war ganz trocken.

»Sicher?«

Carson nickte. Das ist verrückt, dachte sie. Es ist verrückt, so zu tun, als könnte das wirklich passieren.

Es fühlte sich an, als klopfte jemand an ihre Stirn, gleich darauf verspürte sie einen unglaublichen Druck. Sie sah Sterne hinter ihren Augen, und dann war da jemand in ihrem Kopf. Ihr Instinkt befahl ihr, dagegen anzukämpfen, und sie tat es. Mit aller Kraft. Doch dieser Eindringling verstärkte lediglich seine Anstrengungen. Seine Kraft brannte hinter ihren Augen, in ihrem gesamten Schädel. Feuer schien ihre Kehle zu versengen, ihr Blut unerträglich zu erhitzen.

»Süße«, sagte er, und seine Stimme klang, als käme sie aus weiter Ferne. »Wenn du mich weiterhin abwehrst, wird es nur noch schlimmer. Und ich will dir nicht wehtun.« Sein Ton wurde sanfter. »Bitte!«

Carson öffnete die Augen. Nikodemus wirkte traurig. Sie sah, wie seine Lippen erneut das Wort »bitte« formten. Wie sollte es denn noch schlimmer werden? Und obwohl ihr Verstand heftig protestierte, hörte sie auf, gegen Nikodemus anzukämpfen.

Sie spürte Erleichterung – nicht ihre eigene –, dann fuhr er mit seiner Erkundung fort, übernahm die Kontrolle, zerlegte ihre Gedanken, auf der Suche nach etwas, was ihm Betrug verraten könnte.

Carson glaubte zu ersticken, sie bekam keine Luft mehr. Ihr Kopf brannte.

Er drang in tiefere Schichten vor, mit unglaublicher Geschwindigkeit. Schneller, als sie hätte reagieren können, wäre sie dazu fähig gewesen. Erinnerungen rasten durch ihren Verstand, Bilder, die sie nicht kontrollieren konnte, Gefühle, aus dem Zusammenhang gerissen. Alles wurde hervorgezerrt, untersucht und wieder abgelegt. So rasch, dass es sie schwindelig machte und ihr Übelkeit verursachte. In ihren Ohren rauschte es, ein wilder Protest gegen diese Missachtung all dessen, was sie zu Carson Philips machte.

Die ganze Zeit über saß Nikodemus auf der Couch, ganz still, immer noch auf seinen Ellbogen gestützt. Silbernes Feuer flackerte hinter seinen Augen.

Merkwürdige Empfindungen zerbarsten in ihr, versengten sie.

»Dein Leben ist eine einzige Katastrophe«, hörte sie Nikodemus sagen.

5

Nikodemus griff nach seinem Handy und gab eine Nummer ein. Während es klingelte, betrachtete er Magellans Hexe. Sie war bewusstlos und würde es auch noch eine Weile bleiben. Kein Wunder, schließlich war er extrem tief in ihren Verstand eingetaucht und hatte ihn einer mehr als gründlichen Untersuchung unterzogen. Ein solch heftiges Eindringen sorgte in der Regel auch für heftige Nachwirkungen.

Es tat ihm wirklich leid für sie, und er war beeindruckt davon, wie machtvoll sie ihn anfangs aus ihren Gedanken geschoben hatte. Ob diese Fähigkeit eine reine Überlebensnotwendigkeit war und von all den Jahren herrührte, die sie in einem Haus voller Dämonen gelebt hatte?

»Ja?«, sagte eine Stimme am anderen Ende der Leitung.

»Durian, ich brauche dich hier.«

»Bin schon unterwegs.«

Nikodemus steckte sein Handy weg und wandte sich wieder Carson zu. Sie war unglaublich verführerisch. Klein, aber »gut bestückt«, um es einmal so auszudrücken. Lange Beine, eine extrem schmale Taille. Genau so, wie er es bei Frauen liebte, egal, ob sie menschlich waren oder nicht.

Zu schade, dass ihr Leben, ein solches Höllenchaos, so völlig verkorkst war. Sonst wäre er vielleicht in Versuchung geraten, etwas mit ihr anzufangen. Menschen, selbst wenn sie magisch begabt waren, waren schon merkwürdige Wesen:

steckten in einem einzigen Körper fest und hatten so wenig Zeit zu leben. Nun ja, viele, die dem Magiergeschlecht angehörten, griffen daher zu der hässlichen Maßnahme, ihr Leben ohne Rücksicht zu verlängern, was nichts anderes bedeutete, als dass sie zu diesem Zweck Angehörige seines Volkes töteten. Was wiederum exakt der Grund dafür war, weshalb Magellan und seine Hexe ganz oben auf der Liste derjenigen gelandet waren, die er vernichten wollte.

Die Magier und sein Volk waren schon seit Langem Todfeinde, aber Magellan war außergewöhnlich gut darin, Dämonen zu töten. Sollte der Hexenmeister seine Fähigkeit noch ausweiten können, dann wäre vielleicht nicht einmal mehr er in der Lage, ihn aufzuhalten.

Auch Carson hatte überraschende Stärke gezeigt. Erst als sie sich entspannt und sein Eindringen zugelassen hatte, war es ihm ohne Probleme möglich gewesen, ihre Gedanken und Gefühle zu erforschen. Wirklich schwer war es ihm gefallen, sie wieder zu verlassen. Sie hatte sich unwahrscheinlich gut angefühlt. Sie passten hervorragend zusammen, obwohl sie eine Hexe war. Oder vielleicht gerade deswegen.

Er durfte nicht vergessen, dass sie zu seinen Feinden gehörte. Den Bösen. Wobei es nicht wirklich böse war, einem magiegebundenen Dämonen eins überzuziehen, um einen nicht gebundenen Dämonen zu schützen.

War wohl vom rechten Hexenweg abgewichen, das kleine rauflustige Ding. Wahrscheinlich hatte sie nie Gelegenheit gehabt, das Handbuch für böse Magier zu lesen, obwohl sie doch bei dem Typen gelebt hatte, der es hätte schreiben können.

Nikodemus ging in die Küche und holte sich ein weiteres

Bier. Zurück im Wohnzimmer, setzte er sich aufs Sofa, legte die Füße auf den Couchtisch und öffnete die Flasche.

Er schüttelte den Kopf, als könne er so das seltsame Gefühl der Enge verscheuchen, das seine Brust zusammendrückte. Menschenwesen weckten nur selten Gefühle in ihm – Carson jedoch tat es. Na ja, war wahrscheinlich ein hormonelles Problem. Schließlich war er ein Mann, und wie jeden normalen Mann ließ auch ihn eine attraktive Frau nicht kalt. Und trotzdem, irgendwie war es anders mit ihr.

Er würde doch nicht wirklich Mitleid für eine Hexe empfinden! Nein, das war vollkommen unmöglich! Das durfte nicht passieren. Denn dann würde er alles verraten, woran er glaubte. Seit mehr Jahrhunderten, als das Wort »mausetot« an Buchstaben enthielt, hatte ihm noch keine Hexe leidgetan.

Während Nikodemus sein Bier trank, dachte er weiterhin an ein Paar wunderschöner grüner Augen und an eine Hexe, die vollkommen ahnungslos war.

Da fühlte er, dass sich Durian dem Haus näherte. Dämonen vermochten einander zu spüren; daher kündigte auch jetzt eine Art elektrischer Spannung Durians Kommen an; wie eine Welle spürte er sie in seinem Bewusstsein. Seine Wachsamkeit war geweckt. Inzwischen hatte sicher auch Durian dieses Signal wahrgenommen, stärker als Nikodemus, denn er war ihm an Macht überlegen.

Durian klopfte an die Haustür, und Nikodemus ignorierte es lange genug, um den anderen Dämon zu verärgern. Schließlich begann sein Handy, das auf dem Couchtisch lag, einen kleinen Tanz aufzuführen, denn er hatte es auf Vibrationsalarm gestellt. Er ignorierte das Telefon und ging zur Tür.

»Wurde auch Zeit, dass du kommst!«

Durian steckte sein Handy weg. Er war wie immer elegant gekleidet. Zu einer schwarzen Hose trug er einen schwarzen Kaschmirpullover und schwarze, glänzende Lederschuhe. Er hatte braune Augen und langes dunkles Haar, das schwarz wirkte, bis das Licht darauf fiel.

»Wurde auch Zeit, dass du mich hereinlässt, Warlord.«

Mit einem Nicken deutete er seinen Respekt gegenüber Nikodemus' Rang an, obwohl man sich über dessen Bedeutung hätte streiten können. In diesen Tagen gab es nicht mehr viele Warlords, nicht nach so vielen Jahrhunderten, in denen die Magier Jagd auf sie gemacht hatten. Verdammt, es gab ja nicht einmal mehr genug Dämonen!

»Möchtest du ein Bier?«

»Gern«, erwiderte Durian.

Sie gingen in die Küche, und Nikodemus nahm eine weitere Flasche Asahi Black aus dem Kühlschrank.

Durian öffnete den Verschluss und nahm einen tiefen Schluck. »Ah, das tut gut!« Er folgte Nikodemus, der ins Wohnzimmer zurückkehrte. »Okay, weshalb sollte ich so dringend kommen? Gibt's ein Problem mit dem Treffen? Hat jemand abgesagt?«

In sieben Tagen würden drei Warlords nach San Francisco kommen. Es war ein wichtiges Treffen, denn es ging darum, dass sie nicht länger untereinander um die Macht kämpften, damit sie sich mit vereinten Kräften gegen die Magier wenden konnten. Nikodemus wusste, dass er noch einiges an Überzeugungsarbeit würde leisten müssen, Warlords waren nicht gewohnt, einander die Hand zu reichen.

Im Moment hatte Nikodemus allerdings gar nicht mehr an dieses Treffen gedacht, denn er hatte andere Sorgen.

»Nein«, erwiderte er über die Schulter hinweg, dann zeigte er auf Carson. »Es geht um sie.«

Durian blieb neben Nikodemus stehen, sah ihn von der Seite her an und trank dann noch einen Schluck.

Wie die meisten Dämonen war er in seiner menschlichen Gestalt ungewöhnlich groß und durchtrainiert. Er trug sein Haar offen, nicht wie sonst zusammengebunden, und es reichte ihm bis über die Schultern. In diesen Tagen waren Dämonen stolz auf ihr langes Haar, denn kurz geschorenes war ein Anzeichen dafür, dass sie ihre Freiheit verloren hatten.

Durian musste nur selten von seinen nicht unbeträchtlichen Fähigkeiten Gebrauch machen, um eine menschliche Frau dazu zu bringen, das Bett mit ihm zu teilen oder Gefühle für ihn zu entwickeln, was Dämonen an Menschen so unwiderstehlich fanden. Er brauchte nur zu lächeln und sie aus seinen braunen Augen anzusehen, und schon erwachte ihr Verlangen.

»Tot ist sie nicht«, meinte Durian nun. »Aber du hast sie ganz schön rangenommen.«

Nikodemus griff nach seinem Bier. »Kann man so sagen.«

»Ohnmächtig geworden, was?« Anerkennend hob er die Flasche. »War wohl ein heftiges Liebesspiel.«

»Du erkennst sie wirklich nicht, oder?«

Nun ja, so unverständlich war das nicht. Ihr Haar verdeckte teilweise ihr Gesicht, und ihre wunderschönen grünen Augen waren hinter den geschlossenen Lidern verborgen. Jeder Dämon in einem Umkreis von hundert Meilen um San Francisco wusste, dass Magellans Hexe grüne Augen hatte. Sie war berühmt dafür. Er hatte gedacht, Durian würde die Magie in ihr spüren, obwohl sie ziemlich verkümmert war. Er jedenfalls konnte sie fühlen. Und wie!

Durian zuckte mit den Schultern. »Sollte ich denn?«

»Das ist Carson Philips.«

»Wirklich?« Ohne sein Lächeln wirkte Durian gar nicht mehr so nett. Sondern ausgesprochen gefährlich. Es fiel nun überhaupt nicht mehr schwer zu glauben, dass er der geborene Killer war.

»Sie behauptet, sie sei vor Magellan geflohen.« Nikodemus setzte sich wieder aufs Sofa, legte die Arme auf die Lehne, die Bierflasche immer noch in einer Hand. »Ich habe sie eine halbe Stunde früher als Kynan gefunden. Er hatte den Befehl, sie zu töten.«

Durians Augen weiteten sich. »Kynan Aijan?« Nikodemus nickte. »Und warum lebt sie dann noch?«

Nikodemus machte eine wegwerfende Handbewegung. »Reines Glück«, erwiderte er. »Ich hab sie in der Stadt entdeckt. Gab sich überhaupt keine Mühe zu verbergen, wer sie war. Und ich dachte mir, wen, zum Teufel, will sie mit diesem dummen Komm-doch-und-krieg-mich-Spielchen an der Nase herumführen? Irgendeinen zurückgebliebenen Dämonen-Laufburschen?« Er zog die Augenbrauen zusammen. »Je näher ich ihr kam, desto chaotischer fühlte sie sich an.«

Durian schnaubte verächtlich.

»Wirklich.« Nikodemus hob eine Hand. Carsons Magie schwankte zwischen höchster Intensität und kaum noch Vorhandensein. Verwirrend. Und nun auch für Durian spürbar. Sein Kopf fuhr zu ihr herum.

»Entspann dich«, fuhr Nikodemus fort. »Es wird noch eine Weile dauern, bis sie wieder zu sich kommt.«

»Was soll das?«

»Das habe ich mich auch gefragt.« Nikodemus nickte. »Es ist völlig unmöglich, dass sie ihm geholfen hat. Nicht, wenn ihre Magie so unbeständig ist.« Das war das Seltsame an Magellans Hexe. Alle hatten sie angenommen, dass sie an seinen Verbrechen teilhatte, doch sie verfügte gar nicht über die Fähigkeit dazu. »Es ist genauso, wenn sie bei Bewusstsein ist. Magie so stark, dass sie dich zu einem Häuflein Asche verbrennen könnte. Und dann ist plötzlich gar nichts mehr da.«

Durian rieb sich die Arme. »Was stimmt dann nicht mit ihr?«

»Sie hat von gar nichts eine Ahnung«, erklärte Nikodemus. »Und schon gar nicht von uns. In ihrem Kopf steckt nichts als albernes Bücherwissen. Soweit ich das feststellen konnte, hat Magellan sie nicht mal in die Nähe von irgendetwas Wichtigem gelangen lassen.« Nikodemus schlug die Beine übereinander. »Außer einem einzigen Mal.« Carson entwickelte sich tatsächlich zu einem beunruhigenden Problem. »Und das hatte schwerwiegende Konsequenzen. Für sie. Was offensichtlich wurde, als Kynan versuchte, sie zu töten.« Er trank einen Schluck von seinem Bier, doch plötzlich schmeckte es nicht mehr so gut, wie es hätte schmecken sollen. »Kynan ist ihr auf den Fersen, und sie ist so hilflos wie ein Welpe.«

»Richtig«, meinte Durian. »Wie ein Wolfswelpe. Und sobald sie groß ist, zeigt sie ihre Fangzähne und ihren Raubtierinstinkt.«

Nikodemus schüttelte den Kopf. »Nein, Durian, es ist zu spät für sie.«

»Wieso?«

»Sie glaubt, dass sie einfach nur Kopfschmerzen hat, aber es ist eine Vergiftung. Manchmal tun Magier anderen Magiern so etwas an.« Er sah zu Carson hin, die immer noch bewusstlos war. »Ein Magier findet eine junge Hexe oder einen Hexer mit einem hohen Potenzial. Er muss sich ihrer bemächtigen, solange sie noch sehr jung sind. Bevor ihre Magie erwacht.«

Durians Ausdruck des Abscheus war sehenswert.

»Gib dem jungen Magier genug von den richtigen Drogen und schneide ihn dann von seiner Macht ab. Die Kraft bleibt, aber das Kind kann sie nicht nutzen. Nie mehr.«

»Aber der Magier kann es?«

Nikodemus nickte. »Sie ist so etwas wie ein persönliches Reservoir für Magellan. Wann immer er mehr Magie braucht, kann er ihre Kraft anzapfen. Na ja, so lange, bis das Gift sie umbringt. Oder all die aufgestaute Magie. Ich fürchte, ihr bleibt nicht mehr viel Zeit.« Dieser Gedanke machte ihn traurig. Das hatte sie nicht verdient. Niemand verdiente so etwas.

»Und sie kann wirklich nicht ziehen?«

Nikodemus ging noch einmal all die Informationen durch, die er aus Carsons Bewusstsein gewonnen hatte. Die Hexenkräfte waren ihr angeboren, doch er hatte nicht den geringsten Hinweis darauf gefunden, dass sie jemals »gezogen«, also einen von seinem Clan unterjocht hätte. Oder auch nur im Geringsten ahnte, was sie wirklich war.

Er wusste, dass Durian auf eine Antwort wartete, aber noch wollte er sich nicht aus seinen Erinnerungen lösen. Es hatte auch angenehme Momente gegeben, als er sich in ihrem Bewusstsein befand.

Doch dann schüttelte er den Kopf. »Ihre Kraft schwillt in beträchtlichem Maße an und ab. Wenn sie nachlässt, ist Carson praktisch taub. Vollkommen menschlich.« Er reckte sich und versuchte, sich gegen Carsons Magie abzuschotten.

»Dann könnte sie fast für einen ganz normalen Menschen durchgehen. Doch wenn die Magie steigt, dann bekommt sie furchtbare Kopfschmerzen, weil sie ihre Kraft nicht berühren kann. Fängt an zu stolpern. Wird weiß wie ein gottverdammtes Laken. Ich habe mehr als nur einmal befürchtet, dass sie mir gleich in Ohnmacht fällt.«

Nachdenklich betrachtete Durian Magellans Hexe. »Das muss ziemlich verwirrend gewesen sein.«

»Und wie!« Hexenkraft übte bekanntermaßen eine überaus starke Anziehungskraft auf Dämonen aus. Ihre Magie fühlte sich gut an. Wirkte erregend. Schon vor langer Zeit hatten Dämonen lernen müssen, dieses Begehren zu unterdrücken. Sonst kamen sie irgendwann einer Hexe zu nah und endeten mit kurz geschorenem Kopf, wurden zum Sklaven eines Magiers, bis dieser beschloss, ihr Leben zu beenden. Die Zeiten, in denen Dämonen dem Magiergeschlecht noch hatten vertrauen können, lagen Jahrtausende zurück.

Während ein Dämon versklavt war, blieb sein Haar kurz, ein Nebeneffekt der Magie, die ihn band. Ein praktischer Nebeneffekt, denn so fiel es den Hexern leicht zu unterscheiden, welcher Dämon sich schon in ihrer Macht befand und welcher noch einzufangen war.

Er wusste, was Durian sagen würde, und sicher wäre es besser, die Hexe zu töten. Wie lautete dieses alte Sprichwort? Nur eine tote Hexe war eine gute Hexe. Oder so.

»Sie weiß wirklich nicht, was sie ist? Niemand hat es ihr je gesagt? Und sie hat es auch nicht selbst herausgefunden?«

»Warum hätte Magellan es ihr verraten sollen? Es ist doch viel einfacher für ihn, wenn sie unwissend bleibt. Schließlich beraubt er sie mit seinem Gift ihrer Kraft. Und verursacht letztlich ihren Tod.« Nikodemus trank noch einen Schluck.

»Da hält er besser den Mund. Er hat ihr doch bisher nur Böses angetan.« Er schüttelte den Kopf. Sie tat ihm echt verdammt leid. »In gewisser Weise hat sie einiges mit uns gemeinsam.«

Durian starrte ihn an. Starrte ihn ungläubig an.

»Hey, das nennt man Ironie, Durian«, sagte Nikodemus. »Magellan hat sie gelinkt, und genau wie seine magiegebundenen Sklaven wird sie das nicht überleben.«

»Ich bringe dir Respekt und Treue entgegen, Warlord, und wenn die Zeit gekommen ist, werde ich an deiner Seite kämpfen.«

»Was ich auch erwarte.« Natürlich, denn er brauchte Durians Unterstützung.

»Aber was auch immer dieser Hexenmeister ihr gegeben oder ihr angetan hat«, fuhr Durian fort. »Sie ist eine Hexe. Sie sollte sterben. Je weniger es von ihnen gibt, desto weniger Feinde können sich uns entgegenstellen, wenn die Zeit gekommen ist.«

Nikodemus verzog das Gesicht. Als ob er das nicht selbst wüsste! Oder was ihre Art der seinen angetan hatte. Er sollte nicht ständig nach Entschuldigungen für sie suchen.

Aber sie hatte Kynan angegriffen, aus eigenem Antrieb. Sie hatte es getan, obwohl sie eigentlich gar keine Chance gegen ihn hatte.

»Ich hasse das gesamte Magiergeschlecht so sehr wie jeder andere von uns«, sagte er. »Ich wäre überglücklich, wenn sie alle innerhalb der nächsten fünf Minuten in sich zusammenfallen und sterben würden. Aber ich finde immer noch, dass das, was Magellan ihr angetan hat, pervers und krank ist.«

Wenigstens setzte sich Durian endlich hin.

Wie lange kannte er Durian nun schon? Nicht so lange wie

andere. Erst seit er nach San Francisco gekommen war. Aber auf Durian war Verlass. Und er war clever genug, sich nicht einfangen zu lassen. Klug genug, um zu begreifen – genau wie er selbst –, dass die einzelnen Clan-Gruppen sich zusammenschließen mussten, wenn sie überleben wollten. Dass es ein Ende haben musste mit den Kämpfen untereinander. Diejenigen Warlords, die noch übrig geblieben waren, mussten ihre Kräfte vereint gegen die Magier einsetzen. Es war der einzige Weg, um zu vermeiden, dass ihr Geschlecht vollkommen ausgelöscht wurde.

Durian war der Erste, der sich ihm angeschlossen hatte, als er beschloss, andere für seine Pläne zu gewinnen und eine eigene Gruppe für den gemeinsamen Kampf aufzustellen. Nicht länger allein zu kämpfen. Warlords waren Anführer. Die Zeit war gekommen, dass er seine Führungsqualitäten unter Beweis stellte. Er brauchte Durian. Dessen Intelligenz und dessen Fertigkeiten. Durian hatte keine Angst davor, seine Gedanken auch einmal ungewöhnliche Wege gehen zu lassen. Und er wusste genau, wie er die anderen Warlords behandeln musste. Ohne Durian hätten sie niemals zugestimmt, zu diesem Treffen zu kommen.

Durian strich seine Hosenbeine glatt. »Bring sie jetzt um, Nikodemus, bevor sie zu ihrem Liebsten zurückrennt und ihn anbettelt, ihr zu verzeihen. Und ihm dann alles über uns verrät.«

Nikodemus schüttelte den Kopf. »Kommt gar nicht in Frage. Sie fürchtet sich vor ihm zu Tode. Und außerdem: Magellan hat sie nie angerührt. Er holt sich seinen Kick bei Kynan.« Nikodemus starrte auf das Etikett der Bierflasche. Einiges von dem, was er in Carsons Kopf gesehen hatte, bereitete ihm Übelkeit. »Es gibt eine Erinnerung in ihrem Bewusstsein, auf die ich hätte verzichten können. Sie hat die beiden einmal überrascht. Bei einem Blowjob, den Kynan Magellan besorgen musste. Die beiden Lover, die sie bisher hatte, hat Magellan ihr ›vermittelt‹. Wahrscheinlich auch Hexenmeister, aber das weiß ich nicht so genau. Mit keinem von beiden hatte sie eine längere Beziehung.«

Er trank von seinem Bier, nahm einen tiefen Schluck, doch es konnte den hässlichen Geschmack in seinem Mund nicht wegspülen. Er wusste hundertprozentig, dass Kynan nicht auf Männer stand. Manche Dämonen bevorzugten ihre eigenen Geschlechtsgenossen – in der Beziehung gab es keinen Unterschied zu den Menschen –, doch Kynan gehörte nicht dazu. Er war eindeutig hetero. Und wenn Magellan ihn zu seinem Liebhaber gemacht hatte, dann ganz sicher gezwungenermaßen. In diesen wie in allen anderen Dingen hatten magiegebundene Dämonen eben keinen eigenen Willen mehr.

»Wie tief bist du denn in ihr Bewusstsein eingedrungen?«

Nikodemus zupfte an seinem Shirt. Verdammt tief. So tief, dass er nicht sicher war, ob er sich komplett wieder hatte lösen können. »Sie ist ein tapferes kleines Ding.« Und eine Lügnerin. Nicht dass er ihr das vorwerfen könnte. Aber sie hatte ihm nun mal nicht alles erzählt.

»Tapfer. Also echt.« Auch Durian trank einen Schluck. »Du scheinst deine Objektivität zu verlieren.« Deutlich schwang Missfallen in seiner Stimme mit. »Sie ist eine Hexe, Nikodemus.«

»Eine Hexe, die nicht ziehen kann. Wie soll sie gefährlich sein, wenn sie dazu nicht in der Lage ist? Magellan will ihren Tod, und sie fürchtet, dass Kynan sie finden und sie umbringen wird. Nach dem, was ich mitbekommen habe, ist ihre Angst begründet.« Durian war nicht anzusehen, was er dachte. »Der Befehl, sie zu töten, kann nur von Magellan gekommen sein.«

»Wieso macht er sich die Mühe, wenn sie eh stirbt?«

Nikodemus zuckte mit den Schultern. »Was Magellan Carson angetan hat, ist selbst unter Magiern illegal. Wenn andere Hexer das herausfinden würden, dann …« Sein Zeigefinger glitt über seine Kehle. »Aber wenn sie tot ist, gibt's dafür keinen Beweis mehr.«

Durian beugte sich vor, um die Bierflasche auf den Tisch zu stellen. »Warum hast du mich kommen lassen, Warlord?« Er starrte Nikodemus an. »Falls du glaubst, dass ich für deine tapfere kleine Hexe den Babysitter spiele, dann irrst du dich.« Seine Augen funkelten. »Bei allem Respekt: Ich will nichts mit ihr zu tun haben.«

»Es geht nicht um sie.« Durian war ihm verpflichtet. Er hatte ihm Gefolgschaft geschworen. Es war mehr als nur eine Frage der Ehre, es war eine tiefe magische Verbindung. Es ging nicht darum, dass er Durian um einen Gefallen bat, den dieser nach Belieben leisten oder verweigern konnte. Durian war durch Magie verpflichtet, Nikodemus jede Hilfe zu leisten, die er einforderte. So wie Nikodemus verpflichtet war, keine unsinnigen oder eigennützigen Forderungen zu stellen. Warlords, die es dennoch taten, mussten bald feststellen, dass das Band sich lockerte.

Nikodemus setzte sich aufrecht hin und sah seinen Freund an. »Ich brauche dich für etwas anderes, Durian.«

Durian blinzelte einmal, und seine Pupillen weiteten sich.

Ja, das war genau die richtige Aufgabe für Durian. Er verstand sich aufs Töten und war im Clan dafür berüchtigt. Er behauptete allerdings, er habe das Töten aufgegeben, und vielleicht stimmte das sogar. Weil er sonst nämlich gejagt und irgendwann erwischt worden wäre. Und vermutlich inzwischen einem Hexenmeister dienen würde.

»Kynan läuft irgendwo dort draußen herum. Ohne Magellan, der ihm den Rücken stärkt.« Kynan war selbst ein Warlord gewesen, und es war nicht ratsam, ihn zu unterschätzen. Er wirkte furchteinflößend, und leider spielte er zurzeit auf der falschen Seite. »Ich will, dass du ihn findest und aus dem Verkehr ziehst. Für immer.«

Durian packte die Bierflasche am Hals und wirbelte sie herum. »Dafür, dass er Magellans Bettgenosse ist?«

»Ihn umzubringen ist die einzige Möglichkeit, ihn aufzuhalten. Ich will die Hexe lebend und Magellan tot.« Nikodemus konnte Durians Herz schlagen hören. Der Dämon hatte gerade die Erlaubnis erhalten, einen Artgenossen zu töten, und das machte ihn glücklich. So, wie ein weiterer Schuss einen Fixer glücklich macht. Denn wenn ein Dämon erst einmal auf den Geschmack gekommen war, verlor er niemals die Lust am Töten.

»Ist Kynan tot, wird Magellan verletzlich«, fuhr Nikodemus fort. »Carson Philips wird mir dabei helfen, so nah an Magellan heranzukommen, dass ich ihn mir schnappen kann. Also, wie gesagt: Kynan ist irgendwo dort draußen. Ohne Magellan. Finde ihn und bring ihn zur Strecke.«

Durian ließ die Flasche los. »Mit Vergnügen, Nikodemus.«

Nikodemus beschrieb ihm, wo er und Kynan aufeinandergetroffen waren, wo er sich mit Carson befunden hatte, als es ihm endlich gelungen war, ihre unstete Magie so weit zu dämpfen, dass Kynan ihr nicht mehr ohne Weiteres folgen konnte. Dennoch würde er sie früher oder später wieder aufspüren, und er wollte nicht, dass der magiegebundene

Dämon Magellans Befehl ausführte. Die Hexe würde ihm noch nützlich sein.

»Es gibt keinen Besseren als dich für diese Aufgabe, Durian.«

Dessen Augen blitzten. »Einfach wird es trotzdem nicht sein«, erwiderte Durian und stand auf.

Nikodemus nickte. Das war ihm durchaus bewusst. Denn Dämonen konnten ihre magiegebundenen Artgenossen nicht spüren. Ein versklavter Dämon war von seinen Brüdern abgeschnitten. Nicht länger in der Lage, sich über das Bewusstsein mit anderen auszutauschen, diese Verbundenheit herzustellen so wie Durian und er, die nach Belieben die Gedanken und Gefühle des anderen lesen konnten.

Arme Teufel. Was das anging, waren Magiegebundene nicht besser dran als Menschen.

Nikodemus spürte, wie Carsons Magie erneut aufflackerte, zu voller Stärke anstieg. Ihre Hexenmagie erregte ihn. Heftig. Es war doch die Magie, oder? Um die Erregung wieder abzubauen, musste er sich in dieser Nacht vermutlich selbst ein wenig Freude verschaffen.

Durian spürte es ebenfalls. Hatte auch verdammt lange gedauert.

»Sie wacht auf.«

Durian atmete tief durch. »Danach ist mir jetzt nicht gerade.«

»Dann hau ab. Sei vorsichtig und ruf mich an, wenn du die Sache erledigt hast.«

Durian sah ihn lange an, dann neigte er den Kopf und drückte drei Finger gegen seine Stirn. »Warlord.«

Nachdem Durian gegangen war, entspannte sich Nikodemus ein wenig und ließ Carsons Magie über sich fließen.

Sein Begehren wuchs. Er überlegte, wie es wohl mit einer Frau wie Carson Philips, so schön und so verboten, sein würde. Er würde sich Zeit lassen, wenn er sie auszog, jeden Teil ihres Körpers, den er entblößte, küssen und liebkosen, bis sie in seinen Armen dahinschmolz. Sie zu lieben würde süß und sanft sein, weil Carson selbst tief in ihrem Inneren ebenfalls süß und sanft war.

Bei ihrem ersten Mal würde er zärtlich und geduldig sein, sie nicht bedrängen, zu viel Schlimmes hatte Magellan ihr zugefügt. Er wusste ja, dass sie nur begrenzte Erfahrungen hatte – Erfahrungen, die nicht besonders aufregend waren und sie zu dem Schluss hatten kommen lassen, dass sie durchaus auf Sex verzichten konnte. Später jedoch, wenn sie erst einmal begriffen hatte, dass Sex auch schön sein konnte, würden sie vielleicht ein paar andere Sachen ausprobieren. Zunächst jedoch war Zärtlichkeit das Wichtigste. Carson brauchte jetzt erst einmal einen Liebhaber, der nicht nur an sich selbst, sondern vor allem an sie dachte.

Carsons Lider flatterten. Dann schlug sie die Augen auf.

6

Carson kämpfte gegen diesen schrecklichen Brechreiz an, und sie brauchte all ihre Konzentration, um ihn zu unterdrücken. Farben tanzten hinter ihren geschlossenen Lidern, ein intensives Purpur, ein aggressives Grün, Orange und Schwarz. Als ihr Magen sich schließlich beruhigte, wagte sie es, ein Auge zu öffnen – und blickte verblüfft auf den Riemen ihrer Handtasche.

Gott, fühlte sie sich zerschlagen! In dem Augenblick, als sie versuchte, sich auf ihre Umgebung zu besinnen, begann sich alles um sie zu drehen, ihr Kopf wirkte schwer und leicht zugleich. Wenn dieser Schwindel nicht gleich aufhörte, dann würde sie sich doch noch übergeben. Schnell machte sie die Augen wieder zu. Und tatsächlich verlor sich das Gefühl, dass alles um sie herum wankte. Ihr Bewusstsein schien allerdings noch immer irgendwie verwundet zu sein.

Hatte Nikodemus es wirklich getan?

Nikodemus. Er existierte tatsächlich. Ein Wüstendämon. Er hatte ihr das Gefühl gegeben, sich in ihrem Kopf zu befinden. Er war tatsächlich in ihrem Kopf gewesen. Er hatte die völlige Kontrolle über sie und getan, was immer er hatte tun wollen.

Sie spürte, dass er sich im selben Raum befand.

Adrenalin jagte durch ihren Körper. Sie öffnete erneut

die Augen. Diesmal behinderten keine Farben ihre Sicht. Lediglich der Riemen ihrer Handtasche.

Carson begriff, dass sie nicht mehr im Sessel saß. Ihre Wange lag auf dem harten Boden. Ein Arm war unter ihrem Körper eingeklemmt, ihre Finger waren eingeschlafen. Die andere Hand lag mit der Innenfläche auf dem Boden.

Es gelang ihr schließlich, sich auf den Rücken zu rollen. Und prompt drehte sich der Raum wieder. Bronzesterne schienen oben an der Decke ihren Bahnen zu folgen, ein verwirrender Anblick, doch dann ließ der Eindruck, dass die Sterne sich bewegten, nach. Carson setzte sich auf, schloss und öffnete ihre Finger, und es prickelte wie von tausend Nadeln.

Nikodemus beobachtete sie, einen seltsam intensiven Ausdruck in den Augen, doch sein Gesicht zeigte keine Regung. Reste der Energie, die er in ihr Bewusstsein gesandt hatte, schienen Funken zu sprühen und zu zischen. Er verschränkte die Arme vor der Brust und hielt den Blick weiterhin auf sie gerichtet.

Für den Bruchteil einer Sekunde schien sich sein Bild an den Rändern zu verzerren. Schatten verdeckten das Weiß in seinen Augen, und selbst, als sie wieder ganz normal erschienen, wirkten seine Pupillen immer noch silber-schwarz.

Unmöglich, dachte Carson. Und dann: vielleicht doch nicht.

Sie blinzelte. Er trug dieselbe Kleidung wie zuvor: verwaschene Jeans, T-Shirt, Cowboystiefel. Doch sein dunkles Haar wirkte jetzt fast schwarz, ohne jeden Bronzeschimmer, und statt bis zu den Schultern fiel es bis zu seiner Taille hinab. Wie ihres. Seine Wangen waren weich und glatt, der Zwei-Tage-Bart verschwunden, das Gesicht erschien ihr schärfer geschnitten und noch attraktiver als zuvor, mit der hellen Haut von jemandem, der »Black Irish« unter seinen Vorfahren hatte, nicht den hellen, sondern den dunklen keltischen Typus. Er hatte eine lange Nase und einen stur wirkenden Mund. Es war ein Charaktergesicht, diese männliche Version von ihr. Seine Augen waren grün wie das Grün des Mooses. Genau wie ihre.

Carson blinzelte erneut, und nun sah er wieder aus wie der lässige, gut aussehende Typ, dem sie vorhin begegnet war.

Er erhob sich, bot ihr aber keine Hilfe an. Sie nahm es ihm nicht übel. Schließlich stand sie ganz oben auf seiner Liste der Leute, die er am liebsten tot sehen wollte, gleich hinter Álvaro Magellan. Wenn sie nicht vom Rand des Abgrunds zurückgekehrt wäre, in den er sie hatte blicken lassen, dann hätte er jetzt eine Aufgabe weniger zu erledigen. Er wollte sie genauso wenig hier in seinem Haus haben, wie sie auf dem Boden seines Wohnzimmers liegen und das Gefühl haben wollte, dass ihr Innerstes nach außen gekehrt worden war.

Dein Leben ist eine einzige Katastrophe.

In ihrem Kopf dröhnte es, vielleicht auch in ihrer Brust – so genau konnte sie es nicht lokalisieren. Es war ein merkwürdig neues Gefühl, ein seltsam fremdartiges. Ein Pochen in ihrem Schädel, das anders war als ihre üblichen Kopfschmerzen. Es war, als sei die Knochenhaut ihres Schädels wund, als habe irgendetwas sie versengt.

Carson beschloss, dort zu bleiben, wo sie war. Wenn er sie sowieso umbringen wollte, machte es wenig Sinn, aufzustehen. Sie starrte an die Decke, atmete durch den offenen Mund. Ihre Haut prickelte.

»Nun«, sagte sie, »was bin ich?«

Es wäre gut, wenn er es wüsste, dachte sie.

Nikodemus trat zu ihr. Diesmal hörte sie seine Schritte. Das Klicken der Absätze, den weichen Auftritt der Sohle. Dann versperrte ihr sein Gesicht den Blick auf die Sterne. Er streckte ihr eine Hand hin.

»Lebendig«, erwiderte er.

»Wirklich?«

Er packte sie am Arm und zog sie auf die Füße. »Ja, das bist du. Vorerst.«

Ihre Beine gaben nach, doch Nikodemus ergriff auch ihren anderen Arm und gab ihr Halt. In ihrem Kopf dröhnte es wieder, und als sie die Augen schloss, tanzten purpurne Farbstreifen vor ihren Lidern. Der Schwindel ließ nach, nachdem sie einmal tief durchgeatmet hatte.

Nikodemus führte sie zur Couch, und sie ließ sich in die Kissen sinken. Ihr Kopf fiel zurück. Der Raum drehte sich. Hübsch, wie die Sterne über ihr kreisten.

Er schnappte sich ihre Tasche, suchte etwas darin und zog schließlich eine kleine Statue hervor. Sie war ungefähr acht Zentimeter hoch, aus schwarzem Basalt und stellte einen Mann mit einem Wolfskopf dar. Die weiße Lederhaut der Augen war aus Elfenbein eingelegt, die Pupillen bestanden aus winzigen Obsidiankreisen, die Iris war golden. Es schien, als sei die Figur im Gehen dargestellt, ein Bein vor dem anderen, und die Kleidung war so fein herausgearbeitet, dass man fast glauben konnte, sie wäre in Bewegung.

»Könntest du mir das mal erklären?«

»Die Statue ist sumerisch«, erwiderte sie und fuhr sich mit der Zunge über die Lippen. »Magellan hat sie gestohlen.«

»Und was macht sie in deiner Handtasche? Urlaub?«

»Ich fürchte, dass ich sie ihm gestohlen habe«, antwortete sie langsam. Sie nahm die kleine Statue an sich. Ein Funken sprang über ihre Hand. Stark genug, um schmerzhaft zu sein und ihre Fingerspitzen prickeln zu lassen. Das merkwürdige Gefühl breitete sich über ihren gesamten Arm aus, und ihre Finger verloren wieder jedes Gefühl.

»Au«, sagte sie leise.

»Was ist?«

»Statische Elektrizität, nehme ich an.«

»Du hast das gespürt?« Er beugte sich vor, starrte die kleine Figur an. »Das ist wirklich interessant, Carson.«

Damit sie den Arm ausschütteln konnte, nahm sie die Statue in die andere Hand, die nun ebenfalls zu prickeln begann. Der Stein fühlte sich warm an, und die Figur war ungewöhnlich schwer. Aus der Nähe erkannte Carson Details, die ihr zuvor noch gar nicht aufgefallen waren. Zum Beispiel, dass in den Saum der Robe eine Inschrift eingeritzt war.

»Wegen dieser Figur ist Magellan hinter mir her«, erklärte Carson. »Ich habe sie ihm gestohlen, weil er glaubt, er brauche sie unbedingt für die Rituale, über die er geschrieben hat. Wie das, das er gestern ausführen wollte. Ich dachte, wenn ich ihm die Figur wegnehme, dann bringt er vielleicht niemanden mehr um.«

»Wie edel von dir.« Nikodemus fuhr sich mit den Fingern durchs Haar. »Weißt du, was für eine Figur das ist?«

»Ein Talisman. Er soll demjenigen, der ihn besitzt, Glück bringen. In der Welt der Wüstendämonen und ihrer Verehrer wurde sie angeblich dazu benutzt, Verbindung mit einem Gott aufzunehmen oder vielleicht auch einem besonders verehrten Vorfahren.«

»So ganz falsch ist das nicht. Diese Figur hier ist jedoch aus einem anderen Grund etwas ganz Besonderes.«

»Und aus welchem?« Sie drehte die kleine Statue zwischen ihren Fingern. Der Stein sah aus wie Basalt, war aber nicht so kühl, wie er sein sollte. Hätte sie eine lebhaftere Fantasie besessen, hätte sie behauptet, die Hitze käme aus dem Inneren der Figur.

»Ein Dämon steckt darin, eingeschlossen von einem Magier. Und nur ein Magier kann ihn auch wieder befreien. Das erzählt man sich jedenfalls.«

Sie sah ihn nicht an, obwohl er ihr viel zu nah war, und strich mit dem Zeigefinger über den schwarzen Stein. »Es ist nicht ungewöhnlich, dass Legenden um ein Objekt entstehen, dem übernatürliche Fähigkeiten zugeschrieben werden. Aber ich bin sicher, deine Kenntnisse bauen nicht auf Legenden auf.« Sie wartete darauf, dass er ihr mehr verriet.

»Richtig«, erwiderte Nikodemus. »Es gibt eine Menge Magier, die ihr erstgeborenes Kind ohne Zögern hergeben würden, wenn sie dafür den in dieser Figur gefangenen Dämon ›befreien‹ könnten. Auch Magellan würde zu gern diese Statue aufbrechen und die darin enthaltene Macht ergreifen.«

Carson spürte, wie ihr Puls sich beschleunigte. Dämonen, Magier, Hexen – bisher war das alles nur Humbug für sie gewesen. Nun, sie wusste jetzt, dass es Dämonen tatsächlich gab. Existierten dann also auch Magier und Hexen? Und was mochte es sonst noch geben, was sie für unmöglich gehalten hatte?

Ihr Kopf war voll mit geheimem Wissen über Dämonen, das sie sich eher nebenbei beim Lesen angeeignet hatte. Und wie oft hatte sie dabei gedacht, dass diese alten Mythen zum Teil ziemlich bizarr waren. Genauso bizarr wie Magellan, der sich in seinen Arbeiten mit den Namen, Titeln und Hierarchien der Dämonen beschäftigte, mit ihren Kräften und den Objekten, von denen sie angezogen wurden. Er hatte beschrieben, auf welche Weise sie früher verehrt wurden und welche Opfer man ihnen darbrachte, aber auch, wie man sie zu beherrschen vermochte. Er kannte die Beschwörungen und Formeln, mit denen man ihnen Macht geben oder sie ihnen nehmen konnte.

Über all diese Informationen verfügte sie – jetzt jedoch ahnte sie, dass das kein Unsinn war, sondern Realität. Auch wenn sie noch voller Zweifel war, ihr Verstand sich immer noch weigerte, all das für wirklich zu erachten, hatte sie tief in ihrem Inneren längst begonnen, Nikodemus zu glauben.

Und das Ritual, das Magellan durchgeführt hatte, bevor sie weggelaufen war, war definitiv real gewesen.

Ihr Magen zog sich zusammen.

»Jeder, der die Vergangenheit studiert, weiß, dass man für alles einen Preis bezahlen muss und ganz besonders für Macht«, fuhr Nikodemus fort. »Man muss ein Leben opfern, um diese Figur aufbrechen zu können und an ihre Macht zu gelangen. Gelingt es dem Magier und überlebt er die Nachwirkungen – was durchaus nicht selbstverständlich ist, glaub mir das –, dann wird er unbesiegbar. Vermutlich auch unsterblich.«

»Das ist es, was Magellan will«, flüsterte sie.

Nikodemus neigte den Kopf, und Carson konnte den Sternrubin sehen. »Natürlich darf der Magier nicht einfach irgendjemanden opfern.«

»Nicht?«

»Er müsste jemanden wie mich töten.«

Ihr Herz zog sich zusammen. »Stammst du wirklich aus China?«, wollte sie wissen und schaute ihn an. »Aus der Wüste Gobi?«

»Was meinst du?«

Sie studierte ihn genauer und konnte nichts entdecken, was nicht menschlich gewirkt hätte. Er stand dicht vor ihr, viel zu dicht. Wenn sie ihr Knie nur ein kleines Stückchen bewegte, dann würde sie sein Bein berühren.

»Ich weiß inzwischen gar nichts mehr.«

»Die Welt hat sich verändert, Carson. Die meiste Zeit über hält man uns für menschliche Wesen.« Er rieb sich den Arm. »Pass dich an oder stirb.«

»Und wie siehst du wirklich aus?« Wenn sie die Augen schloss, dann sah sie wieder jenes Wesen vor sich, wie es auf dem Tisch lag. Sie sah den Raum vor sich, in dem Magellan stand, mit seinen blutverschmierten Fingern, schien den scharfen Geruch von Blut wahrzunehmen. Diese Kreatur, die dort ihr Leben aushauchte, hatte ihr direkt in die Augen geblickt, ihre Wut und ihre Verzweiflung hatten sie bis ins Innerste berührt. Niemand sollte auf eine solche Weise sterben. Niemand.

Nikodemus spreizte die Hände. »Mach dir darüber keine Gedanken – die Gestalt, die ich jetzt habe, ist die einzige, die für dich wichtig ist.« Er trat nicht zurück, absichtlich nicht. Seine Nähe irritierte sie.

»Und jetzt?«

»Das, Süße, ist die Frage des Tages.«

Er machte sie immer nervöser. Am liebsten wäre sie zurückgewichen, doch das wäre eine Art Kapitulation gewesen.

»Verdammt, das ist vielleicht sogar die Frage des Jahrhunderts«, fuhr er fort. »Was soll ich bloß mit Magellans Hexe anfangen, jetzt, da ich sie endlich erwischt habe?«

»Mich in das Geschäft zurückbringen, wo du mich gekauft hast?«

Er lachte nicht. Er lächelte nicht einmal.

Würde er sie möglicherweise auf die Straße setzen, sodass Kynan sie fand? Diese Vorstellung weckte mehr als nur ein bisschen Entsetzen in ihr. Dann wäre sie ganz auf sich allein gestellt. Mit einem schwindenden Vorrat an Geld und Kynan, der sie jagte. Die Kehle wurde ihr eng. Nikodemus hatte recht: Ihr Leben war eine Katastrophe.

Er setzte sich auf die Couch, und sie rückte unauffällig ein Stück von ihm weg. Er legte einen Arm auf die Sofalehne, die Beine hatte er so übereinandergeschlagen, dass der Knöchel auf dem Knie lag.

»Selbst wenn es in meinem Interesse wäre, dich gehen zu lassen – was nicht der Fall ist –, gäbe es wohl kaum einen Ort, an dem Magellan dich nicht finden könnte.« Er lehnte sich zu ihr vor, wieder kam er ihr zu nah, durchbrach den Abstand, bei dem sie sich noch wohlgefühlt hätte. Er hatte so ein wunderbares Lächeln und konnte es in Sekundenschnelle verdüstern. »Vielleicht auch gar keinen.«

»Aber jeden Tag tauchen Leute ab, ohne dass jemand sie aufspüren kann.« Sie rückte noch weiter weg, setzte sich genau wie er seitlich hin und zog die Knie an die Brust. Er sah kein bisschen anders aus als in dem Moment, in dem sie sich begegnet waren, und unwillkürlich fragte sie sich, ob sie sich nur eingebildet hatte, ihn mit schwarzem Haar und grünen Augen zu sehen.

»Um dich zu finden, brauchen Magellans Dämonen nur ihrer natürlichen Verbundenheit zu Menschen mit magischen Fähigkeiten zu folgen. So, wie du gesendet hast, hätte dich ein Baby entdecken können. Sei froh, dass ich schneller als Kynan war.«

»Was gesendet?« Und was meinte er mit »Magellans Dämonen«? Sie verstand das alles nicht. Verwirrt fuhr sie sich durchs Haar und wünschte sich, sie hätte etwas, um es zusammenzubinden.

Er legte auch den anderen Arm auf die Lehne, berührte Carson fast. »Magie, Carson. Hexen und Magier besitzen sie, und auch wir Dämonen. Sie ist unser sechster Sinn. Mit ihrer Hilfe überleben wir. Wir können nicht existieren, ohne auf die eine oder andere Weise mit Magie verbunden zu sein.«

Carson begann zu zittern, als wäre sie plötzlich eisiger Kälte ausgesetzt. »Das ist doch absurd.« Sie lehnte ihre Stirn gegen die Knie. »So etwas gibt es nicht.«

Nikodemus sprang unvermittelt auf, begann auf und ab zu laufen. Carson hob den Kopf und folgte ihm mit dem Blick. Genauso unvermittelt blieb er wieder stehen und starrte sie an.

»Magellan hat dich manipuliert, Carson. Magier wie er überlassen nichts dem Zufall. Alles, was du bist oder nicht bist, ist genau so beabsichtigt.« Er runzelte die Stirn. »Verdammt, wie heißt das Wort noch mal?« Er schnippte mit den Fingern. »Unschuldig? Naiv?«

Sie sah ihn nur an.

»Ahnungslos. Ehrlich gesagt, das hatte ich nicht erwartet. Dass du nicht das Geringste über Magellan weißt oder darüber, was er ist. Ein *Magier,* Carson, ein Hexenmeister.« Er sah sie an. »Dass du nicht einmal weißt, was du selbst bist.«

»Ich hasse ihn.« Es tat gut, es laut auszusprechen. Sie hasste Álvaro Magellan abgrundtief.

Nikodemus ließ sich in den Ledersessel fallen, die Hände hinter dem Kopf verschränkt. »Wenn ich du wäre, würde ich mich fragen, was, zum Teufel, Magellan mir angetan hat.«

Er blickte zur Decke hinauf, und Carson hätte schwören

können, dass die Sterne zu leuchten begannen. Sie saß vielleicht einen halben Meter von ihm entfernt, doch sie dachte gar nicht daran, wegzuschauen, obwohl er sie jetzt finster anblickte.

»Jeder weiß, dass du seine Hexe bist. Ihm hilfst. Seine rechte Hand bist. Du hast diese Ausstrahlung, Carson, und die meisten Dämonen können ihr einfach nicht widerstehen.«

Sie antwortete nicht gleich, weil sie ihrer Stimme nicht traute. »Ich habe es nicht gewusst. Ich wusste nicht, wozu er fähig ist, bis gestern, als ich geflohen bin.« Sie rieb sich die Schläfen. »Kein Wunder, dass du mich umbringen willst.«

»Falls es dich tröstet: Nun, da ich weiß, dass du ihm nicht mit Absicht geholfen hast, habe ich dich von meiner Liste gestrichen.«

»Da hab ich ja echt Glück gehabt«, erwiderte sie. Also konnte sie jetzt in die Welt dort draußen zurückkehren, wo Kynan auf sie wartete. »Heißt das, dass ich gehen darf?«

»Wenn du ohne Schutz durch die Gegend läufst, so wie heute, dann solltest du dich mit dem Gedanken anfreunden, dass Kynan dich in null Komma nichts gefunden hat. Und dass du dir dann wünschen würdest, *ich* hätte dich ins Jenseits befördert.«

»Ich hab noch ein bisschen Geld.« Wieder zog sie die Knie an. »Ich hatte mir überlegt, nach Los Angeles zu gehen.«

Er sagte nichts darauf. Und auch Carson schwieg.

»Okay«, meinte er schließlich, »hör mir zu. Ich weiß, dass du keine normale Hexe bist. Und ich weiß, was Magellan dir angetan hat. Deshalb schlage ich dir einen Deal vor.«

»Einen Deal?«

»Ich biete dir meinen Schutz an. Meinen Eid«, fügte er hinzu und betonte das letzte Wort dabei. »Ich schwöre dir, dass ich alles unternehmen werde, was in meiner Macht steht, um dich zu beschützen.«

»Und was willst du dafür haben?«

»Nichts. Ich kenne dich jetzt in- und auswendig.« Er beugte sich vor. »Wir wissen beide, dass dein Leben keinen Cent mehr wert ist, wenn du jetzt allein mein Haus verlässt. Hey, du hast diesem verdammten Kynan eins übergezogen, um mir zu helfen. Deshalb lasse ich nicht zu, dass er dich erwischt oder Magellan. So einfach ist das.« Er schaute sie nachdenklich an. »Obwohl …«

»Obwohl was?«

»Ich könnte ein bisschen Unterstützung gebrauchen, was Magellan betrifft.« Er griff nach seiner Bierflasche und trank sie aus. »Aber ich will dich nicht zwingen. Du bist zu nichts verpflichtet, Carson.«

Wieder schwieg sie. »Ich werde dir helfen«, sagte sie dann.

»Danke.« Nikodemus stellte die Figur auf den Tisch. »Das meine ich ehrlich.« Wieder schaute er zur Decke hinauf. »Shit. Ich kann einfach nicht fassen, dass ich mich bei einer Hexe bedanke.«

»Du hast mir sogar das Leben gerettet.«

Er stand auf und trat zu ihr, sagte jedoch nichts. Er sah sie an, als wolle er sich jedes Detail ihres Gesichts einprägen. Seine Augen wirkten völlig normal. Grau mit einem Hauch von Blau. Und dennoch waren sie anders. Er war anders. Mit kalter Sicherheit wusste sie, dass er nicht menschlich war und dass er sie in ebendiesem Moment den Unterschied spüren ließ.

»Du und ich, wir passen kein bisschen zusammen«, meinte er schließlich.

Die Luft zwischen ihnen schien sich zu erhitzen, und das

Dröhnen in ihrem Kopf begann von Neuem. Ihre Haut prickelte, und Carson rieb sich die Arme.

»Um ehrlich zu sein, passt im Moment in meinem Leben eigentlich gar nichts mehr zusammen«, sagte sie.

Er stützte rechts und links von ihr seine Knie gegen die Couch, legte eine Hand auf die Rücklehne. Mit dem Daumen der anderen strich er ihr über die Wange. »Das alles tut mir schrecklich leid, Carson.«

»Mir auch.«

Er zeichnete einen Kreis auf ihre Stirn. »Was passiert mit dir, wenn du deine Medikamente nicht einnimmst?«

»Ich weiß nicht.« Sie schluckte. »Ich musste bis jetzt noch nie so lange ohne sie auskommen. In letzter Zeit habe ich sie sogar häufiger genommen und in höherer Dosis, weil die Schmerzen immer schlimmer wurden.«

Sein Finger zog eine Linie von der Mitte ihrer Stirn bis zu ihrer Nasenspitze. Carson spürte Wärme, als sein Finger den Weg fortsetzte, hinunter zu ihren Lippen glitt. Was auch immer er sein mochte, Wüstendämon, Lügner, Psychopath, er hatte ihr heute das Leben gerettet.

»Kannst du sie dir irgendwo besorgen?«

»Ich nehme mehrere Mittel, und fast alle sind verschreibungspflichtig. Ergotamine. Triptane. Isomethepten. Mutterkraut-Kapseln. Wir wechseln sie ab. Hört eins auf zu wirken, kommt das nächste dran. Bis wir wieder von vorn beginnen.«

Sein Finger strich über ihr Kinn und dann hinunter zu ihrer Kehle. Carson kam es vor, als zöge er eine bleibende Linie. Als würde er ihr sein Zeichen aufdrücken. Sie wusste nicht, was sie davon halten sollte, aber es war nicht wirklich unangenehm.

»Bist du ganz sicher, dass es wirklich diese Sachen sind, die du nimmst?«

Sie versuchte ihn wegzuschieben, doch er bewegte sich nicht. Er hatte begonnen, eine neue Linie zu ziehen, von einem ihrer Augen nach unten. Linien, als zeichnete er ein Gefängnisgitter. Ihr wurde plötzlich übel, doch als sein Finger tiefer glitt, verschwand die Übelkeit. Doch seine Nähe beunruhigte sie weiterhin. Sie war sich nur allzu deutlich seiner männlichen Ausstrahlung bewusst, der festen Muskeln seines Körpers.

»Ich fürchte, ich bin abhängig«, sagte sie, und plötzlich hatte sie Angst. »Was auch immer er mir gibt, es hat mich süchtig gemacht. Vermutet habe ich es schon seit einer ganzen Weile. Und habe mir gleichzeitig vorgeworfen, unter Verfolgungswahn zu leiden. Okay, ich weiß, ich bin nicht normal. Normale Leute haben Freunde und gehen zur Schule, mir war beides verwehrt. Ich war praktisch die einzige Frau in einem Haus voller Männer, und dennoch hatte ich so gut wie keinen Sex.« Sie lachte, doch sehr fröhlich klang das nicht.

Nikodemus begann mit einer weiteren Linie auf der rechten Seite ihres Gesichts.

»Ich habe schon ein paar Mal versucht, die Pillen abzusetzen, doch ich konnte nicht auf sie verzichten.« Ein Schluchzen stieg in ihrer Kehle auf, doch sie unterdrückte es. »Ich schaffe es nicht, sie nicht zu nehmen. Und jetzt habe ich meine Medikamente nicht bei mir. Ich war dumm, als ich einfach so weggelaufen bin.« Carson redete viel zu schnell. Sie merkte es selbst, doch nie zuvor hatte es jemanden gegeben, der ihr zuhörte, und Nikodemus schien ihr seine Aufmerksamkeit zu schenken. Er wollte ihr wirklich helfen. »Ich bin verrückt, weil ich Angst hatte, dass er mich vergiftet, und deshalb habe ich sie absichtlich dort gelassen.«

»Er *hat* dich vergiftet, Carson. Es tut mir so leid für dich.«

Sprachlos starrte sie ihn an, als er ihr beschrieb, wie Magellan sie benutzt hatte. Und dann begriff sie plötzlich: Lange würde Nikodemus nicht an sein Versprechen ihr gegenüber gebunden sein.

»Ich werde sterben, nicht wahr?«

Er antwortete nicht, und Carson spürte, wie eine Welle der Panik über sie hinwegrollte. Sie wollte dagegen ankämpfen, doch viel Erfolg hatte sie nicht.

»Hey«, sagte Nikodemus. »Hey, hab keine Angst.« Die Linie, die er nun zeichnete, führte an ihrem Augenwinkel vorbei. »Erinnerst du dich an meinen Eid? Wir werden herausfinden, ob es eine Möglichkeit gibt, dich am Leben zu erhalten, ja? Ich verspreche es dir.«

»Und wie?«, fragte sie leise. »Warum willst du mir helfen?«

In seinen Augen flackerte etwas auf, was das Grau-Blau kurz überdeckte. Er antwortete nicht, wurde nur ganz still. Ein eisiger Hauch wehte Carson entgegen.

»Du verstehst es wirklich nicht, stimmt's?«, meinte er schließlich.

Sie schüttelte den Kopf.

»Ich werde nicht zulassen, dass Magellan dich jemals wieder in seine Hände bekommt. Und du wirst *nicht* hinaus auf die Straße marschieren, ohne jeden Schutz gegen Kynan oder irgendeinen anderen Magier. Du gehörst jetzt zu mir. Ich beschütze dich. Weil du mich zu Magellan führen wirst.« Nikodemus hob zwei Finger. »Pfadfinderehrenwort.«

»Bist du eigentlich jemals ernst?«

»Die ganze Zeit über, Süße.« Seine Augen wechselten wieder die Farbe. Von Grau-Blau zu Grün, dann ganz kurz zu einem glitzernden Schwarz. Er spielte mit dem obersten Knopf ihres Shirts, scheinbar ganz in Gedanken, und schien sich der Tatsache nicht bewusst zu sein, dass dies ganz ungehörige Wünsche in ihr weckte.

Er hatte doch bloß mit der Fingerspitze Linien auf ihr Gesicht gezeichnet, doch überall, wo er sie berührt hatte, glühte ihre Haut. Ihre Blicke trafen sich. Konnte Nikodemus noch besser aussehen? Offensichtlich ja. Sein Lächeln war reine Verführung.

Er öffnete den Knopf. »Was hältst du davon, Carson? Wir beide? Sollen wir?«

Sie blinzelte. War das so etwas wie ein Antrag? Er wollte etwas mit ihr anfangen!

»Komm schon, Süße. Du musst es doch auch spüren. Es würde gut zwischen uns laufen. Echt gut.«

Du lieber Himmel, sie dachte tatsächlich darüber nach. Sie musste verrückt geworden sein!

Sein Finger glitt über ihre Haut bis dorthin, wo der zweite Knopf ihn aufhielt.

»Woher soll ich denn wissen, dass du nicht schon wieder meinen Willen beeinflusst? Mich dazu bringst, dass ich dich begehre, obwohl ich nichts dergleichen empfinde?«

»Da drin …«, er tippte gegen ihre Stirn, »mag so einiges schiefgelaufen sein, aber du bist alles andere als schwach.« Er beschäftigte sich wieder mit ihrem Shirt, nahm den zweiten Knopf zwischen Daumen und Zeigefinger. »Du hast ganz schön heftig gegen mich angekämpft. Es war keineswegs einfach, in dein Bewusstsein einzudringen. Erst als du mich hereingelassen hast.« Der Knopf sprang auf. »Du würdest es merken, wenn ich versuchte, dich zu manipulieren. Du würdest spüren, wie ich dich bedränge.«

Carson atmete tief durch. Nikodemus' Finger strich über den Ansatz ihrer Brust. Und auf einmal wurde ihr der Atem knapp.

»Also, welchen Schluss ziehst du daraus, Carson?« Sein Lächeln weckte eine süße Schwäche in ihr. »Soll ich's dir verraten? Dass du dieses Begehren verspürst, weil du mich tatsächlich begehrst.«

Er kam näher. Schaute ihr in die Augen. Seine Hand glitt über ihren Körper, schloss sich um ihre Brust. Es war ein atemberaubend schönes Gefühl.

»Ich bin ganz heiß auf dich«, flüsterte er. »Verrückt nach dir.« Seine Hand hatte erneut den Weg unter ihr Shirt gefunden, weitere Knöpfe sprangen auf. »Lass es uns tun, Carson.«

Warum nicht, dachte sie. So oder so würde sie bald sterben. Wenn Magellans Gift sie nicht tötete, dann würde der Entzug sie umbringen. Und falls auch das nicht eintrat, dann würde Kynan sie früher oder später aufstöbern und seinen Auftrag ausführen. Warum also sollte sie vorher nicht herausfinden, wie es war, mit Nikodemus Sex zu haben?

»Ich schwöre, ich werde sanft sein.«

Sie hob ihre Hände und fuhr durch sein Haar. Ihre Finger prickelten bei der Berührung.

»O Carson, du bist so gottverdammt schön. Unglaublich schön.«

Aus irgendeinem Grund hätte sie plötzlich am liebsten geweint. »Du bist selbst so schön«, erwiderte sie.

Warum sollte sie nicht einmal richtig leben, bevor sie starb?

Er lächelte erneut, süß und zärtlich.

Doch dann klingelte sein Handy. Nikodemus fluchte und griff nach hinten, um das Telefon vom Couchtisch zu angeln. Er klappte es auf.

Noch bevor er sich meldete, hörte Carson aus dem Lautsprecher wildes Geschrei.

7

Xia ließ die Harley im Leerlauf die Straße hinunterrollen. Glücklicherweise war das Haus, in dem sich der Talisman befinden sollte, an einen Hang gebaut, sodass er sich unauffällig nähern konnte.

Kurz vor seinem Ziel hielt er an. In den vorderen Räumen brannte Licht, doch das störte ihn nicht. Er hatte Zeit. Die ganze Nacht. Er nahm den Helm ab und verstaute ihn in der Satteltasche.

Xia fuhr sich mit der Hand über den Kopf. Selbst nach all den Jahren war es jedes Mal wieder ein Schock, die kurz geschorenen Haare zu spüren. Der Teil seines Wesens, der nicht mehr ihm gehörte, brannte heiß in seiner Brust. Zorn stieg in ihm auf, heißer, bitterer Zorn.

Er wartete, während sich die Dunkelheit weiter herabsenkte. Wie ihm gesagt worden war, befand sich eine Hexe in diesem Haus. Zu schade, dass das strikte Verbot, jemals einen Magier zu verletzen, nicht aufgehoben worden war. Und er niemals seine Befehle übertrat. Nicht, weil er ein so lieber, gehorsamer Junge gewesen wäre, sondern weil er nicht anders konnte. Keine Improvisationen. Die er sich trotzdem manchmal gestattete, wenn sie ihn seinem Ziel näher bringen konnten, den Magier zu töten, der ihn besaß.

Aus dem Haus drang Magie, unkontrolliert und in unterschiedlich starken Schüben. Vielleicht hatte der Dämon, der dort wohnte, bereits seine Seele verloren. Armer Teufel. Vielleicht war die Hexe bereits dabei, ihm den Kopf zu scheren. Xia lehnte sich zurück und wartete, ob sich zeigen würde, dass er in der Hölle wieder mal Gesellschaft bekommen hatte.

Xia konnte warten. Und während er wartete, hatte er genug Zeit, sich auszumalen, auf welche Weise er seinen eigenen Hexenmeister eines Tages umbringen würde. Wenn er schon die Finger von dieser Hexe hier lassen musste.

Er zog sein Messer aus der Scheide. Rasmus, den dänischen Hexenmeister, der ihn kontrollierte, störte dieses Messer nicht, weil er wusste, dass er es niemals gegen ihn verwenden konnte. Glücklicherweise hatte Rasmus keine Skrupel, manchmal das Verbot aufzuheben, einem Magier Leid anzutun. Solange jedenfalls, bis er, Xia, den störenden Konkurrenten aus dem Weg geräumt hatte.

Solche Tage gehörten zu den wenigen Höhepunkten in seinem Leben, seit man ihn betrogen hatte. Magier umzubringen war eindeutig seine Lieblingsbeschäftigung. Seinem Messer Arbeit zu geben, seine Grenzen auszutesten, zu überprüfen, wo die Magie seines Opfers noch anfällig war. Er konnte Stunden damit verbringen, die Klingen zu tödlicher Schärfe zu schleifen. Und inzwischen gab es nicht mehr viele »Anfälligkeiten«. Vielleicht würde dies eine jener seltenen Nächte werden, in denen ihm erlaubt wurde, einen aus dem Magiergeschlecht ins Jenseits zu befördern. Eine Weile lang gab er sich dieser Vorstellung hin.

Ungefähr eine Stunde nachdem es dunkel geworden war, öffnete sich das Garagentor, und ein roter Mercedes rollte heraus. Am Steuer saß ein Mann. Mit langem Haar. Also, wenn das keine Überraschung war! Doch dann erkannte er Nikodemus. Kein Warlord ließ sich so leicht übertölpeln und dieser schon gar nicht. Die Hexe befand sich noch im Haus. Lebend.

Nicht lange, nachdem der Warlord weggefahren war, bog der Pizzaservice in die Einfahrt. Ein schlaksiger Loser-Typ saß in dem Wagen.

Xia steckte sein Messer weg und stieg ab. Er kümmerte sich um den Loser. Nett und ohne ein Geräusch zu machen. Der Typ würde sich nicht an das erinnern, was mit ihm passiert war.

Xia wartete, bis der Wagen wieder davongefahren war, dann nahm er die Pizzaschachtel. »Showtime«, murmelte er vor sich hin.

Es war tatsächlich die Hexe, die ihm öffnete, und verdammt wollte er sein, wenn sie nicht in ihrer Kraft eingeschränkt war, genau wie Rasmus es behauptet hatte. Nichts war von der Arroganz zu spüren, die das Magiergeschlecht normalerweise zeigte. Sie wirkte sanft, während jeder andere Magier, dem er bisher begegnet war, ein hinterhältiger Mistkerl gewesen war. Sie hatte grüne Augen. Große grüne Augen, und sie hatte eine sexy Figur. Na ja, auch ein hübsches Gesicht.

Ihre Augen weiteten sich, als sie ihn anblickte. Klar. Xia wusste, was sie sah, und es gefiel ihm, dass sie Angst vor ihm hatte. Also, wenn plötzlich so ein großer böser Kerl in Motorradklamotten vor deiner Tür steht und du eine niedliche Maus bist in einem hässlichen Shirt, das dennoch nicht verbergen kann, dass du eine Superfigur hast, dann – ja, dann solltest du dir wirklich Sorgen machen. Auch eine Hexe war verletzbar.

»Pizza«, sagte er.

Die Hexe öffnete die Tür noch weiter, um ihn hereinzulassen. War sie wirklich so dumm, oder was?

Xia trat ein. Und war kein bisschen überrascht, dass das Haus des Warlords Schutzvorrichtungen besaß. In dem Moment, in dem er die Schwelle überschritt, reagierten die Koboldgesichter, begannen zu zwitschern und gegen die fremde Magie in ihm zu protestieren.

Entweder wusste die Hexe nicht, was das bedeutete, oder sie war nicht clever genug, ihre Macht einzusetzen. Xia spürte, wie dieser Gedanke ihn erregte. Offensichtlich war es sein Glückstag. Sie war tatsächlich so jung und unerfahren, wie Rasmus gesagt hatte. Wirklich sehr unerfahren, wenn sie so viel Macht aus sich herausströmen ließ. O ja, es war in der Tat sein Glückstag. Die Hexe wusste nicht, was sie mit ihrer Magie anfangen sollte.

»Sie ist schon bezahlt, nicht wahr?«, sagte sie.

Xia begann zu improvisieren, als er begriff, dass sie nicht wusste, was er war. Als Erstes musste er an diesen gottverdammten Koboldden vorbeikommen, bevor sie alles ruinierten.

»Ja, ist bereits bezahlt. Nikodemus hat mich angerufen. Er wollte nicht, dass Sie ganz allein hier sind, und er hat mich gebeten, Ihnen auch gleich die Pizza mitzubringen. Ist doch besser, wenn sie noch richtig heiß ist und nicht schon leicht abgekühlt wie sonst, wenn sie geliefert wird.« Er hielt ihr die Schachtel vor die Nase. »Riecht großartig, nicht?«

Sie trat beiseite, und Xia musterte sie unmerklich noch einmal von Kopf bis Fuß. Eigentlich stand er nicht auf kleine Frauen, aber für eine Hexe, die nicht nur insgesamt eine Superfigur, sondern auch einen besonders knackigen Hintern hatte, konnte er durchaus mal eine Ausnahme machen.

Er ging an den Koboldgesichtern vorbei direkt ins Wohnzimmer, geleitet von dem Licht, das dort brannte. »Vergessen Sie nicht, Nikodemus auszurichten, dass ich seiner Bitte nachgekommen bin.«

»Das können Sie ihm gern selbst sagen. Er wird sicher bald wieder zurück sein.«

»Klar.« Er stellte die Schachtel auf den Couchtisch und öffnete sie. Es roch wirklich köstlich. Nikodemus wusste, was Qualität war. »Hier!« Er reichte Carson ein Stück, von dem der Käse herabtropfte.

»Danke.«

Xia blieb stehen, beobachtete, wie sie die Pizza verspeiste, und spürte, wie seine Erregung wuchs. Nun ja, er war ein Dämon, oder? Es lag in seiner Natur, so auf eine Hexe zu reagieren. Ihre Magie zog ihn an, weckte sein Verlangen, ob er wollte oder nicht.

Sie hatte wirklich einen guten Appetit.

O verdammt, jetzt begriff er, warum die Hexe bei Nikodemus blieb, ohne ihn in ihre Gewalt zu bringen. Die zwei hatten was miteinander. Jetzt, da er so nah bei ihr stand, konnte er es spüren: Zwischen den beiden gab es ein Band, das erst vor Kurzem gelöst worden war. Was für ein abgefuckter Typ dieser Nikodemus doch war! Trieb es mit einer Hexe und ließ sie leben. Wenn *er* was mit ihr gehabt hätte, dann hätte sie garantiert keine Gelegenheit bekommen, hinterher davon zu erzählen!

»Bitte, nehmen Sie sich doch auch ein Stück«, sagte sie. »Und setzen Sie sich.«

»Danke.« Er bediente sich und nahm dann auf der Couch Platz. Nicht zu nah, schließlich wollte er sie nicht nervös machen.

O Shit, ein Dämon und eine Hexe, die »unartig« waren!

Man konnte Nikodemus wirklich nicht vorwerfen, dass es ihm an Mut fehlte. Oder dass er nicht bereit wäre, Grenzen zu überschreiten.

Xia zog den Reißverschluss seiner Lederjacke auf, lümmelte sich auf die Couch und legte die Beine auf den Tisch.

Sie hatte ihr Stück bereits aufgegessen und wollte schon nach einem weiteren greifen, als er sich die Hände an seinem Shirt abwischte und ihr eine Hand hinhielt.

»Ich heiße übrigens Xia.«

»Carson.« Sie ergriff seine Hand, und Hitze schoss durch seinen gesamten Arm.

Verdammt will ich sein, dachte Xia. Wenn ich eh schon improvisiere, warum sollte ich mir dann nicht auch den Weg unter ihre Kleider erschwindeln?

»Ich glaube, ich hole mir ein Bier. Möchten Sie auch eins?«

Diese spezielle Improvisation erforderte von ihm, dass er so tat, als ginge er hier ein und aus und würde sich im Haus auskennen.

Nun ja, gehört hatte er schon vieles über Nikodemus. Es gab wohl kaum einen Dämon, der nicht wusste, wer er war: der einzige Warlord, der keine eigenen Gefolgsleute besaß. Doch die Gerüchte häuften sich, dass er dabei war, eine Gruppe aufzubauen, und dass die anderen Warlords deswegen ziemlich nervös waren.

Aber darüber musste er jetzt nicht nachdenken. Er war aus einem anderen Grund hierhergekommen. Er wollte etwas stehlen. Anschließend konnte er sich um die Hexe kümmern und noch ein bisschen »improvisieren«. Es gab nur ein Problem. Wo steckte dieser verdammte Talisman?

»Tun Sie sich keinen Zwang an«, antwortete Carson und beäugte die Pizza.

Der Fernseher war eingeschaltet und »Mortal Kombat« auf dem Bildschirm eingefroren.

»Sie spielen?«, wollte Xia wissen.

»Ich hab's versucht, aber ...« Sie seufzte. »Meistens passiert überhaupt nichts.«

»Soll ich es Ihnen beibringen? Hier, nehmen Sie noch was von der Pizza.« Er beugte sich vor und wählte ein großes Stück für sie aus. Dann zog er seine Jacke aus und warf sie über einen Stuhl. Er trug ein blaues Tank Top, dessen Farbe genau zu seinen Augen passte.

Carson aß hungrig.

»Mein Gott, hat Nikodemus Ihnen denn nichts zu essen gegeben?«

»Vorhin hatte ich keinen Hunger.«

Ja. Sie ließ den Blick ihrer grünen Augen über ihn wandern, über die Muskeln an seinen Armen und den beeindruckenden Sixpack, der sich unter seinem Top abzeichnete.

Xia starrte sie an. »Sie sind hübsch.« Was ja auch stimmte. Er fand sie immer begehrenswerter. Körperlich und auch sonst. Obwohl ihre Magie vollkommen verworren war. War Nikodemus daran schuld? Falls sie im Bett irgendwelche merkwürdigen Vorlieben hatte, okay, dann würde er ihr die auch erfüllen. Gern sogar.

Carsons Wangen färbten sich rot. Niedlich irgendwie, wenn man das an einer Hexe mochte. Er mochte es nicht.

»Danke«, erwiderte sie auf sein Kompliment.

»Wenn ich uns ein Bier geholt habe, dann gibt's eine Lektion in ›Mortal Kombat‹, einverstanden?«

Sie sah ihn an, so unschuldig, als ob sie in ihrem ganzen Leben noch nie einen Dämon verraten hätte, und sagte: »Ja.«

Während er nach der Küche suchte, machte er einen kleinen Umweg durchs Haus. Doch nirgendwo spürte er den Talisman, den er an sich bringen sollte. Rasmus hatte ihm gesagt, wenn er in die Nähe der Statue käme, würde er ein Jucken unter der Haut spüren.

Angeblich hatte die Hexe den Talisman Magellan gestohlen, diesem Bastard von Hexer, so hinterlistig und gerissen wie kein anderer. Aber auch Rasmus war gierig und clever, und er wollte das, was Magellan besaß. Falsch. Er wollte das, was Magellan besessen hatte. Weil derjenige, der den Talisman aufbrach, gewaltige Kräfte erlangen würde. Zwar war Magellan der Einzige, der das Ritual kannte, doch wenn Rasmus den Talisman erst hätte …

Also hatte Rasmus ihm den Befehl gegeben, den Talisman der Hexe wegzunehmen. Ein Befehl, der ihm eine Menge Spielraum ließ, oder?

Plötzlich merkte er, dass die Hexe ihm gefolgt war, aus welchem Grund auch immer. Misstrauen erwachte in ihm. Dabei wirkte sie so klein und hilflos, wie sie da im Durchgang stand, und weckte verbotene Träume in ihm. Keine Frage, er wollte was von ihr!

»Zur Küche geht's hier lang«, sagte sie.

»Ich wollte nur etwas nachsehen. Als ich das letzte Mal hier war, habe ich etwas vergessen.« Er fühlte Macht aufblitzen, aber sie kam nicht von der Hexe. Auf seinen Armen zeigte sich Gänsehaut. Das musste der Talisman sein.

Die Hexe schaute ihn jetzt so merkwürdig an. Verdammt. Wusste sie Bescheid?

»Ist Ihnen kalt?«, erkundigte sie sich.

»Nur ein kühler Luftzug. Nehme ich an.«

In ihren schönen grünen Augen lag nicht der geringste Verdacht. Xia schob sich an ihr vorbei, so nah, dass ihre Körper sich streiften. Und schon schweiften seine Gedanken erneut ab.

Dann holte er das Bier und kehrte ins Wohnzimmer zurück. Carson saß wieder auf der Couch. Er setzte sich neben sie, näher als zuvor. Sie sah ihn an, ein wenig abwesend.

Xia öffnete den Verschluss mit dem Daumen und reichte ihr die Flasche, dann schnippte er den Kronkorken der anderen Flasche weg, dass er fast anderthalb Meter durch die Luft flog. Das Bier war eiskalt.

Carson griff nach der Wii-Fernbedienung, und während sie abgelenkt war, ließ Xia die Magie, die sie ausströmte, in sich einsickern. Sie bemerkte nicht einmal, was er tat. Sein Magen schlug einen Purzelbaum. Es war schön. Und diesmal war Rasmus nicht in der Nähe, um ihm den Spaß zu verderben.

Nun ja, er verspürte einen leichten Druck, weil er seinen Auftrag noch nicht erledigt hatte, doch damit konnte er fertigwerden. Viel mehr machte ihm die Hexe zu schaffen. Kein Wunder, dass Nikodemus sie in sein Haus geholt hatte. Xia ließ weiterhin ihre Magie auf sich wirken. Wenn er nicht schon versklavt wäre, wäre er jetzt in ernsthaften Schwierigkeiten.

Er nahm ihr die Fernbedienung weg und legte ihr die Hände auf die Schultern. Carsons Blick verschwamm, ganz leicht, wie es stets geschah, wenn ein Dämon einem Menschen so nah kam. Er beugte sich weiter vor und konnte sich nicht entscheiden, was er sich als Erstes nehmen wollte: ihren Geist oder ihren Körper. Er konnte hören, wie ihr Herz pochte, konnte die Furcht in ihr spüren. Sie würde ihm nicht viel Widerstand entgegensetzen.

»Nein«, sagte sie, und in ihrem Blick lag mehr Wachsamkeit, als Xia erwartet hatte.

»O doch«, erwiderte er leise, und seine Stimme klang gleichzeitig beruhigend und verführerisch. »Sie sind so hübsch, Carson.« *Verdammt noch mal, und ob sie das ist!*, dachte er. »Ich kann überhaupt nicht verstehen, warum Nikodemus Sie hier allein lässt.«

»Ein Freund von ihm hat Probleme«, antwortete sie.

Xia bewegte sich, und Carson rutschte von ihm weg. Er suchte nach einer Möglichkeit, in ihr Bewusstsein einzudringen, doch er entdeckte keine.

»Lassen Sie das«, sagte sie und schob seine Hände weg. »Entweder hören Sie damit auf, oder Sie gehen.«

»'tschuldigung. Soll nicht wieder vorkommen.« Verdammt, sie verfügte über eine echt starke Verteidigung. So eingeschränkt, wie Rasmus behauptet hatte, waren ihre Fähigkeiten offensichtlich doch nicht! Er spürte genug Magie in ihr, mit der sie Rasmus fertigmachen könnte, ohne sich sonderlich anstrengen zu müssen.

Carson lächelte ihn an. »Woher kennen Sie Nikodemus eigentlich?«

»Machen Sie Witze?« Er griff nach seinem Bier und nahm einen tiefen Zug. »Jeder kennt Nikodemus.«

»Na gut. Und womit verdienen Sie Ihren Lebensunterhalt?«

Er hasste Konversation, ihm würde übel von diesem höflichen Blabla. »Was, zum Teufel, soll das?«, sagte er grob. »Womit ich meinen Lebensunterhalt verdiene? Was glauben Sie denn?«

Der sanfte Ausdruck verschwand aus ihren Augen, und Xia setzte sich aufrecht hin, hob die Hände. Jetzt war deutlich zu merken, dass sie eine Hexe war.

»Ich weiß es nicht«, erwiderte sie. Ihre Magie strahlte plötzlich so stark, dass er fürchtete, sein Kopf würde platzen. »Pizzabote? Model für Lederbekleidung?«

Mist, gab sie denn nie auf? »Sie haben ja wirklich keine Ahnung? Ich arbeite für einen alten Freund von Nikodemus.«

»Und was machen Sie für ihn?« Sie kniff die Augen zusammen und rieb sich den Nacken.

»Dieses und jenes. Was er mir gerade aufträgt.«

»Dann sind Sie so eine Art Laufbursche?«

»Ja. Unter anderem.«

»Könnte es zufällig sein, dass Sie mit Artefakten zu tun haben?«

Xia erstarrte. »Manchmal.«

»Das habe ich mir gedacht.« Die Hexe beugte sich vor und betrachtete interessiert das Messer, das er an der Hüfte befestigt trug. »Wegen dieser Waffe. Das Heft ist eine exquisite Arbeit. Sie sollten etwas derart Wertvolles nicht einfach so mit sich herumtragen. Ich glaube nicht, dass ich ein solches Messer schon jemals gesehen habe. Woher haben Sie es?«

»Es gehört mir.« Sein Körper reagierte heftig auf ihre Nähe, und Xia verlagerte sein Gewicht. Er malte sich aus, wie es sich anfühlen mochte, in ihr zu sein. Wenn sie ihn warm und feucht umschloss.

»Dürfte ich es mir mal ansehen?« Sie streckte eine Hand aus. Typisch Magier: immer nur fordern. »Bitte!«

Er zog das Messer aus der Scheide.

Carson schloss ihre Hand um das Heft aus Lapislazuli. »Autsch!« Ihre Augen weiteten sich. Sie schüttelte die Finger aus.

»Vorsicht«, warnte er und nahm sein Messer wieder zurück. »Es ist gefährlich.« Er hielt es gegen das Licht. »Ich möchte Ihnen etwas zeigen. Und keine Angst, ich werde Sie nicht verletzen.« Er nahm eine ihrer Hände und streckte ihren Arm aus.

Xia zitterte vor Erwartung. Wie lange war es her, dass er das getan hatte? Das Messer fest umklammernd, schob er Carsons Ärmel hoch und starrte auf die feinen blauen Adern, die sich unter ihrer Haut abzeichneten.

Die schmalen Klingen waren kunstvoll ineinander verschlungen, jede einzelne Schneide tausendmal schärfer als jeglicher von Menschen geschmiedete Stahl. In wie vielen Jahren der Sklaverei hatte er jeden einzelnen Grat, die scharfen Unterseiten, so perfekt geschliffen, alle Unebenheiten ausgeglichen?

Ihre Augen wurden noch größer, als er mit der Spitze des Messers über ihren Arm fuhr. Sein Griff um ihr Handgelenk verstärkte sich. Er war so gierig danach, dies zu tun, dass er fürchtete, durch das Zittern seiner Finger nicht die richtige Vene zu treffen.

Doch dann hatte er sich wieder unter Kontrolle und drehte Carsons Arm leicht zur Seite, zur Rückenlehne hin. Er gab sich ganz der Vorfreude hin, die ihn erfüllte. Genau an der Stelle, die er ausgewählt hatte, ritzte das Messer ihre Haut.

»Oh, das hab ich ja kaum gespürt«, sagte Carson und blickte auf den Blutstropfen, der aus der winzigen Wunde quoll.

Hunger sprang ihn an, blühte auf wie eine Rose. Ein Blutsfaden rann über ihre blasse Haut. Xia senkte den Kopf und atmete tief ein. Das Blut sickerte in ihre Armbeuge. Sein Verlangen war so stark, dass es schmerzte. Heftig schmerzte. Mit der Zunge berührte er das helle Rot. Der Geschmack – wild und bitter – überwältigte ihn. Und so wenig Blut es auch war, es reichte, um sie mit ihm zu verbinden. Und doch war es ihm nicht genug; er presste seine Lippen fester auf ihre Haut und nahm noch mehr von diesem wunderbaren, bittersüßen Geschmack in sich auf. Mehr und mehr.

»Was machen Sie da?« Carson schob seinen Kopf weg, und fast wäre es ihr gelungen, ihren Arm wegzuziehen. »Jetzt hören Sie schon auf!«

Deutlich war das Surren des Garagentors zu hören. Xia erwachte aus seiner Trance.

Elender Mist.

Er hatte jedes Zeitgefühl verloren. Er packte Carson an den Haaren, das Messer drohend in der anderen Hand. »Wo ist der Talisman?«, fuhr er sie an.

»Ich habe keine Ahnung, wovon Sie sprechen.«

Er war sicher, dass sie log. Er hätte sie so in Angst versetzen können, dass sie ihm die Wahrheit gestand, doch er konnte sich jetzt keine weitere Verzögerung leisten.

»Das Ding, das du Magellan gestohlen hast. Wo ist es?«

Der Motor erstarb.

Xia trat einen Schritt zurück, seine Brust hob und senkte sich heftig, der Atem brannte in seinen Lungen. Ihm blieb jetzt nicht mehr viel Zeit, er spürte, wie die Pflicht an ihm zerrte. Und wieder einmal musste er sein Volk betrügen. An jedem gottverdammten Tag seines Lebens wurde er der eigenen Sippe zum Feind, doch noch nie hatte er sich auf eine so tiefe Ebene begeben: gezwungen, einen Talisman zu stehlen, von dem er wusste, dass er seiner Spezies gegenüber als Waffe eingesetzt werden würde. Hatte Rasmus diesen Talisman erst einmal aufgebrochen, würde seine Macht ins Unendliche wachsen.

Xia packte Carson am Arm und zerrte sie hoch.

»Hey!«

Er zog sie hinter sich her, während er in die Eingangshalle eilte. Dort hatte er vorhin die Macht aufblitzen gespürt. Er folgte dem Gefühl, das er auch jetzt wieder empfand. Wo auch immer dieser Talisman stecken mochte, er war verdammt nah.

Er hatte nicht die Zeit, all die Abschirmungen, die Nikodemus errichtet hatte, genauer zu inspizieren. Er zerschlug sie einfach, durchtrennte sie grob mit seinem Messer. Geschickte Arbeit sah anders aus. Er würde Spuren hinterlassen. Sei's drum. Schließlich hatte Rasmus ihm nicht aufgetragen, seine Spuren zu verwischen. Xia riss den Talisman aus der Nische, in der er verborgen gewesen war, und wurde von einem weiß glühenden Blitz getroffen.

»Shit!«

Aber wenigstens hatte er die Statue. Die Steinfigur strahlte Hitze aus, verbrannte ihm die Hand. Es schmerzte, doch er biss die Zähne zusammen und eilte auf ein Fenster zu, das nach hinten hinausging.

Er hatte Carson immer noch fest im Griff. Magie entströmte ihr, Welle auf Welle, und Xia fürchtete schon, dass sie ihn gleich in die Luft jagen würde.

»Was tun Sie da?« Sie starrte auf den Talisman in seiner Hand.

Irgendwo im Haus wurde eine Tür geöffnet. Der Warlord war wieder da.

Xia schob den Talisman in seine Tasche. Noch immer brannte er heiß, denn die Magie, die in ihm steckte, war instabil.

»Geben Sie die Figur zurück. Sie gehört Ihnen nicht.«

»Dir aber auch nicht, Hexe.« Wenn er frei wäre, hätte er sie jetzt umgebracht, und das wäre es dann gewesen.

Er spürte ihre Absicht, Nikodemus zu warnen, noch bevor sie selbst sich ihrer bewusst geworden war. Er packte ihren Arm und verdrehte ihn, bis sie vor Schmerz aufstöhnte.

»Ein Laut, Schätzchen, und du bist tot.«

Mit seiner freien Hand drückte er ihren Kopf nach unten, dann stieß er sie durch das Fenster und sprang hinterher.

8

Es war ein schmerzhafter Aufprall, als Carson auf Händen und Knien am Boden landete. Für einen Moment blieb ihr der Atem weg, und sie schnappte immer noch nach Luft, als Xia sie um die Taille packte. Hörbar sog sie den Atem ein, als er ihr das Messer an die Kehle setzte. Magellan musste ihn auf sie angesetzt haben. Wie sonst hätte Xia von dem Talisman wissen können?

»Keinen Laut, verstanden?«, zischte er ihr zu.

Entsetzen krallte sich in ihr Herz, sicher würde er ihr gleich das Messer in die Brust stoßen.

Doch er tat es nicht. Er zerrte sie hinter sich her über den schmalen Pfad, der zwischen dem benachbarten Haus und dem von Nikodemus verlief. In einem der Räume ging Licht an. Als sie die Straße erreicht hatten, dirigierte Xia sie zu einem Motorrad, das unter einem Baum stand. Er hielt sie immer noch fest, so fest, dass ihre Rippen gequetscht wurden, während er mit der freien Hand Klebeband aus einer der Satteltaschen fischte. Er klebte einen Streifen über ihren Mund, setzte ihr dann den Helm auf den Kopf.

Carson beugte sich vor, versuchte, Xia wegzustoßen.

Doch so schnell, dass sie kaum begriff, wie es passierte, schob Xia sie hinter sich, zog ihre Handgelenke nach vorn und band sie zusammen. Dann manövrierte er sie beide auf die Maschine.

Noch tiefer biss sich die Furcht in ihr Herz.

Xia löste die Bremse und ließ das Motorrad den Hügel hinabrollen. Sie waren schon etliche Blocks entfernt, als er den Motor startete. Er lenkte die Harley Hügel hinauf, die so steil waren, dass Carson ihre Arme ganz fest an ihn presste, weil sie Angst hatte, vom Motorrad zu rutschen. Sie spürte, dass Xia lachte.

Schon bald verlor Carson jegliches Zeitgefühl, hätte nicht sagen können, wie lange sie bereits durch die Stadt fuhren. Ihr war durch und durch kalt, als Xia schließlich in einer dunklen, verlassenen Straße anhielt. Das war kein Wohnviertel, hier gab es nur Lagerhäuser und Schuppen aus Beton und Blech.

Okay, hier würde er sie also umbringen. Carson versuchte, langsam und ruhig zu atmen. Panik half ihr jetzt auch nicht weiter.

Xia hatte die Füße auf den Boden gesetzt und schnitt die Fesseln um ihre Handgelenke auf, hielt sie aber weiterhin an einem Arm fest.

Sie streckte und beugte die Finger der anderen Hand, denn sie waren taub geworden. Ihre Füße reichten nicht bis auf die Straße, doch sie war fest entschlossen, in dem Moment, da sie auf dem Boden stand, davonzurennen und um ihr Leben zu laufen.

Xia wandte sich leicht um und zog ihr grob den Helm vom Kopf. »Steig ab!«, befahl er.

Ihre Beine zitterten, als sie vom Motorrad glitt, und sie hatte Mühe, das Gleichgewicht zu wahren. Xias Finger waren immer noch fest um ihr Handgelenk geschlossen. Carson riss sich das Klebeband vom Mund und atmete tief die frische Luft ein.

Wenn er clever war, würde er sie von der Straße wegbringen, sie zwischen die Lagerhäuser ziehen oder auf irgendeinen Hinterhof. Unwillkürlich spannte sie sich an, bereit, loszusprinten, sobald er sie losließ. Gleichzeitig verspürte sie eine merkwürdige Leichtigkeit, das musste die Furcht sein, und ihr Kopf war ganz klar. Sie würde quer über die Straßen rennen, dann im Schatten des größten Gebäudes untertauchen. Das war am klügsten.

Xia zog sie an sich, sah sie abschätzend an. »Ich werde dich wiederfinden«, sagte er. »Wo auch immer du sein wirst, ich werde dich aufspüren.«

»Ich habe Ihnen doch gar nichts getan«, erwiderte sie, und erst dann begriff sie. Er ließ sie laufen!

Sie starrte ihn an, Schatten lagen über seinem Gesicht. »Geben Sie mir den Talisman zurück«, bat sie und streckte eine Hand aus, als müsse er ihr gehorchen. Als ob sie die Königin der Welt wäre und er ein Nichts.

»Genau wie alle anderen Magier«, stieß Xia hervor. Ärger ließ ihn die Lippen zusammenpressen und seine Augen unnatürlich leuchten. »Du hast mir gar nichts zu sagen, Hexe, und deshalb lautet die Antwort Nein.«

»Geben Sie ihn zurück, bevor Nikodemus Sie findet und ihn sich zurückholt.«

»Verpiss dich.«

Er stülpte sich den Helm über, sodass sie nicht länger diese unglaublich blauen Augen sehen konnte. Dann stieß er sie weg, so hart, dass sie stürzte und sich die Ellbogen aufschlug.

Das Dröhnen des Motors klang überlaut in ihren Ohren, als er die Maschine anließ, und sie drehte den Kopf vom Auspuff weg. Doch als Xia losfuhr, schaute sie ihm hinterher, und alles, woran sie denken konnte, war, dass er nun den Talisman besaß und Nikodemus denken musste, dass sie die Statue ein weiteres Mal mitgenommen hatte. Dass sie ihm nicht vertraut und ihn betrogen hatte, so wie das Magiergeschlecht stets die Dämonen betrog.

Das Motorradgeräusch wurde immer leiser. Sie war allein. Aus der Ferne konnte sie das Brausen der Autos auf einem Highway hören. Doch hier in dieser Straße war alles still.

Carsons ganzer Körper schmerzte. Vorsichtig setzte sie sich auf, und erst, als ihr nicht mehr schwindelig war, wagte sie es aufzustehen und tastete vorsichtig ihren Körper ab. Sie zitterte. Gebrochen war nichts, aber sie hatte überall Prellungen und Kratzer. Ihre Kopfschmerzen, die in Nikodemus' Haus fast verschwunden waren, kehrten mit aller Macht zurück. Na wunderbar. Auch der Wind und die Feuchtigkeit des Nebels machten ihr zu schaffen. Und nun, da sie nicht länger von dem Gedanken abgelenkt war, dass sie ihr Leben verlieren könnte, spürte sie wieder die Kälte.

Sie hatte nicht die geringste Ahnung, wo sie sich befand. Und sie besaß keinen Cent. Ihre Handtasche lag noch in Nikodemus' Haus, dennoch suchte Carson in ihren Taschen nach Geld. Und fand natürlich nichts.

Sie ging los. Hügelabwärts, da Xia die meiste Zeit hügelaufwärts gefahren war. Die Straßen waren breit und dunkel, kaum erhellt von den wenigen Straßenlaternen; hier gab es nichts außer mit Ketten verschlossene Tore und den Geruch nach Asphalt und Teer.

Wie hatte es nur passieren können, dass ihre Welt sich so plötzlich in einen gefährlichen Ort verwandelt hatte? Sie war mitten in einen Krieg geraten. Und sie hatte den dummen Verdacht, dass sie nicht auf der Seite der Guten stand, falls Nikodemus recht hatte und sie tatsächlich eine Hexe war.

Carson stolperte über ein Metallrohr, knapp vierzig Zentimeter lang, an einem Ende schon angerostet. Sie hob es auf, es war besser als gar keine Waffe. Sie wusste nicht, ob Nikodemus nach ihr suchen würde, doch irgendwo da draußen hielt Kynan immer noch nach ihr Ausschau. Sie wollte nicht völlig wehrlos sein, wenn er sie fand.

Ab und zu wurde sie von einem Auto überholt. Laute Musik dröhnte heraus, die wummernden Bässe schmerzten in ihren Ohren. Eines wurde langsamer und fuhr neben ihr her. Sie ignorierte die Blicke, die Zurufe und Gesten, umklammerte lediglich das Rohr ein bisschen fester. Den Kopf gesenkt, marschierte sie weiter, hielt auf die fernen Lichter und das Brausen des Verkehrs zu.

Das ständige Abwärts-Gehen machte sich irgendwann bemerkbar: Ihre Knie protestierten, die Waden schmerzten, ihre Schuhe drückten. Doch sie lief weiter, und schließlich wurde die Straße flacher. Carson gelangte in ein Wohnviertel. Hier gab es etliche Bars, nicht allzu sauber dem Anschein nach, ein Restaurant mit schmuddeligen Wänden und Papiertischtüchern, aber hauptsächlich schäbige Wohnhäuser in unterschiedlichen Stadien des Zerfalls. Geborstene Fenster, mit Zeitungspapier überklebt, abblätternde Farbe, vernagelte Türen.

Erneut wurde ein Wagen langsamer und fuhr im Schritttempo neben ihr her. Ein glänzend schwarzer BMW. Carsons Griff um das Rohr wurde noch fester, sie machte sich gefasst auf – sie wusste nicht, worauf. Darauf, jemandem eins über den Schädel zu ziehen oder was auch immer.

Sie hörte das Summen, als auf der Beifahrerseite das Fenster heruntergelassen wurde. Ging schneller. Farben blitzten hinter ihren Augen auf. Die Wagentür wurde geöffnet, noch während der BMW weiterrollte, jemand sprang heraus und lief ein paar Schritte, um die Balance zu halten.

Carson wandte sich um, das Rohr erhoben.

Das Blut gefror ihr in den Adern.

Kynan grinste sie an. Er machte dem Fahrer ein Zeichen, und die Autotür wurde geschlossen. »Hab ich dich«, sagte er und packte Carson am Oberarm. Er war um so vieles größer als sie.

Carson holte aus, doch Kynan blockte den Schlag ab und zerdrückte das Rohr zu pulverigem Rost. Er blieb stehen, sodass auch sie nicht weitergehen konnte. Sie wollte schreien, doch er legte ihr eine Hand über den Mund. Den Kopf leicht geneigt, musterte er die Gebäude um sie herum. Sie wollte ihn beißen, doch er hatte nicht die Finger, sondern die Innenfläche seiner Hand über ihre Lippen gelegt. Dann zog er sie zu einem Gebäude, die zerborstenen Stufen hinauf, an deren Ende ein zerbeulter Briefkasten hing. In einem Fenster war ein Schild angebracht, auf dem »Zu vermieten« stand.

Als Carson begriff, dass er sie in das Gebäude zerren wollte, wehrte sie sich. Aber er war nicht nur größer, sondern auch wesentlich stärker, und als sie nach ihm trat, hob er sie einfach hoch und warf sie hinein. Carson schlug hart auf dem Boden auf und rollte ein Stück weiter.

Sie rappelte sich auf, versuchte verzweifelt, eine Möglichkeit zu entdecken, wie sie entkommen konnte.

»Lass mich in Ruhe, Kynan«, bettelte sie. »Magellan wird doch nie dahinterkommen, wenn du mich laufen lässt.« Doch sie hätte genauso gut in Altägyptisch reden können, es hätte die gleiche Wirkung gehabt.

Das Haus war leer, vollkommen leer. Kynan trat zu ihr und packte sie an der Schulter, hielt sie in einem erbarmungslosen Griff und schob sie vor sich her, immer tiefer in das Gebäude hinein, weg von den Fenstern. Hin zu den Schatten im hinteren Teil, in denen Bösartigkeit zu lauern schien.

Carson drehte sich blitzschnell um, um mit ihrem Knie zuzustoßen, doch er rammte sie mit seinem Körper. Ihr Kopf flog gegen die Wand, die Haut riss auf. Blut rann aus einer Wunde an ihrer Schläfe. Und Carson konnte nur noch beten, dass Nikodemus wütend genug war, um ihr zu folgen.

»Du scheinst einiges gelernt zu haben, seit du weggelaufen bist«, sagte er.

»O ja. Ich bin eine Hexe. Ich könnte …« Er war ein Dämon, das begriff sie plötzlich. Nikodemus hatte davon geredet.

Doch Kynan lachte nur. »Du könntest gar nichts, Carson, und schon gar nicht deine Magie einsetzen, selbst wenn dein Leben davon abhinge.« Knapp über ihrer Schulter legte er eine Hand an die Wand. »Seit ich dich zu ihm ins Haus gebracht habe, habe ich zugeschaut, wie Magellan dich vergiftet, vergiss das nicht. Du bist entbehrlich. Du warst es immer, und wenn du nicht mehr da bist, schickt er mich los, damit ich ihm einen anderen jungen Magier oder eine Hexe bringe.«

Ihr Magen zog sich schmerzhaft zusammen. Nikodemus hatte die Wahrheit gesagt.

»Anscheinend weißt du inzwischen tatsächlich eine ganze Menge. Vielleicht weißt du dann auch, was das hier bedeutet: Magellan hat die Einschränkung aufgehoben, dass ich keinem Magier etwas Böses zufügen darf.« Er brachte seinen Mund nah an ihr Ohr. »Du weißt es, nicht wahr? Du hast auch das herausgefunden.«

Sie starrte in seine schönen Augen. Dichte dunkle Wimpern. Goldbraune Iris.

»Es bedeutet, dass Magellan dich geschickt hat, damit du mich tötest«, sagte sie leise.

»Du hast schnell gelernt, während du frei warst.« Sein Mund kam näher, so nah, dass sie seinen Atem an ihrer Wange spürte. Er leckte Blut von ihrer Schläfe. »Wie fühlt sich das an, Carson? Hingehen zu können, wohin man will und wann man will? Sich umzuschauen und zu wissen, dass man tun kann, was einem beliebt?«

Ihre Kopfschmerzen waren kaum noch zu ertragen. Wenn sie doch einfach ihrem Körper entschweben könnte.

»Ich hasse ihn auch«, flüsterte sie.

»Er hat mir aufgetragen, ihm deine Augen und dein Herz zu bringen, wenn ich mit dir fertig bin.«

Carson sah ihn an. Ihr war schlecht, doch sie wollte nicht, dass er sah, wie die Übelkeit sie überwältigte.

Er drückte sie gegen die Wand, hielt sie zwischen seinem Körper und seinen Armen gefangen. Er war erregt, und er drängte sich an sie, damit sie genau spürte, was er empfand.

Während er sich gegen sie presste, fuhr er mit einem Finger über ihre Lippen. »Jedes Mal, wenn ich auf deinen Mund geschaut habe, habe ich mir vorgestellt, wie du vor mir kniest. Wusstest du das? Wenn ich an dich denke, dann sehe ich dich immer nackt vor mir. Du berührst mich, deine Lippen an meinem Körper, und ich kann tun, was immer ich will. Was *ich* will. So, wie *ich* es mag. Ich werde deine Gedanken steuern, Carson, und wenn ich in deinem Körper bin, ganz hart, dann werde ich dich zum Höhepunkt bringen.

Du wirst es hassen, du wirst jede Sekunde von jeder Minute hassen, während ich dich zum Höhepunkt treibe.«

Sie spürte, wie er in ihren Kopf zu dringen versuchte, und errichtete blitzschnell eine Mauer, so, wie sie es getan hatte, um Nikodemus aufzuhalten.

»Das kannst du dir schenken, Carson«, sagte er grob. »Du kannst mich eh nicht lange draußen halten.«

»Ich hasse ihn genauso wie du.«

Er stieß einen Laut aus, der wenig menschlich klang. »Niemand hasst Álvaro Magellan so sehr wie ich. Nicht einmal du.« Sie spürte seinen Geist um sich herum, schwer und monströs, während er versuchte, in ihr Bewusstsein einzudringen.

Eine starke Wand, dachte sie. Ihr Verstand wurde durch eine Mauer geschützt. Und dann spürte sie, wie sein Drängen nachließ.

»Für ihn, Carson, habe ich deine Eltern getötet. Ich bin derjenige, der dich deiner liebenden Familie entrissen und Magellan übergeben hat. Bedauernswertes kleines Waisenkind. Aufgezogen von dem Mann, der den Mord an deinen Eltern befohlen hat.«

Sie schüttelte den Kopf.

»Knie dich hin, Carson. So, wie du mich mit Magellan gesehen hast.« Er drückte sie hinunter. »Tu es. Genauso. Und das ist erst der Anfang. Du wirst genau das tun, was ich für ihn tun musste.«

Carson kämpfte mit aller Macht darum, ihren Geist weiterhin abzuschirmen. Sie mochte nicht in der Lage sein, ihre Magie einzusetzen, doch Kynan hatte zumindest in einem Punkt recht: Sie war frei, und sie konnte tun, was sie wollte.

»Lieber sterbe ich«, stieß sie hervor.

9

Es roch nach Pizza, als Nikodemus mit Durian zurückkehrte. Dieser Anruf und das ganze Geschrei waren nichts als ein ärgerliches Missverständnis gewesen. Durian hatte ihn anrufen wollen, um ihm zu sagen, dass er noch keine Fortschritte gemacht hatte, dabei war ihm das Handy in die Toilette gefallen. Was das wütende Schreien erklärte, bevor das Gespräch abbrach.

»Die Hexe ist immer noch da?«, wollte Durian wissen.

»Ja.«

Köstlich, dachte Nikodemus, als ihm der Duft nach Knoblauch und Basilikum in die Nase stieg. Wenigstens hat Carson etwas zu essen bekommen.

Die Kobolde waren nervös, was vermutlich daran lag, dass sich Magellans Hexe, die nicht wirklich eine Hexe war, im Haus befand. Sie machte ja auch ihn nervös, in gewisser Weise.

»Bist du sicher?« Durian hatte die ganze Stadt nach Kynan abgesucht, doch er sah immer noch so aus, als sei er gerade den Seiten von GQ entstiegen.

Nikodemus war sicher. Dennoch konnte er Carson nicht spüren. Nicht den geringsten Hinweis auf sie. Allerdings konnte es bei einem erschöpften Menschen schon einmal passieren, dass er so tief schlief, dass man ihn nicht fühlen konnte.

»Wahrscheinlich ist sie auf der Couch eingeschlafen«, antwortete er deshalb. »Völlig weggetreten von dieser Welt, so fertig, wie sie war. Sie hat zwei schlimme Tage hinter sich. Da kann man schon verdammt müde werden, nachdem man endlich etwas zu essen bekommen hat.«

»Klar.«

Sie war nicht im Wohnzimmer.

Nikodemus entdeckte nichts als das übrig gebliebene Viertel einer Pizza und zwei Flaschen Bier, die auf dem Couchtisch standen. Eine war leer und die andere gerade angetrunken. Der Fernseher lief, ohne Ton, auf dem Bildschirm war eine Szene von »Mortal Kombat« zu sehen. Er griff nach der noch fast vollen Flasche. Sie war kalt. Nicht mehr eiskalt, aber immer noch kalt.

»Gehört die ihr?« Durian griff nach Carsons Handtasche. Schwarzes Leder, schon ziemlich abgeschabt, eine der Nähte war ein Stück aufgerissen.

»Ja.« Aus dem Augenwinkel bemerkte Nikodemus einen kleinen roten Punkt auf dem Boden, und sein Puls schoss in ungeahnte Höhen. Ein Tropfen Blut. Nur einer. Ein perfekter kleiner Kreis auf dem Boden. Nikodemus kniete sich hin. Nicht mehr frisch genug, um noch warm zu sein, noch nicht alt genug, um eingetrocknet zu sein. Er wischte ihn mit dem Finger auf und schmeckte das Blut. Carsons, ohne Zweifel. Und obwohl es schon schal war, reagierte er auf den Geschmack. Nikodemus ließ zu, dass sein Körper reagierte, und seine Magie erwachte machtvoll zum Leben. Er gab sich keine Mühe, sie zu dämpfen. Die Kobolde zwitscherten durcheinander.

»Was ist?«, wollte Durian wissen.

»Carson ist fort.« Das Haus war leer. Keine Hexe. Keine

Carson Philips. Und auch kein Talisman mehr. Unbehagen erfüllte ihn. Die Vermutungen, die dieser Tropfen Blut auslöste, waren nicht sehr erfreulich. »Ich kann allerdings keinen anderen Dämon spüren. Du?«

»Nein.«

Nikodemus merkte, wie Durian wachsam wurde, seine Magie zusammenzog und seine menschliche Gestalt so weit auflöste, dass er zusätzliche Kraft gewinnen konnte. Er selbst hatte bereits das Gleiche getan.

Sie brauchten nicht lange, um das Haus zu durchsuchen.

»Scheint so, als hätte deine kleine Hexe dich ausgetrickst«, meinte Durian, als sie vor der leeren Nische standen.

Einen Moment lang versuchte sich Nikodemus einzureden, die kleine Figur befände sich doch noch irgendwo im Haus, aber seine Schwäche dauerte nicht länger als drei Sekunden. Dann wurde ihm das ganze Ausmaß der Katastrophe bewusst. Sein Blut erstarrte zu Eis, als er sich vorstellte, welche Macht der Magier gewinnen würde, der die Kraft des Talismans in sich aufnahm.

»Nein, hat sie nicht«, stieß er hervor, selbst überrascht davon, wie heftig er Carson verteidigte. Verdammt sollte Durian sein mit seinem Misstrauen! Und der zweite Schock folgte gleich darauf: als er begriff, wie stark seine Gefühle für die Hexe bereits waren.

»Sie befindet sich garantiert schon auf dem Weg zu Magellan«, vermutete Durian. »Oder ist auf eigene Rechnung unterwegs. Um einen von uns umzubringen.«

»Ich will wissen, was hier passiert ist«, erwiderte Nikodemus. »Und anschließend werde ich mich auf die Suche nach ihr machen.« Es war nicht möglich, dass sie selbst den Talisman aufbrach. Sie war schlicht und einfach nicht in der

Lage dazu. Und noch weniger konnte er sich vorstellen, dass sie zu Magellan zurückrannte. Nie und nimmer.

Durian kniete sich hin und untersuchte den Fußboden. »Sie hat dich zum Narren gehalten, Warlord. Das ist passiert.«

»Nur ein Dämon hätte meine Abschirmung durchdringen können.« Dem widersprach Durian nicht, denn es stimmte. »Und da wir hier nicht einmal das schwache Echo eines Dämons spüren, müssen wir davon ausgehen, dass ein Magiegebundener die Statue an sich genommen hat.«

»Klar. Sie ist eine Hexe. Wahrscheinlich hat sie Dutzende von Magiegebundenen unter ihrem Befehl«, meinte Durian und schaute über seine Schulter hinweg zu Nikodemus. »Sie hat einen von ihnen zu sich befohlen und ihn die Drecksarbeit erledigen lassen.« Er stand auf und musterte prüfend den Eingangsbereich. »Zwei Leute waren hier.« Er kniete sich wieder hin und fuhr mit dem Finger über den Fußboden. »Und einer davon hatte schwere Stiefel an den Füßen.«

»Ein Dämon?«

»Kann ich nicht sagen. Wenn, dann war es ein magiegebundener, aber zu dem Schluss sind wir ja bereits gekommen.« Er berührte eine weitere Stelle.

Nikodemus konnte nichts erkennen, doch er vertraute Durian. Ein guter Killer musste auch ein verdammt guter Spurenleser sein. Durian besaß Fähigkeiten, über die die meisten anderen Dämonen nicht verfügten.

»Das hier waren kleinere Füße. Frisch. Menschlich. Die einer Frau.« Durian hob das Kinn und drehte den Kopf, schnupperte dabei. »Ein großer Kerl. In menschlicher Gestalt, aber kein Mensch. Und richtig, magiegebunden. Eine viel kleinere Frau. Leicht zu identifizieren. Deine Hexe.«

Die Spuren zweier Wesen. Ein großer magiegebundener Dämon. Die kleine Hexe, die auf den Talisman reagierte, als sei sie diejenige, die ihn aufbrechen sollte. Wenn man zwei und zwei zusammenrechnete, konnte man zu dem Ergebnis kommen, dass er sich von einem Paar grüner Augen hatte betrügen lassen.

Nur war das ganz sicher nicht so abgelaufen. Carson Philips war nicht wie andere Magier. Er war in ihr Bewusstsein eingetaucht, und er hatte den Unterschied erkannt. Niemals hatte Carson den Talisman wieder an sich genommen.

»Was ist mit dem Blut?«, wollte er wissen.

»Dafür könnte es zig Erklärungen geben.« Durian stellte sich mit geschlossenen Augen vor die Nische. »Ein Missgeschick. Ein Kampf. Oder vielleicht lässt sie ihre Dämonen gern davon kosten. Ich hab gehört, dass es manchen Hexen Spaß machen soll, einen aufgegeilten Dämon zwischen ihren Beinen zu spüren.«

Durian öffnete die Augen, drehte sich zu Nikodemus um. »Das war eine ziemlich grobe Aktion. Hastig durchgeführt.« Er runzelte die Stirn. »Die Waffe, die benutzt wurde, kann durchaus subtil eingesetzt werden. Er war in Eile.« Dann ging Durian auf das Fenster am Ende des Raums zu, blieb davor stehen, sog den Atem ein und ließ den Blick schweifen. »Hier durchs Fenster sind sie verschwunden. Erst sie, dann er.«

»Kynan?«

Durian zuckte mit den Schultern. »Vielleicht. Keine Ahnung.«

»Willst du meine Version hören?«

Durian verlagerte sein Gewicht und nickte. »Natürlich, Warlord.«

»Kynan ist ganz heiß auf sie, so heiß, dass er ständig einen Steifen hat. Er wird auf die Suche nach ihr geschickt, mit dem Befehl, sie umzubringen. Er findet sie, weil er Kynan Aijan ist und weil er selbst einen Pickel auf deinem Hintern findet, solange der nur einen Hauch von Hexenmagie aufweist. Er wird Carson jedoch nicht sofort umbringen. Ich habe selbst gehört, wie er zu ihr gesagt hat, dass er sich Zeit lassen werde.«

»Wie soll er denn hier hereingekommen sein?«, fragte Durian. »Dein Haus ist doch geschützt.«

»Aber die Barrieren wurden unterbrochen, als sie die Tür für den Pizzaboten geöffnet hat.« Sein Eid band ihn. Sie war irgendwo dort draußen, und er musste sie finden. »Kynan war nah genug, um sie zu spüren. Er ist hergekommen. Und herein. Hat sie angegriffen. Den Talisman im Herausgehen mitgenommen, weil er weiß, dass Magellan ihn zurückhaben will und weil ihm das ein paar Extrapunkte verschafft.«

Durian zuckte mit den Schultern. »Wäre möglich.«

»Carson kann nicht ziehen. Selbst wenn sie sich eine ganze Armee von Magiegebundenen schaffen wollte, gelänge ihr das genauso wenig, wie den Talisman aus eigener Kraft aufzubrechen. Wir müssen Kynan finden, dann finden wir auch die Hexe und den Talisman«, sagte Nikodemus.

Durian verlor die Spur ungefähr zwei Blocks weiter. Welcher magiegebundene Dämon es auch war, ob Kynan oder ein anderer, hatte dort aufgehört, den Boden zu berühren. Durian stand in der Mitte der Straße und runzelte die Stirn. »Du hast die Hexe erkundet, nicht wahr? Ihren Geist?«

»Ich hatte die Erlaubnis.« Er war so tief in Carsons Bewusstsein eingedrungen, dass er mit ein bisschen Glück in der Lage sein sollte, herauszufinden, wo in etwa sie sich befand. Je näher sie ihm war, desto genauer konnte er den Ort bestimmen.

Das Problem war, dass sie es spüren würde, und falls er ihr doch nicht vertrauen konnte, oder falls schon jemand anderer sie kontrollierte, dann würde ihn das ganz schön in Schwierigkeiten bringen. Womit er auch den Überraschungseffekt vergessen konnte.

»Egal, ob sie nun mit drinsteckt oder nicht: Wenn wir sie finden wollen, bevor Magellan den Talisman wieder in seine Finger bekommt, dann haben wir keine Wahl«, meinte Durian. »Such nach ihr.«

Nikodemus konzentrierte sich auf seine Magie, bis sein menschlicher Körper schmerzte und seine ursprüngliche Gestalt annehmen wollte. Er nahm Durian wie eine Flamme wahr, und er spürte auch Carson. Sehr weit entfernt. Aber immer noch in der Stadt. Sie zu fühlen war eine einzige süße Verlockung. Wie eine Droge. Doch jemand hatte sie ihm weggenommen, aus seinem Haus geholt, und das machte ihn wütend. Mehr als wütend.

»Ich hab sie.«

Er und Durian gingen zurück, um das Auto zu holen. Nikodemus ließ Durian an seiner Verbindung mit Carson teilnehmen. Sie brauchten vierzig Minuten, um sie zu finden. Und vierzig Millisekunden, um die Dämonen in dem glänzenden BMW zu entdecken, der vor dem Gebäude parkte, in dem sich Carson befand. Magiegebundene Dämonen, weil Nikodemus die beiden nicht wahrnehmen konnte und weil sie raspelkurzes Haar hatten. Magellans Dämonen. Weil sie in einem Neunzigtausend-Dollar-Auto saßen und teure Anzüge trugen. Der Hexenmeister hätte ihnen genauso gut ein »Ihr gehört Magellan«-Schild auf die Stirn kleben können.

Nikodemus empfand es als ausgesprochen störend, dass es keine mentale Verbindung zwischen ihm und Magellans Dämonen gab. Es nahm ihm die Möglichkeit, sie seiner Kontrolle zu unterwerfen und sie auszuschalten; es konnte ihm nur gelingen, wenn er ihnen nah genug kam, um sie zu berühren. Aber wenigstens konnten auch sie ihn nicht spüren. Das verschaffte Durian und ihm einen gewissen Vorteil.

Nikodemus fuhr weiter, bog in die nächste Querstraße ein und parkte den Wagen vor einem Gebäude, das an das grenzte, in dem sich Carson befand.

»Wie schäbig«, sagte er, als sie den Hinterhof durchquerten. Alles war verfallen, der Zement geborsten, und zwischen den Rissen drängten Narzissen aus dem Boden. Wasser stand in Lachen rund um die hintere Treppe. »Ich will beide, Durian. Den Talisman und die Hexe.«

Durians Gesichtsausdruck verriet ihm, dass sein Freund nicht an einen Erfolg glaubte. »Ich kümmere mich um Kynan, Warlord. Die Hexe ist dein Problem.«

Nikodemus legte eine Hand an Durians Gesicht und ließ ihn seine Macht spüren. »Nennst du das Gefolgstreue?«, sagte er sanft. »Du weißt, was ich will. Und du wirst dich, verdammt noch mal, anstrengen, damit ich es auch bekomme.«

In Durians Auge blitzte es auf. »Ich entschuldige mich, Warlord.«

»Angenommen.«

»Wir gehen hinauf«, sagte Durian und zeigte nach oben. »Du übernimmst die Rückseite. Wir verhalten uns vorsichtig, bis wir genau wissen, wie die Lage ist.«

Nikodemus nickte.

In das Gebäude zu gelangen war wie über Eis zu gleiten: reibungslos, kalt und schnell. Nikodemus veränderte seine

Gestalt gerade so viel, dass er seine größere Geschicklichkeit nutzen und an der Rückseite des Hauses hinaufklettern konnte. Das Schiebefenster ließ sich leicht öffnen, nachdem er das Schloss aufgebrochen hatte. Dem Himmel sei Dank für geizige Hauseigentümer.

Auch im Inneren war das Haus alles andere als gepflegt. Stockflecken sprenkelten die Wände, der Teppich war von einer erstaunlichen Hässlichkeit.

Durian wartete am Fuß der Treppe. In dem Moment, als Nikodemus die Stufen hinunterging, traf ihn Carsons Magie wie ein Hitzestrahl, mit einer solchen Wucht, dass er für einen Augenblick erstarrte. Und während er noch überlegte, ob Durian nicht doch recht und die Hexe ihn ganz gewaltig zum Narren gehalten hatte, verwandelte sich die Hitze in Eis, und dann war gar nichts mehr zu spüren. Heiße Magie, kalte Magie und keine verdammte Kontrolle darüber. Er begriff nicht, wie Carson so lange überlebt hatte. Dieses Schwanken zwischen Heiß und Kalt hätte sie schon vor langer Zeit umbringen müssen.

Er folgte Durian durch eine Waschküche mit schadhaften Leitungen und einem sich hochwölbenden Linoleumbelag. Eine Männerstimme, nur undeutlich zu hören, durchbrach die Stille. Und plötzlich war Nikodemus von Furcht erfüllt, denn er erinnerte sich wieder an den Ausdruck auf Kynans Gesicht, als der Dämon Carson angeblickt hatte. Man brauchte keine mentale Verbindung zu Kynan zu haben, um zu wissen, was er von Carson wollte. Magellans Dämon begehrte die Hexe.

Sie bogen um eine Ecke, zwei kalte und stille Schatten. Nikodemus empfand es als unheimlich, Kynan so nah zu sein und ihn nicht als Mitglied seiner Rasse wahrnehmen zu können. Es war unnatürlich. Höllisch falsch. Ihm wurde übel, wenn er sich ausmalte, wie es sein musste, wenn man die Fähigkeit verlor, sich mit dem Clan zu verbinden. Wut stieg in ihm auf, wilde, heiße Wut. Verdammtes Magiergeschlecht, sie waren schlimmer als Tiere, wenn sie Dämonen so etwas antaten.

Kynan konnte sie nicht spüren, doch er hatte immer noch seine anderen Sinne. Und es würde nicht lange dauern, bis er merkte, dass er nicht mehr allein mit seiner Lady zu Hause war. Wenn der Kampf begann, würden seine Kumpel, die jetzt noch unten im Wagen saßen, ihm zu Hilfe eilen. Keine tolle Aussicht, doch er hatte in seinem Leben schon Schlimmeres durchgestanden. Und er hatte volles Vertrauen zu Durian, der sich um die zwei kümmern würde, wenn sie hereinstürmten.

Nikodemus blieb im Türrahmen stehen, und er fühlte, dass auch Durian angespannt war. Der Geruch von Blut lag in der Luft und erfüllte sie mit Unruhe.

Nein, Carson hatte sein Haus nicht freiwillig verlassen. Blut lief ihr übers Gesicht. Wunden am Kopf bluteten wie verrückt, und der Geruch lenkte Kynan ab. Lenkte ihn von dem ab, was offensichtlich ein brutaler Versuch war, Carsons Geist zu vergewaltigen. Ihren Körper schien er, Gott sei Dank, bisher nicht angerührt zu haben, doch mental war er dabei, sie niederzuringen. Und er hätte wohl jetzt schon ihr Bewusstsein durchwühlt, wenn Carson ihn nicht abgewehrt hätte. Nicht mit ihrer Magie, die ihr nicht zugänglich war, sondern mit schierer Willenskraft.

Nikodemus machte Durian ein Zeichen, dass er auf die Seite hinübergehen und den ersten Angriff starten sollte, denn das war sein Job. Doch Durian zögerte.

Nikodemus wusste, dass er Durian zwang, gegen seine Prinzipien zu handeln und eine Hexe zu retten. Doch um nichts in der Welt, um absolut nichts würde er zulassen, dass Kynan Carsons Willen brach. Und so tat er den ersten Schritt selbst. Mit Durian würde er später abrechnen.

Carson wandte den Kopf, und ihre Blicke trafen sich. Verdammt, er war so schnell in ihrem Kopf, dass es ihn schwindelig machte. Heilige Scheiße.

Sie sagte kein Wort, doch das brauchte sie auch nicht. Ihre Augen verrieten ihm alles. Ihre Furcht. Ihre Erleichterung. Und Trotz, der hell aufflammte.

Am verblüffendsten war jedoch, dass er dank Carsons Magie Kynan spüren konnte, obwohl dieser magiegebunden war. Und das gab Nikodemus einen Vorteil über den anderen Dämon, mit dem er nicht gerechnet hatte.

In der Sekunde, bevor Kynan begriff, dass er Gesellschaft bekommen hatte, schlug Nikodemus zu. Er jagte seine Magie durch Carson, spürte sengend heiß den Weg, den sie sich brannte.

Wie eine Rakete flog Kynan quer durch den Raum. Das Haus erzitterte, als er auf den Boden prallte. Sicherheitshalber schloss Nikodemus Kynans Kumpane in ihrem Auto ein. Ein kleiner Zauberspruch auf die Türen gelegt, und schon waren die zwei gefangen.

Dann wandte er sich wieder Kynan zu, versiegelte dessen Magie und übernahm die Kontrolle darüber, denn durch Carson konnte er den Dämon in einer Weise beherrschen, wie es ihm sonst niemals möglich gewesen wäre. Wunderbar unerwartet und wunderbar großartig. Es dauerte vielleicht dreißig Sekunden, bis er alles im Griff hatte.

Durian kniete sich hin und suchte in Kynans Taschen nach

dem Talisman. So konnte sich Nikodemus jetzt ganz darauf konzentrieren, seine Magie weiterhin durch Carson fließen zu lassen.

Durian, der nichts gefunden hatte, richtete sich auf und wirbelte zu Carson herum, die auf allen vieren kniete und versuchte, nach Kynans Attacke wieder zu sich zu kommen.

»Wo ist der Talisman?«, schrie Durian sie an.

Carson rappelte sich auf, suchte an der Wand nach Halt. Sie schaute Durian mit täuschender Ruhe an. »Er ist nicht derjenige, der ihn genommen hat«, erwiderte sie.

Ihre Magie flackerte noch einmal kurz auf, um dann zu ersterben, und Nikodemus verlor die Kontrolle über Kynan und dessen Kumpane. Elender Mist. Kynan bewegte sich.

»Lügnerin«, sagte Durian.

»Pass auf!«, rief Nikodemus.

Kynan sprang auf. Er hatte seine volle Kraft zurückgewonnen. Das ganze Gebäude hallte davon wider. Seine Hand schoss vor und packte Durian am Nacken, doch dann flog Kynan ein zweites Mal durch die Luft, diesmal dank Durian.

Die beiden Dämonen, die im Wagen festgesessen hatten, waren wieder frei. Durch Carson konnte Nikodemus sie noch immer spüren, wenn auch nur wie ein schwaches Echo. Kaum wahrnehmbar, doch es reichte, um vorbereitet zu sein. Die beiden stürmten die Eingangstreppe hinauf, brachen durch die Tür. Nikodemus erwischte einen von ihnen, bevor er ins Haus gelangen konnte. Der zweite schaffte es halbwegs durch den Raum, bevor Durian ihn erledigte. Schnell und lautlos, wie sich das für einen Meuchelmörder gehörte. Der arme Kerl hatte nicht die geringste Chance.

Nikodemus dachte sich, wenn er eh schon uneingeladen in Carsons Geist eingedrungen war, dann konnte er das auch weiterhin ausnutzen. Denn sonst würde es gleich noch einige Leichen mehr geben. Wieder ließ er seine Magie durch Carson fließen, so stark, dass sie unwillkürlich nach Luft schnappte, dann sprang er in Kynans Bewusstsein, mehr oder weniger blind, denn Carsons Magie lag im Moment praktisch bei null. Einzig die Erinnerung daran, wie sich Kynans Geist eben noch angefühlt hatte, half ihm, seinen Angriff auszuführen. Kynan wurde bewusstlos, doch Nikodemus wusste, dass das nicht lange anhalten würde.

»Lauf!« Er packte Carson am Arm und stürmte mit ihr los. Durian folgte ihnen. Nicht einmal er war verrückt genug, sich jetzt erneut mit Kynan anzulegen. Er holte sie beide ein, als Nikodemus anhielt, um Carson über den hinteren Zaun zu helfen. Sie liefen weiter zur Straße.

In stiller Absprache mit Durian schwang sich Nikodemus hinters Steuer, während der andere Dämon Carson auf den Rücksitz schob. Die Türen knallten zu. Sofort erfüllte der Duft von Carsons Blut die Luft, ein frischer, verlockender Geruch, und sofort regierte Nikodemus' Körper darauf. Der Warlord wusste, dass es Durian nicht besser erging.

»Fahr los!«, schrie Durian.

Im Rückspiegel sah Nikodemus, wie Kynan über den Zaun sprang. Carsons Magie erwachte stotternd zum Leben, wallte auf, ließ nach, kam stärker zurück. Wie Feuerwerksraketen, die aufblühen und vergehen und noch einmal einen prächtigen Funkenregen vom Himmel fallen lassen, wenn man gerade denkt, es wäre vorbei.

So, wie sie nun Magie verströmte, konnte Kynan sich in aller Gemütsruhe ein Taxi rufen und ihnen folgen. Doch Nikodemus hatte Angst, noch einmal durch Carson zu »ziehen«, denn ihre Kraft ließ rapide nach.

»Durian, sorg dafür, dass die Wunde nicht mehr blutet«, stieß er hervor.

»Ich werde mich darum kümmern, Warlord.« Durians Stimme klang angestrengt. Und ja, das war nur allzu verständlich, nun, da Carson so viel Magie ausstrahlte und immer noch Blut verlor.

Carson schrie plötzlich auf, und dann verschwanden sie und Durian aus dem Rückspiegel.

10

Carsons Hinterkopf schlug heftig auf. Sie lag der Länge lang auf dem Rücksitz, ohne Sicherheitsgurt, einen Fuß auf dem Boden, den anderen gegen die Tür gestemmt.

Der Mann, den Nikodemus Durian genannt hatte, hielt sie an den Schultern und drückte sie nach unten, als der Wagen losschoss. Seine Augen funkelten rot, und dann legte er sich über sie, erstickte sie.

Ihr Herz pochte heftig gegen ihre Rippen. Carson konnte nicht atmen, obwohl Luft in ihre Lungen gelangte. Ihr Ellbogen knallte gegen die Autotür, und einen Moment lang sah sie Sternchen vor den Augen.

Er war schwer, nutzte sein Gewicht, um sie unten zu halten. Seine Augen glühten wie Gold, das in Flammen stand. Ein Dämon. Durian war genau wie Nikodemus ein Dämon.

Nikodemus verringerte das Tempo, doch Durian ließ sie immer noch nicht los. Sie wollte ihn wegschieben, doch kaum hatte sie ihn berührt, stieg ein tiefes Grollen aus seiner Kehle. Aber wenigstens konnte sie jetzt wieder atmen.

»Wo ist der Talisman?«, stieß er hervor. Seine Finger gruben sich in ihre Schultern. Seine Feindseligkeit gab ihr die Antwort auf die Frage, ob sie gerettet war. Nicht wirklich.

»Ich weiß es nicht.« Der Wagen glitt jetzt gleichmäßig durch den Verkehr, doch Durian wollte seinen Griff nicht lockern. Carson versuchte, ihm den Ellbogen in die Rippen zu rammen, doch er wich genau im richtigen Moment aus. »Er hat ihn genommen.«

»Wer? Magellan?«

»Nein!«

»Durian!«, zischte Nikodemus. »Ich kann noch immer Blut riechen. Es ist mir völlig egal, was du tun musst, aber sieh zu, dass du das unter Kontrolle bekommst.«

Viel zu schnell nahm der Wagen eine Kurve, und Carson wurde gegen Durian gedrückt. Der Dämon zog seinen Pullover aus und drückte ihn gegen Carsons Schläfe.

»Au!«

»Beweg dich nicht, Hexe!« Seine Brustmuskeln waren gut austrainiert. Genau wie Nikodemus hatte er einen beeindruckenden Oberkörper.

Der Druck an ihrem Kopf tat weh, und während sie durch den Schmerz abgelenkt war, versuchte Durian, in ihr Bewusstsein einzudringen. Carson stemmte sich gegen ihn, und er verzog das Gesicht.

»So ist es besser«, sagte Nikodemus von vorn.

O nein. Das konnte er sich abschminken. Sie würde ihn nicht in ihren Kopf lassen. Hinter ihrer Stirn baute sich Druck auf wie eine Blase, und als sie platzte, wurde Durian zurückgestoßen. Carson umgab sich wieder mit der Mauer, mit der sie schon Nikodemus und Kynan abgewehrt hatte, und starrte Durian an.

»Bleib ja draußen«, warnte sie leise.

Der Wagen wurde langsamer. Durian starrte Carson an und lockerte seinen Griff. »O verdammt«, murmelte er vor sich hin.

»Ganz schön heftig, was?«, meinte Nikodemus. »Übertreib

es nicht da hinten, ja? Halt sie einfach unten. Mehr brauchst du nicht zu tun.«

»Warlord.« Nicht eine Sekunde wandte Durian den Blick von ihr ab. Er beugte sich vor und legte die freie Hand über ihren Mund, und Carson war nicht stark genug, um sich gegen ihn zu wehren. Sie schubste ihn, die Hände gegen seine bloße Brust gestemmt, doch es zeigte keine Wirkung. Seine Lippen kamen ihr so nah, dass sie fast ihre Wange berührten, sein Haar fiel ihr ins Gesicht, und sie spürte seinen Atem heiß auf ihrer Haut.

Sie riss den Kopf zur Seite, und seine Hand rutschte von ihrem Mund. »Wenn du etwas wissen willst«, sagte sie kühl, »brauchst du mich nur zu fragen.«

Durian wich zurück. »Wen hast du in das Haus des Warlords gelassen?«

»Er sagte, sein Name sei Xia.«

»Rasmus' Dämon«, stellte Durian fest und blickte zu Nikodemus hin.

»Shit!«, sagte der und trat so unvermittelt auf die Bremse, dass um sie herum ein empörtes Hupkonzert losbrach und Carson mit Durian fast von der Rückbank fiel. Carson blieb die Luft weg.

Adrenalin schoss durch ihren Körper, und blitzschnell hob sie ein Knie. Sie hätte Durians empfindlichste Stelle getroffen statt seiner Nieren, doch sein Kopf wurde plötzlich nach hinten gebogen, und sein Körper bewegte sich entsprechend mit.

Nikodemus hatte zwischen den Sitzen nach hinten gegriffen, seine Finger packten Durians Haar und zogen noch fester. »Verdammt, geh runter von ihr, Durian!« Die Hupen wollten nicht verstummen. »Carson, komm nach vorn.«

Durian heulte auf. Er wollte sich nicht von Carson lösen. Doch sie wand sich unter ihm hervor, während Nikodemus den Wagen an die Seite lenkte. Die Straße war von Bäumen gesäumt, durch die man viktorianische Häuser erkennen konnte. Nikodemus hielt den Fuß fest auf der Bremse, damit der Wagen nicht den steilen Hügel hinabrollte. Carson schlängelte sich zwischen den Sitzen nach vorn.

»Pass auf deinen Kopf auf. Nein, nicht du, du Idiot!« Nikodemus legte eine Hand auf ihren Rücken und schob sie das restliche Stück. Sie landete mit ihrem Kopf in seinem Schoß.

»Alles in Ordnung, Süße?«

Carson krabbelte auf den Beifahrersitz, versuchte, sich nicht anmerken zu lassen, was sie empfand. Doch als sie sich anschnallen wollte, zitterten ihre Hände.

Nikodemus gab langsam Gas und blickte über die Schulter, um sich wieder in den Verkehr einzureihen.

»Ich denke«, erwiderte sie auf seine Frage.

Durian brummte etwas, und hätte Carson nicht gewusst, dass dort hinten der Dämon saß, hätte sie gedacht, es wäre ein Grizzly. »Lass mich hier raus«, bat er.

»Kynan kann warten«, erwiderte Nikodemus. »Wir müssen uns Xia schnappen.«

Durian schwieg. »Wie du wünschst, Warlord«, meinte er schließlich. Der Respekt, der in seiner Stimme mitschwang, war ehrlich gemeint. »Aber ich brauche dennoch ein paar Dinge, bevor wir uns auf die Suche nach Xia machen.«

Nikodemus nickte und entriegelte die Türsicherung. »Wir treffen uns dann bei mir zu Hause, Durian.«

Der Dämon stieg aus und verbeugte sich vor Nikodemus, bevor er die Tür schloss.

Der verriegelte erneut die Türen. »Er ist verdammt sauer auf mich.«

»Tut mir leid.«

»Nicht dein Fehler. Er kann halt Hexen und Magier nicht ab. Kann ich ihm nicht verdenken. Na ja …« Er berührte Carsons Schulter. »So was wie eben wird nicht wieder passieren.«

Während er den Wagen zurück zu seinem Haus lenkte, ließ er seinen Arm auf Carsons Rücklehne liegen. Mal streifte er wie zufällig ihren Nacken, dann wieder spielte er mit ihrem Haar.

Wann immer er sie berührte, fühlte Carson sich ganz zittrig, so nervös wie damals vor ihrem ersten Kuss, als sie sich den Kopf darüber zerbrochen hatte, was sich wohl daraus ergeben würde. Sie hatte keine Ahnung, wie sie reagieren sollte.

Nikodemus sagte kein Wort. Auch nicht, als der Wagen in der Garage stand und sie das Haus durch einen Seiteneingang betraten.

Carsons Kopf schmerzte, die Wunde an der Schläfe tat weh. Es war ein heftiger Aufprall gewesen, als ihr Schädel gegen die Wand geschlagen war.

Nikodemus verschloss hinter ihnen die Tür. Er wirkte keineswegs ärgerlich. Aber woher sollte sie wissen, was in seinem Kopf vorging? Schließlich gehörte sie nicht zu den Leuten, die mal eben in den Gedanken anderer herumwühlen konnten, um zu sehen, ob sie etwas Interessantes entdeckten.

Sie befanden sich im hinteren Teil des Hauses, nah der Küche. Auch hier befanden sich diese gemalten Medaillons. Carson war überzeugt, dass richtige Gestalten hinter den Gesichtern steckten und dass sie zum Leben erwachen und sie anspringen würden, sobald sie ihnen den Rücken zukehrte. Der Schmerz in ihrem Kopf verstärkte sich.

Sie folgte Nikodemus in die Küche. Er legte seine Arme um sie, hielt sie ganz fest, und sie ließ es zu, weil er ihr Sicherheit gab. Und nun, da sie in seinem Haus waren, fühlte sie sich auch nicht länger bedroht. Erleichterung erfüllte sie. Ihre Beine waren weich wie Pudding.

»Und jetzt, Carson, erzähl mir bitte, was passiert ist – wenn es dir nichts ausmacht.«

»Xia hat behauptet, du hättest ihn gebeten, die Pizza selbst hierherzubringen, statt sie liefern zu lassen. Er sagte, dass er dich kennt.«

Sein Körper verströmte Wärme, und sie musste sich zusammenreißen, um sich nicht an ihn zu schmiegen. Allerdings schien es auch ihn nicht im Geringsten zu stören, dass sie einander so nah waren.

»Ich habe lediglich in der Pizzeria angerufen und sie gebeten zu liefern«, erwiderte Nikodemus. Seine Stimme klang sanft, eine Spur angespannt vielleicht, Ärger jedoch lag nicht darin.

»Er sagte, er sei dein Freund.« Sie legte den Kopf zurück, um Nikodemus' Gesichtsausdruck sehen zu können. Auch darin war kein Ärger zu erkennen. Aber wie oft war Magellan ganz plötzlich explodiert, ohne jede Vorwarnung? Bei diesem Gedanken machte ihr Herz einen Satz, und unwillkürlich trat sie einen Schritt zurück und noch einen, während Nikodemus nur den Kopf ein wenig zur Seite neigte.

»Und du hast nicht bemerkt, dass er magiegebunden ist?«

»Magie- was?« Sie rieb sich die Stirn. »Nein. Nein, ich habe gar nichts bemerkt.«

»Magiegebunden. So nennen wir einen Dämon, der unter der absoluten Kontrolle eines Magiers steht. Es sind jedoch meist die Hexen, die ›ziehen‹, Carson – so nennen wir es, wenn sie einen von uns in ihre Gewalt zwingen und ihm die Freiheit nehmen. Manche tun es für sich, andere für einen Magier. So ist es Xia ergangen. Er ist an Rasmus gebunden, muss dessen Befehlen gehorchen. Genauso wie Kynan von Magellan kontrolliert wird.«

»Aber das sieht man ihnen doch nicht an, oder?«

»Nein, nach außen hin wirken sie unverändert. Bis auf das kurze Haar. Kurz geschorenes Haar ist ein todsicheres Anzeichen. Magier scheren die Dämonen, die sie versklaven.«

»Oh.« Carson dachte an all die Männer mit raspelkurzem Haar in Magellans Haus. Dämonen. Allesamt versklavt.

»Aber etwas in ihrem Geist ist verändert«, fuhr Nikodemus fort. »Normal für uns Dämonen ist, dass wir einander spüren können, eine mentale Verbindung haben, doch diese Verbindung geht bei der Versklavung verloren. Ein freier Dämon kann einen magiegebundenen nicht mehr fühlen. Und umgekehrt.«

Er fasste Carson am Arm und führte sie zum Kühlschrank, goss ihr ein Glas seiner Kopfschmerz-Medizin ein. »Du magst Xia gespürt haben, ohne gewusst zu haben, was das bedeutet. Magier können magiegebundene Dämonen fühlen.«

Sie nahm das Glas und wappnete sich gegen den scheußlichen Geschmack. »Danke«, sagte sie, nahm einen Schluck und schauderte.

»Hab ich doch vorhin schon gesagt: Der Shit schmeckt wie Sumpfwasser.«

»Ja.« Sie trank das »Sumpfwasser« aus und dachte dabei über Magier und Dämonen nach und was Xias so kurzes

Haar bedeutete. Was wohl aus ihr selbst geworden wäre, wenn sie nicht in Magellans Hände geraten wäre? Würde sie jetzt über ihre eigene Armee an magiegebundenen Dämonen verfügen? Bei diesem Gedanken fühlte sie sich unbehaglich.

Nikodemus berührte ihre Wange. Ganz leicht nur, mit den Fingerspitzen, doch es ging ihr durch und durch. Sie senkte den Kopf, damit er nicht in ihren Augen lesen konnte, und starrte auf das leere Glas auf der Küchentheke. Magellan hatte stets ganz unerwartet zugeschlagen. Nikodemus auch?

»Xia ist ein sehr alter Dämon«, fuhr er fort. »Und er ist seit sehr vielen Jahren versklavt. Länger, als du lebst.«

»Und was ist mit Kynan?«, wollte sie wissen. Sie ballte ihre Hände zu Fäusten. Wenn Magellan sie nicht vergiftet hätte, dann wäre sie jetzt vielleicht hinter Nikodemus her!

»Bei ihm ist es genauso.«

Er stand dicht vor ihr, und Carson fand es irritierend, wie heftig ihr Körper auf Nikodemus reagierte. Sie vermisste den Trost seiner Umarmung und wünschte sich, dass er sie wieder halten würde. Und dennoch hatte sie das Gefühl, ihn allein durch dieses Begehren zu betrügen.

»Ich verstehe nicht, warum Magier und Dämonen sich so verabscheuen. Warum tun sie – warum tun wir das, was wir machen?«

Nikodemus seufzte. »Vor langer Zeit sind die Dämonen den Menschen gegenüber außer Kontrolle geraten. Nun ja, die Welt war damals eine andere. Ich will nicht behaupten, dass so etwas heute nicht mehr vorkäme, aber es war vorbei, als die Magier begannen, uns zu bekämpfen. Doch selbst nachdem wir … na ja, zurückhaltender geworden waren, verfolgten die Magier uns weiter.«

Carson kaute auf ihrer Lippe. Nikodemus starrte sie an, und plötzlich hatte sie das Gefühl, dass er sie gleich küssen würde. Ihr Magen fing an zu flattern.

»Ich habe Blut auf dem Boden gefunden, als ich nach Hause kam.« Er musterte Carson von Kopf bis Fuß, dann nahm er einen sauberen Lappen, feuchtete ihn an und wischte Carson damit das Blut vom Gesicht.

»Au!«

»Tut's weh?«

Carson sah Sternchen. »Ja.«

»Tut mir leid.« Er inspizierte ihren Hals und ihre Schultern, soweit es möglich war, berührte sie sanft, doch ganz ohne intime Absicht. Er schob erst einen, dann den anderen Ärmel ihres Shirts hoch, und Carson starrte auf die kleine Wunde in ihrer Ellenbeuge.

»Er hat mir sein Messer gezeigt und mich dabei geritzt. Es hat überhaupt nicht wehgetan. Doch dann hat er sich ganz komisch benommen.«

»Blut erregt uns.« Er wartete, doch Carson bemühte sich, keine Reaktion zu zeigen. »Der Geruch. Die Farbe. Und ganz besonders der Geschmack. Darum habe ich Durian angeschrien, dass er die Blutung stoppen sollte. Wir waren beide schon ganz nervös.«

»Oh.«

»In der Leidenschaft, Carson, ob es nun Liebe oder Hass oder einfach nur Lust ist, wecken der Geruch, der Geschmack und die Farbe von menschlichem Blut unser eigentliches Wesen. Es bringt uns demjenigen näher, mit dem wir zusammen sind. Auf gute oder auf schlechte Weise, je nachdem, was der andere für Dämonen empfindet. Manche von euch mögen es.«

Auf Nikodemus' Daumen und Zeigefinger glitzerte eine schmale Blutspur. »Und manche von euch mögen es nicht.« Er ging zur Spüle, stellte den Wasserhahn an und wusch sich die Hände, dann wischte er sie an seinen Jeans ab. »Es war ganz natürlich für Xia, sich so zu benehmen. Wäre ich an seiner Stelle gewesen, hätte ich es auch getan.«

Sie hörte seine Worte, versuchte, sie zu verstehen, ohne darüber zu urteilen. Als sie nun auf Nikodemus' Finger blickte, von denen er ihr Blut abgewaschen hatte, schnürte sich ihr Magen zusammen.

»Es gehört zu unserem Wesen, Carson. Wir sind eine Rasse von Kriegern. Blut und Schlachtenruhm lassen uns uns lebendig fühlen. Sind wir gezwungen, ohne die Verbindung zu Blut und zu unserer Sippe zu leben, dann ist das für uns schlimmer als der Tod.«

Er trat wieder zu ihr, strich über den kleinen roten Punkt auf ihrem Arm. »In diesen wenigen Momenten mit dir hat Xia sich wahrscheinlich wieder frei gefühlt.«

Seine Augen sind so schön, dachte sie. Wie gern hätte sie sich darin verloren.

»Vor vielen Jahrhunderten waren Menschenopfer noch üblich. Heute nicht mehr, weil die Welt sich verändert hat. Doch das Magiergeschlecht behandelt uns, als ob sich gar nichts geändert hätte. Für sie sind und bleiben wir böse. Monster, die man entweder unter seine Kontrolle bringt oder tötet, wenn sie sich nicht selbst umbringen.«

»Das Magiergeschlecht«, wiederholte sie, und plötzlich schien die Luft zwischen ihnen zu vibrieren. »Du meinst damit meine Rasse. Menschen wie mich.«

»Ja, Carson«, sagte er sanft. »Tut mir leid. Aber so ist es nun mal. Du und ich, wir sind Feinde. Eigentlich.«

»Warum? Ich habe dir doch nie etwas getan. Warum sollten wir einander hassen?«

»Du bist ja auch anders, Carson.«

Mit der Fingerspitze fuhr er die Bögen ihrer Brauen nach, und Carson schloss die Augen. Sie spürte etwas Fremdes in ihrem Bewusstsein und wusste, dass es Nikodemus war. Sie öffnete ihre Augen wieder und rief sich ins Gedächtnis, wie sie ihn schon einmal als etwas Nicht-Menschliches wahrgenommen hatte. Nun hatte sie erneut dieses Gefühl, stärker als zuvor.

»Du bist nicht wie Magellan«, fügte er hinzu.

Er hatte sich wieder aus ihren Gedanken zurückgezogen. Carson musterte ihn. Wenn sie in seinen Kopf hätte sehen können, dann hätte sie es getan. Gern.

»Was wird Rasmus tun, wenn er den Talisman hat?«, wollte sie wissen.

»Du kennst das Ritual«, erwiderte er ruhig. »Du hast gesehen, wie Magellan es ausgeführt hat. Er wird ein Opfer darbringen, um die Magie zu befreien, die in dem Talisman eingeschlossen ist. Er wird morden.«

Carson dachte nach. Ihr Wissen über Magier und ihre Beziehung zu Dämonen wuchs beängstigend schnell. Sie versuchte das, was Nikodemus ihr erzählt hatte, mit dem zusammenzubringen, was sie gelesen oder selbst beobachtet oder aus all dem geschlossen hatte.

»Ich nehme an, dieser Rasmus ist stark genug, um die Nachwirkungen zu überleben«, sagte sie schließlich.

Nikodemus lehnte sich gegen die Küchentheke. »Und ob er das ist! Glaub es mir.«

»Welche Folgen wird das alles haben?« Sie stellte diese Frage, obwohl sie bereits ahnte, unglücklicherweise, wie die Antwort ausfallen würde.

»Schlimme. Wir haben ja vorhin bereits darüber gesprochen. Falls es Rasmus oder Magellan, je nachdem, tatsächlich gelingt, den Talisman aufzubrechen, dann wird derjenige über genug Macht verfügen, um selbst einen Warlord zu versklaven. Und du kannst dir sicher vorstellen, dass das für uns ziemlich üble Konsequenzen haben wird.« Er fuhr sich mit den Fingern durchs Haar, wobei der Sternrubin das Licht einfing und zurückstrahlte. »Mach dich frisch, während wir darauf warten, dass Durian kommt. Oben. Erste Tür rechts.«

Als sie die Treppe nach oben ging, klingelte Nikodemus' Handy. Carson hielt inne, als er sich meldete, und dann hörte sie, wie er leise »Verdammt!« sagte.

Sie lief die Stufen wieder hinunter. Nikodemus hatte ihr den Rücken zugewandt, hörte dem Anrufer zu.

»Er soll sich nicht vom Fleck rühren, richte ihm das aus! Nein. Nein, ich will das nicht.« Er hörte eine Weile zu. »Warum, verdammt, hast du mich glauben lassen, er wäre noch bei dir?« Wieder lauschte er. »Egal. Ich werde mich darum kümmern. Danke. Nein. Es war richtig, dass du angerufen hast. Jetzt sind wir wieder quitt.«

Er klappte das Handy zu und stand da, ohne eine Regung, nur seine Hand schloss sich so fest um das Telefon, dass Carson fürchtete, er werde es zerbrechen.

»Was ist passiert?«, wollte sie wissen.

Er wandte sich um. »Durian ist auf eigene Faust losgezogen, um Xia zu finden.«

»Und? Hatte er Erfolg?«

Nikodemus lockerte seinen Griff um das Handy. Im Raum wurde es plötzlich um zehn Grad heißer. Carson spürte die Wucht seiner geistigen Energie.

»Er ist Xia bis zu Rasmus' Haus gefolgt.«

»Und den schnappen wir uns jetzt? Du und ich?«

Nikodemus lachte. »Ach, komm schon. Eine Hexe, die nicht ziehen kann.«

Sie sah ihn an, rührte sich nicht. Zum ersten Mal in ihrem Leben hatte sie ein Ziel. »Ich habe dich gespürt, als du gegen Kynan gekämpft hast. Du hast mich benutzt. Meine Magie.«

Röte stieg ihm in die Wangen. »Hätte ich es nicht getan, wärst du jetzt tot.«

»Ich habe gesagt, ich würde dir helfen.« Sie berührte seinen Arm. »Warum willst du es nicht zulassen?«

Er blickte sie prüfend an. »Selbst wenn es dich noch früher umbringt?«

»Ich biete es dir an. Also sei kein Idiot, Nikodemus.«

Er schob das Handy in die hintere Tasche seiner Jeans. »Vorhin, während des Kampfs mit Kynan, da habe ich erstaunlich starke Magie aus dir gezogen. Wirklich erstaunlich.«

»Aber?«

»Das Problem ist, dass deine Magie so unbeständig ist, Carson. Ich kann nicht riskieren, dass sie gerade dann erlischt, wenn ich sie am dringendsten brauche, wenn du verstehst, was ich meine.«

Sie starrte auf seine Hände, die er immer noch zu Fäusten geballt hatte. »Du kannst Menschen kontrollieren, nicht wahr?«

Seine Augen wurden schmal, aber sie war dennoch sicher, fast sicher, dass sie Erwartung darin hatte aufblitzen sehen.

»Wir nennen es ›innewohnen‹«, erklärte er.

»Und du könntest das mit mir machen?«

»Ja«, gab Nikodemus zu.

»Und es würde funktionieren?«

Er holte tief Luft. »Ich bräuchte nicht die völlige Kontrolle über dich zu haben, aber sie müsste dauerhaft sein. Damit du mich nicht ausschließen kannst.«

»Mein Angebot steht immer noch.«

Seine Augen funkelten blau und grau und schwarz. »Komm her zu mir«, sagte er.

Sie ging zu ihm hinüber, und er fasste sie am Handgelenk, zog ihren Arm zu sich heran. »Ich werde mein Versprechen halten, das weißt du, nicht wahr?«

»Ja.«

»So dürfte es gehen.« Er ritzte sie mit seinem Fingernagel, begann mit der Bewegung dort, wo Xia sie verletzt hatte. Frost biss in ihre Haut, wo er sie berührte. Beide schauten sie zu, wie Blutstropfen aus der Wunde quollen.

»Sieh mich an«, bat Nikodemus nun, und seine Stimme war wie Rauch. »Denn jetzt folgt der bedeutsame Teil. Es funktioniert besser, wenn du mich dabei anschaust. Und schließ mich bitte nicht aus, Carson, ja?«

Sie nickte.

Er drückte eine Fingerspitze gegen ihre Stirn, und ein Funke sprang von seinem Finger auf ihre Haut und in ihren Kopf. Wieder wechselten seine Augen die Farbe, von grau-blau zu silber-schwarz, und Carson wagte nicht, ihren Blick abzuwenden.

Panik flammte in ihr auf, doch sie öffnete ihm weiterhin ihr Bewusstsein. Sie war plötzlich so verletzlich.

Nikodemus glitt in ihren Verstand, und dann hob er ihren Arm an seinen Mund, umschloss die Wunde mit seinen Lippen. Alles in ihr spannte sich an, als er ihr Blut aufsog.

Als er den Kopf schließlich wieder hob, war er in ihrem Geist zum Leben erwacht. Sie atmete, wenn er Atem holte, ihr Herz klopfte, wenn seines schlug. Sie war sich bewusst, dass er alles mit ihr machen, alles von ihr verlangen könnte, und sie würde es nicht verweigern. Sie wusste jedoch auch, dass er seine Macht nicht ausnutzen würde.

Nikodemus sah sie an, während seine Präsenz in ihrem Bewusstsein immer stärker wurde.

»Heiliger Himmel«, stieß er hervor. Seine andere Hand lag an ihrem Nacken, ihre Körper waren nur Zentimeter voneinander entfernt.

Carson fuhr sich mit der Zunge über die Lippen, und er folgte der Bewegung mit seinem Blick.

»Magst du es?«, flüsterte er.

Carson nickte.

Seine Präsenz flammte auf, und einen Atemzug später reagierten ihre Körper wieder im Gleichmaß. Nikodemus kontrollierte sie nicht. Er war einfach da. Auf eine unglaubliche Weise.

Carson stellte sich auf die Zehenspitzen und berührte seine Lippen mit ihren.

Er zögerte. Reagierte dann. Und ihre Körper verschmolzen in Carsons Geist. Sein Mund nahm ihren in Besitz, und ja, es fühlte sich so gut an. So richtig.

Doch dann zog er sich langsam zurück. Widerstrebend. Er senkte den Kopf und lehnte seine Stirn gegen ihre, seine Brust hob und senkte sich heftig.

»Sag beim nächsten Mal Nein, Carson, sonst wirst du herausfinden, was genau uns Dämonen zu den besseren Liebhabern macht.«

Seine Bemerkung dämpfte ihr Verlangen, ihn noch einmal zu küssen. Zumindest für den Moment. Nikodemus zog sich aus ihrem Bewusstsein zurück, ohne jedoch völlig zu verschwinden.

»Wir sollten uns auf den Weg machen«, sagte sie.

Sie war zittrig, empfand eine unvertraute Schwäche. Aber sie hatte nicht das Gefühl, dass Nikodemus sie kontrollierte. Alles kam ihr normal vor, wenn man einmal von ihrem Verlangen absah, ihn zu küssen und zu sehen, wo das enden würde. Noch nie hatte sie solche Wünsche empfunden. Aber sie war ja auch noch nie einem Mann wie Nikodemus begegnet.

»Vertrau mir«, sagte er. »Du wirst es wissen, wenn ich übernehme.«

»Lass uns keine Zeit mehr verschwenden, Nikodemus.«

Rasmus lebte in den Berkeley Hills, auf der anderen Seite der Bucht, in der Wildcat Canyon Road, einer Straße, die sich den Höhenzug hinter der Universität hinaufschraubte.

Nikodemus' Mercedes glitt seidenweich durch die Kurven. Nebel schluckte das Mondlicht. Die wenigen Straßenlampen standen weit voneinander entfernt. Als sie in eine unübersichtliche Kurve fuhren, trat Nikodemus plötzlich auf die Bremse. So hart, dass der Sicherheitsgurt in Carsons Schulter schnitt. Er ließ den Mercedes zurückrollen, zu einem Wagen, der am Straßenrand abgestellt war. Ein Volvo, der schon bessere Tage gesehen hatte.

»Durians.« Nikodemus schloss die Augen und schüttelte den Kopf. »Ich kann ihn nicht spüren.«

»Vielleicht sind wir nicht nah genug.«

»Vielleicht«, sagte er leise und verfiel in Schweigen. Seine Finger umklammerten das Lenkrad. Viel zu fest.

Carson legte eine Hand auf seine Schulter. »Wir werden ihn finden.«

»Lass uns weiterfahren«, sagte er.

Ihr Mund wurde staubtrocken, als Nikodemus den Wagen kurz darauf von der Straße lenkte und anhielt. Dichtes Unkraut und Brombeergestrüpp schirmten sie vor neugierigen Blicken ab.

Sie gingen eine schmale, von Pinien gesäumte Straße hinauf, und Carson klopfte das Herz bis zum Hals, als sie aus dem Schatten der Bäume traten. Sie hatten ihr Ziel erreicht, fast. Wie von selbst wurden ihre Schritte langsamer, sie fiel hinter Nikodemus zurück. In der Dunkelheit wirkte er größer und imposanter. Zuversichtlich. Er bewegte sich lautlos und geschmeidig, wie der geborene Dieb. Ganz anders als sie.

Erst, als er stehen blieb, kurz vor dem Tor, holte sie ihn ein. Im Schatten der Mauer warteten sie auf Durian, doch als er nach einer Viertelstunde noch nicht aufgetaucht war, legte Nikodemus einen Arm um Carsons Schulter und zog sie nah zu sich heran.

»Wir ändern den Plan«, flüsterte er.

Sie nickte.

»Ohne Durian müssen wir das Ganze anders angehen. Hör zu.« Sie spürte seinen warmen Atem an ihrem Ohr. »Ich will keinen tödlichen Kampf, es sei denn, etwas ginge schief. Was nicht passieren wird. Ich bin nicht hinter Rasmus her. Wir werden uns quasi unsichtbar machen. Seine Dämonen können mich nicht fühlen, und da ich dich unter Kontrolle habe, kann ich uns beide verbergen, auch vor dem Hexer. Alles, was ich will, ist der Talisman. Wir nehmen ihn, finden Durian, und dann sind wir so schnell wieder fort, als wären wir nie da gewesen. Einverstanden?«

»Und wenn doch etwas schiefgeht?«

»Kommt Plan B zum Zug. Ich werde deine Tarnung aufheben, und während ich mich um das Wesentliche kümmere, wirst du freundlich mit Rasmus plaudern. Soll er doch denken, was er will. Ihr seid beide Magier. Red mit ihm über eure ›Arbeit‹ oder was auch immer. Sag irgendwas. Lüg ihn an. Betrüg ihn. Stiehl. Sorg einfach dafür, dass er abgelenkt ist. Schaffst du das?«

Carson nickte.

Seine Hand glitt zu ihrem Nacken, und Nikodemus schaute sie an. Als ihre Blicke sich trafen, spürte sie ihn erneut intensiv in ihrem Bewusstsein.

»Plan A hat den Vorrang, Carson. Ich dämpfe deine Fähigkeiten und halte dich verborgen. Sobald es nötig wird, werde ich deine Magie benutzen. Wenn wir den Talisman auf diese Weise nicht zurückbekommen können, wechseln wir zu Plan B. Ich werde dich auch dann noch unter Kontrolle haben, also tu nichts Voreiliges. Denk dran, du bist eine Hexe, und Magiegebundene müssen dir gehorchen. Fordere, zu Rasmus gebracht zu werden. Gib dich arrogant und zickig, umso überzeugender wirst du wirken. Alles klar?«

Wieder nickte sie.

»So oder so werde ich den Talisman und Durian finden, und dann bringe ich uns wieder nach draußen.«

»Gibt es eigentlich auch einen Plan C?«

»Darauf kannst du Gift nehmen.« Nikodemus lächelte. »Wegrennen, als wäre der Teufel hinter uns her. Bist du bereit?«

Sie war es nicht, aber sie nickte trotzdem.

»Das ist mein Mädchen. Durch nichts zu erschrecken.« Er wandte sich dem Tor zu und murmelte etwas, was Carson nicht verstand. Ein Hauch streifte sie wie ein Hall seiner Worte. Die Kopfschmerzen, ihr ständiger Begleiter, verschwanden, als hätte jemand eine Decke darüber gebreitet. Sie wusste, sie waren immer noch da, aber sie spürte sie nicht mehr. Nikodemus sah sie von der Seite her an und blies gegen seine Fingerspitzen.

Niemand kam heraus, um nachzuschauen, ob etwas Ungewöhnliches passiert war. Carson starrte angestrengt auf das Haus, versuchte, irgendetwas zu sehen und zu hören. War der Magier dort drin gerade dabei, einen Dämon zu töten? Wäre auch sie selbst, unter anderen Umständen, zu so etwas fähig gewesen?

Die Einfahrt mündete in einen gepflasterten Bereich, groß genug, dass mehrere Autos nebeneinander parken konnten. Jetzt stand nur ein einziges Auto dort, ein dunkler Jaguar, und daneben ein Motorrad.

Das zweistöckige Haus des Magiers war aus grauem Stein erbaut. Olivenbäume zierten den Landschaftsgarten, ein Tulpenbaum fungierte als Blickfang – Zeichen von Reichtum, wie sie auch Magellan so liebte.

Auf der von Säulen umgebenen Veranda brannte Licht, doch nur oben, im zweiten Stock, waren zwei Fenster erleuchtet. Falls dieses Haus dem von Magellan ähnelte, befanden sich dort die Zimmer der Magiegebundenen. Hinter einem der Fenster flackerte der bläuliche Schein eines Fernsehers.

Ein Schauder lief über Carsons Rücken. Als sie die Eingangstür erreichten, klopfte ihr Herz so schnell, dass sie kaum atmen konnte. Sie brannte darauf, Rasmus' Pläne zu durchkreuzen, ihn an Magellans Stelle zu bestrafen.

»Durian ist hier«, flüsterte Nikodemus ihr ins Ohr. »Ich

kann ihn jetzt spüren. Carson, das wird, verdammt noch mal, nicht einfach. Lass uns anfangen.«

Er ging als Erster hinein, lautlos und nicht fassbar wie ein Schatten, und vielleicht war er ja tatsächlich einer. Sie trat hinter ihm über die Schwelle, jeder Nerv in ihrem Körper angespannt. Ihr Kopf pochte. Sie fühlte sich wie benebelt, und ab und zu drang eine Information zu ihr durch, die von Nikodemus stammte. Ihre Eindrücke vermischten sich mit seinen, und das führte dazu, dass sie die Orientierung verlor, während sie versuchte, beides voneinander zu trennen.

Irgendwo im Haus hörte Carson ein Geräusch, ein Kratzen. Als ob ein Hund über einen Holzboden liefe. Und dann bemerkte sie diesen Geruch, der ihr so schrecklich vertraut war. Den Geruch von Blut. Genau wie in der Nacht, als sie Magellan überrascht hatte.

»Wir kommen zu spät«, flüsterte sie. Rasmus hatte bereits mit dem Ritual begonnen. Sie hätte nicht sagen können, ob das Gefühl, dass etwas verkehrt war, aus ihrem Inneren kam, ob es diesem Haus entsprang oder von Nikodemus stammte. Ihre Beine zitterten, und jedes Mal, wenn sie die Augen schloss, hob sich ihr Magen.

»Lass mich nicht die ganze Arbeit allein machen«, flüsterte Nikodemus. »Konzentrier dich.«

Sie nickte und versuchte, ihre Furcht zu verdrängen.

Wer auch immer dort oben fernsah, hatte gerade umgeschaltet. Ein Werbespot brach mittendrin ab, Rockmusik dröhnte durchs Haus. Einer von Rasmus' Dämonen – so jedenfalls vermutete Carson – kam die Treppe herunter. Seine Schritte wurden durch den Teppich gedämpft. Am Fuß der Treppe knipste er den Lichtschalter an. Das Geräusch klang lauter, als es hätte sein sollen.

Carson fand, dass er menschlich aussah. Genauso menschlich wie Nikodemus. Er schaute an ihnen vorbei, obwohl ihr Anblick ihn eigentlich in höchste Alarmbereitschaft hätte versetzen sollen.

Carson starrte ihn an, versuchte irgendetwas zu entdecken, das ihr verriet, was er wirklich war. Er war muskulös, wenn auch nicht so groß wie Nikodemus, und er hatte auch nicht dessen breite Schultern. Er trug eine Trainingshose und Laufschuhe und sonst nichts. Er sah aus, als hätte er gerade einen Kampf hinter sich. Blut sickerte aus einem Riss über seiner Augenbraue.

Als er weiterging, stieß Carson einen kaum hörbaren Seufzer der Erleichterung aus.

Stimmen erklangen aus dem Untergeschoss, ärgerliche Stimmen, die lauter und lauter wurden. Ein beißender Geruch lag plötzlich in der Luft.

»Verdammter Mist«, wisperte Nikodemus.

Schnelle, laute Schritte waren im Obergeschoss zu hören, und auch Nikodemus zuckte unwillkürlich zusammen. Irgendwie machte ihn das – menschlicher, und Carson fühlte sich besser.

Nikodemus packte sie, zerrte sie noch tiefer in die Schatten. Sie konzentrierte sich ganz darauf zu atmen, ruhig zu bleiben. Er zog sie eng an sich, und sie schlang ihre Arme um ihn. Erinnerte sich selbst daran, dass er in ihrem Bewusstsein war, ihr helfen würde, ihre Angst zu beherrschen.

»O nein!«, stieß er hervor. »Nein, nein, nein!«

11

Nikodemus spürte Durian nicht mehr. Spürte absolut nichts mehr. Verdammt! Durian war nun magiegebunden oder so gut wie.

Unwillkürlich spannte er sich an, als Rasmus' riesenhafter Dämon, Xia, die Treppe herunterkam. Wie der andere trug auch er Trainingshose und Laufschuhe, ein schwarzes T-Shirt umspannte seinen Oberkörper.

Am Fuß der Treppe blieb Xia stehen. Seine Augen leuchteten in einem intensiven Blau, während er sich umblickte und den Raum absuchte.

Carson hielt den Atem so lange an, dass Nikodemus spürte, wie heftig ihr Körper neuen Sauerstoff forderte.

Misstrauen lag in Xias Augen, während er den Blick über die Treppe schweifen ließ, nach oben und hinunter ins Untergeschoss. Er tat ein paar Schritte in den Raum, ging dann langsam zur Tür. Strich mit den Fingern über das Holz, ließ sie einen Moment auf dem Türknauf ruhen.

Selbst Nikodemus wagte nicht mehr zu atmen und hoffte nur, dass seine Tarnung standhielt.

Schließlich, nach einem letzten prüfenden Blick, eilte Xia weiter ins Untergeschoss.

Nikodemus und Carson atmeten gleichzeitig aus.

»Himmel, ist das ein übler Typ«, meinte Nikodemus.

Carson wollte etwas sagen, doch ein durchdringender

Schrei, der aus dem Untergeschoss drang, ließ sie beide erstarren. Er hing im Raum, seelenzerreißend, schien nicht enden zu wollen. Hexermagie ließ die Luft bleischwer werden.

»Durian«, flüsterte Carson.

Es war zu spät. Viel zu spät.

Sie klammerte sich an Nikodemus, während dieser Schrei die Luft durchschnitt, schließlich verhallte und sie in einem grässlichen Schweigen zurückließ.

Nikodemus griff nach ihrer Hand, schloss seine Finger um ihre, drückte sie sanft, bis Carson sich wieder gefangen hatte. Er ließ sie spüren, dass er in ihrem Bewusstsein war, dann tauchte er tiefer in ihren Geist.

»Wir müssen nach unten gehen. Dort wird es uns wohl kaum gelingen, unbemerkt zu bleiben«, sagte er dicht an ihrem Ohr. »Falls es, na ja, nicht so großartig läuft, werde ich meine Magie durch dich nutzen, und du wirst es spüren.«

So, wie er ihre Magie fühlte, die in diesem Moment gewaltig war. Gewaltig, aber auch dunkel und verdreht. Hätte er Zeit gehabt, hätte er dieser verfälschten Magie nachgespürt, sie erforscht. Er hätte Magellan den Hals umdrehen können. Himmel noch mal, sie war noch ein Kind gewesen, als er damit begonnen hatte, sie von ihrer Macht abzuschneiden. Nun ja, wenn man vorhatte, die magische Entwicklung einer Hexe zu stoppen, dann musste man früh damit anfangen. Noch vor der Pubertät.

Er versuchte, den Ärger nicht in seiner Stimme durchklingen zu lassen. »Und du wirst mir dabei nicht zusammenklappen?«

»Nein.«

Er nahm so viel Energie von ihr auf, wie er wagte. Er machte sich keine Sorgen, dass die Magiegebundenen ihn spüren würden. Sie konnten seine Magie nicht fühlen, selbst wenn er sie ihnen auf dem Präsentierteller darbieten würde.

Es war Carson, um die er sich sorgte. Nikodemus war sicher, dass er sie vor dem Magier abgeschottet hatte. Doch je mehr Magie er von ihr zog, desto höher wurde das Risiko, dass er sie unabsichtlich verriet. Einem der Magiegebundenen könnte auffallen, dass es hier Hexenmagie gab, die nicht von Rasmus stammte. Oder, noch schlimmer, er beging einen Fehler, und Rasmus würde merken, dass er uneingeladene Besucher hatte.

Aber das Leben war niemals frei von Risiken, oder? Und Carson war nun mal seine Geheimwaffe.

Vorsichtig gingen sie die Treppe hinunter. Je tiefer sie kamen, desto drückender schien die Luft zu werden. Die Härchen auf Nikodemus' Haut richteten sich auf. Irgendwo dort unten wirkte ein Hexer verdammt starke Magie.

Ein weiterer Schrei stieg auf. Verzweiflung und Schmerz, Wut und Entsetzen verbanden sich in diesem fürchterlichen Laut, der Nikodemus mitten ins Herz schnitt.

Doch auch Carson spürte die Qual in diesem Schrei. Sie hielt sich die Ohren zu, senkte den Kopf und zog die Schultern hoch. Selbst die Hexe, die ihre Magie nicht nutzen konnte, war von Entsetzen erfüllt. Durian war seinem Mörder ausgeliefert, die Seele wurde ihm entrissen, sein Körper von seiner Magie getrennt.

Ihnen lief die Zeit davon.

Nun waren sie unten angekommen. Nach links ging ein Gang ab, der zu einer Metalltür führte.

Nikodemus schob sich an Carson vorbei und legte die Hände gegen das glänzende Metall. Weitete seine Sinne aus.

»Zwei Schichten Platin«, sagte er. »Dazwischen eine Lage zermahlener Rubine. Typisch paranoides Magier-Verhalten. Nichts Magisches kann durch diese Tür dringen, egal, in welche Richtung.« Mist. Er hatte gehofft, spüren zu können, was hinter dieser Tür vorging. »Ich kann sie nicht für uns öffnen, Carson.«

Er wandte sich zu ihr um und sah, dass sie zitterte. Trotzdem, sie hatte Mut. Sie würde nicht kneifen. Er spürte, dass sie bereit war, alles, was kam, anzunehmen. Fatalistisch. Weil sie, verdammt noch mal, dachte, dass alles ihre Schuld sei. Weil sie Xia ins Haus gelassen hatte. Natürlich war das Unsinn, doch sie glaubte es nun mal.

Ihre Augen weiteten sich, die Pupillen wurden groß. Kluges Mädchen. Er hatte sie gar nicht erst darauf hinweisen müssen, dass nun Plan B an die Reihe kam. Nikodemus bewunderte sie. Sie musste fast verrückt sein vor Angst, doch sie holte tief Luft, trat einen Schritt nach vorn und klopfte an die Tür.

Er hob ihre Tarnung in ebendem Moment auf, als sie die Klinke herunterdrückte. Die Tür öffnete sich, und dann war es zu spät. Es blieb ihm keine Zeit mehr zu sagen, dass sich in diesem Raum zwei Magier befanden. Und nicht nur einer.

12

Die Tür schwang auf. Bevor sie wieder zufallen konnte, betrat Carson den Raum, bemüht, ja nichts zu berühren. In ihrem Kopf hallten Nikodemus' Worte wider: Solange du ruhig bleibst, sehen sie nur dich.

Es war, als wäre sie mitten in ihre schlimmsten Albträume geraten. Der metallische Geruch von Blut biss ihr in die Nase. Durian lag auf einem langen chromglänzenden Tisch, sein Kopf war fast kahl geschoren. Ein Arm hing an der Seite herunter, die Füße ragten über das Tischende. Carson sah die roten Flecken neben seinem Körper, sah, dass Blut auch auf den Boden getropft war und sich in einer Lache sammelte, wo es an den Rändern bereits zu trocknen begann.

Carsons Magen zog sich zusammen.

Oberhalb von Durians Kopf stand der Talisman. Die geschnitzte Figur zog Carsons Aufmerksamkeit so stark auf sich, dass sie sich zwingen musste, in eine andere Richtung zu schauen.

Zwei Männer standen auf der anderen Seite des Tischs. Rasmus war groß, hatte eine helle Haut, eine schmale Nase und wunderbare blaue Augen in einem atemberaubend schönen Gesicht. Sein weißblondes Haar, dicht und glatt, fiel ihm bis auf den Rücken. Er trug schwarze Hosen und einen schwarzen Rollkragenpullover.

Magellan, der neben ihm stand, trug einen maßgeschneiderten zweireihigen Anzug aus grauer Wolle. Seine braunen Augen waren tief eingesunken, die Nase verriet, dass sich auch Indios in der Reihe seiner portugiesisch-brasilianischen Vorfahren befunden hatten. Blut war auf sein Jackett, das weiße Hemd und die hellblaue Krawatte gespritzt.

Zwei Dämonen, die Carson aus ihrer Zeit bei Magellan kannte, traten vor, angriffsbereit, die Lippen zusammengepresst.

Magellan hob eine blutigrote Hand, um sie aufzuhalten, und sie blieben stehen. Carson hatte nie erlebt, dass irgendwer jemals Álvaro Magellan gegenüber Ungehorsam gezeigt hätte.

Hinter Rasmus stand Xia, die Beine gespreizt und die Arme vor der Brust verschränkt.

»Boa noite, Carson«, sagte Magellan. »Was für eine angenehme Überraschung, dich wiederzusehen.«

»Nun, das würde ich nicht behaupten.«

»Du hast uns so plötzlich verlassen.« Er tat so, als wäre er irritiert. »Ohne zu sagen, was dich so empört hat.« Seine Stimme veränderte sich. »O ja, wir haben dich vermisst. Sehr sogar. Und nun willst du zu uns zurückkehren? *Sim?*«

Sie fuhr sich mit der Zunge über die trockenen Lippen. »Wohl kaum«, erwiderte sie.

Magellans Blick verdüsterte sich. »Abwarten. Wie auch immer, du bist gerade rechtzeitig gekommen.« Er hob das Messer, das er in der Hand hielt, bereit, die scharfe Klinge in Durians Hals zu stoßen.

Durian zuckte, obwohl es kaum vorstellbar war, dass er noch lebte. Nicht, nachdem Magellan ihm die Brust aufgeschlitzt hatte.

Aus dem Augenwinkel nahm Carson ein Flimmern vor

der Wand seitlich von ihr wahr, mal deutlicher, mal weniger deutlich. Nikodemus, wie ihr Bewusstsein ihr verriet. Doch weder Magellan noch Rasmus schienen ihn zu bemerken. Xia stand still wie eine Statue, doch sein Blick schweifte unablässig durch den Raum.

Carson machte ein paar Schritte auf die beiden Hexer zu, weg von Nikodemus.

Rasmus malte ein Zeichen in die Luft. »Guten Abend, Miss Philips.« Er sprach ohne Akzent. »Willkommen in meinem Heim.« Seine Stimme war samtweich und tief, vertraut und schrecklich in ihrer Schönheit. Sie war Magellans Stimme sehr ähnlich. »Álvaro hat mir schon so viel von Ihnen erzählt.«

Carson spürte plötzlich einen Eisblock in ihrer Brust.

Sie stand ganz im Fokus von Rasmus' Aufmerksamkeit. Er musterte sie von Kopf bis Fuß mit einer solchen Konzentration, die ihr die Sicherheit gab, dass er nichts von Nikodemus ahnte.

Auch Magellan beobachtete sie, und um seine Lippen spielte ein kaltes, verächtliches Lächeln.

Die Kälte in ihrem Herzen und der gleißende Funke in ihrem Bewusstsein verrieten ihr, dass Nikodemus ihre Magie arbeiten ließ.

Xias Augen wurden schmal.

Rasmus runzelte die Stirn. »Sie ist – ich lehne das entschieden ab, Álvaro.«

»Was sie ist, geht dich gar nichts an«, erwiderte Magellan mit einer Geste seiner blutbeschmierten Hand. Dann wandte er sich wieder Carson zu. »Komm her«, befahl er mit einer solchen Selbstverständlichkeit, als komme es ihm gar nicht in den Sinn, dass sie nicht gehorchen könnte.

Und Carson trat tatsächlich vor. Doch es war die kleine

Statue, die sie so unwiderstehlich anzog. Sie fühlte einen unerklärlichen Zwang, sie anzusehen.

»Ah«, meinte Rasmus, als er der Richtung ihres Blicks folgte. »Sie spüren die Anziehungskraft. Trotz Ihrer – Veränderung.« Er griff nach der Statue, wobei er Magellans Stirnrunzeln ignorierte, und hielt sie auf der flachen Hand. »Genau wie ich. Wunderhübsch, nicht wahr?«

»Ja.«

»Ich habe Magellan gleich gesagt, dass Sie sie deswegen mitgenommen haben.«

»Sie kann nichts spüren, Rasmus.«

»Sie mag ihre Magie nicht berühren können, aber das heißt ja nicht, dass ihre Kraft nicht länger vorhanden ist und auf sie einwirkt. Oder auf ihre Umgebung.« Er machte ein Gesicht, als hätte er gerade etwas Verdorbenes heruntergeschluckt. »Einigen wir uns darauf, Álvaro, dass wir uns bei diesem Thema niemals einig sein werden.«

Wenn sie die Hand ausgestreckt hätte, hätte sie Durians Brust berühren können. Und wenn sie es wagte, könnte sie sich ein wenig weiter vorneigen und Rasmus die schwarze Figur aus der Hand reißen. Ihre Finger sehnten sich danach, sich erneut um die Statue zu schließen.

Doch stattdessen berührte sie Durian am Hals. Die eisige Kälte in ihrem Körper verstärkte sich. Sie fühlte seinen Puls unter ihren Fingerspitzen, schwach und dünn, seine Lider flatterten. Als er die Augen aufschlug, lag Schmerz darin, aber auch flammender Hass.

»Das ist falsch«, sagte Carson. »Es ist falsch und böse.«

»Was weißt du denn schon«, wehrte Magellan ab. »Er wird Menschen zerstören, wenn man ihn nicht unter Kontrolle bringt. Es liegt in seiner Natur.«

Was, wenn sie nicht schnell genug war, um sich die Statue zu schnappen? Magellan sah sie an, und sie stützte ihre Hand auf die metallene Tischkante. Er nahm Rasmus die Statue aus der Hand.

Xia hatte sein Messer gezogen, hielt die Klinge zwischen Daumen und Zeigefinger und strich über die Schneide, immer wieder, vom Heft bis zur Spitze.

Carson stand nah genug bei Magellan, um die Gravuren an der Statue erkennen zu können. »Welch ein exquisites Stück«, sagte sie zu Rasmus. Wäre sie schnell genug, um Magellan die Figur zu entreißen? Nah genug? »Ninive, denke ich. Erstes Jahrtausend.«

Rasmus' Oberlippe zuckte. »Darf ich Sie Carson nennen?« Ohne ihre Antwort abzuwarten, sprach er weiter. »Wir stehen kurz davor, uns die Macht zugänglich zu machen, die in diesem hübschen Objekt eingeschlossen ist.«

»Ach, es ist doch nur Stein.« War es nicht. Eine Art Bewusstsein flackerte in der Statue auf, zerrte in seltsam vertrauter Weise an Carson. Rechts von ihr wurde das Licht für einen Moment schwächer, und sie konnte nicht anders und sah hin. Es war dieser Mangel an Beherrschung, der sie verriet.

Xia wurde aufmerksam.

»Einfach nur Stein«, wiederholte sie. »Mehr nicht. Ein Stück Stein, das von jemandem bearbeitet wurde, der seit Tausenden von Jahren tot ist.«

»Bitte, wenn Sie das unbedingt glauben möchten«, meinte Rasmus und blickte Magellan an. »Nun, da deine Hexe bei uns ist, kannst du sie ja in der üblichen Weise … nutzen. Oder?«

Magellan hielt die Figur zwischen zwei Fingern. Carson

hätte sie nehmen können. Doch Jahre um Jahre von furchterfülltem Gehorsam hatten ihr die Entschlossenheit genommen, schnell genug zu handeln. Als ihre Hand nach vorn schoss, war es zu spät. Magellan hatte die Hand zur Faust geschlossen, der Talisman war unerreichbar.

»Doch, ja, ich kann sie schon gebrauchen. Zusätzliche Kraft kann nicht schaden.« Magellans Augen funkelten. »Aber du musst sie für mich unter Kontrolle halten. Sie hat ihre Medikamente nicht genommen.« Er schaute finster. »Es ist eh das letzte Mal, dass sie mir von Nutzen sein kann, also brauchst du nicht sonderlich sanft vorzugehen.«

»Natürlich.« Rasmus murmelte etwas vor sich hin. »Kommen Sie, Carson«, sagte er dann. Schmerz packte sie, und sie sah farbige Streifen vor ihren Augen.

Sie taumelte zurück, hielt ihren Kopf mit beiden Händen. Und dann hörte der Schmerz abrupt auf. Brach einfach ab. Ihre Sicht wurde wieder normal.

»Verzeih mir, Álvaro«, sagte Rasmus. Sein Mund verzog sich. »Ich weiß nicht, was passiert ist.«

Wieder versuchte er, sie mit seiner Magie zu erfassen, und wieder konnte er sie nicht berühren.

Unwillkürlich glitt Carsons Blick zu der Stelle, wo die Luft schimmerte, weil Nikodemus sich dort befand.

Magellan fuhr herum. »Was gibt es dort zu sehen?«

Wieder hielt sie sich den Kopf, aber sie ließen sich nicht täuschen.

Magellan sah den anderen Hexer an. »Ein kleiner Betrugsversuch, Rasmus?«

»Ganz sicher nicht«, erwiderte Rasmus, und seine Stimme klang nicht länger angenehm. »Xia? Schaut die Hexe auf irgendetwas, wovon wir wissen sollten?«

Der Blick des Dämons bohrte sich in ihren. Durch sie hindurch. Als hätte er bereits entschieden, wie er sie am besten töten könnte, und müsse die Tat nun nur noch ausführen. »Sie kann nicht allein hierhergekommen sein. Auf keinen Fall.«

»Stimmt das? Haben Sie uns einen Gast mitgebracht, Carson?«

Magellan stellte die Statue auf den Tisch, neben Durians Hüfte und außerhalb ihrer Reichweite. Er kniff die Augen zusammen, versuchte etwas zu erkennen, dort, wohin Carson geblickt hatte. Dann presste er Durian das Messer an die Kehle.

»Wenn du auch nur den allerkleinsten Trick versuchst, Dämon«, sagte er laut, doch er schaute an Nikodemus vorbei, »dann wird er unwiederbringlich verloren sein.«

Der Druck in Carsons Kopf ließ nach. Nikodemus zog seine Magie zurück und nahm Gestalt an.

Xia packte sein Messer am Heft und tarierte es aus.

Ein Muskel in Magellans Wange zuckte, doch das war das einzige Zeichen, wie überrascht er war, den Eindringling so nah vor sich zu sehen.

»Nikodemus?«, sagte er verblüfft.

»Leck mich, Hexer«, meinte Nikodemus und ging in Angriffsstellung. Seine Pupillen wirkten wie mit Schwarz durchzogenes Silber.

»Nein, Rasmus, noch nicht«, sagte Magellan und hob eine Hand. Er konzentrierte seine ganze Aufmerksamkeit auf Nikodemus. »Wenn ich Nikodemus unter meinen Befehl zwinge, dann hat meine Macht keine Grenzen.«

»Noch hast du mich nicht, Hexer.«

Mit dem Messer zog Magellan eine Linie in die Luft, senkte es hinab zu der klaffenden Wunde in Durians Brust, wo er die Spitze über der Stelle schweben ließ, an der sich das Herz befand. »Was habe ich eben gesagt, Dämon?«

Die Kälte in Carsons Innerem verwandelte sich in klirrendes Eis.

»Was für lächerliche Magie«, erwiderte Nikodemus. Seiner Stimme fehlte jeder Ausdruck. Sein Herz musste zu Stein geworden sein. Carson wusste, was er sagen würde, bevor er es aussprach. »Tu, was immer du willst, Magier. Ihm ist eh nicht mehr zu helfen.«

Magellans Hand schoss vor, krallte sich in Carsons Haar. So fest, dass sie unnatürlich vorgebeugt dastand. Nur mit Mühe konnte sie einen Aufschrei unterdrücken.

»Und sie?« Magellans Griff war so brutal, dass ihr Tränen in die Augen schossen. »Steht sie unter deiner Kontrolle? Antworte mir, oder deine Dienerin stirbt auf der Stelle!«

Etwas klickte.

Sie schaute in die Richtung, aus der das Geräusch gekommen war, und sah, dass die Statue umgefallen war. Durian streckte seine Finger danach aus.

Druck baute sich hinter Carsons Stirn auf. Sie sah, dass Xia wartete. Dass er auf der Lauer lag, während Nikodemus immer stärker von ihr zog. Sie war zu purem Eis erstarrt. Festes, solides Eis. Carson schob alles aus ihrem Kopf. Alles bis auf die Statue und Durians tastende Finger.

Irgendetwas passierte mit ihr. Sie wusste nicht was, hörte Magellan lediglich sagen: »Glaub ja nicht, dass das leere Drohungen sind, Dämon.« Und spürte dann die Messerspitze an ihrer Kehle.

»Geh zur Hölle«, stieß Carson hervor. Ihre Hand schoss vor, versuchte, Magellan abzuwehren.

Er zielte mit dem Messer auf Carsons Brust.

Und dann verzerrte sich plötzlich die Zeit. Jede einzelne Sekunde schien sich zu einer Lebensspanne zu dehnen, in der sie ihre Wahl treffen musste.

Carson schloss ihre Finger um Magellans Handgelenk. Lärm explodierte in ihren Ohren. Farbstreifen verzerrten ihre Sicht, purpurrot und mitternachtsblau. Es widerstrebte ihr zutiefst, sich mit Magellan zu verbinden, doch dann hörte sie, wie das Messer klirrend auf den Tisch fiel.

Magellan zerrte erneut an ihr, zog sie zu Durian hin. Ihr wurde schlecht vom Geruch des Blutes. Ihre Hände fanden keinen Halt auf dem glitschigen Tisch.

Durch einen Vorhang wechselnder Farben sah sie, wie Durians Finger sich immer noch nach der Statue streckten. Sie schloss alles andere aus. Xia. Magellan. Rasmus. Durian. Selbst Nikodemus. Durian schob ihr die Figur zu, und sie schloss ihre Hand darum. Hitze verbrannte ihre Haut, elektrische Ladung schoss ihren Arm hinauf.

Die Zeit lief plötzlich mit halsbrecherischer Geschwindigkeit weiter.

Für einen Moment gelang es ihr, sich aufzurichten.

Doch dann hatte Magellan bereits ihr Handgelenk umklammert, so fest, dass sie die Kiefer zusammenpresste, um nicht zu schreien. Diese Genugtuung wollte sie ihm nicht gönnen. Auf keinen Fall. Wieder spürte sie Nikodemus in ihrem Kopf, seine Gefühle überwältigten sie.

»Xia«, sagte Rasmus, »schnapp dir den Dämon. Schalte Nikodemus aus.«

Magellan starrte Carson an und zog sie nach vorn. »Sie nutzt dir nichts«, sagte er, während er ihr den Arm verdrehte und sie zwang, sich mitzudrehen. Ihr Arm wurde bis zum

Ellbogen taub. Sie spürte die Klinge erneut an ihrer Kehle. »Lass die Statue los.« Seine Stimme klang metallisch in ihren Ohren. »Du weißt nichts mit ihr anzufangen. Du hast nicht die Fähigkeiten dazu.«

Sie sah zu ihm hoch, und in ihren Augen lag blanker Hass. Es war ihr egal, ob er sie tötete. Das Einzige, was sie wollte, war, ihn zu zerstören.

Doch Carson war hilflos in seinem schmerzhaften Griff, in eine unnatürliche Position gezwungen. Mit einem Stoß seines Messers würde er ihr Blut hervorquellen lassen, dunkel und rot, damit es sich mit Durians vermischte.

Sie spürte die Bewegung, als sein Messer herabfuhr, als wäre es schwerer, als es sein sollte, und schöbe die Luft vor sich her. Im allerletzten Moment bog sie den Kopf zur Seite. Dicht vor ihrer Kehle durchschnitt das Messer die Luft.

Magellan riss erneut an ihrem Handgelenk. Schmerz schoss in ihre Schulter und wieder zurück. Gleich würde er erneut zustechen, doch sie spürte nichts. Vielleicht tat das Sterben ja nicht weh. Vielleicht bewahrte der Schock einer tödlichen Verletzung sie davor, überhaupt etwas zu empfinden.

Da schlug etwas so heftig gegen die Wand, dass der gesamte Raum bebte. Nikodemus hatte Xia durch die Luft geschleudert, und der riesige Dämon versuchte gerade, sich wieder aufzurappeln.

»Eine Bewegung«, drohte Magellan, »nur der kleinste Versuch, deine Magie einzusetzen, und sie ist tot.«

Carson, die nun auf dem Rücken lag, sah, wie Nikodemus sich erneut gegen Xia wappnete. Doch in ihrem Geist nahm sie ihn nicht mehr wahr.

»Hör nicht auf ihn«, sagte sie und ignorierte sowohl Magellans brutalen Griff als auch das auf sie gerichtete Messer. Ärger, mächtiger Ärger wallte in ihr auf. Ihr gesamtes Leben war eine einzige Lüge gewesen. Nikodemus war es, der ihr die Wahrheit aufgezeigt hatte. Mochte er sie auch für seine eigenen Zwecke benutzen, es war ihr egal, solange Magellan nicht das bekam, was er haben wollte. »Ich werde es dir nie verzeihen, wenn du ihm gehorchst. Niemals.«

Der Hexer verrenkte ihr noch weiter den Arm, bis ihre Schulter fast ausgekugelt war, er senkte die Klinge in ihr Handgelenk. Und dennoch blieben ihre Finger fest um die kleine Figur geschlossen.

»Lass los!«, befahl er. »Oder ich schneide dir die Hand ab. – Und du …« Er zeigte auf einen seiner Dämonen. »Du wirst Nikodemus töten!«

Der Magiegebundene stieß einen durchdringenden Schrei aus und stürzte auf Nikodemus zu.

Adrenalin schoss durch Carsons Adern. »Nein!«, schrie sie auf. Sie versuchte, Magellan herunterzuziehen, während sie sich gleichzeitig nach hinten schwang.

Damit hatte der Magier nicht gerechnet. Er taumelte zurück, lockerte seinen Griff jedoch nicht. Ihr Schwung trug Carson über den Tisch. Sie krachte mit dem Rücken auf den Boden, wurde aber halb wieder hochgerissen, weil Magellan sie hielt.

Inzwischen war ihr gesamter Arm ohne Gefühl. Magellan musste ihr tief ins Fleisch geschnitten haben. Der winzige Teil ihres Verstandes, der noch nicht von Schmerz und Entsetzen gelähmt war, sagte ihr, dass sie in einen Schockzustand glitt.

Nikodemus sprang auf den Tisch, und wie mit einer Peitsche schlug er mit gleißender Hitze zu. Die Luft, die Carson einatmete, brannte in ihrer Kehle. Die Kälte in ihrem Inneren wurde von ihm aufgesogen.

Der Dämon, der ihn angriff, stürzte wie ein gefällter Baum und rührte sich nicht mehr. Rasmus flog quer durch den Raum und landete drei Meter entfernt auf dem Boden. Silberblitze schossen aus Nikodemus' Augen, trafen Xia, der aus einer Wunde an seiner Wange zu bluten begann.

Magellan schrie, doch er ließ Carson nicht los. Immer noch versuchte er, ihr den Talisman zu entreißen. Und dann hörte sie ihn Worte murmeln, sah, wie Nikodemus sich nach hinten überschlug, als würde er von einer unsichtbaren Hand weggestoßen.

Wieder stieß das Messer herab. Ihr Handgelenk brannte heiß-kalt, ihr ganzer Körper zog sich vor Schmerz zusammen. Ein Schrei stieg in ihrer Kehle auf.

Und dann ließ Magellan plötzlich los. Carson fiel zurück.

Wieso?

Ihr Herz klopfte wie verrückt. Schwerfällig rollte sie sich zur Seite, immer noch von Furcht erfüllt.

Magie erhitzte den Raum, raste mit einer solchen Kraft hindurch, dass es Carson schüttelte.

Und dann spürte sie noch etwas, einen Kontrapunkt zu dieser Magie, etwas, was sie quälte und ihr den Atem nahm. Erinnerungen drangen auf sie ein, Bild auf Bild, ein Kaleidoskop aus Farben und Menschen und Szenen, die dem Leben eines anderen entsprangen. Unvorstellbarer Schmerz durchdrang sie, ein Ausbruch an Energie, der sie innerlich verbrannte.

Sie konnte nichts anderes tun, als auf dem Boden liegen zu bleiben und darum zu kämpfen, Luft in ihre Lungen zu bekommen.

Nikodemus schrie, rief ihr zu, dass sie sich auf sich selbst konzentrieren solle, doch sie wusste nicht, wie sie das bewerkstelligen sollte und warum.

Und dann, ganz ohne Vorwarnung, fiel die Hitze in ihr in sich zusammen. Die Luft um sie herum kühlte ab. Es war vorbei. Ihre eigenen Empfindungen kehrten zurück, und am schlimmsten war der Schmerz, der sie wie ein Raubtier überfiel.

Sie hätte sich übergeben, wenn sie die Kraft dazu besessen hätte. Als die Übelkeit ein wenig nachließ, rollte sie sich wieder auf den Rücken, drückte den verletzten Arm gegen ihre Brust. Sie wagte nicht hinzuschauen, zu groß war die Angst, Magellan könnte ihr die Hand tatsächlich abgetrennt haben. Unterhalb ihres Ellbogens spürte sie nichts mehr.

Magellan lag auf dem Boden, die Augen offen. Sehr lebendig, doch nicht in der Lage, sich zu bewegen oder zu sprechen. Xia erging es nicht viel besser. Er kniete auf allen vieren, den Kopf gesenkt, seine Arme zitterten. Rasmus war ohnmächtig geworden, die beiden Dämonen waren tot.

Nikodemus half ihr aufzustehen, aber sie wankte. In ihrem Kopf drehte sich alles, Gedanken und Gefühle wirbelten durcheinander, eisig kalt und brennend heiß.

»Halt dich fest!«, meinte er, als ihre Knie nachzugeben drohten, und legte einen Arm um ihre Taille, um Carson zu stützen. Seine Stärke war tröstlich.

Dann schaute er zu Xia und den Hexern hin. »Ich schätze, das wird rund zehn Minuten anhalten«, fügte er hinzu. »Fünfzehn, wenn wir Glück haben.«

»Durian«, sagte sie, »was ist mit Durian?«

»Es gibt nichts, was wir für ihn tun könnten.«

Ihre Beine waren wie aus Gummi, als sie die Treppe nach

oben stiegen. Carson versuchte, ihre Finger zu bewegen, und konnte es nicht. Und dann kehrte das Entsetzen zurück.

»Nikodemus«, begann sie, und ihre Stimme klang ganz dünn, von Grauen erfüllt. Ihr Blick ließ ihn nicht los. »Sag mir, dass ich immer noch meine Hand habe. Sag mir, dass er sie nicht abgetrennt hat.«

Er erwiderte ihren Blick und sorgte dafür, dass sie weitergingen. »Du hast immer noch zwei Hände, Carson.«

»Dem Himmel sei Dank!« Und wenn er nun gelogen hatte? Sie lachte, doch es klang nicht fröhlich. Nun ja, die Wahrheit musste wohl noch ein Weilchen warten.

Sie hielten auf die Tür zu. Als sie draußen standen, murmelte Nikodemus etwas vor sich hin, und einen Moment lang glaubte Carson, einen hellen Glanz an der Begrenzung der Tür gesehen zu haben.

Er hat sie verschlossen, dachte sie. Damit sie uns nicht so leicht folgen können. Jeder Moment, den sie aufgehalten wurden, arbeitete für sie und gegen Magellan.

Der Schmerz in ihrem Arm war so heftig, dass sie nicht hätte sagen können, was am meisten wehtat. Ihr Handgelenk? Ihre Finger? Die Handfläche, wo die Kanten der Statue in ihre Haut schnitten?

Nikodemus lockerte für einen Moment seinen Griff, doch ihre Beine gaben immer noch nach, und sofort musste er Carson wieder stützen.

»Alles okay?« Er wartete darauf, dass sie nickte. »Gut«, fügte er hinzu. »Weil wir jetzt nämlich bei Plan C angekommen sind. Lauf, so schnell du kannst!«

13

Nikodemus, dessen Körper immer noch von Magie erhitzt war, erschien es, als wäre die Temperatur um zwanzig Grad gefallen, seit er vorhin, mit Carson an seiner Seite, die Einfahrt zu Rasmus' Haus hinaufgegangen war.

Er bewegte sich schnell, immer darauf achtend, dass sie sich im Schatten hielten, und stützte Carson. Er spürte, wie schwach ihr Puls war. Kein Wunder, schließlich war sie Magie von zerstörerischer Kraft ausgesetzt gewesen. In ihrem Kopf herrschte völlige Leere, und auch ihre Magie war erloschen.

Doch irgendwie schaffte sie es weiterzugehen, den Kopf vorgebeugt, die Schultern hochgezogen, ihre verletzte Hand an die Brust gepresst.

Es war keine leere Drohung von Magellan gewesen, er wollte ihr tatsächlich die Hand abtrennen. Hoffentlich hatte dieser verdammte Bastard das Messer nicht auch noch mit Gift benetzt. Es würde zu ihm passen, Gift einzusetzen, um die Klinge noch gefährlicher – und quälender – zu machen.

Nikodemus schauderte bei dieser Vorstellung. Ob es Carson deshalb so schlecht ging?

Als sie die Einfahrt erreichten, war er verrückt vor Angst, Carson könnte vergiftet worden sein. Dabei dachte er nicht eine Sekunde darüber nach, warum er sich derart darum sorgte, was mit ihr, einer Hexe, passierte. Er betrachtete sie nicht als Feind. Sie stand, so verrückt das auch schien, auf seiner Seite. *Auf seiner!* Hatte er nicht gerade miterlebt, wie sie sich Rasmus und Magellan entgegengestellt hatte? Und er hatte nicht einen Moment lang daran gezweifelt, dass sie alles, wirklich alles, für ihn tun würde. Und sie hatte in der Tat alles gegeben. Sie war eine verdammt taffe kleine Hexe.

Aber im Moment ging es ihr gar nicht gut. Obwohl sie verbissen neben ihm hertrottete, Schritt mit ihm hielt – wie auch immer ihr das gelang! –, wusste er durch seine geistige Verbindung mit ihr, dass ihr Verstand ein absolutes Chaos war und sie kurz vor einem körperlichen Zusammenbruch stand.

Als sie stolperte, fasste er sie am Oberarm und erntete einen bösen Blick dafür.

»Ich schaff das schon«, behauptete sie.

Doch jeder Idiot hätte sehen können, dass sie Probleme mit der Koordination hatte. Aber ihre Entschlossenheit war bewundernswert.

»Klar«, antwortete er leichthin. Ihr Shirt war voller Blut. »Natürlich schaffst du es, Süße. Aber du bist zu langsam dafür, dass wir rennen sollten, als wäre der Teufel hinter uns her. Lass mich dir helfen, damit wir von hier verschwunden sind, bevor Magellan seine Freunde zusammentrommelt und uns seinen netten Kumpel Kynan hinterherschickt.«

»Mir geht's gut.«

»Tut es nicht.« Er schob sie weiter. »Hör auf, mir vorzumachen, dass es dir gut ginge. Mit dieser Einstellung bringst du uns beide um.« Und genau daher nahm er in Kauf, dass sie wütend auf ihn war. Er drang tief in ihr Bewusstsein ein und unternahm alles, was möglich war, um ihr mehr Schnelligkeit zu verleihen.

Dabei wurde ihm plötzlich ganz seltsam zumute. Er blickte in einen Abgrund. Einen Abgrund, der mit Magie angefüllt war, als wäre es brodelnde Lava, die jeden Augenblick überkochen konnte. Von Magellan stammende Magie vermutlich, die sich mit Carsons Magie vermischt hatte.

Er ging schneller, und Carson hielt mit, doch trotz seiner Unterstützung schwankte sie und verlor immer wieder das Gleichgewicht.

»Natürlich«, sagte er und fing sie auf, bevor sie stürzte, »es geht dir super. Absolut super.«

Als sie das Auto erreicht hatten, ließ er sie los, um die Schlüssel aus seiner Tasche zu ziehen. Carson sank in die Knie und übergab sich.

Mit der unverletzten Hand versuchte sie, sich abzustützen, die andere drückte sie noch immer gegen ihre Brust. Sie war so zittrig, dass ihr Arm nachgab und sie nach vorn sank, bis ihr Kopf auf den Oberschenkeln lag.

Nikodemus' Verbindung zu ihr flammte wieder auf, und ihm wurde schwindelig von der Anstrengung, Carson unter Kontrolle zu halten. Was auch immer Magellan ihr angetan hatte, als er versucht hatte, sie unter seinen verdammten Willen zu zwingen, hatte sie zusätzlich geschwächt. Heftig geschwächt. Ihre Magie loderte auf, erlosch, flackerte ein wenig, um erneut heftig aufzuwallen und wieder zu verebben. Carson brach zusammen.

»Verdammter Mist.« Nikodemus kniete sich neben sie. Die Stacheln der Brombeeren verfingen sich in seiner Jeans, und er ließ die Pflanze zu Staub zerfallen. Er hatte nicht viel Ahnung von der menschlichen Physiologie, er wusste nur, dass Menschen im Gegensatz zu seiner Spezies schwach und zerbrechlich waren und ihre Wunden lange brauchten, um zu verheilen. In ihrem Geist fand er keinen Widerhall.

Nichts. Angst schnürte ihm die Brust zusammen. Unwillkürlich fühlte er an ihrem Hals nach ihrem Puls, um sich davon zu überzeugen, dass sie nicht tot, sondern nur ohnmächtig war.

Er zog sie in seine Arme und öffnete die Beifahrertür, schob Carson auf den Sitz und legte ihr den Sicherheitsgurt um. Ihr Kopf rollte zur Seite, doch sie war wieder bei Bewusstsein. Halbwegs jedenfalls. Ihre Magie wirbelte, immer noch außer Kontrolle, in ihr wie ein Hurrikan. Magie, die von ihm stammte, hatte sich daruntergemischt, ebenso die von Magellan, und genau das war der Grund für dieses verheerende Chaos.

Hier draußen in der verdammten Einsamkeit der Wildcat Canyon Road würde niemand sehen, wenn er mit einem Satz über das Auto sprang. Die Innenbeleuchtung schaltete sich ein, als er auf dem Fahrersitz Platz nahm. Er drehte den Zündschlüssel, ließ den Motor an.

Carsons Atemzüge veränderten sich, wurden flacher, schneller, angetrieben von dem Sturm, der in ihr tobte. Frisches Blut rötete ihr Shirt.

Nikodemus schmeckte den Geruch nach Eisen. Verdammt. Er wusste nicht genug, um beurteilen zu können, was die größere Gefahr war: die Verletzung an ihrem Körper oder die Magie, die diesen menschlichen Körper verlassen wollte, der nicht in der Lage war, sie zu absorbieren. Endlich von diesem gottverlassenen Ort wegzukommen stand ganz oben auf der Liste seiner Prioritäten, doch er fürchtete, dass Carson ihm unterwegs verbluten könnte.

Er wandte sich ihr zu und zog vorsichtig ihren verletzten Arm weg. Nikodemus roch das Blut auf ihrem Shirt, ein Teil davon stammte von Durian, der größte aber von ihr.

Sie ließ zu, dass er ihren Arm streckte, hielt die Faust aber weiterhin geschlossen. Es war ein verdammt tiefer Schnitt, der sich über ihr inneres Handgelenk zog, die Ränder klafften auseinander, mit jedem Herzschlag quoll neues Blut hervor. Der Geruch machte ihm zu schaffen. Der süße, süße Geruch von Blut.

»Werde ich sterben?«, flüsterte sie.

»Stirb mir unter den Händen weg, und ich werde dafür sorgen, dass es dir leidtut.« Er schaute sich um, ob es im Auto irgendetwas gab, womit er ihr den Arm verbinden könnte. Nichts. Er stieg aus und holte ein altes Shirt aus dem Kofferraum, das er dort irgendwann einmal vergessen hatte.

Steril war es nicht, und Menschen waren anfällig für Infektionen, doch wenn er die Blutung nicht stoppte, würde Carson nicht mehr lange genug leben, um sich infizieren zu können.

Sie öffnete die Augen. »Ich will dir dein Auto nicht ruinieren.«

»Ich werde dir die Rechnung fürs Säubern schicken, Carson«, erwiderte er.

Es kostete ihn große Beherrschung, sich nicht vorzubeugen und von ihrem Blut zu kosten. Sie war eine gottverdammte Versuchung für jemanden wie ihn. Okay, vielleicht kostete er tatsächlich ein wenig. Und ja, vielleicht überlief ihn ein wohliger Schauder, als er die uralte Beute seiner Spezies schmeckte. Aber er hatte gleich wieder damit aufgehört, oder? Schließlich hatten auch Menschen ihre ureigenen räuberischen Instinkte, die sie hin und wieder befriedigten.

Oben am Hügel röhrte der Motor einer Harley auf.

Nikodemus wickelte das Shirt um Carsons Handgelenk,

obwohl das Blut ihn weiterhin lockte. Er hatte sich wieder unter Kontrolle. Sie verdiente es nicht zu sterben. Nicht durch ihn. Nicht nachdem sie sich so tapfer für ihn geschlagen hatte.

Er glitt wieder auf den Fahrersitz und weitete seine Sinne aus, bereit, sofort loszufahren. Vor sich spürte er nichts als Rotwild, Waschbären und einige Fledermäuse. Hinter ihnen hörte er das Motorrad, bevor dessen Scheinwerfer im Rückspiegel auftauchte. Nikodemus löschte das Licht und dämpfte Carsons Magie.

»Ich brauche meine Medizin«, murmelte sie.

Er wusste, dass sie sich in einem euphorischen Zustand befand, high war, wie alle Menschen, die es überlebten, wenn ein Dämon sie beinah vollkommen in Besitz nahm, und erkannten, was dabei wirklich passierte.

Nikodemus wusste nicht, wie er sie sonst hätte am Leben erhalten sollen, und in diesem Moment hatte er sie so fest unter Kontrolle, dass er kurz davor war, sie tatsächlich völlig zu übernehmen. Wie wunderbar wäre es, ganz mit Carson zu verschmelzen? Auch wenn er bezweifelte, dass sie es zulassen würde. Aber schön wäre es dennoch.

Er schnallte sich an, legte die Hände ans Lenkrad und löste die Bremse. Der Mercedes rollte den Hügel hinunter. Erst nach einer Weile ließ Nikodemus den Motor an.

In die Notaufnahme konnte er Carson nicht bringen. Dort trieben sich alle möglichen merkwürdigen Typen herum, die das Berkeley's Alta Bates Hospital überwachten. Wenn er sie dorthin brachte, hätten sie innerhalb kürzester Zeit sämtliche Magier des County auf dem Hals.

Also fuhr er Richtung Zentrum, zu einem von den Läden, die vierundzwanzig Stunden geöffnet hatten, wo er eine Erste-Hilfe-Ausrüstung und hoffentlich auch ein chirurgisches Nahtset würde kaufen können.

Sie waren halbwegs den Hügel hinunter, als Carsons Wunde erneut zu bluten begann. Nikodemus legte ihr die Hand auf die Stirn, die glühend heiß war, und fluchte leise vor sich hin.

Immer wieder verlor Carson das Bewusstsein. Magellans Magie brachte sie um. Inzwischen war sich Nikodemus sicher, dass der Hexer das Messer tatsächlich vergiftet hatte und sie auch darauf reagierte. Was bedeutete, dass er ein Risiko eingehen musste. Na großartig! Doch wenn er wollte, dass sie überlebte, dann blieb ihm gar keine andere Wahl.

Zwanzig Minuten später hatten sie die Solano Avenue erreicht. Nikodemus warf einen Blick auf die wohl letzte unabhängig betriebene Vierundzwanzig-Stunden-Apotheke im gesamten Staat Kalifornien. Die zudem auch in einem anderen Sinn etwas ganz Besonderes war: Sie wurde von Magiern betrieben.

Er hielt den Wagen an. Verdammt, es war nicht sicher. Hier in der East Bay war Rasmus der machtvollste Magier. Aber Carson brauchte Hilfe. Unbedingt. Und er selbst wusste nicht, wie lange er dem Geruch ihres Bluts noch würde widerstehen können und ihrer Hexenkraft, auch wenn ihre Magie stieg und fiel wie die Kurven von Wechselstrom. Er blickte sie an und dachte dabei, dass sie eine der schönsten Frauen war, die er je gesehen hatte.

»Carson, du bleibst hier sitzen«, befahl er. »Ich bin gleich wieder zurück.«

Sie war in sich zusammengesunken, öffnete nun ihre Augen einen Spalt breit. Sie nickte, dann schlossen sich ihre Lider erneut.

Nikodemus veränderte leicht sein Aussehen und stieg aus. Seine Haare schienen nun kurz geschoren zu sein, und er hoffte, dass niemandem etwas auffiele.

Ein bereits kahl werdender Mann um die sechzig blickte von seinem Computerbildschirm auf, als Nikodemus den Laden betrat und die kleine Glocke über der Tür zum Klingen brachte. »Harsh« stand in roten Druckbuchstaben auf dem Plastikschild über seiner Brusttasche.

Nikodemus nahm ihn als durch und durch menschlich wahr – ausgesprochen merkwürdig, wenn man bedachte, dass dies eine Magier-Apotheke war. War der alte Kerl nun ein Mensch oder nicht?

Nikodemus lächelte ihn an. In den vorderen Regalen des Geschäfts standen Dinge für die verschiedensten menschlichen Bedürftigkeiten: Snacks und Sachen wie Zahnpasta, Deodorants, rezeptfreie Medikamente. Eine Wand wurde von einer Auswahl an Kondomen geschmückt. Direkt neben den Schwangerschaftstests.

Was Nikodemus' Gedanken für einen Moment ablenkte. Hin zu etwas, was auch nicht sicher wäre. Wenn er mit Carson schliefe. Sobald es ihr wieder gut ging. Und er merkte, wie stark seine Gefühle für sie bereits geworden waren.

Harsh saß hinter einer Theke im hinteren Bereich des Ladens, wo Medikamentenlieferungen in Regalen darauf warteten, abgeholt zu werden von menschlichen Kunden, die nicht die geringste Ahnung hatten, was sich wirklich hinter dieser Apotheke verbarg. Bläuliches Licht warf einen Widerschein auf das Gesicht des Mannes. Neben ihm lag ein Stapel Mangas. Ein Heft lag mit der aufgeschlagenen Seite nach unten.

»Ganz schön spät noch unterwegs«, stellte Harsh fest. Er hörte sich überhaupt nicht wie ein alter Mann an.

Nikodemus zuckte mit den Schultern.

»Was kann ich für Sie tun?« Harsh griff nach einer Büchse Red Bull und trank einen Schluck.

»Ich brauche Copa. Reines, wenn Sie es haben.« Nikodemus nahm einen Erste-Hilfe-Kasten und hielt dann Ausschau nach einem Nahtset.

»Tja«, meinte Harsh und blickte sehnsüchtig auf sein Comicheft. »Ihr magiegebundenen Laufburschen wollt immer nur reines haben.«

»Wie wär's dann mit Opium? Würde das die Routine durchbrechen?« Nikodemus griff in seine Tasche und zog einen zerknitterten Zettel hervor, tat so, als würde er etwas ablesen. »Ach ja, Penicillin brauche ich auch.«

»Haben Sie ein Rezept dafür?«

Nikodemus hob die Hände. »Behandelt Ihr Chef Sie auch wie Dreck?«

»Ist ein Arschloch.« Harsh prostete ihm mit der Red-Bull-Dose zu. »Auf alle Arschloch-Chefs! Keine Allergien gegen Penicillin bekannt?«

»Interessiert mich das?«

»Okay, dann also Penicillin. Wie viel wiegt der Patient?«

Er dachte an Carson und daran, wie klein und wohlproportioniert sie war. »Fünfzig Kilo in nassen Klamotten.«

Harsh sah ihn lange und nachdenklich an. »Ich hoffe, sie ist gut im Bett.«

Nikodemus blickte durch das Fenster auf sein Auto. Von Carson konnte er gerade noch den Kopf erkennen.

Der Apotheker sprang so geschmeidig auf, als hätte er gerade brandneue Hüft- und Kniegelenke aus Titan bekommen, und eilte in den Lagerraum. »Ja«, sagte er, »Arschloch-Chefs sind die schlimmsten.«

Er blieb ziemlich lange weg. So lange, dass Nikodemus in der Zwischenzeit auch das Nahtset fand und sämtliche Einkäufe auf die Theke gelegt hatte. Er wollte schon nach Harsh klingeln, als er noch einmal aus dem Fenster sah und bemerkte, dass Carson gerade aus dem Wagen stieg. Verdammter Mist!

»Hey«, rief er, »meine Arschloch-Chefin wird ziemlich sauer sein, wenn ich nicht mit dem reinen Zeug nach Hause komme. Sie braucht es echt dringend.«

»Eine Minute noch!«, rief Harsh zurück.

Erneut schaute Nikodemus aus dem Fenster. Die Härchen in seinem Nacken richteten sich auf. Nein, das alles gefiel ihm nicht.

Harsh kehrte zurück, ein braunes Glasfläschchen in der Hand. »Ist nicht ganz einfach, das Zeug zu handhaben, wissen Sie.« Er hatte braune Augen mit goldenen Flecken darin, die irgendwie zu jung für seinen Körper wirkten. Er stellte die Flasche auf die Theke, ließ aber weiterhin seine Hand darauf. »Copa ist gefährlich. Sie sollten sorgfältig damit umgehen.«

»Wenn sie eine Überdosis nimmt, erledigen sich meine Probleme von selbst.« Er griff nach seiner Brieftasche.

Die Glocke über der Tür erklang. Verdammter Mist. Carson kam herein, den Arm gegen ihre Brust gepresst, die Faust immer noch geschlossen. Das Blut auf ihrem Shirt war zu schwarzen Flecken geronnen.

Sie sah erst Harsh, dann Nikodemus an. »Ich kann meine Finger nicht bewegen«, sagte sie leise. »Ich hab's probiert, seit du hier hineingegangen bist.« Ihre Stimme klang beherrscht, ihr Gesicht war ausdruckslos, doch in ihren fieberglänzenden Augen lag Panik. »Ich kann die Finger einfach nicht bewegen!«

Die Apotheke befand sich in einem Eckgebäude an einer Kreuzung und hatte eine Fensterfront sowohl zur Haupt- als auch zur Nebenstraße hin. Ein dunkler Jaguar mit getönten Scheiben rollte heran und hielt in der Nebenstraße. Der Motor einer Harley heulte auf. Die Beifahrertür des Jaguars öffnete sich. Ein Mann in einem Anzug stieg aus. Die anderen vier waren reine Muskelpakete.

Nikodemus schaute Harsh an. »Du verdammte Ratte hast mich verraten.«

Harsh zuckte mit den Schultern. »Hey, ich bin genauso ein magiegebundener Bastard wie du. Hab zu tun, was der Boss anordnet.«

Der Magier und seine Dämonen näherten sich der Apotheke. Magellan war unverkennbar, und Nikodemus entdeckte auch Kynan.

»Nein«, sagte Carson und schüttelte den Kopf. »Nein!«

Nikodemus griff nach ihrem unverletzten Arm, doch Carson machte einen Schritt auf den Apotheker zu.

Nikodemus verschloss die vordere Tür, auch wenn er wusste, dass ihnen das nicht viel Zeit verschaffen würde. Sie waren zu viert, und darunter Kynan. Und dieser Harsh würde garantiert jeden Versuch vereiteln, durch die Hintertür zu verschwinden. Außerdem war Magellan nicht dumm. Auch hinten würde jemand stehen. Wahrscheinlich Rasmus mit Xia, seinem Monster.

Harsh bewegte sich bereits auf die Halbtür zu, die den Laden vom Lager trennte, so hastig, dass er den Stapel Mangas von der Theke wischte. Er sprang über die Halbtür. Verdammt gelenkig für einen Senior.

»Hey, Sie!« Carson zeigte auf Harsh.

Magie flammte so heftig in ihr auf, dass es selbst Nikodemus überraschte. Und bevor er sie zurückhalten konnte, eilte sie zu Harsh, der stehen geblieben war, und berührte seine Brust.

Die Luft wurde kalt und gleich darauf heiß. Harsh torkelte, als wäre er gestoßen worden. Überrascht schrie er auf, griff sich an die Brust und taumelte gegen ein Regal mit Erkältungsmitteln.

Was auch immer Carson getan hatte, es hatte ihn aus seiner Verkleidung gerissen.

Harsh, der ältliche Apotheker, bot als Dämon in Menschengestalt einen beeindruckenden Anblick. Wesentlich jünger als zuvor. Über eins neunzig groß, mit ausgeprägten Muskeln. Durchaus in der Lage, jemanden kräftig in den Hintern zu treten. Kampfbereit stand er da.

Nikodemus ging in Angriffsstellung. Doch irgendetwas stimmte nicht. Er konnte Harsh fühlen.

»Verdammt«, sagte Harsh und nahm die Hände von seiner Brust. Sah sie an, als erwarte er, dass sie blutverschmiert seien. »Sie hat das Band durchschnitten.«

Nikodemus hatte keine Zeit mehr zu antworten. Magellans Dämonen hatten die Tür erreicht. Konnten sie jedoch nicht öffnen. Bis Kynan den vordersten Dämon am Kragen packte und ihn aus dem Weg warf. Dann stieß er seinen Ellbogen in die Fensterscheibe.

Glas zersplitterte.

14

Kynan griff durch das zerbrochene Fenster, wischte das verbliebene Glas weg und zerstörte den Türrahmen. Seine Kumpane folgten ihm. Einer von ihnen hielt auf Carson zu und zog eine Pistole aus seiner Jacke, richtete sie auf sie.

Pistolen töteten. Nikodemus gefiel der Gedanke überhaupt nicht, dass Carson nun von einer solchen Waffe umgebracht würde, nachdem sie so vieles schon überstanden hatten. Er packte Carson und schob sie weg, während er gleichzeitig den Todesschatten gegen die Männer an der Tür warf. Kein Schuss löste sich aus der Waffe, dennoch schwankte Carson und fiel auf die Knie.

Nikodemus griff den ersten von Magellans Dämonen an und brach ihm das Genick. Den zweiten traf ein Handkantenschlag auf die Nase, nachdem Nikodemus ihm die Kniescheibe zerschmettert hatte. Schreiend brach der Magiegebundene zusammen.

Nikodemus schaltete alle Gefühle aus. Fühlte weder Erbarmen noch Bedauern. Manchmal war es das Beste, einem magiegebundenen Dämon ewigen Frieden zu schenken.

Mit einem wilden Aufschrei griff Harsh an, und Nikodemus wirbelte herum, um sich der neuen Bedrohung zu stellen. Doch Harsh stürmte an ihm vorbei und bezwang den dritten von Magellans Dämonen, indem er ihm eine Klaue bösartig über die Kehle zog. Blut spritzte aus der Wunde.

Nikodemus konzentrierte sich nun auf Kynan, drang so schnell und hart in dessen Bewusstsein ein, wie er konnte, handelte aus der Erinnerung heraus. Doch es war nicht einfach, und fast wäre es ihm nicht geglückt.

Carson war indessen über den Boden gekrochen, hielt nun die Pistole in ihrer unverletzten Hand und zielte dorthin, wo Kynan eben noch gestanden hatte. Doch der riesige Dämon lag ausgezählt auf dem Boden und würde so schnell nicht zu Papa nach Hause kommen. Carsons Augen waren weit aufgerissen und schimmerten unglaublich grün, doch sie zitterte nicht, sondern wirkte ruhig und beherrscht. Nikodemus war sicher, dass sie ihr Ziel getroffen hätte. Nun senkte sie die Waffe.

Nikodemus ergriff sie an ihrem guten Arm und hielt mit ihr auf die Tür zu. Harsh jedoch kehrte noch einmal zurück und schnappte sich Nikodemus' Einkäufe. Damit lief er hinter ihnen her, wirkte nun wieder vollkommen menschlich.

Die Straße war menschenleer. Magellan lehnte an seinem Wagen und rauchte eine selbst gedrehte Zigarette. Er und einige weitere seiner Dämonen versperrten ihnen den Weg zu Nikodemus' Mercedes.

Carson hob den Arm und zielte. Ruhig und sicher.

»Carson«, sagte Magellan leise, »ich muss zugeben, ich bin beeindruckt, dass du immer noch lebst. Aber sei keine Närrin. Du kannst hier keine Schießerei beginnen – oder willst du, dass die Leute sich plötzlich nicht mehr über Bandenkriege aufregen, sondern über gestaltwandelnde Monster?«

Sie runzelte die Stirn und sicherte dann die Waffe.

»Braves Mädchen«, sagte er verächtlich.

In diesem Moment wurde sich Nikodemus bewusst, dass

er Magellan mehr hasste als jedes andere lebendige Wesen auf diesem gottverdammten Planeten.

»So, und jetzt gib mir den Talisman zurück. *Por favor.*«

Harsh schob sich vor Carson, als beabsichtige er, ihr als lebendes Schild zu dienen. Hielt sich wohl für eine Art Cowboy.

Der Wind änderte die Richtung und blies süßlich riechenden Rauch zu ihnen hinüber. Das war eindeutig kein Tabak, sondern Copa mit Marihuana vermischt, das wohl von den illegalen Farmen stammte, die sich ein paar Meilen weiter nördlich befanden.

Offensichtlich beeinflusste Magellan auf diese Weise seine Magie. Wich darauf aus, weil Carson ihm nicht mehr zur Verfügung stand. Verdammter Junkie. Es würde ihn unruhig und nervös machen und doppelt so gefährlich.

Nikodemus griff nach Carsons Arm, weil sie wieder schwankte. Er zog den Wagenschlüssel aus der Tasche und drückte auf den Knopf. Die Rücklichter glühten auf.

Rasmus schlenderte um die Ecke. Sechs seiner Magiegebundenen folgten ihm, darunter Xia.

Ein Grollen drang aus Harshs Kehle.

»Halt sie im Auge«, flüsterte Nikodemus ihm zu.

Rasmus' Blick ruhte auf dem eben erst befreiten Dämon. Allein seine hochgezogenen Augenbrauen verrieten seine Überraschung. »Nun«, meinte er, »das ist ja interessant. Ich dachte doch, dass ich etwas gespürt hätte.«

»Nein, interessant ist es nicht«, sagte Nikodemus.

Rasmus schaute Magellan an und durchbohrte ihn fast mit seinem Blick. »Ist das dein Werk? Er war mir ausgesprochen nützlich.«

»Nein«, erwiderte Magellan und zog an seiner Zigarette. »Ich weiß nicht, was mit deinem Dämon passiert ist.

Vielleicht hattest du ihn ja von Anfang an nicht richtig im Griff.«

»Und Miss Philips? Vielleicht hattest du sie ja von Anfang an auch nicht richtig im Griff«, erwiderte Rasmus. Sein Blick ruhte nun auf Carson.

Nikodemus erstarrte zu Stein.

Magellan grinste und blies nach Copa riechenden Rauch aus. Es war alles andere als ein freundliches Grinsen. »Mir scheint, sie braucht dringend medizinische Betreuung.«

»Wir haben alles unter Kontrolle«, behauptete Nikodemus.

Magellan hob eine Hand und zeigte auf Nikodemus' Mercedes, und einer seiner Dämonen ging auf den Wagen zu.

Nikodemus, der erneut intuitiv handeln musste, weil er Carson in ihrem Zustand nicht allzu viel zumuten wollte, setzte Magellans Helfer außer Gefecht. Es war viel leichter als bei Kynan. Der Dämon konnte Magellans Befehl nicht mehr befolgen, obwohl er immer noch magiegebunden war, und blieb stehen.

Das Dumme war, dass die Helfer nicht wirklich helfen wollten, sondern es nur taten, weil sie versklavt waren. Wie die meisten Magiegebundenen war er zwar gezwungen zu gehorchen, wollte aber gleichzeitig das Leben seines Peinigers blutig beenden. Und dieser Kerl hier würde in absehbarer Zeit keine Bedrohung mehr sein.

Nikodemus grinste den Hexer an. »Wage es, mein Auto zu berühren, und du wirst diesen Fehler keine dreißig Sekunden überleben«, warnte er.

Ein anderer Dämon löste sich aus dem Schatten hinter Magellan und Rasmus und stellte sich zwischen Nikodemus und das Auto. Seine Magie loderte heiß. Er wollte kämpfen, wie es seiner Natur entsprach.

Nikodemus schaute Magellan an. »Schaff mir deine Jungs aus den Füßen, oder ich lasse diesen hier genauso zu Eis erstarren wie deinen bösen Dämon dort drinnen.« Er deutete mit dem Kopf auf das Gebäude.

»Nein.« Das geflüsterte Wort hallte in Nikodemus' Kopf wider. Carsons Magie wirbelte in wilden Kreisen, heizte sich auf, so sehr, dass es ihn schmerzte, doch ohne wirklich unangenehm zu sein. Sie war kurz davor, außer Kontrolle zu geraten. Nur einen Moment lang wünschte Nikodemus sich, er könne die ganze gewaltige Hitze in sich aufnehmen. Ihm verlangte so sehr nach ihrer Magie, danach, sich in dieser Energie zu verlieren, sie zu trinken und zu kosten, sie zu vereinnahmen genau wie ihre ganze Lebenskraft, ob es sie nun umbrachte oder nicht. Nicht viele Menschen überlebten einen derart intensiven Kontakt mit einem Dämon oder büßten zumindest ihre geistige Gesundheit ein.

»Aber sie ist sehr krank«, wandte Magellan ein und breitete die Arme aus. Seine übrig gebliebenen Dämonen hielten sich zurück. »Überlass sie uns, und wir werden dafür sorgen, dass sie angemessen behandelt wird. In diesem Zustand kann sie dir kaum von Nutzen sein.«

»Sorry, Hexer, sie will nicht mit dir gehen«, mischte sich Harsh ein.

Magellan zog tief an seiner Zigarette und blies den allzu süßlichen Rauch wieder aus.

Carson hustete und wedelte den Qualm mit der Hand weg. Harsh stellte sich hinter sie, überragte sie wie ein sehr großer, sehr beschützender Rottweiler.

»Sie weiß doch gar nicht mehr, was gut für sie ist«, widersprach Magellan und zupfte an der Manschette seines Hemdes.

»Ich hasse es wirklich, noch einen von deinen Jungs auszuschalten«, sagte Nikodemus und manipulierte einen weiteren Dämon. Und noch einen, um seinen Standpunkt zu unterstreichen. Er spürte, dass Kynan kurz davor war, das Bewusstsein zurückzuerlangen. Mist. Der war wirklich nicht kleinzukriegen. Doch noch hatte er ihn unter Kontrolle. Aber sie mussten das hier beenden. Eine Möglichkeit war, alles auf eine Karte zu setzen und zu sehen, wer gewann.

Magellans Grinsen verblasste. Die ihm noch gehorchenden Dämonen starrten Nikodemus an. Die anderen torkelten umher, desorientiert und ungefähr so hilfreich wie ein unbewaffneter Mensch. Mit anderen Worten: vollkommen nutzlos.

Nikodemus lächelte. »Was wollt ihr schon unternehmen, ihr beide? Also, noch einmal: Ihr pfeift eure Jungs zurück, oder ich bringe sie alle um.«

Er spürte, wie Magellans Magie aufflammte, und instinktiv nahm er Carsons Kraft zu Hilfe. Tief in seiner Brust versengte ihn ihre veränderte Magie, vergiftet und verdreht durch die verworrenen Reste von dem, was auch immer mit ihr in Rasmus' Haus geschehen war. Dazu war sie nun außerdem mit etwas anderem verbunden, was er nicht erkannte. Nikodemus schaltete sämtliche verbliebenen Dämonen aus, auch die von Rasmus. Es war so einfach. Nicht einen Tropfen Schweiß hatte es ihn gekostet.

Carson stand neben ihm, die Waffe immer noch in der Hand. Sie schwankte, ihre Augen waren weit geöffnet, die Pupillen so groß, dass sie die Iris fast verschluckten.

Ein Grollen drang aus Nikodemus' Brust, Widerhall der Kraft, die ihn erfüllte.

Hinter ihnen trat Kynan aus der Apotheke.

»Die Schlüssel!« Harshs Stimme hallte durch die Nachtluft. Er schob den Erste-Hilfe-Kasten in seinen Hosenbund und streckte die Hände aus, als spielten sie Football und als wäre er bereit, die weit geworfenen Pässe des Quarterbacks aufzufangen.

Nikodemus warf ihm die Wagenschlüssel zu, und er fing sie aus der Luft und rannte auf den Mercedes zu. Mit einem Riesensatz sprang er über den Wagen und landete mit einem dumpfen Aufprall auf der Fahrerseite.

Nikodemus schnappte sich Carson, und sie eilten an zwei desorientierten Dämonen vorbei zum Auto. Er riss die hintere Tür auf, schob Carson hinein und folgte ihr, musste blitzschnell die Füße einziehen, um die Tür schließen zu können.

Harsh glitt auf den Fahrersitz. Kynan warf sich auf die Motorhaube. Der Wagen wackelte.

»Whooo-hoo!«, rief Harsh.

Carson lag auf dem Rücksitz, Nikodemus lehnte sich über sie und schützte sie mit seinem Körper. Der Motor röhrte auf. Nikodemus wurde gegen die Rücklehne gedrückt, als der Wagen losfuhr und Harsh einen Schlenker machte, bevor er ihn zurück auf die Straße lenkte.

Kynan rollte von der Motorhaube.

Harsh trat aufs Gaspedal, und der Mercedes schoss davon.

Nikodemus hielt Carsons Kopf unten. Als er aus dem Rückfenster schaute, konnte er gerade noch sehen, wie Magellan wütend gestikulierte und Kynan mitten auf der Straße hinter ihnen herrannte. Die anderen Dämonen waren immer noch nutzlos.

»Häng ihn ab«, befahl er Harsh. »Und dann fahr Richtung City.«

Harsh salutierte.

Die Maschine eines Motorrads heulte auf.

Der Wagen schleuderte um eine enge Kurve. Nikodemus, der sich wieder über Carson gebeugt hatte, musste sich abstützen. In dieser gebückten Haltung verblieb er während der nächsten zwanzig Minuten, hielt Carson fest unter Kontrolle. Bis schließlich der Wagen langsamer wurde und Harsh sagte: »Bay Bridge, wir kommen, Boss!«

Erst dann erlaubte Nikodemus Carson, sich aufzurichten. Er musste ihr helfen, sich anzuschnallen, weil sie den verletzten Arm immer noch nicht benutzen konnte.

Dann legte auch er den Sicherheitsgurt an, nur für den Fall, dass irgenwelche Cops auf der Jagd nach schnell verdientem Geld waren.

»Du blutest wieder«, sagte er.

Carson schüttelte den Kopf.

»Lügnerin.« Er nahm ihre verletzte Hand und untersuchte die Wunde. Sein provisorischer Verband hatte sich längst gelöst. Carson hatte die Faust so fest zusammengeballt, dass die Sehnen wie Drähte hervortraten.

»Entspann deine Finger.«

Sie schüttelte den Kopf.

O verdammt, ihre Finger ließen sich wirklich kein bisschen bewegen. Nikodemus wagte nicht, sie gewaltsam zu lösen. Der Schnitt war scheußlich tief, unterhalb des Daumens ging er bis auf den Knochen.

»Wenn wir bei mir zu Hause sind, wird deine Wunde ordentlich versorgt, okay? Bis dahin passen wir auf, dass du mir nicht den ganzen Wagen vollblutest.«

»Sieh zu, dass sie den Arm mit der Wunde höher hält als ihr Herz«, sagte Harsh.

Carson hob den Arm. »Ich blute nicht.«

»Lügnerin«, wiederholte Nikodemus.

»Na ja, nur ein bisschen.«

Nikodemus versuchte, mehr Platz zu finden; er saß unbequem, weil der Fahrersitz ganz zurückgeschoben war. »Okay, Süße«, sagte er und legte einen Arm um sie. Es erstaunte ihn, dass sie wieder so klar wirkte. »Was, zum Teufel, hast du mit Harsh gemacht?«

Er blickte in den Rückspiegel und sah, dass Harsh zu ihnen nach hinten schaute. Harsh hatte sich ebenfalls angeschnallt und hielt den Wagen bei fünfundsiebzig Meilen, während sie auf der mittleren Spur Richtung Yerba Buena Island fuhren.

»Nett, dich kennenzulernen, Harsh«, fügte er hinzu, dann beugte er sich vor und streckte seine Hand aus. Seine gottverdammten Knie taten weh. »Ich bin Nikodemus.«

Harsh hatte einen festen Händedruck. »Ich weiß, wer du bist, Warlord.«

Nachdenklich schaute Carson auf Harshs Hinterkopf. »Ich kann dich spüren«, sagte sie. »Wenn auch nicht in meinem Kopf wie Nikodemus. Warum?« Sie sah Nikodemus an. »Warum kann ich Harsh auf diese Weise spüren?«

»Weil du meine Verbindung zu Rasmus durchtrennt hast«, erwiderte Harsh. Er wechselte die Spur und beschleunigte im Tunnel. »Deshalb gehöre ich jetzt dir, Carson«, fügte er gelassen hinzu.

Ihr »Nein« klang so heftig, dass beide, Nikodemus wie Harsh, zusammenzuckten.

»Interessant«, meinte Harsh. »Aber ich habe damit nicht gemeint, dass ich dir nun auf die gleiche Weise gehöre, wie ich Rasmus gehört habe.«

»Hat sie dich tatsächlich befreit?«, wollte Nikodemus wissen. Denn wenn das stimmte, dann war ihr wirklich etwas verdammt Ungewöhnliches gelungen. Vielleicht sogar etwas, was einem Angst einjagen konnte, wenn man es recht bedachte.

»Ja. Das hat sie.«

Wie konnte es einer Hexe, die keinen Zugang zu ihrer Magie hatte, gelingen, einen durch Magie gebundenen Dämon aus seiner Sklaverei zu lösen? Und warum hatte er selbst vorhin nicht gespürt, absolut nicht gespürt, was sie vorhatte?

»Du bist sicher, dass sie es war?«

»Ja.«

»Ich würde ja immer noch behaupten, dass das unmöglich ist, wenn ich dich nicht spüren würde. Was ich vorher definitiv nicht konnte. Verdammt gute Arbeit für eine Hexe, die nicht ziehen kann, meinst du nicht auch?« Nikodemus drehte sich zur Seite, versuchte, mehr Platz für seine Beine zu finden. »Sie hat dich nicht befreit, Harsh. Sie kann es nicht getan haben.«

»Doch, sie war es. Ich habe gespürt, wie sie mich losgeschnitten hat.«

»Losgeschnitten?« Carson lehnte sich an Nikodemus, der ein merkwürdiges süßes Gefühl dabei empfand. »Das verstehe ich nicht.«

»Du hast ihn getrennt, von Rasmus losgeschnitten. Er ist nicht mehr magiegebunden. Du hast ihn befreit.«

»Aber wie soll ich das denn getan haben?«

»Keine Ahnung, Carson.« Die Vorstellung, dass sie tatsächlich magiegebundene Dämonen von ihren Beherrschern trennen konnte, machte ihn nervös. Sie konnte nicht ziehen, wie, zum Teufel, sollte sie also ein solches magisches Band durchtrennen können? Sie würden eine ganze Armee zur Verteidigung brauchen, falls Carson tatsächlich ihre Magie zurückgewann. »Willkommen zu Hause, Harsh«, fügte er hinzu.

Harsh schaltete und verringerte die Geschwindigkeit erneut. Sein jetzt noch kurzes Haar war rotbraun, und er hatte ein Gesicht, um das ihn jedes männliche Model beneiden würde.

»War es ein glatter Schnitt?«, wollte Nikodemus wissen.

»Ganz glatt. Rasmus hat den Widerhall gespürt.« Wieder schaute er im Rückspiegel zu Carson hin. »Verstehst du, ich kann sie fühlen!«

»Wie? Hat *sie* dich jetzt unter Kontrolle?«

»Nein«, erwiderte Harsh. »Wie ich sagte: Es war ein glatter Schnitt.«

»Hm.«

»Ich denke, ich wüsste es, Warlord, wenn lediglich ein Magier gegen einen anderen ausgetauscht worden wäre. Und du wüsstest es auch.«

Nachdem sie die Brücke überquert hatten, wies Nikodemus Harsh an, wie er fahren musste, um zu seinem Haus zu gelangen.

»Es ist nicht so wie bei Rasmus«, versuchte Harsh zu erklären, und er sprach den Namen des Magiers aus, als hätte er einen schlechten Geschmack im Mund. »Es ist … na ja, ich kann sie fühlen, das ist alles.« Ihre Blicke trafen sich erneut im Rückspiegel. »Ist das okay für dich?«

Nein. Ehrlich gesagt, war es das nicht. Harsh, dieser gottverdammte Apotheker, glaubte ernsthaft, dass es eine Verbindung zwischen ihm und Carson gab.

»Ich kann es ja wohl nicht ändern, oder?«, antwortete Nikodemus.

Was er, verdammt noch mal, tatsächlich nicht konnte.

15

Sie hatten gerade das Haus betreten, als Carson zusammenklappte. Nikodemus konnte sie gerade noch auffangen. Sein Puls raste, als wäre er in einem Albtraum gefangen. Hätten seine Arme sie nicht gehalten, wäre sie zu Boden gesunken.

»Shit, Carson, tu mir das nicht an.« Panik klang in seinen Worten mit. »Bitte, Süße«, flüsterte er, während er sie an sich drückte. »Bitte!« Sein Eid schien ihn fast zu zerreißen. »Ich weiß doch gar nicht, wie man eine verletzte Hexe wieder zusammenflickt!« Er wusste ja nicht einmal, welche Schäden sie außer dieser Wunde noch davongetragen hatte.

Doch was ihre Magie betraf – die wild aufsprudelte und ein Ausmaß erreichte, wie er es bei ihr noch nicht erlebt hatte –, so war er sich nicht mehr sicher, ob Carson nicht doch einen Zugang zu ihr gefunden hatte. Und ein Teil seines Verstandes fragte sich ernsthaft, ob er es überhaupt riskieren konnte, den Schaden, den Magellan ihr zugefügt hatte, zu reparieren – falls er sich denn beseitigen ließe. Vielleicht würde sie sich dadurch tatsächlich in den Wolf verwandeln, wie Durian es befürchtet hatte. Doch ein anderer, leidenschaftlicher Teil von ihm brachte es nicht fertig, sie sterben zu lassen. Wollte es nicht. Hätte es nicht ertragen können.

Er war sich vollkommen bewusst, was für eine absurde Situation es war, dass er eine Hexe in seinen Armen hielt und sich den Kopf zerbrach, wie er sie am Leben erhalten konnte. Doch so war es nun mal, und er hatte es immer vorgezogen, vor der Wirklichkeit nicht davonzulaufen. Carson war anders als der Rest des Magiergeschlechts. Ohne Carson wäre es ihm niemals gelungen, Magellan den Talisman zu entreißen. Zumindest nicht rechtzeitig. Er stand in ihrer Schuld. Was ihm nicht wirklich passte, aber das ließ sich nicht ändern. Er war in ihrer Schuld, und er musste diese Schuld einlösen. Und ja, sie war es wert, dass er sich durch seinen Eid an sie gebunden hatte.

Immer noch hielt Carson die verletzte Hand an sich gedrückt, immer noch war ihre Faust geschlossen. Sie zitterte am ganzen Körper.

»Ich fühle mich nicht gut«, wisperte sie.

Nikodemus strich ihr übers Haar, mit der anderen Hand suchte er in seiner Jeanstasche nach dem Copa. Verdammt, Harsh hatte ja das Zeug. Genau wie den Erste-Hilfe-Kasten.

»Harsh?«

»Warlord?«

Harsh stand neben ihm, und Nikodemus war so voller Sorge um Carson gewesen, dass er gar nicht weiter auf ihn geachtet hatte. Der Dämon verneigte sich respektvoll vor ihm, eine Geste, die ihm ungewohnt zu sein schien. Nikodemus wusste nicht, wer oder was Harsh tatsächlich war, doch einen niedrigen Rang hatte er mit Sicherheit nicht.

»Das Copa.« Er streckte eine Hand aus. Carsons Zustand machte ihm Angst.

»Ich weiß nicht, ob das klug wäre.«

Nikodemus wedelte mit der Hand und setzte einen freundlichen Gesichtsausdruck auf, obwohl er verdammt nah daran war, deutlich zu demonstrieren, wer hier das Sagen hatte. »Du willst nicht wirklich, dass ich komme und es mir hole, oder?«

»Es ist Gift.«

»Und sie ist eine Hexe.« Nikodemus schnippte mit den Fingern. »Magier nehmen dieses Zeug die ganze Zeit, um ihre magische Kraft zu steigern. Und ihre Magie muss hochgetrieben werden. Glaub mir das.«

Gerade da verebbte ihre Magie, doch etwas anderes, etwas, was sich schlecht anfühlte, war dabei, sich zu erheben, und es jagte Nikodemus Höllenangst ein.

»Spürst du das, Harsh?«

Der nickte.

»Magellan hat irgendetwas Hässliches auf sie losgelassen. Was auch immer es ist, es macht ihr schwer zu schaffen. Sie braucht ihre Magie, oder dieser Shit bringt sie um.« Erneut streckte er die Hand aus, doch Harsh gab ihm das Copa immer noch nicht. »Hast du vielleicht eine bessere Idee?«

»Ja.« Harsh klopfte auf den Erste-Hilfe-Kasten. »Ihre Wunde reinigen, je nachdem mit ein paar Stichen nähen, sie dann mit einem Breitband-Antibiotikum vollpumpen, das alles bekämpft, was ihre Temperatur in die Höhe treibt. Wenn ich könnte, würde ich ihr Morphium verabreichen, doch im Moment würde ich mich schon mit starkem Ibuprofen zufrieden geben und mit etwas, was sie schlafen lässt.«

»Danke, Dr. Harsh«, sagte Nikodemus. Ganz sicher war Harsh kein gottverdammter Dämon von niedrigem Rang. »Okay, geben wir ihr all das Zeug, auch wenn sie währenddessen stirbt, weil diese Magie sie umbringt. Vielleicht bringt mir ja die Antibiotika-Fee eine Spritze voll von dem Breitband-Mist, den du ihr geben willst, und vielleicht bringt sie auch gleich noch die Opium-Fee mit.« Er fuhr mit der Hand durch die Luft. »Sehe ich vielleicht wie ein gottverdammter Menschenarzt aus?«

Harsh blieb ruhig. Ein merkwürdiger Ausdruck lag in seinen Augen. »Nein, Warlord, das bist du nicht.«

»Ich habe den Erste-Hilfe-Kasten für sie geholt, oder? In fünf Minuten, wenn sie dann noch lebt, können wir sie verarzten. Aber jetzt«, fügte er leise hinzu, »gib mir dieses verdammte Copa, oder ich reiße dir die Arme aus und stopfe sie dort hinein, wo niemals die Sonne scheint.«

Wortlos reichte Harsh ihm das Copa.

»Danke.«

»Warlord.« Harsh verbeugte sich. Verdammt tief. Legte jedoch nicht die Finger an die Stirn, um seinen Respekt zu bezeugen.

Und in Nikodemus flammte Ärger auf, denn er verlangte absoluten Gehorsam von anderen Dämonen.

Carsons Kopf rollte zurück, ungewollt bot sie ihm ihre Kehle dar wie eine demütige Frau seiner eigenen Rasse. War er jetzt verrückt geworden? Sie war keine Dämonin. Es war einfach nur der Stress, unter dem er stand, der ihn denken ließ, sie fühle sich wie eine an.

»Es wird alles gut«, flüsterte er ihr zu. Sein Eid, für ihre Sicherheit zu sorgen, zerrte an ihm. »Ich passe auf dich auf.«

Und das versuchte er ja auch. Er übte keine Kontrolle über sie aus, hatte sie nicht vollkommen in Besitz genommen – nicht dass er das nicht gewollt hätte –, und er war hier bei ihr. Er spürte ihren Atem, während er die Flasche öffnete und die Copa-Pillen auf seine Handfläche rollen ließ.

»Hier!« Er wollte ihr die gelbe Pille geben, doch sie kniff die Lippen zusammen, und in ihren Augen schimmerte Misstrauen. O Gott, er war ein Idiot! Magellan hatte ihr jahrelang Gift verabreicht. Kein Wunder, dass sie nun nichts nehmen wollte.

»Es ist Copa«, erklärte er. »Dämonen nehmen es, um sich zu entspannen. Hexer nehmen es, weil es ihre Magie verstärkt. Es wird deine magischen Kräfte stabilisieren, sodass wir deine Verletzungen behandeln können. Einverstanden?« Er wartete, bis sie darüber nachgedacht und beschlossen hatte, ihm zu glauben. »Schmeckt wie Hühnchen, das schwöre ich dir!«

Sie schluckte die Pille geübt hinunter.

In dem Augenblick, da das Copa in ihren Magen gelangte, spürte auch er den Drogeneffekt. Und noch stärker spürte er ihre Magie. Schwarz und anormal. Seit Carson ihm begegnet war, hatte er nichts in ihr gefühlt, was dem hier auch nur im Geringsten ähnlich gewesen wäre.

Und dann verlangsamten sich die chaotischen Wirbel.

Carson hob den Kopf, und er sah in ihre weit geöffneten Augen, erahnte darin einen Schimmer ihrer verfälschten Magie. Das Copa hatte ihrer Iris bereits eine tiefgrüne, unnatürliche Farbe verliehen. Sie schimmerte wie der Grund eines tiefen und sehr, sehr kalten Sees. Eines Sees, in den er nur allzu gern eingetaucht wäre. Sofort unterdrückte er diese Reaktion.

Die Kobolde in seinem Haus reagierten heftig auf Carsons Magie und darauf, wie aufgewühlt er war. Sie schien Funken zu sprühen, war nicht fokussiert und roch nach Furcht, Erschöpfung und absolutem Chaos. Carson stand kurz vor einem kompletten Zusammenbruch. Kaum verwunderlich, wenn man bedachte, was sie in dieser Nacht durchgemacht hatte.

Er musste sie irgendwohin bringen, wo er ihre Verbindung

unbesorgt unterbrechen und ihre Wunde versorgen konnte und wo sie, wie Harsh geraten hatte, die Auswirkungen all dessen wegschlafen konnte. Er hoffte, dass sie von der Droge keinen bleibenden Schaden zurückbehielt. Manchmal passierte es. Manche Menschen erholten sich nie mehr davon.

Ihre Magie erregte ihn. Wie Hexenmagie Dämonen erregte. Doch er hatte sich unter Kontrolle. Dunkle Schatten lagen unter ihren Augen, ihre Haut war viel zu blass, selbst für ihn, der hellhäutige Menschen so aufregend fand. Blasse Haut reizte ihn. Nun ja, Gegensätze zogen sich an, oder?

Carsons Magie beruhigte sich, verband sich mit dem, was auch immer durch ihr Bewusstsein wirbelte.

Wie schön es wäre, eins mit ihr zu werden? Er so dunkel und nicht-menschlich, sie so blass wie Elfenbein. Während ihre Magie aus ihr herausströmte und wilde Leidenschaft in ihren von Copa geweiteten Augen lag?

Nikodemus riss sich zusammen, aber es fiel ihm verdammt nicht leicht. Er roch Blut, er roch ihren Duft, und es brachte ihn fast um den Verstand. Das Prickeln ihrer Magie, die zu neuem Leben erwacht war und ihn erregte. Mehr denn je fühlte sie sich wie eine Hexe an, und er reagierte wie ein Dämon darauf. Mit Verlangen nach Blut und Verlangen nach ihrem Körper. Er wollte das haben, was sie ihm geben konnte.

»Sie steht kurz vor einem Zusammenbruch, Warlord.«

»Ich weiß.« O Gott. Sie war sehr, sehr bleich. Ihre Knie gaben nach, und er fing sie auf. Die Kobolde zwitscherten in seinem Kopf. Er ignorierte sie, packte Carson und hob sie auf seine Arme.

»Ich bringe sie nach oben. Nimm den Erste-Hilfe-Kasten mit.«

Er nahm gleich zwei Stufen auf einmal, denn sie war bewusstlos geworden. Harsh war dicht hinter ihm. Doch als Nikodemus sie auf sein Bett legte, öffnete sie wieder die Augen.

Harsh öffnete den Kasten und suchte etwas, murmelte dabei vor sich hin.

Ihre Füße waren eiskalt. Irgendwo hatte er Decken, für den Fall, dass er menschlichen Besuch bekam. Doch der letzte war schon ziemlich lange her, und er erinnerte sich nicht, wo er sie verstaut hatte. Schließlich entdeckte er eine Decke in einer Schublade und zog sie heraus, breitete sie über ihre Beine und steckte sie unter ihren Füßen fest.

Harsh hatte ihren Arm so gedreht, dass man die Wunde sehen konnte, und sie beide reagierten auf den Geruch von frischem Blut. Zwei Dämonen, die Blut rochen. Nichts Gutes konnte daraus entstehen. Doch Harsh gelang es, sich zu beherrschen, und Nikodemus war es seit Ewigkeiten gewohnt, sich trotz allen Verlangens unter Kontrolle zu halten.

Harsh kippte den Inhalt des Erste-Hilfe-Kastens auf die Matratze. »Primitiver Mist.« Stirnrunzelnd wühlte er zwischen den Sachen, wirkte nun ganz konzentriert. »Nichts, was ich gebrauchen kann. Soll ich vielleicht diese Wunde mit ein paar Verbänden und Pflaster richten?«

»Arbeite mit dem, was dir zur Verfügung steht, und nicht mit dem, was du dir wünschst.« Nikodemus hielt seine Verbindung zu Carson aufrecht. Er wagte es nicht, sie zu unterbrechen, solange Carson sich in einem so instabilen Zustand befand.

Harsh setzte sich aufs Bett und zog ihre Hand auf seinen Schoß. Er hatte die Nachttischlampe so ausgerichtet, dass ihr Licht dorthin fiel, wo er es brauchte. Die Wunde klaffte weit auf.

Carson schaute ihn an, und sie schien viel zu klein und zu zierlich, um das überstehen zu können, was ihr zugestoßen war. Doch sie jammerte nicht, hatte nur die Schultern hochgezogen und ihre Kiefer fest zusammengepresst. Nicht mal ein Wimmern war zu hören.

»Kannst du irgendetwas gegen ihre Schmerzen unternehmen, Warlord?«

Nikodemus tauchte tiefer in ihr Bewusstsein ein, und er fand nichts als Pein. Er schob sie beiseite, in einen entfernten Winkel ihres Verstandes, und stellte sich zwischen Carson und ihre Schmerzen, sodass sie abgeschirmt war. Alles, was ihr Körper empfand, ging nun auf ihn über. Und er musste die Zähne zusammenbeißen, um nicht zu schreien. Wie hatte sie nur so lange durchgehalten?

Harsh blickte auf. »Danke.« Dann wandte er sich wieder Carson zu. Ihre Schultern waren bereits entspannt.

Nikodemus hatte das Gefühl, als würde ihm der Arm abgerissen. Shit. Ihr Handgelenk sah übel aus. Schlimmer, als er erwartet hatte. Noch immer sickerte Blut aus der Wunde. Getrocknetes und trocknendes Blut verschmierte ihre Finger.

Harsh drehte ihren Arm ein wenig mehr ins Licht. »Kannst du die Finger bewegen?«

Sie schüttelte den Kopf.

»Wir können froh sein, dass er sie von der Seite her erwischt hat. Sonst hätte er die Sehnen durchschnitten.« Er sah Nikodemus an. »Sie braucht einen Chirurgen.«

»Kein Arzt. Das weißt du.«

»Egal, was ich tue, sie wird auf jeden Fall eine hässliche Narbe behalten.« Mit den Zähnen riss Harsh ein Päckchen auf.

»Wie weit soll ich sie abschirmen?«

»Komplett«, erwiderte Harsh. »Sie darf nicht zucken. Kriegst du das hin?«

»Ja.«

Harsh fädelte eine der Nadeln aus dem Nahtset ein. »Ich kann nicht glauben, dass ich das wirklich tue. Das ist mittelalterlich. Verdammter Mist.«

Nikodemus versuchte, sich zu wappnen. Irgendwie war alles falschgelaufen. In den alten Zeiten, bevor die Dämonen sich selbst Tabus auferlegt hatten, waren es die Menschen, die die Schmerzen zu ertragen hatten, wenn sie sich mit Dämonen einließen. Diesmal würde er die weißglühende Qual ertragen müssen. Weil er nicht wollte, dass sie starb, egal, was sie letztlich sein würde: eine auf ewig von ihrer Magie getrennte Hexe oder eine Hexe, die ihre mächtige Magie zu beherrschen wusste.

Dabei war er noch immer zutiefst verwirrt. Natürlich hatte er seine eigene Verteidigungsstrategie gegen das Magiergeschlecht, schließlich hatte er lange genug überlebt, ohne versklavt zu werden. Aber die Vorstellung, dass Carson ihn binden könnte, beunruhigte ihn nicht wirklich. Er konnte sich einfach nicht vorstellen, dass sie es bei ihm versuchen würde. Höchstens unabsichtlich.

Allerdings musste er, wenn er sie in seinem Leben behielt, sämtliche Hoffnungen aufgeben, mit den anderen Warlords ein Abkommen schließen zu können. Niemand würde einem Dämon vertrauen, dessen Geliebte eine Hexe war! Na und? Er würde eine andere Möglichkeit finden, seine Pläne zu verwirklichen. Aber all das waren Probleme, die noch gar nicht akut waren. Zunächst galt es, für Carsons Überleben zu sorgen.

Eins nach dem anderen, sagte er sich, Schritt für Schritt. Er lehnte sich gegen die Wand, während Harsh die Wunde mit kleinen Stichen nähte. Bei jedem Stich schien es ihm, als fahre eine glühende Nadel in seine Haut. Nikodemus biss die Zähne zusammen und hielt durch.

Es kam ihm vor, als wären hundert Jahre vergangen, bis Harsh den letzten Knoten machte und noch einmal seine Arbeit betrachtete, bevor er in einem hübschen kleinen Frankenstein-Muster Pflaster auf die Haut setzte, die von dem Desinfektionsmittel gelb verfärbt war.

Schließlich verband Harsh das Handgelenk mit einer Mullbinde und benutzte die ziemlich stumpfe Schere aus dem Erste-Hilfe-Kasten, um den Mull abzuschneiden. Danach durchforstete er die Päckchen, die noch auf der Matratze lagen, öffnete zwei weitere und schüttelte die Tabletten heraus.

»Was ich nicht alles für ein paar Demerol geben würde …«, murmelte er dabei.

Nikodemus hatte die Arme vor der Brust verschränkt. »Träumst du immer noch von der Pillen-Fee?«

Harsh ignorierte ihn und gab die Tabletten in Carsons unverletzte Hand. »Nimm die. Sie werden die Schmerzen lindern.«

Carson schluckte sie ohne Wasser.

Harsh griff in seine Hosentasche und zog die andere Medikamentenflasche heraus. »So, und jetzt noch das Penicillin.« Auch die schluckte sie trocken. Sie war ein Profi.

Nun, da ihr Handgelenk versorgt war, untersuchte Harsh Carsons zusammengekrümmte Finger. »Meinst du, du kannst sie jetzt bewegen?«, wollte er wissen.

Carson nickte.

Nikodemus trat näher. Er wollte den Talisman in Sicherheit bringen. Trotz allem, was passiert war, bedauerte er es nicht, in Rasmus' Haus eingedrungen zu sein. Es war Carson zu verdanken, dass Magellan und Rasmus den Talisman nicht hatten aufbrechen können. Dafür konnte er ihr gar nicht genug danken. Wirklich.

Sie sah ihn an. »Ich habe ihn für dich zurückgeholt«, sagte sie.

Sie beugte sich zu ihm vor und streckte ihren Arm aus, die Finger immer noch zur Faust geschlossen und nach unten gedreht, und wartete, bis er seine Hand darunterhielt. Es hatte sich wirklich gelohnt. Nun versuchte sie, die Finger zu bewegen, doch die Gelenke schienen wie eingerostet. Carsons Gesicht verzerrte sich. Doch dann öffnete sie die Faust.

Schwarzer Sand und feiner kristalliner Staub rieselten auf Nikodemus' Handfläche. Die Kristalle reflektierten das Licht, brachen es zu winzigen Regenbogen.

Nikodemus wurde mulmig. Alles in ihm zog sich zusammen. Ein Schraubstock schien alles Leben aus ihm herauszupressen.

Harsh beugte sich neugierig vor. »Was ist das?«

»Eine Katastrophe«, erwiderte Nikodemus. »Eine elende, verdammte Katastrophe.« Und unwillkürlich fragte er sich, wieso sie nicht alle tot oder magiegebunden waren.

16

Vorsichtig streckte Nikodemus Carsons Finger. Etwas von dem glitzernden Sand klebte an ihrer Haut, und sorgfältig wischte er ihn weg. Genau in der Mitte ihrer Handfläche befand sich ein tiefschwarzes Mal, von dem aus eine feine schwarze Linie zu ihrem Handgelenk lief und dort unter dem Mull verschwand. Er stützte ihren Arm mit einer Hand, bemüht, ihr nicht wehzutun, und schob den Ärmel ihres Shirts ein Stück nach oben.

»Verdammt«, murmelte er vor sich hin.

»Was ist das?«, fragte Harsh erneut.

Nikodemus nahm eins der Tücher vom Bett und säuberte Hand und Arm, bis er alle Spuren von getrocknetem Blut entfernt hatte. Doch das änderte nichts. Auf der Innenseite von Carsons Arm zog sich immer noch die gewellte schwarze Linie über die blasse Haut nach oben bis dorthin, wo er den Ärmel hingeschoben hatte.

Und plötzlich verstand Nikodemus, was er in ihr spürte, seit sie Berkeley verlassen hatten. In Carson hatten sich Dämon und Hexe vermischt.

Mit ihren großen und vom Copa wie den Schmerzmitteln geweiteten Augen sah Carson ihn an. »Sie steigt weiter auf«, sagte sie.

Er erwiderte nichts darauf. Fand nicht die passenden Worte für das, was in ihm vorging.

»Bei einer Blutvergiftung wäre der Streifen rot«, meinte Harsh, während sein Blick zwischen Carson und Nikodemus hin und her wanderte. »Warum ist der hier schwarz?«

»Weil es keine Blutvergiftung ist«, antwortete Nikodemus. Er holte tief Luft, dann nahm er die Schere und schnitt den Ärmel des Shirts ab. Die Linie reichte bis fast zum Ellbogen, nur ein paar Zentimeter fehlten noch, und er wusste, sie würde dort nicht enden.

Carson schloss die Augen. Ein Schauder lief über ihren Körper. Gewaltige Gefühle brodelten in ihr, doch sie unterdrückte sie. Sie wusste, dass dies kein harmloses Zeichen war, nun wusste sie es. Als sie Nikodemus wieder ansah, lag ein stummes Flehen in ihrem Blick.

Doch er konnte ihr keinen Trost geben. »Du weißt, dass all die Legenden der Wahrheit entsprechen«, sagte er. »Du weißt, was Magellan vorhatte. Der Talisman ist aufgebrochen, Carson. Aber nicht Magellan hat seine Kraft aufgenommen, sondern du.«

»Aber Durian war doch noch am Leben.«

»Dafür sind zwei andere Dämonen gestorben, Carson.« Die durch seine Hand den Tod gefunden hatten, um genau zu sein.

Eine ganze Weile ruhte ihr Blick auf seinem Gesicht, und er fragte sich, ob sie die gleiche Hitze verspürte wie er, als ihre Verbindung wieder aufflammte. Sie legte den unverletzten Arm auf ihre Knie, lehnte sich an Harsh. Nikodemus fühlte, wie sehr sie sich bemühte, nicht in Panik zu verfallen.

Er wusste, dass die schwarze Linie hinauf zu ihrem Kopf wandern würde, bis die Macht aus dem aufgebrochenen Talisman sich komplett in Geist und Seele ausgebreitet hatte. Wenn er nicht bald herausfand, wie er ihr helfen konnte, den Kampf zwischen ihrer eigenen, für sie immer noch unerreichbaren Magie und der Dämonenmagie zu beenden, dann konnte er sich spätestens am nächsten Tag überlegen, wo er Carson beerdigen sollte. Magellan oder Rasmus mochten in der Lage sein, etwas so Gewaltiges zu überleben, Carson jedoch nicht.

Er beobachtete sie und spürte, wie ihre Panik wuchs, aber dann gelang es ihr plötzlich doch, sie niederzukämpfen. Sie atmete tief ein und starrte auf ihren Arm mit dem schwarzen Streifen.

Nikodemus fühlte sich, als würde sein Herz gerade von einer Faust zusammengedrückt, und versuchte, es zu ignorieren.

»Nun ja«, sagte sie. »Nun ja.« Ihre Stimme war kaum mehr als ein Flüstern. Sie sah ihn an. »Was wird mit mir passieren?«

Nikodemus presste die Fingerspitzen gegen seine Stirn. Hoffte verzweifelt, dass er ihr irgendwie helfen konnte. Ihre wilde Magie griff auch ihn an. »Ich weiß es nicht, Carson«, erwiderte er.

»Du lügst. Lüg mich nicht an, Nikodemus.«

Er fuhr sich mit einer Hand durchs Haar.

Carson atmete erneut tief ein und stieß den Atem schnell wieder aus. »Ich werde doch sowieso sterben, Nikodemus«, sagte sie. »Warum willst du mir dann nicht die Wahrheit verraten?«

»Magellan hat dich vergiftet. Nur ein Dämon würde nicht an diesem Gift sterben. Dass du noch lebst, liegt vermutlich daran, dass du die Dämonenkraft des Talismans in dir hast.«

Ihre Augen weiteten sich noch mehr. »Aber?«

»Nicht allein das Gift ist tödlich, Carson, sondern auch

die Magie des Talismans. Entweder gelingt es dir, sie zu beherrschen, oder du stirbst. Eine andere Möglichkeit gibt es nicht.« Dass er nicht daran glaubte, Carson könne irgendeine Magie beherrschen, sei es die des Magiergeschlechts oder die der Dämonen, das sprach er nicht laut aus.

Harsh schnippte etwas, vielleicht auch etwas nicht Vorhandenes, von seiner Hose. »Ich kenne jemanden.« Er wich Nikodemus' Blick aus und fuhr sich mit der Zunge über die Lippen.

»Was?«

»Ich kenne jemanden, der vielleicht helfen könnte.« Auch Carsons Kopf fuhr hoch. »Ich behaupte nicht, dass es sicher funktionieren würde, aber ein ›Vielleicht‹ ist immer noch besser, als hier herumzusitzen und abzuwarten, was geschieht.«

»Wen?«, fragte Nikodemus. War er misstrauisch? Verdammt noch mal, ja! Aber Harsh hatte recht. Ein »Vielleicht« war tausend Mal besser, als die Hände in den Schoß zu legen.

»Sie wohnen ungefähr eine Stunde entfernt im Norden.«

»Sie?« Die Ahnung, dass dies gar nichts Gutes bedeuten könnte, vertiefte sich. Doch die möglichen Alternativen hatten sich auf eine einzige reduziert. Auf eine, die ihm kein bisschen gefiel. »Wer ist ›sie‹?«

Harsh sah Nikodemus immer noch nicht an. »Ich kenne sie schon ziemlich lange. Bereits aus der Zeit vor Rasmus.«

»Zwei Kumpel von dir, die so etwas wieder in Ordnung bringen können? O nein!«

Harsh schwieg eine Weile, dann seufzte er. Und endlich schaute er Nikodemus an. »Sie sind stabil, Warlord.«

»Ich habe so meine Vorbehalte, was Blutzwillinge betrifft.«

Nikodemus hob eine Hand, als Harsh etwas einwenden wollte, denn er war sicher, dass Harsh von Blutzwillingen sprach. »Ich will nichts davon hören. Okay. Selbst wenn sie stabil sind – sind sie stabil genug?«

»Sie waren es, als ich sie das letzte Mal gesehen habe.«

»Ein Bruder- oder ein Schwesternpaar?«, fragte Nikodemus. Er konnte wirklich nur hoffen, dass Harshs Blutzwillinge demselben Geschlecht angehörten.

»Bruder und Schwester«, erwiderte Harsh.

»Was für ein verdammter Dämon hat Blutzwillinge als Freunde?« Nikodemus bemühte sich, sich wieder zu beruhigen. »Bist du verrückt?«

Carson blickte verständnislos zwischen ihnen hin und her.

Harshs Augen nahmen plötzlich einen versonnenen Ausdruck an. »Keine Ahnung, Warlord.«

»Und ist ihre Magie wirklich so stark, dass sie uns helfen können? Wenn nicht, dann ist es das Risiko nicht wert, das sage ich dir.«

»Das ist sie.«

»Könntet ihr mir vielleicht verraten, worüber ihr redet?«, mischte sich Carson ein.

Nikodemus klärte sie auf. Genauso, wie es bei den Menschen Zwillinge gab, die sich die gleiche Kleidung kauften oder das gleiche Auto aussuchten, selbst wenn sie auf verschiedenen Kontinenten lebten, gab es Dämonen, die nicht nur von der Abstammung her, sondern auch geistig Zwillinge waren, mit einer Art symbiotischer Magie: Blutzwillinge. Waren ihre Kräfte gering, verbargen sie, was sie waren. Doch normalerweise konnten sie durch die Symbiose ihre Magie mehr als verdoppeln, sodass sie über eine Macht verfügten, die weit über die eines einzelnen Dämons hinausging. Blutzwillinge konnten Dinge bewerkstelligen, von denen andere Dämonen nicht einmal zu träumen wagten, und sie teilten nicht nur ihre Magie, sondern auch ihr Leben.

Jeder wusste, dass sie instabil waren und asozial, weil sie niemanden brauchten. Sie schworen niemandem Treue, und so gut wie nie reihten sie sich in das Gefolge eines Warlords ein. Blutzwillinge vertrugen sich nicht mit anderen. Mit niemandem. Ihre Persönlichkeit war gestört, sie waren unfähig zu zwischenmenschlichen Bindungen. Ende der Geschichte.

Dumm nur, dass Harsh recht hatte. Ein Blutzwillingspaar mochte in der Lage sein, das aufzuhalten, was Carson umzubringen drohte.

Doch man musste schon sehr verrückt und mehr als verzweifelt sein, um Blutzwillinge um Hilfe zu bitten, bei was auch immer.

Nikodemus sah Carson an und wusste, wenn sie nicht überlebte, dann würde auch sein Herz sterben. Alle würden glauben, dass er immer noch derselbe Nikodemus wäre, doch das würde er nie mehr sein.

Ein Schritt nach dem anderen, sagte er sich. Er würde sich erst dann Gedanken um seine Zukunft machen, wenn er sicher sein konnte, dass sie Carson einschloss. Sollte er seinen Traum begraben müssen, eine Allianz gegen die Magier anzuführen – bitte! Er konnte auch im Hintergrund die Fäden ziehen. Mit Hilfe von Harsh, falls dieser bereit dazu war, oder vielleicht auch mit der Unterstützung einiger anderer, die wussten, dass sie ihm vertrauen konnten.

Er warf Harsh sein Handy zu. »Ruf sie an. Sag ihnen, dass wir unterwegs sind.«

17

Harsh ließ den Motor im Leerlauf, bis Carson und Nikodemus aus dem Haus kamen. Carson trug eins von Nikodemus' alten Shirts, da ihres inzwischen vollkommen ruiniert war. Durch einen Riss in ihrer Jeans schimmerte ihre Haut.

Nikodemus zwang sich, nicht länger auf ihre Beine zu starren, und schwang die Reisetasche, in die er das Nötigste gepackt hatte, in den Kofferraum. Besser rechnete er noch einmal nach, wie viel Zeit ihm noch blieb, bis sich entschied, ob er etwas wegen des Treffens mit den anderen Warlords unternehmen musste: eine Stunde, um zu den Blutzwillingen zu gelangen. Ein halber, vielleicht auch ein ganzer Tag, um die Dämonenmagie aus Carson zu lösen, die Rückkehr in die Stadt, Zeit, die sie brauchte, um sich zu erholen. Schlimmstenfalls würde ihm gerade ein Tag bleiben, um das Treffen mit den Warlords vorzubereiten. Das war machbar. Nicht ideal, aber zu schaffen. Selbst ohne Durians Hilfe.

Er hielt Carson die hintere Wagentür auf.

»Danke.« Sie wirkte angespannt und besorgt. Nun, das war er auch. Sie alle waren es.

Carson stieg ein und legte den Gurt mit einer Hand an. Nikodemus setzte sich neben sie. Ihr ging es jetzt besser als vorher. Die Medikamente halfen, die Schmerzen auf einem erträglichen Niveau zu halten, außerdem überwachte er sie immer noch, denn er wollte wissen, ob sie weitere Reaktionen auf die Dämonenmagie zeigte. Sie war ohne Hilfe die Treppen hinuntergestiegen, was mehr war, als er erwartet hatte. Das Copa stabilisierte weiterhin ihre Magie. Gut so. Ja. Nein.

Harsh brachte den Motor auf Touren. Der ehemalige Apotheker hatte sich ungefragt aus Nikodemus' Kleiderschrank bedient, doch er wirkte längst nicht so attraktiv in seinem Shirt wie Carson. Die stibitzte Jeans, die neue, die Nikodemus noch kein einziges Mal getragen hatte, saß nicht richtig, da Harsh um einige Zentimeter größer war als er. Und er hatte tatsächlich die Ärmel von Nikodemus' Lieblings-Shirt, dem roten mit dem witzigen Totenkopf, abgeschnitten. Bastard! Merkwürdigerweise sah Harsh in den Klamotten nicht – wie man annehmen sollte – aus wie ein Freak, sondern eher wie ein reicher Typ, der sich unters gemeine Volk mischen wollte.

Nikodemus fragte sich ein weiteres Mal, wer Harsh gewesen sein mochte, bevor er unter Rasmus' Joch geraten war. Kein Warlord jedenfalls. Das hätte er gewusst. Und der Typ hatte mit Blutzwillingen in Kontakt gestanden. Verspeiste er vielleicht auch Nägel zum Frühstück? Dazu kam, dass es unglaublich schwer war, in seinem Geist zu lesen. Nikodemus war sich nicht sicher, ob das an Harshs neuer Verbindung zu Carson lag oder ob das schon vorher so gewesen war.

Ganz sicher aber war Harsh vertraut mit teuren Autos. Er kannte sich aus, hatte nicht lange suchen müssen, wo sich was am Armaturenbrett oder sonst wo befand. Als hätte er selbst früher auch ein solches Auto gefahren.

»Alle angeschnallt?«, erkundigte sich Harsh.

»Ja, Mom«, erwiderte Nikodemus. Carson lachte, und er sah, wie Harsh in den Rückspiegel blickte. Natürlich hatte

Carson gelacht. Das ruinierte Shirt gehörte ja auch nicht ihr.

Harsh stöpselte einen MP3-Player in die Musikanlage des Mercedes, und als er sich mit dem Wagen in den Verkehr einreihte, erklang Mozarts Symphonie No. 41.

Na großartig! Harsh hatte sich offensichtlich zu beschäftigen gewusst, nachdem er seinen Kleiderschrank durchwühlt hatte. Und jetzt bestimmte er auch noch, welche Musik sie hören sollten.

»Hey, hoffentlich hast du die CD von ›Death Cab for Cutie‹ im CD-Player gelassen!«

»Entspann dich«, erwiderte Harsh und drehte die Lautstärke auf. »101 North, wir kommen!«

Eine Weile schwiegen sie alle. Nikodemus war kein großer Mozart-Fan, und er überlegte schon, ob er nicht den DVD-Spieler einschalten und sich zusammen mit Carson anschauen sollte, wie Jet Li den altchinesischen Briganten in den Hintern trat. Aber Harsh hatte gesagt, dass sie nur eine Stunde unterwegs sein würden, und so bliebe ihnen nicht genug Zeit, um den Wuschu-Meister ausreichend zu würdigen. Nikodemus rutschte auf seinem Sitz ein bisschen tiefer und verschränkte die Arme.

Carson legte ihm eine Hand aufs Knie, und er schloss seine Finger um ihre. Ihre Hand fühlte sich heiß an, und die Dämonenmagie, die sie ausstrahlte, machte ihn verrückt. Dämon und Hexe in einer Person. Unglaublich. Sie war schon ein tapferes kleines Ding.

Doch je länger das alles andauerte, desto deutlicher wurde ihm bewusst, in was für einer elenden Situation er steckte. Sein ganzes Weltbild war ins Wanken geraten. Es fiel ihm schwer, sich an den Gedanken zu gewöhnen, dass es tatsächlich eine Hexe gab, die er nicht töten wollte. Es war nicht einfach, wenn all die schönen Vorurteile, die man hatte, in sich zusammenfielen und ein lange gepflegtes Hassgefühl in Frage gestellt wurde. Verdammt.

Außerdem stand er in Carsons Schuld. Das allerdings war kein Problem für ihn. Und überhaupt, es gab ja noch genug Magier, die allesamt Schurken waren, jeder Einzelne auf dieser verdammten Welt außer Carson.

Er streichelte ihre Schulter, und er fühlte ein Prickeln dabei: Dämonenmagie vermischt mit Hexenmagie.

Unfassbar und irgendwie verstörend, dass er eine Art Verwandtschaft zwischen sich und Magellans Hexe empfand. Noch vor ein paar Tagen hatte er sich voller Vorfreude ausgemalt, wie er sie am besten umbringen könnte, und nun wollte er ihr Leben retten. Er *wollte* es nicht nur. Er *musste* es tun.

Jedes Mal, wenn er zu ihr hinschaute und sah, wie blass und niedergeschlagen sie war, mit dieser grässlichen Linie, die sich immer näher an ihren Kopf heranschlängelte, blieb ihm fast das Herz stehen.

Er strich über ihre Schläfe, ganz leicht, nur mit den Fingerspitzen, und er spürte, wie ihre Hexenmagie aufflackerte. Gleichzeitig fühlte sie sich an wie jemand aus seinem Clan. Er versuchte, seine Hoffnungen zu dämpfen, und er wusste, dass er verdammt noch mal keine weitreichenden Pläne schmieden sollte, aber zur Hölle, er war nicht bereit aufzugeben. Er konnte es einfach nicht.

Carson schluckte, als schmerze ihre Kehle. »Es ist heiß hier drin«, meinte sie. »Ist dir auch so warm?«

»Harsh«, sagte er laut genug, um Mozart zu übertönen, »kannst du die Klimaanlage aufdrehen, bitte?«

Eine Minute später wurden sie von kühler Luft überflutet. Nikodemus nahm ihren Arm und schob den Ärmel hoch – die Ärmel seines T-Shirts reichten ihr bis über den Ellbogen –, um nachzuschauen, bis wohin die Linie inzwischen reichte. Bis zur Hälfte des Bizeps, stellte er fest. Vielleicht dehnte sie sich nun ein wenig langsamer aus, doch wenn er sich nicht irrte, war sie dunkler geworden. Vorsichtig folgte er dem Streifen mit seinem Finger und spürte einen wirbelnden magischen Puls. Vertraut und verwandt, ganz eindeutig. Doch auch ihre Hexenmagie zog ihn an.

Er lehnte sich wieder zurück und schloss die Augen. Denk gut nach, ermahnte er sich. Nur Vernunft und Logik konnten ihm nun weiterhelfen. Sie war menschlich. Er war es nicht. Sie war eine Hexe oder zumindest mit diesem Talent geboren. Er war ein Dämon. Hexen und Dämonen waren von Natur aus Feinde.

Dummerweise interessierte es ihn einen Dreck, ob sie eine Hexe war, und außerdem war sie jetzt gar keine richtige Hexe mehr, oder?

Carson lehnte ihren Kopf an seine Schulter, und prompt löste sich alle Vernunft in nichts auf. Er legte einen Arm um sie und hauchte einen Kuss auf ihr Haar.

»Alles okay?«

»Ich habe Kopfschmerzen«, flüsterte sie.

»Es wird gleich besser, Süße, das verspreche ich dir.« Er nahm mehr Ibuprofen aus der Flasche und gab es ihr, abgelenkt davon, wie viel Schmerz sie wieder empfand.

Dreißig Meilen weiter war Carson eingeschlafen. Sie hatten die Städte mit ihren Einkaufszentren hinter sich gelassen und fuhren nun durch offenes Land. Und noch einmal fünf Meilen später sah Nikodemus die Sonne über den eichenbestandenen Hügeln aufgehen. Sie waren vom Marin County ins Sonoma County gelangt, und über mehrere Meilen hinweg sahen sie außer einem Kuhstall hier und da keine Gebäude.

»Wie geht es ihr?«, wollte Harsh wissen.

»Sie schläft.« Wieder schob er ihren Ärmel nach oben. Die Linie reichte nun bis an ihr Schultergelenk. »Wie lange noch, Harsh? Uns bleibt nicht mehr viel Zeit.«

»Es ist jetzt nicht mehr weit«, erwiderte Harsh, der die Geschwindigkeit beibehielt, obwohl sie inzwischen auf eine schmale Landstraße abgebogen waren, die sich durch die Landschaft wand. Eine ländliche Gegend mit Kühen, Schafen, Pferden und Wildblumen, denen die Sonne ihre bunten Farben zurückgegeben hatte.

Kurze Zeit später lenkte Harsh den Wagen auf einen unbefestigten Privatweg. Sie fuhren weiter in die Hügel hinein, holperten über die Spurrillen und gelangten schließlich in ein Tal.

Der Weg endete vor einem Farmhaus aus der Zeit um die vorletzte Jahrhundertwende, zu dem mehrere Nebengebäude gehörten. Harsh parkte hinter dem Haus auf einer Kiesfläche, direkt neben einem rostigen Pick-up.

Die beiden Männer stiegen aus. »Wie können Blutzwillinge sich ein solches Haus leisten?«, wollte Nikodemus wissen.

»Es gehört mir«, erklärte Harsh. »Damals war das Land noch billig zu haben.« Seine Augen verdunkelten sich. »Ich hatte nicht damit gerechnet, dass ich so lange fortbleiben würde.«

Und plötzlich begriff Nikodemus, was er schon längst hätte verstehen sollen, und sein Magen verkrampfte sich. Harsh ließ Blutzwillinge in seinem Haus leben? Dann waren sie mehr als lediglich Bekannte, viel mehr. Niemand ließ Blutzwillinge so nah an sich heran, wenn nicht mehr dahintersteckte als Freundschaft.

»Wer von den beiden?«, fragte Nikodemus. Es ärgerte ihn, dass Harsh unerwähnt gelassen hatte, dass er mit ihnen schlief.

»Fen«, sagte Harsh weich. »Die Schwester.«

Aber ganz sicher war er irgendwann der Liebhaber beider geworden. Musste es geworden sein, wenn die Beziehung auf Dauer hatte bestehen sollen. Es war unmöglich, dass irgendjemand sich zwischen Blutzwillinge stellte. Das Band zwischen ihnen war viel zu eng. Wollte man einen, bekam man beide, Außenstehende waren nicht erlaubt. Was bedeutete, dass Harsh nun ein Problem hatte. Sie würden ihn nicht zurücknehmen. Nicht, solange er mit Carson verbunden war.

Dessen schien Harsh sich durchaus bewusst zu sein.

»Lass uns hineingehen«, meinte Nikodemus, »und herausfinden, was uns erwartet.«

»Beherrsch dich, Warlord«, murmelte Harsh.

Nikodemus versuchte es. Und dämpfte seine Macht. Falls er nicht so schwach wie ein magieloser Mensch wirkte, würden die Zwillinge sofort glauben, der Warlord, der nun in ihrem Hof stand, wäre gekommen, um sie anzugreifen. Und ihr nettes kleines Treffen würde zu Ende sein, bevor es überhaupt begonnen hatte.

O Gott, wie sehr er sich wünschte, Durian wäre hier! Er hätte gewusst, wie er mit dieser Situation umgehen sollte. Er hätte die Blutzwillinge zur Kooperation überredet und sie glauben gemacht, es wäre ihre Idee gewesen zu helfen.

Nikodemus stützte Carson, als sie das Haus betraten. Die Tür führte direkt in die Küche. Eine ganz normale Küche.

Nun ja, nicht ganz.

Ein Viking-Herd. Marmorplatten. Eichenschränke und ein großer Kühlschrank aus Edelstahl. Von der Decke hingen Kupfertöpfe. Ein alter Hackblock stand im Kochbereich, und ein teures Messer-Set schmückte die Küchentheke. Irgendjemand hier kochte wohl sehr gern.

Die Zwillinge saßen am Küchentisch. Nikodemus konnte ihre Magie nicht auseinanderhalten. Sie fühlten sich absolut gleich an, doch das war bei Blutzwillingen nicht ungewöhnlich.

Harsh fuhr sich mit den Händen über den Kopf, erstarrte aber mitten in der Bewegung, als er sein kurzes Haar berührte. »Man gewöhnt sich nie daran«, murmelte er.

Der männliche Zwilling sah wie ein typischer Dämon aus: groß und muskulös, mit glattem braunem Haar, das locker in einem Pferdeschwanz zusammengebunden war. Fünf unheimlich wirkende, ungleich breite und intensiv kobaltblaue Streifen liefen senkrecht über die linke Hälfte seines Gesichts, von der Mitte seines Auges bis zur Schläfe.

Und trotzdem sah er gut aus. Sein Körper wirkte fit und gesund. Er machte den Eindruck, als könne er ohne Mühe Heuballen stapeln, dem Vieh Brandzeichen setzen oder einem Magier den Hals umdrehen.

Nun jedoch starrte er auf den Tisch und ließ sich nicht anmerken, dass er die Besucher auch nur wahrgenommen hätte.

Als Harsh zu ihrer Gemeinschaft gehörte, musste die männliche Hälfte des Zwillingspaars alle Gefühle seiner Schwester geteilt haben: Freundschaft, Verlangen, Lust. Und Liebe, falls auch die eine Rolle gespielt hatte.

Fen, die Schwester, war atemberaubend schön. Sie hatte

ihr mahagonifarbenes Haar straff zurückgekämmt, und als Nikodemus sich endlich auf etwas anderes als ihr fein gezeichnetes Gesicht konzentrieren konnte, hatte er den unangenehmen Eindruck, dass es kurz geschoren wäre. Doch dann bemerkte er, dass ein dicker roter Zopf über ihren Rücken hing. Im gesamten äußeren Rand der Ohrmuschel steckten winzige silberne Ringe, und Dutzende schmaler Silberreifen klimperten an ihren Handgelenken. Sie trug eine Bluse aus hauchdünnem weißem Stoff und einen roten BH darunter. Sehr rot gegen die helle Haut an ihrem Dekolleté.

Fen stand auf. Ihr Körper passte zu ihrem schönen Gesicht, war straff und athletisch. Sie bewegte sich mit ihren langen Beinen wie eine Ballerina. Jeweils fünf kupferfarbene Streifen in unterschiedlicher Breite zogen sich um ihre Unterarme.

Einer von ihnen – wahrscheinlich sogar beide – hatte seine Magie eingesetzt.

Der männliche Zwilling rührte sich immer noch nicht.

»Ich bin's«, sagte Harsh.

Fen blickte von ihm zu Nikodemus und dann zu Carson.

»Harsh«, sagte sie.

Sie hatte eine sexy Stimme. Nikodemus spürte das Prickeln der Zwillingsmagie, und er konnte nachempfinden, dass Harsh sich nicht nur wegen ihres Aussehens von ihr angezogen gefühlt hatte. Er wäre selbst in Versuchung geraten. Diese beiden verfügten über eine verlockende Macht. Und zum ersten Mal, seit sie Carson aus dem Auto geholfen hatten, glaubte er, dass es Hoffnung für sie gab.

Fens Blick wanderte über Carson, und ihr Gesicht verdüsterte sich. Ihre himmelblauen Augen schienen nicht wirklich fokussiert, die Augäpfel bewegten sich kaum merklich hin und her, doch Nikodemus ließ sich nicht täuschen. Er wusste, dass ihr keine Einzelheit entgangen war. Bei keinem von ihnen.

Carsons Hexenmagie erwachte stotternd zum Leben, wogte dann auf, und Nikodemus spürte, wie Adrenalin durch seine Adern schoss, als er gleich darauf die so vertraute Dämonenmagie fühlte.

Er legte den Arm um sie, ihre Haut war trocken und heiß; diese Hitze zog jegliche Energie aus ihr. Sie hatte Glück, dass sie noch auf ihren Füßen stand.

Fens Lippen wurden schmal. »Warum bist du nach all der Zeit zurückgekommen?«, fragte sie Harsh, schaute aber weiterhin Carson an. Keineswegs neugierig, sondern voller Hass.

Nein. Hass war es sicher nicht. Wahrscheinlich war sie bloß nicht glücklich. Gar nicht glücklich. Welcher Frau, Blutzwilling oder nicht, hätte es schon gefallen, dass ihr lang vermisster Lover nach Jahren mit einer anderen zurückkehrte?

»Ich war nicht frei«, erwiderte Harsh. Er trat einen Schritt vor, hielt dann aber neben Carson inne. Was ein großer Fehler war. Weil es so aussah, als wollte er an Carsons Seite treten. Fen schaute wieder zu Carson hin, ließ ihren Blick auf ihr ruhen.

»Iskander?«, sagte Harsh.

Carson umklammerte Nikodemus' Arm mit fieberheißen Fingern, richtete ihre ganze Aufmerksamkeit auf Iskander.

Durch seine Verbindung zu ihr konnte Nikodemus wilde Gier in ihr fühlen.

Himmel, wenn das nicht nach handfestem Ärger roch!

Iskander hob den Kopf, und Nikodemus spürte die aufflackernde Hitze, als Carsons und Iskanders Blicke ineinander versanken.

Irgendetwas hier stank zum Himmel, ganz gewaltig sogar. Iskander schaute Carson an, als wolle er sie auf der Stelle ins Bett zerren, und Fen sah aus, als würde sie Carson am liebsten den Grand Canyon hinunterschubsen.

Wären die beiden keine Blutzwillinge, wären die unterschiedlichen Reaktionen normal gewesen. Aber sie waren es, und deshalb stimmte etwas nicht.

»Was ist er?«, flüsterte Carson. Ihre Finger gruben sich fest genug in Nikodemus' Arm, um ihn abzulenken. »Nikodemus, was ist er?«

Gute Frage, dachte er.

18

Fen versuchte, sich mit ihrer Magie in Carsons Geist zu schleichen und herumzuschnüffeln. Nikodemus ließ sie eine Weile spielen, beobachtete, wie sie immer frustrierter wurde, als es ihr nicht gelang, seine Abschirmung zu durchbrechen, und unterbrach schließlich brutal ihren Versuch, in Carsons Bewusstsein einzudringen.

Zu jeder anderen Zeit wäre Carson allein mit Fen fertiggeworden. Ihr Verstand war fast perfekt gegen Dämonen geschützt. Doch zurzeit war sie angreifbar, und er wollte nicht, dass irgendjemand, schon gar nicht irgendein durchgeknallter Blutzwilling, von seiner Verbindung mit Carson erfuhr.

Fens Augen weiteten sich, als sie seinen Schlag spürte, aber er sorgte dafür, dass sie die Botschaft begriff: dass sie sich, verdammt noch mal, aus Carsons Bewusstsein herauszuhalten hatte.

»Wer bist du?«, wollte Fen wissen.

»Jemand, den du besser nicht verärgern solltest«, erwiderte er.

Das waren nun bereits zwei Dinge, die nicht so waren, wie sie hätten sein sollen: nicht nur, dass die Blutzwillinge ein und derselben Person gegenüber unterschiedliche Reaktionen zeigten, nun fragte Fen auch noch, wer er war. Sie hätte es wissen müssen. In dem Augenblick, als er durch die Tür getreten war, hätte sie erkennen müssen, wer er war, wenn nicht sogar schon früher.

»Ein Warlord«, sagte Harsh, der offensichtlich vermeiden wollte, dass Fen sich noch mehr in die Bredouille brachte. Wie aufmerksam von ihm, die Verrückte, die er liebte, schützen zu wollen.

Er tat Nikodemus leid. Wenn er die beiden betrachtete, dann bestätigte das seine Meinung, dass Liebe nichts als Elend brachte. Es musste wehtun, nach so vielen Jahren in sein Zuhause zurückzukehren und festzustellen, dass sich alles zum Schlechten verändert hatte, vor allem aber die Frau, die man über alles liebte.

Das war der Grund dafür, dass Nikodemus sich geschworen hatte, sich nie wieder zu verlieben: Es endete ja doch nur damit, dass man Ausreden für das Verhalten des anderen suchte. Das Unentschuldbare entschuldigen wollte. Liebe machte so dumm.

War er gerade dabei, eine solche Riesendummheit zu begehen? Noch war es nicht nötig gewesen, Carsons Verhalten irgendwie zu beschönigen. In der Zeit, seit er sie kannte, hatte sie sich wacker geschlagen – sie war ganz anders, als man es von einer Hexe erwartete. Das alles ging ihm ganz schön an die Nieren. Am besten wäre sicher, sie würde wieder gesund und er von ihr geheilt. Auf dass jeder sein eigenes Leben ohne den anderen führen konnte.

Iskander starrte Carson weiterhin so an, als hätte er in seinem ganzen Leben noch nie eine Frau gesehen. Lächerlich. Seine Schwester war so sexy, wie eine Frau nur sein konnte. Sie waren Blutzwillinge. Und natürlich schlief er mit ihr. Warum also zeigte er nicht die gleiche Reaktion wie seine Schwester, die ihre Abneigung mehr als deutlich ausstrahlte? Sie hätten wie ein einziges Wesen reagieren müssen.

Nikodemus sah Harsh an. »Du hast behauptet, sie seien Blutzwillinge«, sagte er.

»Sind sie auch.« Wieder wollte sich Harsh durchs Haar fahren, wieder hielt er mitten in der Bewegung inne, verschränkte dann die Arme vor der Brust.

Carsons Magie drohte erneut außer Kontrolle zu geraten. Im einen Moment war es nervenzerreißende Hexenmagie, im anderen gespenstisch vertraute Dämonenmagie.

»Ich dachte, magiegebundene Dämonen hätten kurzes Haar«, sagte sie. Dann machte sie einen Schritt auf Iskander zu, drehte sich aber noch einmal zu Nikodemus um. »Oder?«

»Er ist nicht magiegebunden«, erwiderte er. Allerdings fand er es ausgesprochen merkwürdig, dass Carson den gleichen – wenn auch offensichtlich nicht richtigen – Eindruck von Iskander hatte wie er von Fen. Aber er konnte beide fühlen. Nein, sie waren nicht magiegebunden. Einfach nur Freaks.

Fens himmelblaue Augen zeigten wieder diese unkontrollierten, ruckartigen Bewegungen, die Nikodemus an ein Beben erinnerten, dann hörte das Zittern plötzlich auf, und er spürte, wie Fen ihre Magie auf ihn losließ. Sie mochte verrückt sein, aber sie verfügte über verdammt viel Macht.

Diesmal ließ er zu, dass ihre Magie ihn berührte. Dabei war ihm unheimlich, dass Iskander nicht im Geringsten reagierte. Er zuckte nicht mal mit den Wimpern, als seine Schwester so viel Energie einsetzte.

»Halt sie von meinem Bruder fern, Warlord!«

Nikodemus zog Carson zurück, hielt sie an seiner Seite.

Harsh setzte sich Iskander gegenüber an den Tisch. Er streckte eine Hand aus und berührte dessen Finger. »Iskander?«

Endlich wandte Iskander den Blick von Carson ab, doch sein Gesicht zeigte keinen Ausdruck. Er hatte die gleichen himmelblauen Augen wie seine Schwester, aber sie wirkten leblos, ohne Seele. Als befände sich dahinter nichts als Leere. Wäre Nikodemus ihm unbekannterweise irgendwo auf der Straße begegnet, hätte er ihn für einen völlig »tauben« Menschen mit einem interessanten Stammes-Tattoo gehalten.

»Seit wann ist er schon so?«, wollte Harsh wissen und streichelte Fens Arm.

»Seit du fort bist.« Fen setzte sich ebenfalls, stützte die Ellbogen auf den Tisch. Sie beugte den Kopf und verschränkte die Hände im Nacken. Die Streifen auf ihren Unterarmen nahmen ein tieferes Rot an. Nach einer Weile hob sie den Kopf wieder. »An manchen Tagen geht es ihm besser. Dann spricht er ein paar Worte. Zieht sich selbst an. Hält alles in Ordnung. Aber meistens ist er so. Redet nicht. Bewegt sich kaum.«

Harsh legte seine Hand auf ihre. »Tut mir leid.«

O verdammt! Am liebsten hätte Nikodemus laut geflucht. »Soll das heißen, dass eure Verbindung zerstört ist?« Getrennte Blutzwillinge waren nutzlos für ihn. Und für Carson.

Iskanders Kopf fuhr hoch. Seine Augen blitzten, und für einen Moment wirkte er völlig unbeeinträchtigt. Magie brach aus ihm hervor, brennend heiße Magie. Irre. Völlig außer Kontrolle.

Harsh erstarrte.

Iskander blickte Carson an, und nun wirkten seine Augen lebendig. Wissend.

Carson schob Nikodemus' Arm weg und trat auf Iskander zu, die Handflächen erhoben.

Iskander sah ihr ruhig entgegen. Seine Augen begannen zu glühen, wurden dunkler, veränderten ihre Farbe zu einem tiefen Kobaltblau.

Die Luft knisterte vor Magie.

»Rühr ihn nicht an, Hexe!« Fen sprang auf. Ihre Hand schoss vor und schloss sich um Carsons verletztes Handgelenk, gerade, als Carson Iskander berühren wollte.

Es ging so schnell, dass Nikodemus keine Chance hatte, den Schmerz, der über sie beide hereinbrach, abzublocken.

Carson sank auf die Knie, erfüllt von unerträglicher Pein, doch Fen drückte weiter zu.

Nikodemus schnitt Carson von der Qual ab, bis es nur noch ein dumpfer Schmerz für sie und ein heißes Brennen für ihn war. Dann sammelte er seine Magie und zog durch ihre Verbindung auch Macht aus Carson, Hexen- und Dämonenkraft, ineinander verschlungen.

Fen drehte Carson das Handgelenk um, und sie alle rochen das Blut, als die Stiche aufrissen. Die Spannung im Raum stieg explosionsartig an. Nikodemus brüllte auf. Er hatte Fens Magie bezwungen.

»Lass sie los, sofort«, befahl er, während sie Carson noch immer beschimpfte. Sein Körper hallte von Carsons Schmerzen wider, gierte nach Blut, das frisch und warm durch seine Kehle floss.

Harsh saß immer noch unbeweglich da, sog tief die Luft ein. Der Geruch des Blutes erregte auch ihn, genau wie Nikodemus.

Der Einzige, der keine Reaktion zeigte, war Iskander.

»Glaub mir, Fen«, sagte Nikodemus mit gefährlich leiser

Stimme, »es wird dir bestimmt nicht gefallen, wenn ich verärgert bin.«

»Sie hat versucht, uns zu berühren!« Fen hielt immer noch Carsons Handgelenk umklammert und versuchte, ihre Magie wieder zu aktivieren. Doch nichts passierte.

Nikodemus lächelte sie an.

»Die Hexe wollte meinen Bruder anfassen«, zischte Fen.

Nikodemus schnitt ihr die Luft ab. Fens Augen traten hervor. »Ich sagte, lass sie los.«

Die Streifen auf Fens Armen glühten dunkelrot, doch endlich ließ sie Carson los.

Augenblicklich ließ der Schmerz nach, und im Ausgleich ließ Nikodemus wieder Luft in Fens Lungen, gerade so viel, dass sie am Leben blieb. Sie versuchte, sich aus seiner magischen Umklammerung zu befreien, aber er hielt sie weiterhin fest in seinem Griff. So leicht würde sie nicht davonkommen. Und sie sollte begreifen, dass er sie jederzeit wie einen Käfer zerquetschen konnte, wenn er es nicht auf der Stelle tat.

Verdammte Freaks, diese Blutzwillinge. Sie waren verrückt, allesamt. Eine gottverdammte Bedrohung.

Magie erfüllte den Raum. Von Fen stammte sie nicht, denn Nikodemus hatte sie noch nicht freigegeben. Was hieß, dass damit auch Iskander gebunden war. Und ganz sicher kam sie auch nicht von Carson. Sie hatte sich wieder aufgerichtet, schwer atmend, und hielt die verletzte Hand an ihre Brust gedrückt. Ihre Magie war im Moment vollkommen erloschen.

Harsh sprang so heftig auf, dass sein Stuhl umkippte. »Iskander?«

Nikodemus schaute zu Iskander hin und sah, dass dessen Blick wieder lebendig wirkte und auf Carson gerichtet war. Carson starrte aus fieberglänzenden Augen zurück. Sie machte einen Schritt auf ihn zu, streckte erneut die Hände nach ihm aus. Hellrotes Blut sickerte in den Verband.

Wäre sie nicht über die Beine des umgestürzten Stuhls gestolpert, hätte sie Iskander vielleicht doch noch berührt, und dann, na ja, dann hätte Fen vermutlich alles versucht, sie umzubringen.

Nikodemus packte Carson an den Schultern und zog sie zurück.

Er konnte die Zwillingsmagie in seinem Körper spüren, in seinem Kopf und in seinen Knochen. Und das nahm ihm die Zweifel daran, dass sie tatsächlich Blutzwillinge waren, was auch immer sonst mit ihnen nicht stimmte.

Dann ließ die Magie wieder nach, so plötzlich, als hätte jemand einen Schalter betätigt und sie ausgeknipst. Iskanders Augen wurden erneut leblos.

»Gib mich frei, Warlord.« Fen beugte den Kopf und berührte mit den Fingerspitzen ihre Stirn. »Ich werde mich benehmen.«

»Die Hexe steht unter meinem Schutz.« Und nicht nur das. Er war immer noch erregt, voller Verlangen nach Carson. »Hast du das endlich begriffen?«

»Ja«, erwiderte sie. »Die Botschaft ist angekommen.« Die Streifen auf ihren Armen nahmen allmählich wieder ihre normale Farbe an, doch Nikodemus wartete, bis auch das Glühen erloschen war.

Carsons Magie flammte auf, und sie spürten es alle vier. Die Hexenmagie mit voller Wucht, umflossen von der Dämonenmagie. Nikodemus' Erregung wuchs. Doch genauso unvermittelt sank Carsons Energie wieder in sich zusammen. Die Härchen in seinem Nacken richteten sich auf, und er konnte Carson gerade noch auffangen, bevor sie zusammenbrach.

»Bring sie nach oben«, sagte Harsh. »Erste Tür links.«

Während Harsh nach draußen rannte, um den Erste-Hilfe-Kasten zu holen, brachte Nikodemus Carson nach oben in ein Schlafzimmer mit angeschlossenem Bad. Die Blutzwillinge blieben unten.

Jemand hatte hier oben eine Menge Energie in die Renovierung gesteckt. Alte Häuser wie dieses boten in der Regel keinen solchen Komfort.

Carson rollte sich auf dem Bett zusammen. Sie zitterte am ganzen Leib. Nikodemus setzte sich neben sie.

Jemand klopfte an die Tür.

Harsh kam mit Nikodemus' Reisetasche und dem Erste-Hilfe-Kasten herein.

Carsons Magie erfüllte den ganzen Raum. Mit einer Macht, die einen Menschen hätte töten können. Carson setzte sich auf und legte die Hände an ihre Kehle, als wollte sie das schwarze Band fortziehen, das sich um ihren Hals wand.

»Ich kriege keine Luft mehr«, stieß sie hervor.

19

Es war Stunden später. Wie eine Kette spannte sich die schwarze Linie um Carsons Hals; das Ende verschwand im Nacken unter ihrem Haaransatz.

Gott sei Dank war das Gefühl, ersticken zu müssen, ziemlich schnell wieder vergangen, ohne dass ernsthafter Schaden passiert wäre.

Kurz zuvor hätte Nikodemus die dunkle Linie noch komplett mit seinem Finger nachziehen können: von Carsons Handfläche den Arm hinauf bis zur Schulter, von der Schulter um ihren Hals herum und dann im Nacken bis nach oben zum Haar.

Doch nun wirkte ihre Haut zwischen Hand und Schulter wieder vollkommen unberührt. In dem Augenblick, als die Linie ihren Nacken hinaufgestiegen war, hatte sie im unteren Bereich begonnen zu verblassen. Es würde nicht mehr lange dauern, bis sie vollkommen verschwunden war.

Nikodemus stützte Carsons Rücken. Sie zitterte immer noch.

Sie waren im Bad, Carson kniete auf dem Boden neben der Toilette. Ihr war schlecht geworden, und sie hatte sich übergeben müssen, bis sie nur noch würgen konnte.

Harsh stand in der Tür, schweigend, und passte auf Carson auf, während Nikodemus neben ihr kniete und sie hielt. Er wünschte, er könnte sich sein Herz herausreißen, denn es war die Hölle, zuschauen zu müssen, wie sie immer schwächer wurde, und nichts dagegen unternehmen zu können.

Er war sicher, dass es mit ihr zu Ende ging, und es schmerzte ihn zutiefst. So lange hatte sie durchgehalten, doch nun hatten ihre Seele und ihr Körper keine Kraft mehr. Sobald die Linie endgültig verschwunden war, würde Carson sterben.

Dieser grässliche Gedanke weigerte sich, aus seinem Kopf zu verschwinden. Ein schwerer Druck lag auf seiner Brust, und Nikodemus spürte, wie etwas in ihm zerriss. Ein Teil von ihm stand kurz davor, in Panik zu verfallen, der andere schaute unberührt zu, in dem klaren Wissen, dass er, wenn er in diesen dunklen Abgrund fiele, niemals mehr derselbe sein würde wie zuvor.

Er wusste, verdammt noch mal, nicht, wie ihm das hatte passieren können: dass er genauso die Kontrolle über sich verlor wie Iskander, und alles nur wegen Magellans Hexe. Doch hier war er nun, neben ihr, und wartete darauf, dass das Henkersbeil auf ihn herabfiel.

Aber noch lebte Carson, und er würde sich an jede Sekunde klammern, die verging. Bis er nicht mehr konnte.

Carson beugte sich vor und umfasste die Toilette. Nikodemus spürte, wie ihr Körper sich quälte, doch sie brachte nichts mehr hervor.

Die Verbindung zu ihr bestand weiterhin. In der einen Minute hätte er schwören können, dass sie zum Dämonenvolk gehörte, in der nächsten spürte er nichts als die Hexe in ihr. Dann wiederum fühlte sie sich an, als ob alles in Ordnung wäre, um nur einen Moment später so von aller Magie verlassen zu sein, als wäre sie ein gewöhnlicher Mensch. Zwischendurch stürmten gewaltige Gefühle auf ihn ein, hörte er ihren mentalen Aufschrei und nahm die nun schon vertraute Mischung aus Hexe und Dämon wahr. Und dann, so wie in diesem Moment, ließ ihre Verbindung nach, bis er gar nichts mehr spürte und schon befürchtete, dass jegliches Leben aus ihr gewichen war.

»Sie bedeutet dir viel, nicht wahr?«, sagte Harsh. Er trug nun seine eigene Kleidung und war scheinbar genauso versessen auf Eleganz, wie Durian es gewesen war. Olivgrüner Kaschmirpullover. Hose aus einem Seidengemisch. Auf Hochglanz polierte Schuhe. Alles exklusiv und teuer.

»Wenn sie nicht gewesen wäre, hätte Magellan Erfolg gehabt.« Nikodemus wandte sich um und blickte Harsh an, und er sah, dass der ihn aufmerksam betrachtete. Aufmerksam und ohne Vorurteile. Das machte es ihm leichter.

»Sie ist die Eine für dich, oder?«

»Ja«, erwiderte Nikodemus. Er war zu müde, um es abzustreiten. Irgendwann war es einfach passiert. Verbring ein bisschen Zeit im Kopf einer Frau, die dir deinen Hintern ein- oder zweimal in wirklich miesen Situationen rettet, und die Chancen sind groß, dass du dich in sie verknallst.

Er schaute wieder zu Carson hin. Sie hielt immer noch den Kopf gesenkt, und er konnte sehen, dass der Streifen in ihrem Nacken dunkler und breiter wurde.

»Wenn sie nicht gewesen wäre«, sagte er sanft, »dann stünden wir nun einem Magier gegenüber, der einen Warlord binden könnte, ohne auch nur ins Schwitzen zu geraten.«

Harsh schwieg.

Die Linie auf ihrem Körper verschwand immer schneller. Nikodemus setzte sich auf den Boden, zog Carson in seine Arme, und mit einem Seufzer lehnte sie sich an ihn. Körperlich verfiel sie zusehends, geistig entsprach sie einem Hurrikan der höchsten Stufe.

Sie war so klein, und in den allermeisten Jahren ihres Lebens hatte es niemanden gegeben, der auf sie aufgepasst oder sich darum gesorgt hatte, was mit ihr geschah. Da war niemand gewesen außer diesem gottverdammten Hexer, der sie benutzte. Nikodemus konnte sich nicht daran erinnern, wann er das letzte Mal jemanden mit seinem Leben hatte beschützen wollen. Jetzt wollte er es, doch nun hatte er nicht die Macht, sie zu retten.

»Ich weiß nicht, was ich für sie tun könnte«, sagte er. »Wäre sie eine von uns, wüsste ich es. Aber sie ist anders als wir.« Er lehnte seinen Kopf gegen die Wand. Er wollte nicht daran denken, dass sie im Sterben lag.

Harsh kaute auf seiner Unterlippe. Gerade als Nikodemus ihm sagen wollte, dass er woanders hingehen und dort seinen Nabel betrachten solle, hockte sich Harsh neben Carson und fasste sie an ihrem gesunden Handgelenk. Er wirkte äußerst konzentriert.

»Was, wenn nicht die Magie das Problem ist?«, meinte er schließlich.

»Das soll heißen?«

»Vielleicht ist ihr Körper das Problem. Sie ist kein Dämon. Ihre Physiologie ist menschlich.«

»Darauf wäre ich nie gekommen!«, sagte Nikodemus sarkastisch. Er strich über die schwarze Linie auf Carsons Hals. Energie floss in ihn, reine Dämonenenergie.

Harsh musste es auch gespürt haben, denn er sog hörbar den Atem ein und stieß ihn wieder aus. »Wenn sie zum Dämonenvolk gehörte, wäre dies nicht schlimmer als eine leichte Grippe für sie und nicht wie die Beulenpest. Ihr Körper ist anders konstruiert als unserer, und das ist es, was sie umbringt.«

»Und weiter?«

»Es gibt ein Krankenhaus in Olompali. Es ist klein, aber trotzdem sollte es den Ärzten dort gelingen, ihre Beschwerden zu lindern. Du hast alles getan, was du konntest, um sie geistig stabil zu halten. Nun müssen wir ihre körperlichen Probleme behandeln.«

»Sie kann nicht in das Krankenhaus gehen«, erwiderte Nikodemus und packte Harsh am Handgelenk. »Glaubst du nicht, ich hätte sie schon längst hingebracht, wenn das möglich wäre? Du weißt, was wir sind und was mit ihr passiert ist. Es ist unmöglich. Sie würde dort ganz sicher sterben.«

»Ich verstehe.« Harsh schaute ihn mit seinen braunen Augen so ruhig an, dass er es kaum ertrug. »Und was ist, wenn das Krankenhaus zu ihr kommt?«, wollte er dann wissen.

»Was soll das?« Nikodemus griff nach Harshs Gedanken, bereit, sie zu durchwühlen, ohne Erlaubnis und ohne Bedauern.

Doch Harsh wich zurück, nur aufgehalten durch Nikodemus' festen Griff um sein Handgelenk. Er errichtete eine ungeschickte, aber dennoch wirksame Abwehr. Nikodemus hätte sie mit Leichtigkeit einreißen können, aber er wartete, aus Respekt vor dem anderen, gleichzeitig nicht allzu weit davon entfernt, verdammt unhöflich zu sein.

Es war nicht das erste Mal, dass er den Verdacht hegte, Harsh sei nicht das, was er zu sein vorgab. Kein Warlord. Auch nicht selbst ein irrer Blutzwilling. Wäre das der Fall, wüsste er es. Aber er war auch kein normaler Dämon. Ein Durchschnitts-Dämon lebte nicht mit Blutzwillingen zusammen.

Nikodemus drückte Carson fester an sich und überlegte, ob er Harsh wirklich vertrauen konnte. »Was bist du?«, fragte er.

Harsh seufzte. »Ich gehöre zum Stab der USCF. Zumindest gehörte ich dazu, bevor ich magiegebunden wurde.«

»Zum Stab …« Nikodemus musste einen Moment nachdenken, bevor ihm einfiel, was das bei den Menschen bedeutete. »An der Universität von Kalifornien in San Francisco? An der Medizinischen Fakultät?«

Harsh nickte.

»Du bist Arzt?«

»Onkologe. Spezialisiert auf Krebserkrankungen des Bluts.«

»Du behandelst Menschen, die Krebs haben?« Dämonen nahmen keine Jobs in der Menschenwelt an. Sich mit Menschen einzulassen hieß, entdeckt oder gebunden zu werden. Dämonen mischten sich nur dann unter Menschen, wenn es nötig war. Sie lebten am Rand der menschlichen Gesellschaft, unbemerkt wie die Wildtiere in der Stadt – bis irgendjemand sie zufällig bemerkte. Menschen waren lediglich eine Quelle der psychischen Energie, von alters her Dämonenbeute.

»Ich bin kein Notarzt, Warlord.«

»Aber du warst auf der Universität.« Sein Herz machte einen gewaltigen Satz, der Widerhall seiner Gefühle war so mächtig, dass Carson es spürte und sich regte. Nikodemus machte eine Handbewegung. »Wie auch immer du das geschafft hast, wenn man bedenkt, was du bist – du bist ein Menschenarzt!« Er drückte Harshs Handgelenk so fest, bis er den Schmerz in dessen Augen sah, und er tat es mit Absicht. »Geh ins Krankenhaus und hol dir, was du brauchst.«

Harsh schluckte. »Ich bin nicht besonders gut darin.«

»Worin? Bist du kein guter Arzt?«

»Nein. Kein besonders guter Dieb.« Harsh versuchte, seinen Arm an sich zu ziehen, doch Nikodemus ließ nicht los, machte ihm deutlich, dass er ihn erst dann freigeben würde, wenn er es wollte.

»Du bist ein Dämon. Erklär mir also, warum du es nicht kannst. Langsam, damit ich es verstehe.«

»Bis ich fünfundzwanzig war, wusste ich nicht, was ich bin. Niemand wusste es. Auch nicht meine Eltern.«

»Du bist unter Menschen aufgewachsen?«

Harsh nickte. »Erst als ich Fen begegnet bin, begriff ich, was mit mir los ist. Sie war die Erste unserer Art, die ich kennenlernte. Iskander war der zweite.«

Nikodemus starrte ihn an. Er konnte es nicht fassen. Ein Dämon, der von Menschen aufgezogen worden war. Als Mensch. »Klar, dass du alles vermasselt hast.«

»Es gibt viele Dinge, die für dich selbstverständlich sind, Warlord, die ich aber nie gelernt habe. Eine Menge Dinge, in denen ich nicht gut bin.«

»Kein Wunder, dass du gebunden wurdest.«

Harsh antwortete nicht. Hm. Es lag eine ganze Welt in diesem Schweigen. Würde er jetzt eine Entschuldigung für eine gewisse rothaarige Soziopathin vorbringen?

»Ich mache dir eine Liste von allem, was ich brauche«, sagte Harsh schließlich.

»Okay. Tu das.«

Gegen drei Uhr verließ Nikodemus das Hospital. Er hatte seine Verbindung mit Carson unterbrechen müssen, um sich ganz darauf konzentrieren zu können, dass niemand ihn sah oder sich an ihn erinnern würde, während er das gesamte Krankenhaus durchstöberte. Den Kofferraum vollgepackt mit medizinischen Hilfsmitteln, fuhr er dann zurück zum Zuhause der Blutzwillinge.

Er hatte Glück, dass die Beamten vom Sonoma County Sheriff's Department an diesem Nachmittag nicht den Bereich kontrollierten, durch den er fuhr. Nachdem er die Stadt verlassen hatte, ließ er die Nadel am Tacho nicht unter sechzig Meilen fallen.

In dem Moment, als das Farmhaus in Sicht kam, versuchte er, die Verbindung zu Carson wieder aufzunehmen. Doch es kam nicht der kleinste Schimmer einer Antwort. Das Heck des Mercedes brach bei fünfundsechzig aus, bei achtzig hatte er das Auto wieder im Griff.

Fen stand an der Vordertür, als er den Wagen um die letzte Kurve jagte und dann in die Bremsen trat. Sie lief die Stufen hinunter. *O ja,* dachte er, *sie sieht fantastisch aus, aber sie ist nicht Carson.*

»Die Hexe lebt noch«, sagte sie, aber es klang, als hätte sie ihm lieber eine andere Neuigkeit verkündet. »Ich soll dir helfen, das Zeug nach oben zu tragen.« Sie hob graziös die Arme. Nikodemus hatte nicht gesehen, dass sie sich je anders als graziös bewegt hätte.

Während sie die Treppe hinaufgingen, konnte er das Aufflackern von Carsons Magie spüren. Endlich war da wieder dieses schon vertraute Gefühl. Dem Himmel sei Dank! Er war nicht zu spät gekommen.

Er und Fen luden die Kartons im Schlafzimmer ab.

»Hey«, sagte Harsh, als Fen einen Karton aus Hüfthöhe auf den Boden fallen ließ. »Pass auf. Es sind auch zerbrechliche Sachen dabei.«

Nikodemus konnte immer noch nicht fassen, dass Harsh

von Menschen aufgezogen worden war. Das nannte man dann wohl eine »zerrüttete Kindheit«.

Fen ging zwar in die Knie, ließ aber auch den nächsten Karton fallen.

Nikodemus nahm ihr die restlichen Kartons ab. »Wenn irgendetwas zerbrochen ist, wirst du den Ersatz besorgen«, sagte er.

Ohne ein Wort ging sie zur Tür. Es war typisch für das Benehmen eines Blutzwillings, doch obwohl er das wusste, ärgerte er sich. Nikodemus mochte sie nicht. Und sie war diejenige, die Harsh in das Leben seines Volks eingeführt hatte? Es war ein Wunder, dass er nicht ebenso gestört war wie sie.

An der Tür drehte Fen sich noch einmal um und beobachtete, wie Harsh die mitgebrachten Mittel überprüfte. Ihre Armbänder klimperten leise. »Menschliche Medizin wird ihr nicht helfen, das zu überleben. Lass sie gehen, Warlord. Warum willst du das Unvermeidliche hinauszögern?«

»Hau ab«, sagte Nikodemus.

»Es gibt einen See in der Nähe.« Ihre Armbänder klimperten lauter. »Dort kannst du sie entsorgen.«

Harsh griff nach einem Plastikbeutel, in dem sich eine klare Flüssigkeit befand. »Ringer-Laktat-Lösung« stand darauf, eine Skala war eingezeichnet, und es gab viel Kleingedrucktes. »Fen, das ist nicht sehr hilfreich«, meinte er dabei. »Nikodemus, hast du auch an das Blutdruckmessgerät gedacht?«

»Danke für den Tipp«, sagte Nikodemus im gleichen Moment, und anders als Harsh schaute er Fen in die Augen. »Und jetzt verzieh dich. Wenn du es auf die Liste geschrieben hast, Harsh, dann ist es auch dabei.« Er zeigte auf einen der Kartons. »Schau mal in den da rein.«

Harsh bereitete alles Nötige für eine Infusion vor, dann

maß er Carsons Blutdruck, leuchtete ihr in die Augen und in den Rachen. Und tat all den Mist, den ein Menschenarzt halt sonst noch unternahm, um herauszufinden, was seinem Patienten fehlte. Schließlich verabreichte er ihr ein Medikament, von dem er behauptete, dass es ihr die Übelkeit nehme und ihr helfen würde, sich zu entspannen.

Nikodemus setzte sich auf die Bettkante, gegenüber der Seite, wo der Infusionsbeutel an der Gardinenstange befestigt war. Die schwarze Linie war bis auf ein kleines Stück an Carsons Nacken verschwunden. Er hielt ihre Hand und führte seine eigene Überprüfung durch. Ihr geistiger Zustand war nicht gut. Was ihre Magie betraf, stand sie näher am völligen Chaos als je zuvor.

Carson stöhnte auf und kratzte sich dort, wo die Infusionsnadel in ihre Hand stach. Doch Harsh hatte das vorausgesehen und die Nadel mit einer dicken Schicht Leukoplast fixiert. Und so ließ Nikodemus sie eine Weile kratzen. Schließlich schloss sie die Augen, doch sie schlief nicht. Sie atmete, und Nikodemus achtete darauf, dass ihre Verbindung nicht abbrach.

Harsh überprüfte erneut ihre Augen und ihren Puls. »Jetzt können wir nur noch abwarten«, sagte er.

Sie blieben beide bei ihr. Harsh checkte mehrere Male die Infusion; meistens aber saß er auf dem Boden und sortierte das, was Nikodemus für ihn gestohlen hatte. Spritzen. Nadeln. Ringerlösung. Pillen in verschiedenen Formen und Farben. Nikodemus hoffte, dass wenigstens ein Teil all dieser Sachen ihr helfen würde.

Carson schlief. Oder die Medikamente hatten sie betäubt. Nun konnte sich Nikodemus für eine Weile von ihrem chaotischen Geisteszustand erholen.

Harsh nutzte die Gelegenheit, um den Verband von ihrem Handgelenk zu lösen und die Wunde erneut zu nähen, diesmal mit einer geeigneteren Nadel und dem richtigen Faden. Carson war eindeutig weggetreten, denn sie zuckte nicht ein einziges Mal zusammen, und Nikodemus spürte, dass ihr nicht bewusst war, was da mit ihr passierte.

Harsh maß erneut ihren Puls, hörte sie ab, legte ihr dann die Blutdruckmanschette an und begann zu pumpen.

»Und?«, fragte Nikodemus, als Harsh das Stethoskop beiseitelegte.

»Jetzt hat sie niedrigen Blutdruck statt himmelhohen.«

»Ist das gut?«

Er sah, dass Harsh überlegte, was er antworten sollte. »Sagen wir mal so: Es ist keine Katastrophe.«

Nikodemus legte ihr die Finger an die Schläfe und konzentrierte sich auf die gleiche Weise wie Harsh. »Sie hat sich komplett in sich selbst zurückgezogen.«

Harsh hatte sich wieder auf den Boden gesetzt und sortierte weiter seine Pillen. Seine Finger bewegten sich schnell, als er Schachteln und Fläschchen ordnete. »Die Magie überlasse ich dir, Warlord.«

»Ich habe schon Dämonen erlebt, die das nicht so lange ausgehalten haben«, sagte Nikodemus.

Nun blickte Harsh auf. »Du hast das schon einmal erlebt?«

»Bei Dämonen. Nicht bei Menschen. Es ist die einzige Möglichkeit, einen Dämon zu retten, der von einem Magier eingeschlossen wurde. Es kommt immer wieder vor: Sie trennen einen Dämon von seiner Magie und sperren sie ein. Wer auch immer ein solches Behältnis besitzt, gewinnt Macht.«

»Wie durch einen Flaschengeist?«

»Nur dass es keine drei Wünsche gibt. Dafür Magie, die

nie versiegt. Irgendwann haben die Hexer dann begonnen, ein bisschen herumzuspielen, und entdeckt, dass sie die Magie auch in sich aufnehmen können. Fen und Iskander haben dir von dieser Art des Eindringens erzählt, nicht wahr?«

Harsh nickte.

»Nun, bei Carson war das Eindringen nicht beabsichtigt. Wir Dämonen überleben es, wenn wir stark genug sind. Für Magier gilt das Gleiche. Nur einige wenige haben heutzutage noch die entsprechende Kraft. Magellan. Rasmus. Dharma in Indonesien. Und noch ein paar mehr.«

Er sah Harsh nachdenklich an. »Wir leben länger als menschliche Wesen. Auf einen Magier, der einen Dämon auf diese Weise in sich aufnimmt, überträgt sich nicht nur dessen Magie, sondern auch seine Langlebigkeit.« Nikodemus seufzte. »Vieles von dem Wissen darüber ist während des Dunklen Zeitalters der Menschen verloren gegangen. Und danach fing der Ärger an. Einige Magier beschlossen, die glorreiche Zeit der Unterdrückung und des Tötens wieder aufleben zu lassen, ohne sich jedoch die gleichen Einschränkungen aufzuerlegen wie ihre Vorfahren. Ab und zu tauchen solche Talismane auf, doch heute werden sie kaum noch hergestellt. Inzwischen ziehen es die Magier vor, sich Drogen zu spritzen. Und wir versuchen, solche Talismane nicht in die Hände der Hexer gelangen zu lassen.«

Nikodemus wandte sich zu Carson um. Ihr Atem ging nur noch schwach. Er strich ihr das Haar aus dem Gesicht und flocht es zu einem Zopf, damit es ihr nicht ständig an der Haut klebte. Die Strähnen fühlten sich so weich an wie Seide.

Dann legte er sich neben sie, massierte ihr die Verspannungen aus den Schultern und den Schenkeln, denn viel mehr Erleichterung konnte er ihr nicht verschaffen. Die Assimilation ließ sich nicht aufhalten. Er hatte Dämonen gekannt, die derartige Magie in sich aufgenommen und nicht halb so lange wie Carson überlebt hatten. Immer wieder sagte er sich das. Dass sie es schließlich bis jetzt geschafft hatte.

Harsh hatte inzwischen sämtliche Utensilien und Medikamente geordnet auf eine Kommode gelegt. Nun schaute er über die Schulter hinweg zu Nikodemus hin. »Ich kann sie fühlen«, sagte er. »Es ist besser, du gibst ihr noch etwas Copa.«

Nikodemus stand auf und zog die Flasche aus seiner Hosentasche. Versuchte, sie zu öffnen. Dämlicher kindersicherer Verschluss.

»Carson«, flüsterte er. Er stemmte ein Knie gegen das Bett und beugte sich über sie, wagte es, die Verbindung zu ihr wieder aufzunehmen, formte ein hauchdünnes Band, so fein wie Nebel. Sie reagierte auf seine Stimme genauso wie auf die Verbindung. »Nimm das!«

Sie gehorchte. Schluckte die Kapseln hinunter.

Nikodemus war nervös, weil er sich so sehr wünschte, er könne etwas für sie tun. Irgendetwas. Er wollte nicht untätig bleiben. Doch es gab nichts, was er zu tun wagte, so schwach, wie sie war. Er hasste es.

Dann sah er Harsh an und hielt ihm die Flasche hin. »Willst du auch was?«

Der Dämon stemmte die Hände gegen den Türrahmen. Von Menschen großgezogen. Von einem Paar Blutzwillinge in sein Erbe eingeführt. Armer Teufel!

»Nein danke«, erwiderte Harsh.

Wieder wanderte Nikodemus' Blick zu Carson, die blass und verschwitzt im Bett lag. »Kannst du ihr nicht irgendetwas anderes geben? Gibt es denn gar nichts bei all dem Zeug, was sie am Leben erhält?«

»Ich kann ihr nicht noch mehr Opiate verabreichen«, erwiderte Harsh. »Noch nicht.«

»Wir werden sie verlieren, nicht wahr?«

»Falls sie stirbt, wird es bald sein.« Er senkte die Stimme. »Falls«, betonte er. »Ich habe ›falls‹ gesagt!«

Nikodemus' Hand war viel zu fest um die Copa-Flasche geschlossen. »Wenn sie ein ganz normaler Mensch wäre: Wie lange würde es noch dauern?«

»Eine Stunde. Vielleicht auch weniger.«

20

Carson? Hey, Süße!

Träumte sie? Carson befand sich in einem eigenartigen Zustand. Sie schlief nicht wirklich, aber sie war auch nicht richtig wach. Alles wirkte verschwommen, und sie war nicht sicher, ob die Stimme, die sie hörte, ihrem Traum entsprang oder der Wirklichkeit. Doch irgendetwas in diesen Worten mahnte sie zu antworten.

O verdammt, verschwinde, wenn du nicht helfen kannst!

Jemand beugte sich über sie, sie spürte den warmen Atem an ihrer Wange. Weiche Lippen drückten sich auf ihre Stirn.

Ich brauche dich, Carson. Bitte. Verlass mich nicht.

Sie versuchte, ihre Augen zu öffnen, doch nichts geschah.

»Carson?«

Gott, es war wirklich nicht einfach, und als es ihr endlich gelang, konnte sie nichts anderes sehen als Linien und Winkel, die sich weigerten, sich zu einem Bild zusammenzusetzen, das sie verstand. Sie blinzelte. Immer noch lehnte sich jemand über sie. Sie versuchte, sich auf sein Gesicht zu konzentrieren.

Nikodemus strich die Haare beiseite, die ihr in die Stirn fielen. »Du musst aufwachen, Carson, unbedingt. Meinst du, du schaffst das?« Seine Stimme klang flehend. »Bitte!«

Sie hob ihre gesunde Hand und berührte ihn an der

Brust. Wie merkwürdig, dachte sie. Es passiert ja gar nichts. Da war keine Energie, die von ihr zu ihm floss, keine brüllende Hitze mehr in ihren Adern. Warum? »Es fühlt sich nicht gut an«, flüsterte sie. »Du bist nicht magiegebunden.«

»Carson?«

Ihr Verstand fing wieder an zu arbeiten, wenn auch wie in Zeitlupe. Als wollte ihr Bewusstsein den Ort nicht verlassen, an dem sie gewesen war.

Und doch kehrte sie mit ihren Gedanken in die Gegenwart zurück. Sie war bei Nikodemus. Irgendwo in diesem Haus saß Harsh auf einem Bett, den Kopf in die Hände gestützt. Sie spürte auch Iskander, und als sie an ihn dachte, hätte sie schwören können, dass auch über ihr Gesicht solche Streifen liefen wie über seines.

Ihr Körper schmerzte. Jeder Atemzug brannte. Ihre Gedanken wirbelten durcheinander, zerbrachen.

Nikodemus griff in seine Tasche und zog eine braune Medikamentenflasche hervor. Er öffnete den Verschluss und ließ eine dreieckige Pille in seine Hand gleiten.

»Hier!«

Der erdige Geruch erinnerte sie an seine Kopfschmerzmedizin. Er hielt ihr die kleine Pille an die Lippen. Sie versuchte, sie zu nehmen, aber ihre Hand zitterte zu stark. Die Tablette begann zu bröckeln.

Carson öffnete den Mund, und Nikodemus, der neben ihr auf dem Bett saß, legte ihr die Pille auf die Zunge. Der scharfe Geschmack ließ sie zusammenzucken.

Carson fühlte sich, als wäre sie in einem fremden Land und hätte gerade Nikodemus als jemanden aus der Heimat erkannt. Sie waren von gleicher Art.

Woher, um Himmels willen, kam dieser Gedanke?

Ihre Haut war heiß und trocken. »Du bist sehr krank, Carson«, sagte Nikodemus. »Das ist dir bewusst, nicht wahr?«

»Ja.« Es zog ihr das Herz zusammen. Sie würde sterben. Wegen Magellan.

Er strich ihr das Haar hinters Ohr, und seine Finger blieben dort. »Der Talisman, den du Magellan weggenommen hast, ist aufgebrochen. Die ganze Macht ist in dich geströmt. Erinnerst du dich daran?«

Sie nickte. Ihr Kopf war bleischwer.

»Harsh glaubt, dass du stirbst.« Er streckte ihren verletzten Arm, bog ihre Finger zurück, sodass er die Handfläche berühren konnte. Ein winziger, grau-schwarzer Punkt war alles, was von dem Mal zurückgeblieben war. »Er fürchtet, dass du es nicht schaffst.«

»Aber wenigstens hat Magellan den Talisman nicht bekommen.« Sie drehte ihre Hand nach oben und nach unten. Schmerz flammte in ihr auf, und sie konnte nur noch darauf warten, dass das Brennen nachließ. Sie lehnte den Kopf zurück aufs Kissen. Ihr Körper war leer. Welche Magie auch immer sie verschlang, sie hatte ihr bereits alles genommen, was in ihr war.

»Es war es wert«, flüsterte sie.

»Carson, ich denke, es gibt eine Möglichkeit, dich am Leben zu erhalten«, sagte er.

Sie musste aufpassen, wohin sie schaute. Ihre Augen waren nicht in der Lage, sich auf die unterschiedlichen Distanzen einzustellen. Und auch mit ihren Ohren stimmte etwas nicht. Wann immer sie den Kopf bewegte, wurde ihr schwindelig. Nikodemus hatte seinen Blick auf sie gerichtet. Seine Augen schienen hinter einem Nebel aus grauen, blauen und schwarzen Schatten zu verschwimmen.

Und plötzlich hatte Carson Angst.

»Hör zu«, fuhr er fort. »Hör einfach zu, ja?« Er brachte seine Lippen nah an ihr Ohr. »Ich will nicht, dass du stirbst. Du darfst nicht sterben, Carson, begreifst du das? Nicke oder tu sonst was, wenn du das verstanden hast.«

Ihr Kopf auf dem Kissen bewegte sich, und sie brauchte ihre gesamte Kraft dafür.

»Ich kann dich jetzt als zur Sippe gehörig spüren, und wenn du zur Sippe gehörst, dann kannst du mir Treue schwören, Carson. Das wird eine bleibende Verbindung zwischen uns herstellen, und ich denke, genau das wird die zerstörerische Kraft der Talisman-Magie stoppen.« Er sprach schnell und leise. »Wenn es funktioniert, wirst du mir gehören, wird ein Teil von mir auch in dir sein. Natürlich könnte es sein, dass es nicht auf die gleiche Weise funktioniert, weil du nicht wirklich ein Dämon bist. Aber ich glaube nicht, dass das passiert.« Seine Stimme klang gepresst. »Es ist keine Einbahnstraße, Carson, so wie bei der Verbindung, die wir bereits hatten. Wir werden beide Verpflichtungen haben. Und man kann nicht davon zurücktreten. Niemals.«

Wieder ließ ihre Sehkraft nach. Sie blinzelte, schaffte es schließlich, ihren Blick auf sein Gesicht zu konzentrieren. Der Ausdruck in seinen Augen war hart.

Carson nickte.

»Noch ein Letztes, Carson. Mit dem, was ich vorhabe, breche ich ein Tabu. Du magst dich für mich so anfühlen, als würdest du zur Sippe gehören, doch du bist eine Hexe. Und noch dazu in völligem Chaos gefangen. Ich glaube nicht, dass irgendjemand mein Vorgehen gutheißen wird.« Er drückte ihre Hand. »Nick einfach, wenn du einverstanden bist. Wenn du nicht nicken kannst, dann drück meine Hand.«

Sie schluckte. »Wann?« Ihr Mund war wie ausgetrocknet.

»Jetzt. Wir können es uns nicht leisten zu warten.« Er holte tief Luft, dann fasste er ihr Kinn und drehte ihren Kopf so, dass ihre Kehle entblößt war. »Sprich mir die Worte nach, Carson, oder wiederhole sie in Gedanken. Beides funktioniert. *Auf mein Blut verspreche ich dir Treue, Warlord Nikodemus. Ich werde dir nie etwas Böses zufügen und dich gegen alle deine Gegner verteidigen, so gut ich es vermag und ehrlichen Sinnes.*«

Sie verspürte ein Pulsieren in ihrem Kopf, bereits vom ersten Wort an hatte sie Nikodemus weit intensiver als zuvor wahrgenommen. Sie fühlte seine Präsenz in ihrem Inneren wachsen, dichter werden.

Als sie den Schwur beendet hatte, schlossen sich seine Finger fester um ihr Kinn. »Gut gemacht, Carson«, lobte er, dann half er ihr, sich aufzusetzen. Und plötzlich ließen ihre Schmerzen nach. Seine Kraft strömte in ihren Körper.

Mit seinem Fingernagel fuhr Nikodemus über ihre Kehle.

Anfangs spürte sie lediglich die Berührung, doch dann tat es weh. Sie zuckte zusammen, als sie den kalten Schmerz immer stärker in ihrem Kopf fühlte.

Doch Nikodemus hielt sie so, dass sie sich nicht bewegen konnte, einen Arm um ihre Taille, die andere Hand stützend an ihren Kopf gelegt. Er war stark. Viel stärker, als sie erwartet hatte. Sie kämpfte darum, ruhig zu bleiben. Er war so … überwältigend.

Er senkte den Kopf und sog tief die Luft ein. Blutstropfen rollten ihren Hals hinunter, zogen eine Spur aus Hitze hinter sich her. Nikodemus hielt Carson fester, bog ihren Kopf zurück.

»Lass mich ein, Carson«, flüsterte er.

Zunächst wusste sie nicht, wie sie das machen sollte, doch

dann erinnerte sie sich daran, wie er das erste Mal in ihr Bewusstsein eingedrungen war und wie sie sich entspannt hatte. Genau das tat sie nun auch. Und war überrascht, mit welcher Kraft sie ihn plötzlich in sich spürte. Er ließ seine Magie in sie fließen, sanft wie ein Rinnsal zunächst, doch dann immer mächtiger.

Carson fühlte seinen warmen Atem an ihrem Hals, dann berührten seine Lippen den Schnitt, den er gezogen hatte. Sie spürte seine Zunge, wie sie sich bewegte, ihr Blut aufnahm. Und in dem Moment, als er ihr Blut kostete, flutete eine Woge aus schimmernder Hitze durch ihren Körper.

Seine Zunge folgte dem Weg, den ihr Blut genommen hatte, hinunter zu ihrem Schlüsselbein, und dann küsste er sie dort, wo das Blut sich sammelte.

Carson fühlte sich bis in ihr Innerstes erschüttert. Noch immer spürte sie seine Lippen, seine Zähne, fühlte, wie sich seine Energie bis in den letzten Winkel ihres Körpers ergoss.

Sie stöhnte auf, und es war ein sinnlicher Laut. Sie wünschte sich, dass er sich an ihrem Blut satt trank. Sein Körper fühlte sich so gut an ihrem an. Warm und lebendig.

Dann lösten sich seine Lippen von ihr, und Carson wandte sich ihm wieder zu. Sie fühlte sich benommen, zittrig.

Seine Brust hob und senkte sich, während er tief ein- und wieder ausatmete. Seine Hand lag immer noch an ihrem Kopf, und nun drehte er seinen Kopf und ritzte sich die Haut, bis ein roter Streifen erschien. Langsam drückte er Carsons Kopf zu sich herunter.

Der Blutgeruch stieg ihr in die Nase, während sie sich seiner Haut mit ihrem Mund näherte. Ihr Magen zog sich zusammen, rebellierte.

»Du musst es beenden«, flüsterte er. »Es ist nicht gut, wenn es nicht beendet wird.« Er hielt sie nah, so nah, als seien sie Liebende. Die Hitze seines Körpers drang in ihren ein, ihre Hände waren gegen seine harten Muskeln gedrückt. Carson vertraute ihm. Schließlich hatte er ihr schon mehr als einmal das Leben gerettet.

Ihre Lippen berührten seine Haut. Seine Hand drückte sie fester nach vorn. Carson öffnete den Mund. Sie schmeckte sein Blut, heiß und bitter. Zu heiß und zu bitter. Zu süß, um es zu ertragen.

Er füllte alles in ihr aus, und Carson wusste, es war perfekt. Sie passten perfekt zusammen.

Ihre Welt veränderte sich. Sie verband sich mit Nikodemus, geistig und körperlich. Hitze raste durch sie hindurch. Nikodemus beugte den Kopf weiter zurück, und sie begann den Geschmack seines Bluts zu genießen. Er hielt sie fest an sich gedrückt und streichelte ihren Rücken.

Unvermittelt waren all ihre Schmerzen verschwunden.

Carson entspannte sich und legte ihm die Arme um die Schultern, als suche sie Halt.

»Ja«, sagte Nikodemus leise, zog ihren Kopf leicht zurück, sodass sie ihn anschauen musste.

Sie sah in sein Gesicht, seine blauen Augen, in denen es nun silbern schimmerte. Und sie wusste, dass sich in ebendiesem Augenblick etwas zwischen ihnen änderte: Es ging nicht mehr nur darum, dass sie ihm Treue geschworen hatte oder nun eine immerwährende Verbindung zwischen ihnen bestand. Etwas anderes war hinzugekommen.

Mit einem kaum spürbaren Druck brachte Nikodemus ihren Kopf wieder näher zu sich heran. Gleichzeitig beugte er sich vor, bis sein Mund nur Millimeter von ihrem entfernt war.

Er ließ ihr die Wahl, wie es weitergehen würde.

Carson schloss die Distanz zwischen ihnen, drückte ihren Mund auf den von Nikodemus. Blut mischte sich auf ihren Lippen, ihres mit seinem.

Er bewegte sich leicht, sodass ihre Körper einander noch näher kamen. Doch immer noch nicht nah genug.

Seine Lippen waren zärtlich, und während er sie küsste, floss seine Magie über die Verbindung zwischen ihnen, die so straff schien wie ein Seil kurz vor dem Zerreißen. Seine Finger strichen sanft über ihre Kehle, glitten tiefer, zeichneten die Kurven ihrer Brüste nach und wanderten weiter zu ihrem Bauch, ihrer schäbigen Jeans. Und die ganze Zeit über küsste er sie.

Doch dann zog er sich zurück. Und in dem Moment, als er sich von ihr löste, brach ein Wirbel an Wahrnehmungen über Carson herein. Als hätte sich ihr eine neue Dimension erschlossen. Alles war bunter, klarer umrissen, jeden Laut nahm sie deutlicher wahr. Es überwältigte sie. Sie schwankte. Und Nikodemus nahm sie in die Arme, bevor sie … bevor sie was? Seine Berührung ließ sie ruhiger werden, half ihr, die neuen Eindrücke zu ordnen.

»Ich sage nicht Nein«, flüsterte sie. Nikodemus stand trotzdem auf. »Geh nicht«, fügte sie hinzu.

»Niemals.« Er nahm das Copa-Fläschchen, schüttelte drei Pillen heraus und stellte die Flasche auf den Nachttisch, dann setzte er sich wieder. Er berührte sie mit einem Finger am Hals, und sie umfing sein Handgelenk und zog ihn näher zu sich.

»Bist du sicher, dass du das willst?«, fragte er.

»Ja.« Carson nickte.

»Also, dann …« Er gab ihr eine der Pillen, die restlichen beiden schluckte er selbst.

21

Verlangen überflutete Carson, heißes, wildes Verlangen, das sie bis in die Fingerspitzen spürte. Sie ließ sich tiefer in Nikodemus' Umarmung fallen. Einen Kuss wie seinen hatte sie noch nie erlebt. Kein einziges Mal in ihrem Leben. Sie schmolz unter der Zärtlichkeit seiner Lippen dahin, alle ihre Sinne schienen überempfindlich.

Wie konnte jemand, der so groß und stark und männlich war, so herzzerreißend zärtlich küssen? Sein Mund bedeckte ihren, und Carson schmeckte das Copa.

Mit jeder Sekunde, die verging, fühlte sie sich besser und stärker, gewann sie ihre Kraft zurück. Sie lehnte sich vor, bis sie an seiner Brust lag, sie strich durch sein Haar, das weich, dicht und warm über ihre Finger fiel. Nikodemus fasste sie und hob sie an und drehte sie so, dass ihre Knie neben seinen Hüften waren, dann zog er sie näher an sich heran.

Seine Hände glitten über ihren Rücken, schoben ihr Shirt dabei hoch. Kühle Luft strich über ihre Haut. Nikodemus lehnte sich ein wenig zurück, sodass er sie besser betrachten konnte, und verschlang sie mit seinen Blicken.

Carson flüsterte seinen Namen. Sie spürte ihn in ihrem Bewusstsein, ganz leicht, aber sie spürte ihn auch unter ihren Fingern, während sie ihre Hände über seinen Rücken gleiten ließ, die starken, festen Muskeln nachzeichnete.

»Ich mag Frauen, die so klein sind wie du«, sagte er leise. Seine Hände lagen unter ihrem Shirt, auf der bloßen Haut. »Willst du wissen, warum?«

»Ja.«

Die Art und Weise, wie Nikodemus sie betrachtete und berührte, war anders als alles, was sie je zuvor erlebt hatte. Hunger lag in seinem Blick, Vorfreude, und dieser Hunger übertrug sich auf sie, der Sex nie wichtig gewesen war.

Nikodemus' Hände wanderten nach vorn, zu ihren Brüsten, und Carson hielt sich an seinen Schultern fest, damit sie nicht das Gleichgewicht verlor. Es war, als hätte diese Berührung einen Funken entzündet; heißes Begehren erfüllte sie, und sie spürte, wie ihr Körper reagierte.

»Es erregt mich, wenn eine Frau so klein ist. Besonders wenn sie eine Hexe ist.« Silber blitzte in seinen Augen auf. »Und rate mal, wie ich mich im Moment fühle.«

»Wie?« Sie beugte sich vor, seinen Händen entgegen, und sie sah, wie seine Augen sich veränderten: von grau-blau zu kohlrabenschwarz.

Sein Mund war dicht an ihrem. »Ich bin erregt, Carson, sehr sogar.«

»Ich auch.«

Sie spürte seinen Atem an ihrem Ohr. »Du solltest für mich tabu sein, Carson, absolut tabu, aber ich brenne darauf, mit dir zu schlafen.«

Sie sah ihn an, sah, wie schön sein Gesicht war, sah den leicht geöffneten Mund. »Ich denke, wir sollten es tun.«

»Ach ja?« Er schob sie gerade so weit zurück, dass er seine Lippen über ihre Kehle gleiten lassen konnte, und dort, wo er ihre Haut geritzt hatte, hielt er für einen Moment inne.

Carson klammerte sich fester an ihn und drängte sich ihm

entgegen. Sie spürte seine Zähne, nicht allzu fest, aber auch nicht gerade sanft.

Nikodemus stöhnte auf. »Das ist schön«, sagte er. »O Carson …« Seine Stimme klang angespannt. »Verdammt, wir dürften das nicht tun, aber … ach was, was soll's?«

Eine Welle von Emotionen traf sie, spülte über sie hinweg, bis Nikodemus sie dämpfte. Ihr Herz schien plötzlich nicht mehr genug Platz in ihrer Brust zu finden, denn sie hatte gerade einen Blick darauf erhascht, was er getan hatte, damit sie nicht sterben musste.

Sie nahm sein Gesicht zwischen ihre Hände und schaute ihm in die Augen. Was auch immer die Zukunft ihr bringen mochte, sie stand in Nikodemus' Schuld.

»Danke, Nikodemus«, flüsterte sie, »für alles. Dafür, dass du mir das Leben gerettet hast. Dass du mich gefunden hast.«

Er hielt sie mit einem Arm, mit der anderen Hand zog er eine Linie von ihrem Hals bis zum Bund ihrer Jeans. Sein Haar, das nun die Farbe dunkler Bronze hatte, fiel ihm bis auf die Schultern.

Carson schien es, als könne sie die Intensität ihrer Gefühle kaum noch ertragen.

Nikodemus sah sie wieder an. »Verdammt, Carson, ich kann deine verrückte Magie so deutlich spüren, und ich will sie so sehr, dass es schmerzt. Ich schwöre dir, es schmerzt.«

Vielleicht war es das Copa, das ihr das Gefühl gab, ihre Sinne weiteten sich aus, vielleicht war es aber auch ihre Verbindung zu Nikodemus. Oder beides. Sie spürte ihn so deutlich in sich.

Carson lehnte sich ihm entgegen und küsste ihn, übernahm zum ersten Mal in ihrem Leben die Initiative. Sie erforschte seinen Mund, ließ ihre Zunge spielen.

Der mentale Kontakt erschütterte sie beide. Carson war sich ihrer genau wie seiner überdeutlich bewusst. Der Tatsache, dass er ein Mann war und sie eine Frau. Der Raum um sie herum schien kleiner zu werden, ihr Verlangen nach Nikodemus immer größer.

»Gefällt es dir?«, fragte er sanft und ließ eine Hand über ihren Rücken gleiten, über ihre bloße Haut.

»Ja.«

»Das ist nur ein kleiner Vorgeschmack darauf, wie es zwischen uns Dämonen ist. Wir verbinden uns auf diese Weise. Willst du mehr davon?«

»Ja.«

Es war ganz anders, nicht wie bei jenem ersten Mal, als er in ihr Bewusstsein eingedrungen war und ihre Gedanken und Empfindungen durchforstet hatte, als sie sich nicht bewegen konnte und unsicher war, ob sie jemals wieder einen Atemzug machen könnte. Diesmal war seine Präsenz in ihrem Bewusstsein kein Eindringen, dem zu widerstehen es sie drängte.

»Carson, das ist nicht einfach eine Folge davon, dass du mir Treue geschworen hast«, sagte Nikodemus. »Es wäre nicht so wunderbar, wenn wir uns nicht schon vorher voneinander angezogen gefühlt hätten.«

Er ließ sich zurücksinken, und seine Hand streichelte ihren Bauch, liebkoste sie, bis sie glaubte, sie könne es nicht mehr aushalten. Sie stützte sich auf seinen Schultern ab, ließ dann ihre Finger über seine Arme und seine festen Muskeln gleiten.

»Ja …« Er schloss die Augen, zog sie zu sich herunter, dann drehte er sich mit ihr, bis sie nebeneinander auf dem Bett lagen. Er presste seine Hüften gegen ihre.

Carson drehte sich leicht, erwiderte diesen Druck mit einem Verlangen, das ganz tief aus ihr kam. Ihre Finger gruben sich in seine Arme, als sie sich ihm entgegenbog. Absichtlich. Noch nie hatte sie einen Mann verführt. Niemals. Sie hatte es nie gewagt, eigene Wünsche zu äußern. Und auch jetzt wagte sie es kaum.

Die Energie, die zwischen ihnen floss, brachte irgendetwas in Carson zum Schmelzen. Sie berührte Nikodemus, erforschte mit ihren Händen seinen Körper, der so menschlich wirkte und doch in vielem unvertraut war. Hitze baute sich in ihr auf, verstärkte sich noch, als sie seinen Gesichtsausdruck sah, diese unglaubliche Konzentration.

Als sie auf die Matratze zurücksank, öffnete Nikodemus die Augen, und sein Blick verband sich mit ihrem. Carson spürte etwas Fremdes aufblitzen. Ein Bewusstsein, das die Welt nicht auf die gleiche Weise wahrnahm wie sie.

»Stört es dich?«, fragte er. Es hätte in diesem Moment nicht deutlicher sein können, dass er kein menschliches Wesen war. »Ich habe mich anfangs zurückgehalten, doch nun ist es mir egal. Ich will sehen, wohin es führt, okay?«

»Okay«, flüsterte sie. Irgendwie hatte sich ihre Umgebung verschoben. Sich in so subtiler Weise verändert, dass sie auf Anhieb nicht hätte sagen können, was der Unterschied war. Dann begriff sie: Sie sah klarer, die Farben waren gesättigter, ihr Geruchssinn war intensiver, sie hörte deutlicher. Es gab einen Moment, nur einen ganz kurzen Moment, in dem sie ihre Emotionen als etwas wahrnahm, was außerhalb ihrer selbst lag. Sie verspürte den wilden Drang, ganz in Nikodemus' Magie einzutauchen. Ihr Körper reagierte darauf, und dann war dieser Drang wieder verschwunden.

Nikodemus richtete sich auf, kniete sich über sie und öffnete den obersten Knopf seiner Jeans.

»Die Kleider stören mich«, sagte er. Das Haar fiel ihm ins Gesicht, und dennoch konnte Carson sein Lächeln erkennen. »Dich auch?«

»Mich auch«, erwiderte sie. Sie wollte ihn berühren, mit ihren Lippen schmecken, ihre Arme um ihn schlingen, während er in ihren Körper glitt. Und sie wollte, dass es bald geschah – damit er seine Meinung nicht mehr ändern konnte. »Ja, ich finde auch, dass deine Kleidung stört.«

Er packte sein Shirt am Saum und zog es sich über den Kopf. Die Jeans saß ihm tief auf den Hüften, und Carson genoss es, seinen Körper zu betrachten, die ausgeprägten Muskeln. Überall zeigte seine Haut den gleichen goldbraunen Ton.

Die Spannung zwischen ihnen stieg höher und höher.

Sein Lächeln ließ sie dahinschmelzen. Carson beobachtete, wie er einen Knopf an seiner 501 nach dem anderen öffnete. Und fand heraus, dass er von Unterwäsche offensichtlich nicht viel hielt. Nikodemus lachte, als er ihre Überraschung bemerkte.

Er war erregt. Sehr erregt. Sie spürte sein Verlangen in ihrem Bewusstsein, konnte seines deutlich von ihrem eigenen unterscheiden und fühlte sich dadurch viel freier. Er begehrte sie. Sie war es, die ihn erregte. Er wollte ihren Körper unter seinem spüren. Er wollte ihre menschliche Wärme und ihre Gefühle in sich aufnehmen, seinen Durst an ihr stillen, während sie miteinander schliefen.

Wir könnten alles tun, dachte Carson, während er den letzten Knopf aufschob, alles, was wir uns wünschen, und niemand wird wissen, dass Carson Philips sündig und verrucht war.

»Alles, was du möchtest«, sagte Nikodemus. Seine Stimme

klang fest und bestimmt, als sei es ihm wichtig, dass sie ihm glaubte. »Es wird genauso geschehen, wie du es möchtest.«

Nun, da sämtliche Knöpfe offen waren, war die Jeans noch ein Stück tiefer gerutscht. Carson sog die Luft ein und sah Nikodemus an, als er ihr Handgelenk mit seinen Fingern umschloss.

»Berühr mich, Carson. Bitte.«

»Gern, Warlord.«

Er lachte leise bei ihrer Antwort. Bis sie ihn mit ihrer Hand umschloss, ihn sanft berührte.

Nikodemus schob sich dieser Berührung entgegen.

Ihre Reaktion auf ihn, darauf, wie es war, ihn so zu spüren und zu fühlen, wie er sich gegen sie presste und mehr von ihr haben wollte, machte sie schwindelig. Nie zuvor hatte sie sich so verhalten. Doch Nikodemus gab ihr das Gefühl, dass es etwas ganz Natürliches war.

Sein Glied war von einer unvertrauten Länge und Breite. Ihr Herz klopfte heftig, weil es so aufregend und so schön war, ihn mit ihren Fingern zu erforschen. Anfangs war ihre Berührung eher sanft, doch als Nikodemus ihr Handgelenk fester umschloss, verstärkte auch sie ihren Griff.

»Ja, genau so …«, murmelte er.

»Warte«, sagte sie und kniete sich nun vor ihn, legte die andere Hand auf seinen Bauch. Ihre verletzte Hand schmerzte, doch sie achtete nicht darauf. »Du bist so warm«, sagte sie leise.

Er nahm ihre Hand, führte sie dorthin, wo er Carson spüren wollte. »Berühr mich auch hier«, sagte er, und jedes Wort klang wie ein leises Stöhnen.

Hatte sie ihn so weit gebracht?

Ihre Hand glitt tiefer, zu Haut, die noch wärmer war. Nikodemus atmete heftig, hatte die Augen halb geschlossen. Dann kehrten ihre Finger zu seinem Glied zurück, liebkosten es.

Nikodemus küsste sie, fordernd und hart, ein wenig schien er die Kontrolle über sich verloren zu haben. Führte ihre Hand dabei mit seinen Fingern und zeigte ihr, wie es ihm am besten gefiel.

Doch dann ließ er ihr Handgelenk los, hob seinen Körper ein bisschen an, streifte die Jeans herab und schließlich über seine Beine. Dann fasste er Carson an den Hüften.

»Weißt du, was mir an menschlichen Frauen am besten gefällt?«, fragte er.

Carson antwortete nicht, weil sie gerade überlegte, was ihr an dämonischen Warlords am besten gefiel. Er war nackt, und er war schön. Ein kräftiger Körper, wie von einem Bildhauer geschaffen, mit Muskeln, die verrieten, dass er geschmeidig und stark war. Auch seine Körperhaare waren goldenbraun.

Nikodemus ließ ihr Zeit, ihn zu betrachten. Er war so schön, dass sie für einen Moment kaum wagte, ihn zu berühren.

Nikodemus lachte. »Ich mag es, dass Menschen ihre Gestalt nicht ändern können und wie ihr Geist sich anfühlt, wenn ich in ihn eindringe. Und mit dir, Carson, ist alles doppelt so schön. Ich kann deine Magie spüren. Und den Teil in dir, der mit mir verwandt ist.« Er ließ den Blick über sie gleiten, und unter dem Shirt schob er seine Finger höher. »Carson, sag mir, dass du das auch willst«, bat er sie.

Sie war nicht daran gewöhnt, mit einem solchen Verlangen angeschaut zu werden. Seine Fingerspitzen strichen über ihre Haut, und ihr Körper zog sich an Stellen zusammen, von denen sie nicht geahnt hatte, dass sie so reagieren konnten.

Nikodemus zog sie in seine Arme, und irgendwie landeten sie wieder auf dem Bett, nur dass sie diesmal auf ihm lag und sich mit einem Arm abstützte. Verlangen schoss wie Feuer durch ihren Körper.

Nikodemus stöhnte auf, und verwirrende Sekunden oder Minuten oder Stunden lang sah sie sich selbst durch seine Augen. Sie wirkte so sexy, schamlos, mit ihren dunklen grünen Augen und der blassen Haut.

»Ja, genau so ist es«, hörte sie Nikodemus sagen. »Ganz genau so.« Sein Gesichtsausdruck ängstigte sie beinahe. Ihr Herz schlug heftig gegen ihre Rippen. Das intensive Gefühl von ihm in ihrem Bewusstsein erregte sie noch mehr.

Nikodemus richtete sich auf, schob ihr Shirt hoch und liebkoste ihre Haut mit seinen Lippen. Dann streifte er ihr die Jeans ab.

Carson stockte der Atem. Sie begriff immer noch nicht ganz, was mit ihr passierte, wie ihr Körper auf eine solche Weise reagieren konnte. Sie spürte, dass Nikodemus ihr Gesicht streichelte, und ihr Haar fiel nach vorn, als sie sich vorbeugte, um ihn auf die Schulter zu küssen. Sie schmeckte die Hitze seiner Haut und das Blut darunter.

»Das ist schön«, sagte er.

»Ja. Das ist es.«

Er war unglaublich präsent in ihrem Geist, wenn auch auf eine Art und Weise, die sie nicht verstand. Selbst wenn sie sich nicht ansahen, nahmen sie einander intuitiv wahr. Als er sie dann anschaute, schien sein Blick sie zu durchdringen, und Nikodemus wurde in ihrem Kopf lebendig. Seine Gefühle waren so kraftvoll, dass sie sich unwillkürlich fragte, ob er sich dessen bewusst war, dass sie sie ebenfalls wahrnahm. Nun ja, vielleicht gehörte das zu einer solchen Verbindung dazu. Aber woher sollte sie das wissen? Es war doch noch alles so neu für sie.

Nikodemus bog den Kopf zurück und stöhnte lustvoll auf. Die Verbindung zwischen ihnen loderte weiter auf. Sex hatte ihr bisher nicht sonderlich viel bedeutet, doch nun dachte Carson, dass sie sterben würde, wenn Nikodemus nicht mit ihr schlief.

Ein Laut hinter ihnen durchbrach die Intimität des Moments. Carson ignorierte es, doch dann richteten sich die Härchen in ihrem Nacken auf. Aber sie wollte sich immer noch nicht stören lassen und konzentrierte sich ganz auf Nikodemus, auf seine Lippen und ihre Hände auf seinem Körper.

Doch dann taten plötzlich seine Finger das, was zuvor noch sein Mund getan hatte, und er wandte den Kopf. »Sieh mal an, wen haben wir denn da?«, murmelte er.

»Carson?«, sagte eine männliche Stimme.

Sie zuckte zusammen, und dann wurde ihr siedend heiß bewusst, wie eng Nikodemus' Körper und ihrer miteinander verschlungen waren. Als sie die Augen öffnete, sah sie gerade noch, wie Blau-Grau erneut zu dunkelstem Schwarz wurde.

»Ignorier ihn«, sagte Nikodemus. »Er wird verschwinden, sobald er begreift, dass er stört.«

»Ich kann sie fühlen«, sagte Harsh, während er näher kam. Seine Stimme klang zittrig. »Sie fühlt sich wie eine Hexe an, aber auch wie eine von uns. Sie ist an dich gebunden, und nun kann ich sie wahrnehmen, als ob sie zum Clan gehörte. Je näher ich komme, desto deutlicher spüre ich, was sie empfindet. Was ihr beide empfindet. Es bringt mich um.«

Harsh stand nun neben dem Bett und berührte Carsons Schulter. Seine Finger waren kühl. Gott sei Dank hatte Nikodemus immer noch seine Hand über ihre Brust gelegt.

»Ich fühle den Warlord in deinem Bewusstsein, Carson«, sagte Harsh leise. »So besitzergreifend, dass dort kein Platz mehr für mich ist.« Die Luft um sie herum schien zu zittern.

»Verschwinde«, sagte Nikodemus, doch er zog hastig ihr Shirt herunter.

»Ich habe das so vermisst«, flüsterte Harsh. »Mit anderen Dämonen verbunden zu sein. Wenn man magiegebunden ist, gibt es das nicht mehr. Es ist, als stürbe man jeden Tag ein Stückchen mehr. Und dennoch meidet dich der Tod, und deine Qual wird nie beendet.«

Während er Harsh antwortete, hielt Nikodemus den Blick weiterhin auf Carson gerichtet. »Geh nach unten, Harsh. Sie ist noch nicht dafür bereit. Sie versteht nicht, wie es zwischen uns Dämonen ist. Noch nicht.«

Aber Carson hatte bereits den Arm ausgestreckt und Harsh berührt, weil er so traurig wirkte. Ihre Fingerspitzen prickelten bei dem Kontakt, und sie fühlte Harsh in ihrem Kopf. Er sehnte sich so sehr danach, anderen seiner Art körperlich und geistig nah zu sein. Sie zog die Hand zurück, und die Verbindung brach ab. Als sie ihn erneut berührte, kehrten die Emotionen zurück.

»Was ist das?«, flüsterte sie.

Sie spürte in ihrem Bewusstsein, wie angespannt Nikodemus plötzlich war. »Das ist es, was uns Dämonen ausmacht, Carson. Wir verbinden uns mental miteinander. Wir brauchen diese Verbindung, um geistig gesund zu bleiben.«

Sie streckte ihre Hand ein weiteres Mal aus, und als nun der Kontakt zustande kam, veränderten sich Harshs Augen, von schokoladenbraun zu scharlachrot und wieder zu braun. Auch sein Gesicht veränderte sich. Genau wie seine Haut. Carson war sicher, dass sie sich das nur einbildete, und zog die Hand schnell zurück.

»Er war stets frei«, fuhr Harsh fort.

Er hatte sich nicht verändert. O nein, das hatte er nicht getan, bestimmt nicht.

»Er kennt nichts anderes«, sagte Harsh. »Er war nie von allem abgeschnitten so wie ich. Getrennt von jedem, den er liebt oder lieben könnte.«

Carson spürte, wie Nikodemus alle Muskeln anspannte, dann richtete er sich mit ihr zusammen auf, hielt sie weiterhin in einem Arm. Mit der anderen Hand jedoch griff er nach Harsh.

»Das war's, Harsh«, sagte er. »Die schöne Ungebundenheit ist vorbei.«

In Harshs Augen lag der Eishauch eines Gletschers.

»Hast du etwa ein Problem damit, Harsh?«, fuhr Nikodemus fort. »Sollte ich dir nicht vertrauen können? Wenn das der Fall ist, dann wirst du nicht mehr in Carsons Nähe kommen, und glaub mir, dafür werde ich persönlich sorgen, Doktor Harsh. Wenn du das aber so sehr willst, dann schließ dich mir an. Ganz formell. So, wie es getan werden sollte.«

»Natürlich, Warlord.« Harsh neigte den Kopf, und als er ihn wieder hob, begann er den Eid zu sprechen, den auch Carson bereits abgelegt hatte. Als er geendet hatte, glaubte sie, Harshs Gefühle zu spüren. Zufriedenheit und Freude darüber, akzeptiert zu sein. Endlich dort zu sein, wohin er gehörte. Diesmal ohne ihn berührt zu haben.

Nikodemus' Bizeps wölbte sich, als er die Haut unterhalb von Harshs Kinn ritzte. Helles Blut quoll hervor. Als Carson es sah und roch, flammte großes Verlangen danach in ihr auf. Sie wollte dem Geruch näher sein, ihn tief einatmen und den Geschmack auf ihrer Zunge kosten.

Nikodemus presste seine Lippen auf Harshs Wunde, und Carson schmeckte Eisen in ihrem Mund. Sie sog hörbar den Atem ein, als sie Harsh so unvermittelt in ihrem Kopf spürte, und sie wusste, dass es durch ihre Verbindung zu Nikodemus geschehen war. Harsh hob eine Hand und drückte Nikodemus' Kopf fester gegen sich.

Diese zusätzliche Energie prickelte tief in Carsons Körper und erlosch auch nicht, als Nikodemus Harsh freigab und sie nur noch ihn in ihrem Bewusstsein spürte. Sie erhaschte einen Blick auf Harshs Gesicht. Seine Augen wirkten verschleiert und waren nicht fokussiert, seine Lippen waren feucht, er atmete genauso schwer wie sie selbst.

Nikodemus streckte einen Arm aus und ritzte sich selbst in der Ellenbeuge. Wieder quoll Blut hervor, und Harsh beugte sich vor und kostete. Carson spürte, wie sich die geistige Verbindung festigte, die Harsh durch seinen Eid an Nikodemus band.

Harsh beugte sich über sie beide. »Er hat dich auch gebunden«, sagte er zu Carson. Er kam näher, sein Atem streifte ihre Schläfe, wirbelte ihr Haar auf. »Und es ist wunderbar, Carson.«

Sie legte ihre Hand auf die von Harsh, und er füllte ihr Bewusstsein aus, gemeinsam mit Nikodemus, bis sie hörbar nach Luft schnappte unter diesem Ansturm der Gefühle. Gefühle, die anders waren als das, was sie kannte, dunkler, größer, weiter und gleichzeitig unglaublich komprimiert. Und sie spürte die Freude, unter ihresgleichen zu sein. Mehr als alles andere wollte sie Nikodemus und Harsh berühren, ihr Blut schmecken, ihre Haut an ihrer eigenen fühlen. Ein Bild flackerte in ihrem Kopf auf, ganz kurz nur, wie sie zu dritt beieinander lagen, wie Harsh Nikodemus berührte, ihn küsste und dann sie und –

Etwas an Nikodemus veränderte sich.

Er packte Harshs Arm, und die Verbindung brach ab. Carson konnte wieder normal sehen.

»Es ist zu viel für sie, Harsh«, sagte Nikodemus. »Ein anderes Mal. Wenn sie besser versteht, wozu sie geworden ist.«

»Warlord …«

»Harsh!« Nikodemus wandte sich ab, und Carson spürte, wie Ärger in ihm aufflammte. »Das reicht. Es ist genug.«

»Aber auch du musst dich beherrschen. Sie ist nicht sicher, wenn ihr … zu weit geht, Warlord«, sagte Harsh.

Nikodemus beugte sich vor und packte den anderen Dämon wieder. Harsh starrte ihn an, und Carson wusste, dass er Nikodemus küssen wollte, weil sie sein Verlangen fühlte. Aber sie spürte auch, dass Nikodemus nun nicht mehr mit ihr schlafen wollte. Wegen Harshs Bemerkung. Auch wenn sie nicht verstand, was dieser gemeint hatte.

Nikodemus sandte mental eine eindeutige Warnung an Harsh. Und sagte dann laut, wobei er jedes Wort einzeln betonte: »Verschwinde jetzt endlich!«

22

Xia duckte sich, damit ihn nicht irgendein scharfsichtiger Dämon entdeckte. Sein Blut reagierte mit schmerzhafter Sehnsucht nach der Hexe. Wieder meinte er, sie zu schmecken. Ihren köstlichen, süßen Lebenssaft. Er träumte von ihr, seit er sie dem Warlord quasi unter der Nase weggeschnappt hatte. Anfangs waren es reine Tagträume gewesen, immer dann, wenn ihn die Erinnerung an sie zufällig überkam, und er hatte gedacht, zum Teufel, ja, sie hat gut geschmeckt, und es wäre doch nett, noch ein bisschen mehr von ihr zu bekommen? Dann wurden seine Träume expliziter, sexueller Art, überfielen ihn immer dann, wenn er an seinem Messer arbeitete und störten ihn in seiner Konzentration. Immer tiefer drang die Hexe in sein Leben ein, und inzwischen hasste er sie dafür fast schon so sehr wie Rasmus.

Und nun war sie in der Mall in diesem unbedeutenden Nest. Kaufte ein. Begleitet von Warlord Nikodemus und Harsh. Keiner von ihnen ahnte, dass er sie beobachtete. Magellan und Rasmus hatten eine kleine Armee aufgestellt, um sie zu schnappen, wenn möglich, alle drei.

Diesmal war es Rasmus, der das Kommando hatte, und er war ohne Zweifel ein mächtiger Magier. Aber Xia war nicht sicher, ob er mächtig genug war, Nikodemus zu bezwingen. Insgeheim dachte er, das Maximale, was Rasmus erreichen könne, sei, die Hexe zu erwischen und vielleicht noch Harsh.

Wie erwartet, klebten der Warlord und Harsh an der Hexe wie ein Magiegebundener an seinem Meister. Was bedeutete, dass es diesmal nicht so einfach sein würde, sich die Hexe zu schnappen. Immer wieder zeigte Nikodemus einen hoch konzentrierten Ausdruck.

Xia konnte nicht spüren, was er machte, aber er konnte es sich denken. Nämlich genau das, was er selbst auch tun würde, wenn er mit Magellans treuloser Hexe irgendwo da draußen in der Öffentlichkeit wäre: Magie aussenden, um zu checken, ob sich irgendwo Magier oder Dämonen verbargen.

Das brachte ihm allerdings nicht viel, denn selbst ein Warlord wie Nikodemus konnte keine magiegebundenen Dämonen aufspüren, und Rasmus und Magellan hielten sich schön außer Reichweite.

Xia folgte den dreien durch die Mall. Ein kleiner Einkaufstrip für die Hexe. Wie nett. Und sie waren unermüdlich. Verdammt. In wie viele Geschäfte wollten sie denn noch gehen?

Xia trug wieder seine Lederkleidung, und wenn er sich durch die Gedanken an die Hexe ablenken ließ, dann fiel er auf unter den Menschen. Ein paar der Frauen hätten ihn zu anderen Zeiten durchaus in Versuchung führen können, aber jetzt war er nicht in der Stimmung. Nicht, seit er herausgefunden hatte, wie Carson Philips schmeckte.

Es gab keinen Zweifel daran, dass ihre Magie inzwischen verdammt viel stärker war als früher. Magellans Ritual war gründlich schiefgegangen, nachdem sie sich eingemischt hatte. Und nun, da er ihr so nah war, dass er ihre Magie spüren konnte, fühlte sie sich irritierend dämonengleich an. Was natürlich vollkommen unmöglich war, denn sie war eine Hexe und er selbst von seinesgleichen abgeschnitten.

Das Einzige, was er spüren konnte, waren Rasmus und andere Magiegebundene, und Letztere konnte er auch nur durch Rasmus wahrnehmen.

Xia beobachtete die drei noch eine Weile und versuchte dabei herauszufinden, in welchem Verhältnis die Hexe und die beiden Dämonen inzwischen zueinander standen. Harsh kannte er, aber er konnte ihn nicht spüren, obwohl er sein Bruder in der Sklaverei gewesen war. Die Hexe und der Warlord taten grauenvoll verliebt, und beide bemühten sich, Harsh nicht merken zu lassen, wie verrückt sie aufeinander waren.

Das gab ihm zu denken. Wenn sie sich dem Warlord gegenüber so sanft und süß gab – ihm wurde echt schlecht, wenn er sah, wie sie Nikodemus anschaute, sobald sie glaubte, der Warlord bemerke es nicht –, warum sollte sie dann ihm gegenüber nicht auch sanft und süß sein? Offensichtlich stand sie auf Sex mit Dämonen. Und er war ebenfalls einer. Das passte doch, oder?

Sein Handy klingelte. Rasmus. Xia wartete bis zum allerletzten Moment damit, den Knopf für das Headset zu drücken und sich zu melden. »Was, zum Teufel, ist jetzt schon wieder los?«

Das glückliche Dreiergrüppchen hielt auf ein Schuhgeschäft zu. Carson trödelte herum, und Xias Herzschlag beschleunigte sich. Aber dann ging Nikodemus zu ihr zurück und küsste sie sogar. Mit Zunge und allem Drum und Dran. Ganz schön heiß, doch dann löste sich der Warlord von ihr und sie schlossen zu Harsh auf.

»Ein bisschen mehr Höflichkeit wäre nicht schlecht«, hörte er Rasmus' Stimme aus dem Headset.

Wie, zur Hölle, hatte Harsh es geschafft, sich von Rasmus

zu befreien? Xia überlegte kurz, ob er sich Harsh gleich schnappen und das Geheimnis aus ihm herausprügeln sollte. Aber ein Harsh, der nicht länger magiegebunden war, mochte gefährlich sein. Er wusste nicht, was ihn erwartete, wenn er sich mit ihm anlegte.

»Ich bin beschäftigt.«

»Immer noch?«

Es fiel Xia nicht schwer, sich Rasmus' Gesichtsausdruck bei dieser Antwort vorzustellen. Noch leichter fiel es ihm, sich auszumalen, wie er seine Finger um den Hals des Hexers legte. Und zudrückte. Immer fester.

Harsh war wirklich vollkommen aus seiner Wahrnehmung verschwunden. Da war nichts, absolut nichts, obwohl sich normalerweise alle magiegebundenen Dämonen eines Hexers zumindest wie ein Echo durch dessen Geist wahrnehmen konnten. So, wie er jetzt mit ein wenig Anstrengung seine beiden Kumpane draußen auf dem Parkplatz spürte.

Aber nicht Harsh. Der Typ war wirklich und wahrhaftig getrennt worden. Xia konnte sich nicht daran erinnern, wann Rasmus zum letzten Mal einen Dämonen auf diese Art verloren hatte. Trotzdem, Harsh würde seine Freiheit mit Sicherheit nicht lange genießen können. Auch Magellan hatte seine Dämonen draußen auf dem Parkplatz platziert, weil er sich seine Hexe und den Talisman um jeden Preis zurückholen wollte.

Armer, armer Magier – da hatte er doch tatsächlich einmal seinen Willen nicht bekommen, und jetzt war er stinksauer und ließ seine miese Laune an allen anderen aus, selbst an Rasmus.

»Du willst doch, dass es diesmal klappt, und zwar richtig, oder?«, antwortete Xia nun.

Harsh forderte die Hexe gerade dazu auf, ein Paar Schuhe anzuprobieren. Sie verzog zwar das Gesicht, aber sie tat es trotzdem. Befolgte die Bitte eines Dämons! Unvorstellbar! Tja, wenn er sie erst mal geschnappt hatte, dann würde er auch ein paar »Bitten« an sie richten.

»Was ich will, ist, dass du das tust, was ich dir aufgetragen habe«, erwiderte Rasmus. *»Por favor«*, fügte er hinzu und traf haargenau Magellans Tonfall.

Wenn der Magier sarkastisch wurde, dann konnte man darauf wetten, dass er vor Wut kochte. Xia lächelte. Wenigstens etwas, was an diesem Tag richtig lief.

Seine drei kleinen Schmusetäubchen verließen das Schuhgeschäft.

Du kannst mich mal, Hexer …

Und dann hatte er doch noch Glück.

Sie gingen in einen Friseursalon, und Xia musste zuschauen, wie sie sich das Haar abschneiden ließ, als wäre sie irgendein magiegebundenes Flittchen, dessen Lover es gern ein bisschen pervers mochte. Nicht raspelkurz, natürlich, sondern schulterlang. Anschließend verschwand sie mit einer schlanken Angestellten in einer Kabine.

Xia wartete ab, was Nikodemus und Harsh tun würden, die jedoch unternahmen nichts, außer in Zeitschriften zu blättern, in denen es zig Bilder von Frauen mit künstlich großen Brüsten und komischen Frisuren gab. Fantastisch.

Xia checkte noch einmal, ob sie tatsächlich weit genug entfernt waren, um die Hexe nicht zu spüren, dann griff er mental nach der jungen Angestellten und brachte sie unter seine Kontrolle. Nun konnte er in die Kabine schlüpfen, in der sie sich mit Carson befand. Die Kosmetikerin hatte gerade ein Brazilian Waxing beendet.

Er schätzte, dass ihm zehn Minuten blieben, bis Rasmus ihm erneut auf die Nerven gehen würde, also verschwendete er keine Zeit. Er packte die junge Kosmetikerin an der Kehle und drückte zu.

»Ein Schrei, Hexe, und sie ist tot. Und komm ja nicht auf die Idee, irgendwelche Magie zu benutzen, denn dann bist du tot.«

Carson öffnete die Augen, dann griff sie schnell nach einem Handtuch und bedeckte ihre Blöße. Schade. Es gefiel ihm, sie nackt zu sehen. Die Haut dort unten war so weich und zart, wenn sie frisch enthaart war.

Als er sich wieder auf seine Aufgabe konzentrierte, fiel ihm als Erstes auf, dass die Hexe keine Angst vor ihm hatte. Interessant.

»Was willst du?«, fragte sie.

Xia ließ die bewusstlose junge Frau zu Boden sinken und griff nach seinem Messer. Carsons Magie flammte auf. Nicht auf ein Ziel gerichtet, aber verdammt kraftvoll, mit einem dämonischen Beigeschmack. Und plötzlich fühlte sich Xia leerer denn je.

Die Wunde, die Magellan Carson am Handgelenk zugefügt hatte, war fast verheilt. Ein Magier, der eine solche Wunde heilen lassen konnte, musste über viel Macht verfügen. Wenn sie immer noch in ihrer Magie eingeschränkt war, dann wollte er, verdammt noch mal, nicht erleben, wie es war, wenn sie vollen Zugang dazu hatte.

»Was hast du mit Harsh gemacht?«, wollte er wissen.

Ihre Augen weiteten sich, als sie auf die Klinge blickte. »Keine Ahnung«, erwiderte sie.

»Verarsch mich nicht, Hexe.« Er dachte daran, wie gut sie geschmeckt hatte. Sie hatte Copa genommen, das konnte er spüren – und das machte sie nur noch köstlicher. »Beantworte meine Frage.« Sein Puls schlug heftiger. »Harsh hat Rasmus gehört, und fünf Minuten, nachdem er dir begegnet ist, war er frei. Aber er gehört jetzt nicht dir, oder? Er benimmt sich nicht wie ein Magiegebundener.«

»Er ist nicht mehr magiegebunden«, sagte sie und richtete sich auf, darauf achtend, dass das Handtuch nicht verrutschte.

Ihm gefiel nicht, dass sie keine Furcht zeigte. Irgendetwas hatte sich verändert, und er hatte das ungute Gefühl, dass, wenn er nicht herausfände, was es war, es nicht Rasmus sein würde, der ihn tötete. Er war sicher, dass die Hexe Harsh befreit hatte.

Xia versuchte, seine aufgewühlten Gefühle zu dämpfen. Vielleicht war es klüger, wenn Rasmus nicht gleich davon erfuhr. Denn wenn er mit seiner Vermutung recht hatte, dann blickte er gerade seiner Freiheit ins Gesicht.

Er lehnte sich gegen die Wand und wappnete sich innerlich. Es würde ihm heftige Schmerzen bereiten, entgegen seinen Befehlen zu handeln. Vermutlich konnte er es gar nicht, denn allein bei dem Gedanken, Rasmus zu betrügen, stach es ihn wie mit tausend Nadeln ins Herz.

»Wie wär's mit einem Handel?«, schlug er vor. »Du beantwortest meine Frage, und ich sorge dafür, dass du aus der Falle entkommst, die gerade über dir zuschnappt.«

Carson schaute die Frau an, die auf dem Boden lag, und Xia spürte erneut die merkwürdige Ausstrahlung der Hexe. Als wäre sie ein Dämon. War sie aber nicht, und deshalb war das verdammter Unsinn. Aber es war ihm unheimlich.

»Richtig«, meinte er. »Sie ist meine Versicherung. Wenn

du mir nicht hilfst, stirbt sie. Und ich verspreche dir, dass es kein schmerzfreier Tod sein wird.«

»Ich dachte, du müsstest das ausführen, was immer Rasmus dir befiehlt.«

Er griff nach seiner Magie, nur leicht, und zog mit ihr eine Linie über eine der Klingen seines Messers. Das Metall schimmerte blau, und Xia wünschte sich, er könnte ebensolche Linien über ihren Körper ziehen, zarte Linien, ein Netz daraus spinnen und sie damit fangen.

»Muss ich auch«, antwortete er.

»Also?«

»Eigentlich müsste ich dich zu dem nördlichen Parkplatz bringen, wo Rasmus' und Magellans Magiegebundenen warten und mich unterstützen sollen. Magellan will dich und den Warlord, während Rasmus Harsh zurückbekommen will.«

Ihre Augen funkelten. »Das kann er nicht.«

»Sie sind Hexer. Sie können alles tun, was sie wollen.«

Die Frau am Boden stöhnte leise auf. Xia blickte zu ihr hin, dann setzte er ihr einen Fuß auf die Brust, als wolle er sie zerstampfen.

»Nein!«

Sein Kopf fuhr herum. Wieder loderte ihre Magie auf. Verdammt, das musste aufhören, sonst hatte er gleich Nikodemus und Harsh am Hals! Er versuchte, gewaltsam in ihr Bewusstsein einzudringen, doch es war, als prallte er gegen eine steinerne Wand.

»Verrat mir, was ich wissen will, und ich werde verhindern, dass sie dich kriegen.«

»Was willst du wissen?«

»Ich will wissen, was du mit Harsh getan hast.«

Er machte einen Schritt auf sie zu, das Messer fest in seiner Hand. Hexen konnte man nicht vertrauen. Aber das Risiko musste er eingehen.

Der Duft von Rosen stieg ihm in die Nase. Frisch gewaschenes Haar, das blumig roch. Immer noch war sie so gut wie nackt. Und immer noch war er ihr gegenüber im Vorteil, auch wenn sie sich so cool gab.

»Harsh gehört Rasmus nicht mehr. Ich will wissen, warum. Wie es dazu gekommen ist.«

Sie hob die freie Hand, und beinahe wäre das Handtuch heruntergerutscht. »Ich weiß nicht, was ich getan habe. Jedenfalls nicht genau.«

Die Messerspitze ritzte ihr Ohrläppchen.

Carson hielt nun still, ihre Augen waren stark geweitet. Doch sie beklagte sich nicht. Der Geruch ihres Bluts weckte Hunger in ihm.

»Es ist nicht klug, sich so plötzlich zu bewegen, Hexe.« Ihr Herzschlag hallte in seinem Kopf wider, und der bittere, süße Geruch ihres Bluts zerrte an ihm und drohte ihn zu überwältigen. Ihre Magie war anders als alles, was er je zuvor gefühlt hatte. Hexe und Dämon zugleich, und das war einfach nur verrückt.

»Ich habe ihn berührt«, sagte sie.

Xia beugte sich vor, bemüht, sich zu beherrschen. »Dann berühr mich auch«, forderte er sie auf.

In seinem Nacken prickelte es, als würde Rasmus ihn beobachten. Er tat es nicht, obwohl Xia den schmalen Pfad betreten hatte, der ihn zu der Art von Betrug führte, die seinen Tod bedeutete.

»Berühr mich. Auf die gleiche Weise, wie du Harsh berührt hast. Trenne mich, und ich werde dich hier rausbringen. Das verspreche ich dir.«

Sie zögerte, dann legte sie eine Hand auf seine Brust. »Genauso habe ich ihn berührt.«

Xia holte tief Luft, voller Erwartung. Adrenalin schoss durch seine Adern. Doch nichts passierte. Gottverdammt nichts.

Er sah sie böse an. Und sie hielt seinem Blick mit ihren lügnerischen, betrügerischen Hexenaugen stand.

»Du musst es mir glauben«, flüsterte sie. »Dass ich nicht weiß, wie ich es getan habe. Es ist einfach passiert.«

Verdammt. Am liebsten hätte er seine Enttäuschung laut herausgeschrien und Carson auf der Stelle umgebracht. Er trat noch einen Schritt näher. Zu nah. Vielleicht sollte er einfach noch einmal nachschauen, wie sie unter dem Handtuch aussah. Sich anfühlte.

»Lügen, Hexe, nichts als Lügen«, stieß er hervor. »Ich sollte dich einfach umbringen.«

»Ich hab dir doch gesagt, dass ich es nicht weiß!«, wiederholte sie und ballte ihre Hand zur Faust.

Wieder spürte er ihre Magie, doch diesmal irgendwie verwirrt, nicht so kraftvoll. Und ganz leicht fühlte er einen Zug vertrauter Magie, Dämonenmagie. Verzweiflung packte ihn, nie wieder würde er seine eigene Art spüren können. Er würde Rasmus so lange gehören, bis der Hexer beschloss, ihn zu töten.

»Es war so ein fürchterliches Durcheinander, alles Mögliche ist gleichzeitig passiert, und da habe ich es einfach getan. Mehr weiß ich nicht. Es ist einfach geschehen. Ich würde dich befreien, wenn ich könnte, das schwöre ich dir.«

Xias Handy vibrierte erneut. »Lass mich einfach in Ruhe«, sagte er ins Headset.

»Ich bin schon im Gebäude«, erwiderte Rasmus.

Xia hätte gelacht, wenn er nicht gewusst hätte, dass Rasmus ihn für sein Versagen verantwortlich machen würde. »Dann weiß jetzt auch der Warlord, dass du da bist.«

»Ich habe Vorsorge getroffen.«

»Du wirst sie jetzt nicht mehr kriegen.«

»Lass das mal meine Sorge sein.«

Xia biss die Zähne zusammen.

»Die Hexe kommt als Erste dran«, befahl ihm Rasmus. »Dann schnappen wir uns Harsh. Und den Warlord.«

23

Nikodemus spürte ein seltsames Prickeln im Nacken und ließ die Zeitschrift sinken. Plötzlich gingen alle Alarmsirenen in ihm los.

»Ein Magier«, sagte er.

Harsh blickte von der Zeitung auf, die er aus dem Stapel gefischt hatte, und zog die Augenbrauen hoch. »Ich spüre nichts – oh, jetzt fühle ich ihn auch.« Er legte den Stift weg, den er benutzt hatte, um das Kreuzworträtsel in der *New York Times* zu lösen, und stand auf.

»Und nicht gerade einer von der schwächlichen Sorte.« Die Luft vibrierte von der Magie, die der Hexer aussandte. »Rasmus, wenn ich mich nicht irre.« Nikodemus spürte, dass das Harsh ganz und gar nicht gefiel.

»Du irrst dich nicht. Und wenn Rasmus hier ist, dann ist garantiert Xia bei ihm«, erwiderte Harsh.

»Tja, und sie haben sicher auch Magellan mitgebracht und dessen Busenfreund Kynan.« Nikodemus warf Harsh die Autoschlüssel zu. »Bring den Wagen her«, bat er und zeigte in die Richtung, die er meinte. »Die Türen unverschlossen. Sobald wir drin sind, jagst du los.« Er packte den Dämon am Arm. »Und sieh zu, dass du ja nicht in Rasmus' Nähe kommst, ja?«

Harsh nickte knapp, dann rannte er auch schon davon. Und Nikodemus hoffte, dass er ihn nicht geradewegs zurück in Rasmus' Gefangenschaft geschickt hatte. Er war nicht sicher, inwieweit die Verbindung zu Carson ihn vor neuerlicher Versklavung schützen konnte.

Innerhalb von Sekunden war Nikodemus' Körper in Kampfbereitschaft, alle Sinne waren geschärft. Vorsichtig bog er um die Ecke und ging in den hinteren Bereich des Salons. Vorbei an Frauen, deren Gesichter hinter Lotionen und Masken verschwunden waren. Sein Ziel war der kleine Raum, in dem sich Carson befand. Es war ein Weilchen her, dass er sie zum letzten Mal gespürte hatte, und auch nun fühlte er nichts. Nicht das Geringste. Angst packte ihn, und es hielt ihn nur mit Mühe in seiner menschlichen Gestalt.

Bevor er den kleinen Raum betrat, verstärkte er seine Magie auf ein Maß, das er gerade noch im Zaum halten konnte.

Nikodemus stieg über die Frau, die besinnungslos am Boden lag.

Carson saß auf dem Behandlungstisch, eine Hand auf Xias Brust gelegt, als ob sie ihn fortstoßen wollte.

Xia fletschte die Zähne, als er den Warlord sah. Ebenso wie Nikodemus drängte es ihn, seine Gestalt zu wechseln. Dann griff er hinter sich, und plötzlich hielt er sein Messer in der Hand, dessen glitzernde Klinge all die böse Magie widerspiegelte, die in so vielen Jahren in sie hineingeflossen war.

»Wir sind beschäftigt, Warlord«, sagte Xia, ohne Nikodemus eine Sekunde aus den Augen zu lassen. »Also hau ab, verstanden?« Er lachte. »Ich schätze, deine Hexe mag, was ich für sie tue.«

Nikodemus zögerte nicht einen Moment. Die Verbindung zwischen Carson und ihm war wiederhergestellt, und durch sie konnte er Xia fühlen. Nicht komplett, aber ausreichend, um ihn zu überraschen. Hitze schoss aus ihm hervor, zielte genau auf Xias Brust. Der Dämon krachte gegen die Wand, doch das setzte ihn nicht außer Gefecht. Aber Nikodemus entdeckte eine Lücke in Xias Verteidigung, und schon war er halbwegs hindurch. Indem er auf Carsons Magie zurückgriff, schnitt er den Dämon von dessen Kraft ab und zwang ihn so in vollkommene Unbeweglichkeit. O verdammt, Xias Energie war gewaltig.

Nikodemus schnappte sich Carsons Jeans und warf sie ihr zu. »Wir müssen verschwinden.«

Sie rollte sich vom Tisch, die Jeans in einer Hand, drehte sich dann aber nach Xia um.

Der Dämon mochte in diesem Moment nicht in der Lage sein, seine Magie einzusetzen, aber er war immer noch ein gottverdammt großer und kräftiger Freak. Nikodemus schätzte, dass es vielleicht fünf, bestenfalls sechs Minuten dauern würde, bis sich Xia aus der Erstarrung lösen konnte, in die er ihn versetzt hatte.

»Zieh dich an, Carson! Los!«

Noch einmal warf sie Xia einen Blick zu, bevor sie mit einem Bein in ihre Jeans stieg. Sie hüpfte ein paar Mal, weil sie durch Xia abgelenkt war. Wenn sie in diesem Tempo weitermachte, dann würde er sie mit blankem Po durch die Mall tragen müssen. Doch schließlich hatte sie es geschafft und streifte ihre Schuhe über.

»Komm endlich, Süße.«

Sie drehte sich erneut zu Xia um. »Aber ich kann ihn fühlen, Nikodemus.«

»Carson!« Er griff nach ihr, und als er seine Hand um ihren Arm schloss, traf ihre Magie ihn mit voller Wucht. Ihre Kraft war so durcheinander wie immer, schien sich aber nun zu ordnen. Carsons Hexenkraft war nach wie vor durch Magellan eingeschränkt, nicht jedoch die Dämonenmagie. Und die bewirkte nun etwas Erstaunliches.

Carson kümmerte sich nicht um Nikodemus' Aufforderung. Sie stand da, die Augen geschlossen, und konzentrierte sich. Machte einen Schritt auf Xia zu.

Der magiegebundene Dämon blinzelte.

»Ich kann es spüren, Nikodemus. Das, was ihn bindet. Bisher war ich nicht in der Lage dazu, aber jetzt kann ich es.«

»Was, zum Teufel, tust du da?« Nikodemus griff erneut nach ihrem Arm, doch sie streckte die andere Hand nach Xia aus.

»Ich kann es jetzt«, wiederholte sie. »Aber du musst ihn freigeben, Nikodemus. Ich schaffe es nicht, wenn er von seiner Magie abgeschnitten ist.«

Xia stierte sie an. Wütend und gleichzeitig unsicher. »Lass die Hände von mir, Hexe!«, stieß er hervor, als bereue er nun, sie um Hilfe gebeten zu haben. »Lieber sterbe ich, als an dich gebunden zu sein.«

Nikodemus wusste, dass er Xia nicht mehr lange würde unter Kontrolle halten können. »Carson, glaub mir, du möchtest nicht in seiner Nähe sein, wenn er seine Kraft zurückgewinnt. In dem Zustand, in dem er sich befindet, könnte er das gesamte Gebäude einreißen!«

»Lass es mich versuchen!«

»Nein!«, erwiderte er und zerrte sie aus dem Raum.

Xias Erstarrung wich in dem Moment, als sie den Seitenausgang erreichten, an dem Harsh auf sie warten sollte.

Doch Harsh war nicht da. Nikodemus blickte sich um, hielt Ausschau nach seinem Mercedes. Und was er sah, gefiel ihm nicht. Fußgänger überall. Autos. Zu viele Menschen.

Er spürte Rasmus, verdammt nah, und das bedeutete, dass auch dessen Dämonen in der Nähe sein mussten.

Carson schien die Ruhe selbst. Sie blickte zum Gebäude zurück, und Nikodemus konnte die Veränderung in ihr spüren, erkannte ihren Wunsch, zu Xia zurückzukehren. Ihre Magie stieg kraftvoll in ihr auf, und es fiel ihm schwer, sich zu konzentrieren. Er ging mit ihr in Richtung der westlichen Ausfahrt, hatte eine Hand auf ihren Rücken gelegt.

Doch nur ein paar Meter weiter signalisierten seine Sinne ihm erneut Gefahr. »Shit«, sagte er. »Magellan wartet hier irgendwo.«

Keiner der beiden Magier würde es wagen, in aller Öffentlichkeit etwas zu unternehmen. Nicht hier, in diesem gut besuchten Einkaufszentrum. Es sei denn, Magellan versuchte nicht einmal mehr, seine Magie zu verbergen, und das wäre äußerst beunruhigend.

Dank Carson war er zumindest in der Lage, die Magiegebundenen aufzuspüren, die sich hier herumtrieben. Durch Carsons Magie bekam er eine Vorstellung davon, wie es sich für einen Magier anfühlte, Dämonen wahrzunehmen.

Zwei von ihnen standen auf einem Rankgerüst, das sich über die Fahrspuren zwischen der Mall und dem Parkplatz spannte und von einer Glyzinie überwuchert wurde. Nikodemus blickte zu ihnen hinauf. Sie trugen schwarze Staubmäntel, die in der Nachmittagsbrise flatterten.

Ungefähr fünfundvierzig Meter entfernt musste der Mercedes hinter einigen anderen Autos anhalten, als eine Frau mit einem Zwillingskinderwagen die Straße überquerte. Mist. Die beiden Clowns auf dem Rankgerüst erregten bereits Aufmerksamkeit. Rasmus war in der Nähe, doch er zeigte sich nicht.

Einer der beiden Kerle auf dem Gerüst fletschte die Zähne. Harsh war immer noch viel zu weit entfernt. Nikodemus fasste Carson am Ellbogen und nutzte die erste Lücke zwischen den Autos, um mit ihr auf die andere Seite zu gelangen, weg von dem Rankgerüst. Drei Typen, ganz in Leder gekleidet, überquerten einen Fußgängerübergang. Nikodemus verstärkte seinen Griff. Okay, sie hatten diese fünf gegen sich und noch etliche mehr, die sich mit Sicherheit bei den Magiern befanden.

»Carson, kannst du einen von ihnen trennen?«

Für einen Moment verschwamm ihr Blick. Sie schien vollkommen konzentriert. Magie floss reichlich. »Es ginge. Wenn ich sie berühren könnte.« Ihre Augen verengten sich. »Anders funktioniert es nicht, fürchte ich.«

Drei weitere Dämonen erschienen auf der gegenüberliegenden Seite, alle in schwarzen Lederhosen und Staubmänteln, als wollten sie sich um eine Rolle in »Highlander« bewerben. Und dann verschwand plötzlich einer von ihnen. Verdammt.

Ein Teenager in Jeans, die ihm halb auf dem Hintern hingen, erstarrte auf einmal mitten in der Bewegung. Seine Augen traten vor, sodass nur noch das Weiße zu sehen war. Er begann, wie verrückt zu schreien, ohne auch nur einmal Luft zu holen, drehte beide Arme wie Windmühlenflügel. Speichel tropfte ihm aus dem Mund, während er hin und her wankte, und dann rannte er plötzlich los, direkt auf Carson zu.

Nikodemus wagte es nicht, inmitten all der vielen Leute die Kontrolle über ein menschliches Wesen zu übernehmen. Und so tat er das Einzige, was ihm übrig blieb: Er stellte sich vor Carson, um die Wucht des Angriffs abzufangen.

Aus dem Augenwinkel sah er, wie Harsh mit dem Mercedes um die Kurve fuhr, sich dabei auf der inneren Spur hielt. Scheinbar immer noch endlos weit entfernt.

Der Junge schrie, als stünde sein Kopf in Flammen, und schlug ununterbrochen auf Nikodemus ein, um an Carson zu gelangen.

Zwei der Leder-Typen blieben stehen, der dritte kam näher. Ein vierter ließ sich vom Dach fallen. Glaubten sie wirklich, dass es niemanden stutzig machen würde, wenn ein Typ aus fast vier Metern Höhe heruntersprang und weiterspazierte, als wäre nichts passiert?

Da trat Carson plötzlich hinter Nikodemus hervor. Sie streckte die Arme aus, und der Junge prallte gegen ihre Handflächen. Sie gerieten beide aus dem Gleichgewicht, und Nikodemus konnte gerade noch verhindern, dass Carson mit dem Kopf gegen einen Betonpfosten schlug.

Durch seinen Kontakt zu ihr konnte er spüren, was geschah: Carson zerstörte mit ihrer Magie die Verbindung des Dämons zu dem Jungen, so wie Feuer Papier zu Asche verbrannte. Der Dämon wurde weggerissen, durch Carsons Kraft fast zerstört.

Bewusstlos stürzte der Junge zu Boden. Reglos blieb er liegen, atmete kaum noch. Der Dämon schrie. Seine Kumpane zerrten ihn weg, als sie begriffen, was ihm widerfahren war. Die Menschen um sie herum blieben stehen und starrten, einige holten ihre Handys heraus.

»Himmel noch mal, war das eine Leistung!«, sagte Nikodemus bewundernd, dann fasste er Carson wieder am Arm. »Und jetzt lauf, so schnell du kannst.«

Als Harsh sah, dass Nikodemus und Carson zu rennen begannen, gab er Gas und lenkte den Wagen über den Gehweg. Hinter ihnen brach der Dämon zusammen, der den Jungen unter seine Kontrolle gebracht hatte. Zwei andere Magiegebundene setzten zur Verfolgung an, begriffen dann jedoch, dass die Situation sich zu ihren Ungunsten gewendet hatte.

Reifen quietschten, als Harsh auf die Bremse trat, und in Nikodemus' Nase stieg der Geruch von überhitztem Gummi. Carson machte einen Satz auf den Wagen zu und riss die hintere Tür auf. Nikodemus sprang hinein, und Carson folgte ihm nur eine Sekunde später. Harsh trat das Gaspedal durch.

Carson kniete sich auf den Rücksitz und starrte aus dem Fenster, widerwillig fasziniert von dem Chaos, das sie zurückgelassen hatten. »O Gott«, murmelte sie vor sich hin.

»Schnall dich an«, sagte Nikodemus, während er sie zurück auf den Sitz zog und ihr den Gurt hinhielt. »Du wirst nicht mal mehr den mickrigsten Dämon trennen können, wenn du durch die Scheibe segelst.«

Bevor sie auf die Straße abbogen, drehte auch Nikodemus sich noch einmal um. Rasmus hatte seine Dämonen zurückgepfiffen. Die Typen in den Staubmänteln waren verschwunden. Auf dem Parkplatz stand ein großer Dämon neben einem Mann im Anzug. Sie waren noch nicht so weit entfernt, dass Nikodemus sie nicht hätte erkennen können: Magellan und Kynan Aijan.

24

Nikodemus war mehr als angespannt, als sie zum Farmhaus zurückkehrten. Er war sich nicht sicher, ob er tatsächlich alles im Griff hatte. Carson hatte ihm einmal mehr bewiesen, dass sie auf seiner Seite stand. Der Eid wirkte, sie würde die gleiche Treue zeigen wie jeder andere Dämon, der ihm Gefolgschaft geschworen hatte. Vielleicht sogar mehr. Denn sie gehörte ihm.

Er wagte nicht, weiter darüber nachzudenken. Es erschütterte ihn: Magellans Hexe hatte ihm Treue geschworen. Wenn die anderen Warlords das herausfanden, würden sie wahrscheinlich sofort Pläne schmieden, um ihn auszuschalten.

Er folgte Carson ins obere Stockwerk und überließ es Harsh, ihre Einkäufe auszuladen und Fen und Iskander zu unterhalten. Carson stand in ihrem Zimmer, neben ihrem Bett, die Arme um sich geschlungen und den Blick auf den Boden gerichtet.

Nikodemus machte einen Schritt auf sie zu. »Carson …«

Sie hob den Kopf und wich zurück. Auch wenn sie versuchte, sich nichts anmerken zu lassen, spürte er ihre Furcht.

»Was ist mit mir passiert?«, fragte sie und hob die Hände. »Ich zittere immer noch, wenn ich bloß daran denke, was Magellan und seine Dämonen dir hätten antun können. Wenn einer von ihnen dich auch nur angerührt hätte, hätte ich ihn auf der Stelle vernichtet.« Sie ließ die Hände wieder sinken. »Aber ich bin doch kein Killer. Ich bin es wirklich nicht.«

»Das ist der Treueeid«, erwiderte er. Es fiel ihm schwer, seine Stimme ruhig klingen zu lassen. Er lehnte sich mit dem Rücken gegen die Tür, einen Fuß gegen das Holz gestemmt. »Vielleicht wirkt er ein bisschen stärker, als ich erwartet habe.« Er schob die Daumen in die Gürtelschlaufen seiner Jeans. »Ich bin gebunden, dir zu helfen, genau wie du gebunden bist, mir zu helfen. So funktioniert das.«

Sie wollte etwas einwenden, entschloss sich dann aber offensichtlich dagegen. »Ich muss einen Schluck Wasser trinken«, sagte sie.

Er schaute ihr hinterher, als sie ins Bad ging, hörte, wie der Wasserhahn lief und wieder abgestellt wurde. Als sie zurückkam, fragte sie: »Was ist eigentlich mit diesem Jungen passiert?«

»Du hast ihn von dem Dämon getrennt, der ihn übernommen hatte.«

Sie lehnte sich gegen die Wand und starrte an die Decke. »Ach so.« Dann richtete sie ihren Blick auf ihn. »Aber er kommt doch wieder in Ordnung, oder?«

»Ich denke.« Er ging zu ihr hinüber und legte ihr die Arme um die Taille. »Du hast den Jungen nicht umgebracht. Im Gegenteil. Du hast ihm vermutlich das Leben gerettet. Dem Dämon war es vollkommen egal, was aus ihm geworden wäre.«

»Magellan ist hinter uns her.« Ihre grünen Augen verdunkelten sich. »Meinetwegen ist er hinter dir her. Und er wird nicht aufgeben.«

Er lehnte seine Stirn gegen ihre und stellte sich vor, wie es wäre, sie jetzt nackt in seinen Armen zu halten. Gleich darauf mahnte er sich selbst, dass das das Letzte war, woran er denken sollte.

»Sieh mal«, meinte er schließlich, »du machst mein Leben nicht gefährlicher, als es eh schon ist. Das ist schlicht und einfach eine Tatsache, also rede dir kein schlechtes Gewissen ein. Magier versuchen ständig, Dämonen zu versklaven. Ich kann mich an nichts anderes erinnern.«

Er seufzte, und Carson schlang ihre Arme um ihn, zog ihn näher zu sich heran.

»Nur wenn wir nicht schleunigst eine Möglichkeit finden, das zu ändern, wird es bald mehr magiegebundene als freie Dämonen geben«, fügte er hinzu.

»Und jetzt?«

Nikodemus zuckte mit den Schultern. »Wir machen wie vorgesehen weiter. Ich werde mich mit den anderen Warlords treffen. Und versuchen, sie davon zu überzeugen, dass wir zusammenhalten müssen.« Es fühlte sich gut an, wenn sie ihm so nah war. Er knabberte an ihrem Hals, sog ihren Duft ein. »Du riechst gut, Carson.«

Ihr Körper wurde weich und nachgiebig, und ohne nachzudenken, öffnete er die Lippen. Er streifte ihre Haut mit den Zähnen. Nicht fest genug, dass es blutete, obwohl ihm danach verlangte. Er biss sie leicht. Ihre Arme schlossen sich enger um ihn.

Doch, sie konnten es schaffen. Harshs Warnung ging ihm nicht aus dem Kopf, dabei war er sich sicher, dass sie Sex haben konnten, ohne dass er seine Gestalt wechselte. So weit konnte er sich beherrschen.

Nikodemus hörte, wie Carson leise aufseufzte, und er legte eine Hand an ihre Wange. »Schau nicht so ernst drein«, sagte er. Ihre Augen wirkten wie ein unergründlich grüner

See. Sie schaute ihn an, als wäre sie über Bord gegangen und er der Einzige, der sie retten konnte. »Es geht nicht immer um Leben oder Tod. Neulich, mit Harsh. Mit uns dreien. Das war ernst. Und es ist ein bisschen außer Kontrolle geraten. Das, was vorhin in der Mall passiert ist, das war ebenfalls ernst. Aber du und ich, wir beide zusammen, das ist einfach nur gut.«

Carson hörte nicht auf, ihn mit diesem ernsthaften Ausdruck anzusehen, der ihn so anmachte. Ihre Magie war wieder erloschen, und so konnte er nicht wirklich erkennen, was sie empfand.

Eine winzige Narbe verlief über ihre Unterlippe. Weiß in all dem Rot. Sie fuhr sich mit der Zunge über die Lippen, und Nikodemus starrte auf ihren Mund, dachte Dinge, die er nicht denken sollte. Seine Haut prickelte, so, wie sie es stets tat, bevor er die Gestalt wechselte.

»Erstaunlich, dass eine Menschen-Frau wie du mich so weit mehr als nur körperlich erregt«, sagte er, und seine Stimme klang rau.

»Ist das schlimm?«

»Ich mag es.« Mehr als das. Und er mochte es auch, wie gründlich sie über alles nachdachte. Wie sie ihre Entscheidungen traf. Alles an Carson ging ihm unter die Haut. Sie war ihm wichtiger als er sich selbst.

»Ich will dich so sehr«, meinte er nach einem Moment.

Ihre Wangen färbten sich rosa. »Und was ist mit einer Schwangerschaft? Müssen wir uns darüber Sorgen machen?«

»In dieser Gestalt bin ich nicht zeugungsfähig. Falls wir aber jemals miteinander schlafen sollten, wenn ich meine ursprüngliche Gestalt angenommen habe, dann könnte es durchaus passieren.«

Sie blinzelte und fuhr sich erneut mit der Zunge über die Lippen. Wurde noch ein bisschen blasser.

Nikodemus legte die Hände auf ihren Hals. Und wäre beinahe zurückgezuckt, als er spürte, wie sehr diese Berührung sein Verlangen verstärkte.

Er fuhr mit einem Daumen über ihre Lippen. »Ich möchte, dass es schön für dich ist.« Seine Hand glitt zu ihrer Schulter, und mit den Fingerkuppen zeichnete er einen Kreis darauf.

Seine Gedanken schweiften ab. Er sah sich selbst, in seiner anderen Gestalt, wie seine Hände ihren Körper erkundeten. Und wieder musste er sich beherrschen, nicht tatsächlich seine ursprüngliche Gestalt anzunehmen. Es kostete ihn mehr Mühe, als ihm lieb war, diese Träumerei wieder zu verdrängen.

Carson hatte ihn mit der ihr eigenen Vorsicht beobachtet. Sie wandte den Blick nicht von ihm ab.

O ja, er konnte sich nur zu gut vorstellen, wie er in seiner natürlichen Gestalt vor ihr stand, wie er ihre Menschenhaut berührte, vorsichtig, damit er sie nicht unabsichtlich ritzte, und seine Finger über ihren nackten Körper gleiten ließ. Wie sie ihn ganz atemlos machte. Wie er hart wurde und in sie eindrang, und wie er gleichzeitig in ihrem Kopf war, all ihre Gefühle in sich aufnahm. Wie Carson leidenschaftlich auf sein Verlangen reagierte.

Nikodemus lehnte sich zurück und streifte sein T-Shirt ab, warf es auf den Boden. Die Haut entlang seinem Rückgrat prickelte. Immer, wenn es ihn danach drängte, seine Gestalt zu wechseln, ertrug er keine Kleidung mehr.

Zärtlich strich er über ihre Stirn. »Weißt du, Carson, du könntest auch in meinen Kopf gelangen, wenn du wolltest.«

»Das ginge?«

»Ja. Willst du es ausprobieren?«

Sie nickte.

»Stell dir einfach vor, du wärst in mir.«

Seine Magie verlangte danach, den Quell ihrer Kraft zu kosten, die so mächtig in ihr wirbelte. Mindestens ebenso heftig, wie er ihren Körper begehrte. Mit dem Zeigefinger drückte er sanft gegen ihre Stirn, ein Stück oberhalb der Nasenwurzel, und augenblicklich war die Verbindung zwischen ihnen da, entstand schneller und leichter, seit Carson ihm Treue geschworen hatte. Doch so gut wie nie gestattete ein Warlord einem anderen ein solch tiefes Eindringen in das eigene Bewusstsein.

Zu seiner Überraschung stürmte sie nicht in seinen Geist, brach keine Barrieren nieder, sondern glitt sanft und sicher hinein. Sie fügte sich einfach ein. War da. Bei ihm. Es war erregend, sie in seinem Kopf zu spüren. Süß und verführerisch. Wie der Gesang einer Sirene, der den räuberischen Teil seines Wesens anzog.

»Ist es okay so?«, fragte sie und ließ ihre Hände über seinen Körper gleiten.

Es brachte ihn an den Rand seiner Beherrschung.

»O ja«, erwiderte Nikodemus. Ihre Finger waren kühl auf seiner Haut. Die immer noch menschliche Haut war.

Nikodemus drückte Carson gegen die Wand, legte die Hände auf ihre Schultern und drängte sich gegen sie. Senkte den Kopf und küsste sie.

Nikodemus spürte, wie sich die fremde, menschliche Präsenz in seinem Kopf rührte, zwischen seinen Gedanken durchschimmerte und in seinem Körper pulsierte. Irgendetwas in ihm antwortete darauf, und jene Hitze erfüllte ihn, die stets seine Veränderung ankündigte. Heftig zitterte er vor Verlangen, sich zu wandeln. Doch das durfte er nicht tun, denn es würde sie zu sehr erschrecken.

Widerstrebend unterbrach er den Kuss, atmete tief durch, immer wieder, bis diese Hitze allmählich aus ihm wich.

Als er halbwegs sicher war, dass er sich erneut unter Kontrolle hatte, küsste er Carson wieder. Wilder diesmal. Nicht länger süß und zärtlich. Er sehnte sich schon zu lange danach, endlich mit ihr zu schlafen.

Einen Moment ließen sie voneinander ab, gerade lange genug, dass er ihr das Shirt ausziehen konnte.

Ihr BH war alles andere als aufreizend. Ein lächerliches, praktisches Baumwollding ohne den geringsten Hauch von Spitze. Aber selbst dieser Panzer konnte nicht verbergen, was für einen schönen Busen sie hatte. Voll und fest. Hinreißend. Absolut hinreißend.

Sie hatte einfach alles, was ihm an Frauen gefiel. Es schien, als hätte man extra für ihn eine Menschen-Frau gemacht, die jeder seiner sexuellen Sehnsüchte entsprach. Geschwungene Hüften, eine schmale Taille, wunderbare Brüste. Und eine Haut, die nie in der Sonne gebräunt worden war.

Er schob eine Hand in ihren Rücken. Ein leichter Druck, und er spürte sie ganz nah an seinem Körper, ihre weiche, bloße Haut an seiner Brust.

Carsons Präsenz in seinem Bewusstsein schraubte sein Verlangen noch höher. Seine Haut prickelte, Schauder liefen in Wellen über seinen Rücken, und wieder musste er sich von ihr lösen, um nicht die Kontrolle zu verlieren.

Ihre Lippen öffneten sich, und er legte eine Hand auf ihre Wange, während er mit der anderen versuchte, ihren BH zu öffnen. Gleich würde der Panzer fallen.

»Ich mag deinen Mund«, murmelte er. »Sehr sogar. Und ich möchte, dass du mich mit ihm liebkost. Sag mir, dass du es auch willst.« Seine Stimme klang verführerisch sanft.

Ihre Augen weiteten sich, die Pupillen schienen tiefdunkle Seen zu sein, umrandet von leuchtendem Grün. Sie war in seinem Kopf, wusste genau, was er dachte und empfand.

»Sag mir, dass du es willst!«

Endlich gab auch das letzte Häkchen nach, und Nikodemus sah Carson bewundernd an. »Himmel, du bist perfekt! Rund und fest und so hell.«

Er legte eine Hand auf ihre Brust, und es machte ihn verrückt, als sie leise aufstöhnte. Er riss sie mit seinen heftigen Emotionen mit. Es ging zu schnell. Er wusste es, doch er konnte nichts mehr daran ändern.

Nikodemus' Lippen schlossen sich um ihre Brust, seine Zunge spielte mit ihr, lockte, reizte, verführte. Er spürte, wie ihre Brustwarze unter seinen Liebkosungen prall und fest wurde, und es heizte ihn noch mehr an. Er war im Himmel gelandet, ganz sicher.

Während er einen Finger unter den Bund ihrer Jeans schob und sie dort unten zu liebkosen begann, zogen seine Lippen eine heiße Spur zu ihrem Hals, und dann berührten seine Finger sie dort, wo eben noch sein Mund gewesen war.

Bereitwillig öffnete Carson ihre Lippen, erwiderte leidenschaftlich seinen Kuss, schob aber gleichzeitig seine Hand weg, um nun ihn zu berühren. Dann öffnete sie die Knöpfe seiner Jeans.

Nikodemus drehte sie beide herum, sodass nun er mit dem Rücken an der Wand lehnte – und er sich prompt den Kopf am Türrahmen stieß. Hastig streifte er seine Stiefel ab, und er stöhnte auf, als Carson ihre Hand um ihn schloss.

»O verdammt, Carson!« Hatte es wirklich einen Moment gegeben, in dem er nicht mit ihr schlafen wollte? Carson ließ ihn alle Bedenken vergessen. Sie kniete sich vor ihn, und sie wusste genau, was er wollte. »Ich schwöre, ich werde dich genauso verwöhnen! Himmel, fühlt sich das gut an!«

Und so, wie er sie eben mit seiner Zunge liebkost hatte, verführte sie nun auch ihn. Ein Bild formte sich in seinem Kopf, das alle seine Hoffnungen verblassen ließ, sich doch noch zu »benehmen«, und als er auf Carson hinabschaute, sah er ebendieses Bild in der Wirklichkeit, nur dass er noch menschliche Gestalt innehatte.

Carson legte eine Hand auf seinen Bauch, doch er nahm sie und zog eine Linie von ihrem Zeigefinger zu ihrer Schulter. Mittelfinger und Ringfinger folgten, aber es war nicht Ablenkung genug.

Er spürte, wie ihm die Kontrolle entglitt und sein Körper sich zu verändern begann. Er war so nah daran, seine natürliche Gestalt anzunehmen, dass er überzeugt war, die Verwandlung nicht mehr aufhalten zu können. Im allerletzten Moment gelang es ihm dennoch.

Erst als Carson aufstand, sah er den schmalen roten Streifen auf ihrer Schulter, und er küsste sie dort, wo sich der Kratzer befand. Ihr Blut schmeckte salzig. Nikodemus biss sie. Nicht fest. Aber fest genug, um sich selbst daran zu erinnern, dass er im Begriff stand, ein Tabu zu brechen. Ein Dämon schlief nicht mit einer Menschen-Frau, wenn sie wusste, dass er verwandelt war oder sie sich anschließend daran erinnern würde.

»Jetzt bin ich an der Reihe«, sagte er leise. Er trat nach vorn, zwang Carson dabei, rückwärts zu gehen. Bis hin zum Bett, bis sie mit den Beinen dagegen stieß. Sanft drückte er sie auf die Matratze.

Carson hatte einen wunderbar sinnlichen Körper. Nikodemus umfasste ihr Handgelenk und zog eine weitere Linie. Dann brachte er seinen Mund nah an ihr Ohr.

»Ich dachte, wenn wir miteinander schlafen, könnte ich es auf eine rein körperliche Angelegenheit beschränken. Aber offensichtlich habe ich mich geirrt. Ich will, dass du das weißt. Kommst du klar damit?«

»Ja«, erwiderte sie und zog ihn zu sich, »natürlich komme ich damit klar.«

Er ließ ihr Handgelenk los und fuhr fort, sie auszuziehen. Die Schuhe hatte sie selbst bereits abgestreift. Die Jeans – weg damit. Der hässliche Baumwollslip – erst recht weg damit.

Als er Carson dann betrachtete, hielt er unwillkürlich den Atem an. »Du bist … unglaublich«, flüsterte er. Und es war für lange Zeit das Letzte, was er sagte.

Sie schmeckte so gut. Und je stärker ihre Erregung wurde, desto stärker wurde auch das mentale Band zwischen ihnen. Seine sinnlichen Liebkosungen brachten sie immer wieder bis kurz vor den Höhepunkt, und ausgerechnet dann, wenn sie glaubte, sie hielte es nicht mehr aus, zog er sich zurück, bis sie ihr Verlangen kaum noch beherrschen konnte und sich ungeduldig unter ihm wand.

»Soll ich aufhören?«, fragte er, als er sie erneut fast bis zum Höhepunkt getrieben hatte.

»Wage es ja nicht!«, stieß sie hervor. Ihr Atem ging heftig.

»Und wenn doch?« Er lachte leise. »Aber vielleicht sollten wir ja doch noch ein bisschen …«

Es war aufregend, sie auf diese Weise zu liebkosen. Diesmal zog er sich nicht zurück. Und als sie zum Höhepunkt kam, schien es, als bräche die Welt auseinander. Und er fühlte, was sie empfand, denn sie war noch immer in seinem Kopf.

Ihr Herzschlag beruhigte sich nur langsam, nahm den Rhythmus seines Herzens auf. Zwei Herzschläge. Ein Herz.

Nikodemus wünschte, diese wunderbaren Momente würden niemals enden. Eine derart innige Verbindung zu einer Menschen-Frau hatte er schon lange nicht mehr empfunden, länger, als er sich erinnern konnte.

Er rollte sich über sie. Mit einer Hand strich er über ihren Arm, und seine Finger prickelten, als er spürte, wie Carsons Magie in ihn sickerte. Er hatte vergessen, wie atemberaubend es war, auf diese Weise in Besitz genommen zu werden.

Carson öffnete die Augen, und er sah sie an, immer noch mit ihr verbunden, während sein Körper von dem Widerhall ihrer Magie vibrierte.

»Das war unglaublich«, flüsterte sie.

»Ich weiß.«

Ihre grünen Augen, eingerahmt von den dichten schwarzen Wimpern, hatten sich wieder verdunkelt, und Nikodemus konnte durch sie hindurch bis in ihr Innerstes sehen.

Carson stöhnte leise auf, immer noch ganz atemlos, immer noch voller Verlangen. Sie berührte seine Brust, und seine Magie floss in sie, verband sich mit ihrer, weckte ein Begehren in ihm, das noch stärker war als zuvor. Es war, als würde ihre Haut Funken sprühen.

Nikodemus glitt in sie, in die Hitze ihres Körpers, und ihre Augen weiteten sich noch mehr. Sie packte ihn an den Armen und bog sich ihm entgegen.

»Fester«, sagte sie atemlos.

Er schien sie völlig auszufüllen, und hatte er geglaubt, seine Lust ließe sich kaum noch steigern, so hatte er sich geirrt. Es wurde schwieriger und schwieriger, die Kontrolle zu behalten.

»Du bist noch nicht bereit für das, was ich wirklich bin«, sagte er, wobei dieser Satz eher an ihn selbst gerichtet war als an sie, eine Ermahnung, sich nicht von seiner Leidenschaft davontreiben zu lassen.

Sie passten so perfekt zusammen. Carson bog sich ihm noch weiter entgegen, und Nikodemus packte sie an den Hüften, seine Finger wanderten zu ihrem Po, streichelten ihre weiche Haut. Er senkte sich ein bisschen tiefer in ihren Kopf, ließ seine Magie noch ein bisschen stärker werden. Er konnte ihre Magie fühlen, doch es war der menschliche Teil von ihr, der ihn so anzog.

Seine Fingerspitzen tanzten über ihre Haut, und er fühlte, wie die Lust in ihr stärker und stärker wurde. Eine weitere Eigenschaft der Menschen, die seine Spezies so verführerisch fand: die reine Körperlichkeit ihres Begehrens. Ganz tief ließ er sich in dieses Gefühl hineinfallen, und er wusste, dass er den kritischen Punkt erreicht hatte, dass er kaum noch in der Lage war, diese Gestalt beizubehalten, in der er wie ein Mensch auf sie wirkte.

Er tauchte tief in Carsons Bewusstsein ein, löste alle Schranken auf, hüllte sich in ihre Lebenskraft. Er senkte den Kopf, und seine Lippen fanden die Stelle an ihrem Hals, wo er ihren Puls spüren konnte, ihn hörte, wo er den Rhythmus aufnehmen und ihn schmecken konnte.

Ihr Körper strahlte Hitze aus. Nikodemus öffnete die Lippen, liebkoste ihre Haut mit seiner Zungenspitze. Er glitt aus ihr heraus, weil er ihr Liebesspiel verlängern wollte. Dann küsste er Carson auf die Schulter und drehte sie auf den Bauch. Er sah den schmalen roten Streifen, den Kratzer, den er ihr zugefügt hatte, und sandte einen Impuls aus, sodass erneut Blut hervorzuquellen begann. Es waren nur wenige Tropfen, und ihr Geschmack war bittersüß.

Nikodemus spürte ein weiteres Mal, wie die Haut an seinem Rücken prickelte. Er war in Carsons Bewusstsein, so tief, dass er sich wünschte, er könnte für immer dort bleiben. So tief, dass er auch körperlich wieder mit ihr verbunden sein wollte.

Erneut drang er in sie ein. Ewig hätte er sie so fühlen und ihre Magie kosten mögen.

Carson stöhnte auf. Sie war genauso erregt wie er, erfüllt von brennendem Verlangen, und das – nun ja, welchen Mann ließ es kalt, wenn eine Frau sich ihm so vollkommen überließ?

Ihn jedenfalls nicht. Und dennoch gab er sich eine Weile dem Glauben hin, dass es ihm genügen könnte, sich in ihr zu bewegen, vorzustoßen und sich wieder zurückzuziehen.

Es genügte ihm nicht.

Nikodemus löste sich von ihr, schwer atmend, er wich zurück und stand auf. Er zitterte vor Anstrengung. Zu nah war er daran, sich zu wandeln, weil sein Körper und seine Seele sie so sehr begehrten. Zu sehr sehnte er sich danach, in seiner eigentlichen Gestalt zu sein.

Carson drehte sich um und sah ihn fragend an.

Sie gehört zu mir. Zu mir. Zu mir. Fast unerträglich laut hallten diese Worte in seinem Kopf wider.

Sie streckte die Arme nach ihm aus.

»Carson, ich kann das nicht vor den Augen eines Menschen tun«, sagte er. »Wir wollen es zwar stets, wir alle, aber …«

»Was denn?«

»Etwas sehr Erregendes. Etwas, was tabu ist«, erwiderte er und spürte die wilde Sehnsucht, wieder in ihr zu sein. Doch wenn er nun erneut in sie eindrang, würde er sich nicht länger kontrollieren können. »Es ist nicht richtig. Es könnte sein, dass es dir nicht gefiele.« *Sie ist ein Mensch,* dachte er. Aber das Verbotene seiner Wünsche steigerte sein Verlangen nur noch mehr. »Deshalb müssen wir das jetzt beenden. Tut mir leid.«

Sie legte den Kopf ein wenig schief und betrachtete Nikodemus. Die Verbindung zwischen ihnen war plötzlich nur noch ganz schwach.

Er schluckte. »Ich will dich nicht verlassen«, beteuerte er. »Und ich lüge dich auch nicht an.« Sie verstand ihn falsch, absolut falsch, begriff nicht, was mit ihm passierte. Sie glaubte, er würde sie im Stich lassen, sich von ihr lossagen. »Ich will doch nur, dass du sicher bist.«

Sie setzte sich auf, und er wartete. Verdammt, er fühlte immer noch dieses ungehörige Verlangen, aber ihre Sicherheit war ihm wichtiger.

»Sicher?«, wiederholte sie. »Sicher wovor? Ich weiß doch, was du bist, Nikodemus.«

»Du weißt nicht, was du mir damit antust.« Idiot, der er war, trat er wieder ans Bett heran.

»Aber ich weiß, dass es schön ist, mit dir zusammen zu sein. Ich weiß, dass du nicht menschlich bist. Anders als ich.«

Sie wirkte überaus sexy, wie sie ihn so unschuldig anschaute, so verboten sexy mit ihrem Mund, der so leidenschaftlich geküsst worden war. Nikodemus spürte, wie seine Entschlossenheit gefährlich ins Wanken geriet. Wie sein Körper seine eigene Entscheidung traf.

»Lass es nicht so enden«, bat sie leise. »Nicht, wenn ich weiß, dass du mir noch viel mehr geben könntest.«

»Carson, du könntest schwanger werden.«

»Ich könnte auch morgen schon tot sein. Wir wissen doch gar nicht endgültig, was ich jetzt bin, was die Dämonenmagie aus mir gemacht hat.« Sie berührte ihn. Strich mit ihrer Hand über seinen Oberschenkel, dann zu seiner Hüfte hinauf.

Wieder blitzte in seinen Gedanken das Bild von ihnen beiden auf: sie so klein und blass und er nicht länger menschlich, während Carson ihn mit ihrem Mund umschloss.

»Bitte, Nikodemus, ich brauche dich.« Er spürte, wie er die Kontrolle über seinen menschlichen Körper verlor, als sie ihn so sehnsüchtig aus ihren wunderschönen grünen Augen anschaute. »Sag nicht Nein«, fügte sie hinzu. »Bitte!«

»Ich will aber nicht, dass du dich vor mir fürchtest«, erwiderte er, gleichzeitig dachte er, dass es vielleicht doch eine Möglichkeit geben könnte, das zu vermeiden. Andererseits, vielleicht würde es ihm sogar gefallen, wenn sie Angst hatte. Ein bisschen nur. »O Carson, ich kann diese Gestalt nicht mehr halten. Es tut mir leid. Wenn du das nicht willst, dann müssen wir jetzt ...«

Er schnappte nach Luft, als sie ihre Finger weiterwandern ließ.

»... wirklich aufhören.«

»Ich fürchte mich nicht vor dir.« Sie berührte ihn erneut. »Ich fürchte mich kein bisschen vor dir.«

Okay.

Wenn sie es so wollte ...

O verdammt, es war ihm egal.

»Ich werde das Licht verlöschen lassen«, sagte er und ließ

ihr Zeit, mit einem »Nein« zu antworten. »Du wirst nicht in der Lage sein, mich zu sehen. Einverstanden?«

Sie nickte.

Das Licht verblasste, wie er gesagt hatte. Nikodemus ließ die gesamte Helligkeit verschwinden. Schuf völlige Dunkelheit. Nun hieß er die Finsternis willkommen, umarmte sie, weil sie die Quelle seines Wesens war. Seine Haut kräuselte sich, und er begann, sich zu wandeln.

Ja.

Nach und nach wurde er sich seines ursprünglichen Körpers bewusst, der allerdings in einem seinem menschlichen glich: Er zeigte das gleiche Begehren.

Nikodemus konnte perfekt in der Dunkelheit sehen. Er nahm Carson wahr, wie sie ihre Augen anstrengte und doch unfähig war, die Schwärze zu durchdringen. Er roch ihre Haut und ihre Lust, und der durchdringende Geruch ihres Bluts, das aus dem Kratzer sickerte, stieg ihm in die Nase. Er wusste, dass sie seine Wandlung gespürt hatte. Sie waren zu nah beieinander, als dass ihr der Schub seiner Magie entgangen sein könnte. Und dennoch konnte sie ihn nicht sehen.

Seine Wahrnehmungen veränderten sich, wenn er die Gestalt wechselte, wurden stärker, schärfer. Ein bisschen Angst zu spüren wäre nicht schlecht. Wirklich nur ein bisschen. Gerade so viel, um seine Erregung richtig anzufachen.

Carson ließ ihre Hand über seinen Körper gleiten. Hielt sie an, bewegte sie wieder. Und sog überrascht den Atem ein.

Nikodemus ließ sie den Unterschied spüren. Die andere Beschaffenheit seiner Haut, die Hitze. Und ja, da war sie. Die Furcht. Furcht, die über ihre Haut tanzte, als ihre Fingerspitzen ihr verrieten, was er war. Ein tiefes Grollen stieg in seiner Kehle auf.

Ihre Hand folgte seinem Arm, und sie spürte, wie angespannt seine Muskeln waren. Glitt hinauf zu seiner Schulter, über seinen Rücken hinab. Ganz sicher hatte sie den Unterschied erkannt, wusste nun auch, dass er größer und kräftiger war.

»Ich habe keine Angst vor dir«, flüsterte sie.

Was eine Riesenlüge war. Sie hatte Angst, doch sie ließ sich nicht davon unterkriegen, und wenn er glaubte, dass er zuvor schon erregt gewesen wäre, so begriff er nun, in welche unmöglichen Höhen sich Begehren steigern konnte.

Nikodemus rollte sich über sie. Seine Lippen wanderten ihren Hals entlang und ihre Schulter, fanden den Kratzer, und er ließ sie spüren, dass seine Zähne nun schärfer waren als zuvor.

Und dann tat er es. Drang in seiner nicht-menschlichen Gestalt in ihren menschlichen Körper ein. Kraftvoll. Wild. Immer und immer wieder, und es war einfach unglaublich, mit ihr zu schlafen, während sie sich des Unterschieds zu seiner vorherigen Gestalt so deutlich bewusst war.

Ein menschlicher Körper unter seinem. Menschen-Haut unter seinen Fingerspitzen. Er konnte den Unterschied zwischen ihnen sehen. Er brauchte sich dieses Bild nicht mehr vorzustellen.

Nikodemus schlang seine Arme um Carson und drehte sich mit ihr um, bis er auf dem Rücken lag. Sie drängte sich ihm entgegen, bis er noch tiefer in ihr war, und sie schnappte hörbar nach Luft. Ihr Begehren verschmolz mit seiner Magie, lockte ihn, zog ihn tiefer in ihre Verbindung. Seine Lust prallte gegen ihre, Lust und Magie vermischten sich. Nikodemus berührte sie, wo immer er konnte.

Er stöhnte auf, als die Leidenschaft sich wie eine gewaltige

Woge aufbaute. Schlang ein Bein um sie, drückte sie näher an sich, denn er hatte Carson nun zu sich heruntergezogen. Und schob sie wieder zurück, drängte nach, bis er so tief in sie glitt, wie es möglich war. Seine Hände liebkosten ihren Bauch, und sie zuckte zusammen, als sie die Schärfe seiner Fingernägel spürte.

Seine Sinne weiteten sich aus, verbanden sich mit ihren. Er besaß die typische Empfänglichkeit der Dämonen für Gefühle, und sie war aufgeladen mit menschlichen Emotionen.

Carson streichelte seine Schultern, und ihre Berührung sandte einen Schauer der Erregung durch ihn. Und dann öffnete sie sich ganz jener Kraft, die einem Dämon Macht über die körperlichen Reaktionen eines Menschen gab.

Nikodemus setzte sich auf, hielt sie dabei auf seinem Schoß, und Carson schlang blitzschnell ihre Arme um ihn, um ihr Gleichgewicht zu halten. Ohne darüber nachzudenken, was er tat, senkte er den Kopf und ritzte ihre Schulter noch ein bisschen tiefer.

Carson zuckte zusammen. Sie war nun viel, viel kleiner als er. So abgelenkt, wie sie in diesem Moment war, achtete sie nicht darauf, dass er mit den Fingern weitere Linien über ihren Körper zog, über ihre weiche, duftende Haut.

Es hätte eh keinen Sinn mehr gemacht, sich zurückzuhalten. Über diesen Punkt waren sie längst hinaus.

»Ich will dich sehen«, sagte sie in die Dunkelheit.

»Bist du sicher?« Er beugte sie zurück, bis sie mit dem Rücken auf der Matratze lag, und änderte seine eigene Position. Carson schlang die Beine um ihn. Neue Linien folgten. Funken von hellem Gold sanken in ihre Haut. Sein Zeichen. Nikodemus hatte aufgehört, sich etwas vorzumachen. Sie waren auf ewig miteinander verbunden.

Ein atemloses »Oh!« verriet ihm, dass er die richtige Stelle in ihr berührt hatte. Er packte sie an den Hüften, zog sich zurück, um noch einmal ganz tief in sie einzudringen.

Und dann ließ er das Licht zurückkehren.

Carsons Augen öffneten sich. Sie blinzelte. Fokussierte ihren Blick. Sie wich nicht zurück, was er auch nicht erwartet hatte, aber er spürte die Heftigkeit ihrer Gefühle.

Was ihn aber vollkommen überraschte, war seine eigene Reaktion auf das Wissen, dass sie ihn sehen konnte. Dass sie nun begriffen hatte, wen sie in ihrem Körper spürte.

Er blickte ihr tief in die Augen. »Komm zu mir, Carson, zeig mir, wie sehr du mich begehrst.«

25

Carson stieg zum Dachboden hinauf. Harsh hatte erzählt, dass dort oben Waffen gelagert waren. Sie mussten damit rechnen, dass Magellan und Rasmus sie erneut angriffen, und Nikodemus wollte, dass sie vorbereitet waren, wenn die Hexer den Weg hierher zum Farmhaus fanden. Waffen waren nicht so wirksam wie Magie, wenn man Dämonen von sich fernhalten wollte, aber ein zielsicherer Schuss war durchaus eine Möglichkeit, sie von einem Magier zu befreien und einen Dämon zumindest zu verlangsamen.

Deshalb wollte sie nachsehen, ob sich die Waffen tatsächlich noch dort befanden, wo Harsh sie einst verstaut hatte.

Nikodemus telefonierte seit Stunden. Versuchte, die anderen Warlords davon zu überzeugen, entweder den Termin ihres Treffens zu verschieben oder es an einem anderen Ort abzuhalten.

Carson gelangte allmählich zu der Überzeugung, dass Warlords eine ziemlich sture und leicht paranoide Bande waren.

Fen saß die meiste Zeit über schmollend am Tisch und durchbohrte Carson mit ihren Blicken. Iskander war nach wie vor in tiefes Schweigen versunken.

Der Dachboden schien sauber zu sein. Kühl war es hier und düster, weil die Fensterläden geschlossen waren. Carson knipste das Licht an, eine einzelne Glühbirne, die von der Decke baumelte.

Nun ja, ein paar Spinnweben zierten die Decke und die Fensterscheiben, aber wenigstens war nicht alles staubverschmutzt. Ein großer Perserteppich dämpfte die Kälte des Bodens.

Carson hatte inzwischen begriffen, dass Harsh die Annehmlichkeiten des Lebens liebte. Teure Annehmlichkeiten. Wie einen Fünftausend-Dollar-Teppich auf dem Dachboden. Oder jenes elegante Paar Lederschuhe, das mal eben tausend Dollar gekostet hatte.

Auf der einen Seite des Raumes waren Pappkartons bis zur Decke gestapelt, und in einer Ecke, neben einem hölzernen Bettgestell und einer Kommode mit zerbrochenem Spiegel, standen mehrere Kisten.

Interessant, irgendjemand nutzte den Dachboden als Rückzugsort. Eine Wolldecke und ein Kissen lagen auf dem Teppich, daneben ein Stapel Taschenbücher. Das oberste war ein Handbuch der U.S. Armee und des Marine Corps mit dem Titel: »Wie man einen Aufstand niederschlägt«. Nicht gerade Unterhaltungslektüre.

Carson durchquerte den Raum, um ein Fenster zu öffnen. Seit der Talisman aufgebrochen war, war ihr ständig warm; Harsh, der regelmäßig ihre Temperatur überprüfte, hatte festgestellt, dass sie stets ein bis zwei Grad über dem Normalwert lag.

Mondlicht fiel durch das Fenster herein und zeichnete silbrige Bahnen auf den Teppich. Draußen waren Eulenrufe zu hören.

Carson ging hinüber zu den Kisten, in denen laut Harsh die Waffen liegen sollten, und öffnete den Deckel der ersten. Beeindruckend. Harsh hatte nicht übertrieben. Heckler & Koch. In einer weiteren Kiste entdeckte sie verpackte Munition.

Plötzlich breitete sich Kälte in ihrem Kopf aus. Carson versuchte immer noch, sich an die Veränderungen zu gewöhnen, die das Aufnehmen der Magie des Talismans mit sich gebracht hatte. Wie diese neue Art, Dämonen wahrzunehmen. Manche dieser Veränderungen waren nur ab und zu spürbar, dann wieder gar nicht, einige jedoch schienen von Dauer zu sein. Wie dieses eisige Gefühl, wenn ein Dämon in der Nähe war.

Carson drehte sich um.

Iskander stand in der Tür, die Hände oben gegen den Rahmen gedrückt. Sie blickte auf die Decke und das Kissen und verstand. Iskander schlief nicht mehr bei seiner Schwester. Er hatte sich hier oben eingerichtet.

Carson war daran gewöhnt, von anderen überragt zu werden. Die meisten Leute waren größer als sie. Iskander jedoch war ein wahrer Riese. Größer als Nikodemus und muskulöser. Ähnlich wie Xia. Seine Armmuskeln waren beeindruckend.

Carson war nicht gerade wild darauf, allein mit ihm zu sein. Mit Fen würde sie jederzeit fertigwerden, Iskander dagegen jagte ihr manchmal Angst ein. Er weckte die gleichen zwiespältigen Gefühle in ihr wie Xia.

Deshalb war sie erleichtert, als sie keine bedrohliche Ausstrahlung bei ihm wahrnahm.

»Ich werde dir garantiert nicht helfen, wenn Fen dich hier mit der bösen Hexe entdeckt«, sagte sie.

Die Linien auf seinem Gesicht glühten, als wären sie mit phosphoreszierender Tinte gezogen worden, und seine Magie loderte glühend heiß. Aber, nun ja, er war nun mal genauso gebrochen wie sie selbst.

»Magellans Hexe«, sagte er, und seine Stimme klang eingerostet.

Die Härchen an ihrem Nacken richteten sich auf. Normalerweise wirkten die kobaltblauen Streifen in seinem Gesicht stärker als seine Augen, doch jetzt glühten auch diese. Er kam in den Raum, trat in eine der silbrigen Mondlichtbahnen.

Carson wischte sich nervös die Hände an ihrer Jeans ab. »Was willst du, Iskander?«

Ihre Blicke trafen sich, und etwas Merkwürdiges geschah mit ihren Augen. Ihre Sicht veränderte sich. Die Ecken des großen Raums schienen zu verschwimmen, mit der Decke und dem Boden zu verschmelzen. Sie sah Farben, die ineinander verliefen.

Carson schüttelte den Kopf. Sie hatte Mühe zu atmen. Ihr Körper war wie elektrisiert. Sie blinzelte, und die Farben verschwanden.

Iskander legte eine Hand auf einen der Stützpfosten. Ihre Sehkraft verminderte sich weiter, deshalb konnte sie nicht sicher sein, doch für einen Moment glaubte sie, dass seine Finger länger erschienen, als sie sein sollten, und an ihren Spitzen Klauen saßen. Sie versuchte, seiner Hand mit ihrem Blick zu folgen, als diese tiefer glitt. Ein dicker Splitter stach in seinen Zeigefinger. Iskander zuckte zusammen, und die unheimliche Verbindung zwischen ihnen schwankte und zerriss dann ganz.

Der Raum erschien wieder normal, genau wie Iskander. Ein normaler Mann, wenn auch knapp zwei Meter groß mit hundertfünfzehn Kilo stahlharter Muskeln.

Die Wunde an seinem Finger blutete, und der Geruch machte Carson schwindelig. Auch das war eine der Veränderungen, mit denen sie nun leben musste: dass bestimmte Dinge sie unglaublich erregten. Etwa, wenn Nikodemus seine Gestalt wechselte. Oder der Anblick und der Geruch von Blut. Helles Blut, das so einladend roch.

In ihrem ganzen Leben hatte sie noch nie ein so wundervolles Rot gesehen oder etwas so Verlockendes gerochen wie Iskanders Blut in diesem Moment. Unwillkürlich ging sie zu ihm hin.

»Du brauchst ein Pflaster«, flüsterte sie.

Carson versuchte, sich so normal wie möglich zu geben, versuchte es, solange sie es konnte. Doch sie sehnte sich mit einer Heftigkeit danach, sein Blut zu kosten, die nicht normal war.

»Hexe«, sagte er, und es klang verächtlich. Immer noch glühten seine Augen genauso stark wie seine Tattoos.

Und wieder entstanden hinter Carsons Augen Farben, Streifen von ebendiesem Kobaltblau, die sich verfestigten und zu dem gleichen Muster wurden wie auf Iskanders Gesicht. Erneut schwankte sie, und sie musste hart darum ringen, den Raum in seiner tatsächlichen Form zu sehen und ihre Sicht innerhalb der drei Dimensionen zu halten.

Was auch immer in diesem Moment mit ihr passierte, sie erkannte plötzlich, dass sie Iskander mit der gleichen extremen Deutlichkeit wahrnahm wie Xia. Bevor Nikodemus sie von ihm weggezogen hatte, hatte sie *gesehen,* wie sie ihn von Rasmus trennen könnte. Und auf die gleiche Weise sah sie nun auch Iskander. Alles, was sie noch tun musste, war, seine Magie hervorzurufen, sie aus den Tiefen dieser kobaltblauen Streifen hervorzuholen und sie zu berühren. Wenn sie ihn dann mit ihrer Magie traf, würde er nicht länger gebrochen sein.

Sie konzentrierte sich auf die Streifen in seinem Gesicht und ließ sich dazwischenfallen. Keine Geräusche waren mehr zu hören. Ihre mentale Verbindung zu Nikodemus und Harsh wurde schwächer.

Sie spürte Druck in ihren Ohren, schluckte, um ihn zu lösen. Es knackte. Auf dem Dachboden war es noch immer gespenstisch still. Beinahe konnte sie die Magie berühren, die Xia hatte trennen wollen. Doch sie war sich auch der anderen Magie in ihr bewusst, jener, die sie nicht berühren konnte. Was sie nun erfüllte, war anders, keine Hexengabe, sondern dämonengeboren, dunkel und tief und fassbar, und sie griff entschlossen danach.

Iskanders Augen wechselten von Dunkelblau zu Kobalt und dann zu einem hellen Blau. Sie roch seinen Körper, den erdigen Geruch nach Asche und Holzfeuer. Hunger stieg in ihr auf, der scharfe und beißende Wunsch, dass er ihr gehören möge. Das Gefühl traf sie völlig unvermittelt, überflutete sie wie ein reißender Fluss der Begierde. Carsons Haut prickelte, ihre Fingerspitzen vibrierten. Sie streckte den Arm aus und legte ihre Hand auf Iskanders Brust.

Ja.

Magie floss aus ihr, glühend heiß, und sie folgte ihr, denn nur Iskander konnte in dem Moment ihr Verlangen stillen.

Der Dämon hatte die Augen weit aufgerissen. Sie hörte, wie er etwas sagte, doch sie nahm es nicht wirklich wahr. Sein Körper strebte ihr entgegen. Die Sehnen an seinem Hals traten hervor, als er den Kopf nach hinten bog.

Carson beugte sich vor, öffnete sich ihrer Magie. Ein Bild formte sich in ihrem Kopf, von ihr in Iskanders Armen, wie sie von ihm trank, ihn schmeckte, seine Magie berührte.

Carson kniete sich hin, und Iskander tat es ihr gleich. Sie hielt seinen Kopf zwischen ihren Händen, und Iskander streckte ihr sein Kinn entgegen. Seine Augen waren himmelblau, das rechte durch die erste Linie geteilt, die über sein Gesicht nach unten lief. Ganz genau und mit gieriger Freude sah Carson, wie sie ihn an sich binden konnte.

Sie legte die fünf Finger ihrer rechten Hand jeweils an eine der kobaltblauen Linien und zog ihre Hand langsam nach unten. Formte ihre Magie durch nichts als Instinkt. Die Streifen erschienen nun grau, dann hellblau und schließlich wieder in dem Kobaltton. Sie verstand die Natur seiner Bindung, sah das Band zwischen ihm und Fen und dann etwas anderes.

Jemand anderen?

Irgendetwas, was nicht dorthin gehörte. Etwas, was seine geistige Gesundheit bedrohte.

Sie verstand nun, worüber Nikodemus und Harsh geredet hatten. Iskander war schon viel zu lange von seiner Spezies abgeschnitten gewesen. Wie Harsh, den diese Isolation langsam zerstört hatte, weil es keine Hoffnung auf Erlösung gab.

Iskander war nicht magiegebunden, das erkannte sie deutlich. Sie hatte einige magiegebundene Dämonen gespürt, als Rasmus und Magellan sie angriffen, und sowohl Kynan als auch Xia hatten ihr einen verdammt nachhaltigen und viel zu persönlichen Eindruck davon vermittelt, was es hieß, magiegebunden zu sein.

Iskander fühlte sich anders an. Carson drang tiefer in seine Magie ein. Sein Körper war nicht mehr ganz so angespannt, zumindest hatte sie nicht länger das Gefühl, eine Statue zu berühren. Seine Haut war warm, und er sah ihr durch die kobaltblauen Streifen hindurch in die Augen.

Nun war er es, der eine Verbindung zwischen ihnen aufbaute. Ihr wurde schwindelig, der Raum drehte sich, und dann war Iskander in ihrem Kopf. So machtvoll, dass sie es kaum ertragen konnte.

Sie griff in ihn hinein, zitterte vor Macht und dem Begehren, ihn zu ihrem Besitz zu machen. Sein Band mit Fen pulsierte schwach, und etwas Düsteres und Vergiftetes wand sich darum: die Quelle des Übels, das ihm so zusetzte.

Als Carson einatmete, schmeckte die Luft bitter. Ein metallischer Geschmack lag auf ihrer Zunge. Iskander war von allem abgeschnitten, seine einzige Verbindung nach außen war dieses brüchige Band zu seiner Schwester. Doch selbst dagegen hatte er eine Schutzmauer errichtet, die ihn von seiner Zwillingsschwester trennte und dem Gift, das in seinen Geist tröpfelte.

Bilder blitzten in Carsons Bewusstsein auf, Bilder aus der Zeit, bevor sich seine Verbindung zu Fen verändert hatte. Wie er mit ihr schlief, ihr feurigrotes Haar berührte, wie sich der schlanke Körper seiner Schwester ihm entgegenbog. Wie ihre Körper und ihre Macht perfekt miteinander verschmolzen. Und auch Harsh war in seiner Erinnerung, wie er ihn berührte, liebkoste, küsste. Drei Seelen und drei Körper, so eng miteinander verbunden. Als sie noch ein Ganzes waren.

Carson ließ ihre Magie in ihn strömen, und obwohl sie nicht verstand, was sie tat, wusste sie, wie sie es tun musste, erkannte, was nötig war.

Sie durchtrennte seine Verbindung zu Fen. Mitleidlos. Ohne das geringste Bedauern und ohne auch nur einen Moment zu zögern. Denn nun war er frei von all dem Gift.

Jetzt stand es ihr frei, ihn an sich zu binden. Wenn sie nicht aufhörte, würde er ihr auf die gleiche Art gehören wie Kynan Magellan.

Wie wunderbar wäre es, über so viel Kraft und Magie gebieten zu können!

Aber brachte sie es wirklich fertig, einem lebenden Wesen etwas so Grausames anzutun?

Ihre Ohren klangen, ein schmerzhaftes, quälendes Heulen füllte ihren Kopf aus. Als es aufhörte, lagen Iskanders Hände auf ihren Ohren.

Carson zitterte. Der Kampf in ihr war beendet, und es war ihr gelungen, weder sich selbst noch Iskander zu zerstören.

Sie berührte die Streifen in seinem Gesicht, zog einen nach dem anderen mit ihrem Finger nach. Seine Lippen teilten sich, und Carson berührte sie, erst die obere, dann die untere. Sie konnte keine Magie mehr in ihm spüren, und doch sprühten die kobaltblauen Augen vor Leben, waren hellwach, zum ersten Mal, seit sie in dieses Haus gekommen war. Die Streifen auf seiner Wange glitzerten in dem gleichen unirdischen Blau.

Iskander versenkte seinen Blick in ihren, und Carson erschrak, als sie sich von ihm zu lösen versuchte und es ihr nicht gelang. Iskander ritzte sich mit dem Finger am Hals, genau dort, wo die Schlagader pulste. Blut glitzerte auf seiner Fingerspitze.

Ein Hauch kalter Luft streifte Carson. Sie lehnte sich zurück, doch Iskander hielt sie in einem eisernen Griff.

Sie kam wieder, Iskanders Blutzwillingsmagie, und Carson begriff, dass sie in einer Art mentalem Knoten gefangen war. Egal, wie sehr sie sich anstrengte, sie konnte die Verbindung nicht lösen. Ihr wurde eiskalt, als Iskanders Macht sie beide einzuhüllen begann, dunkel und stark und überwältigend.

Carson war sich Iskanders Präsenz in ihrem Geist überdeutlich bewusst, und es erfüllte sie mit Schrecken. Eine Präsenz, die von Minute zu Minute düsterer wurde. Allmählich bekam er seine körperliche und magische Veränderung in den Griff. Er war nicht länger ein Blutzwilling, aber er war auch nicht mehr gebrochen.

Wie hatte Nikodemus ihn genannt? Psychotisch? Instabil?

Und sie hatte ihm gerade seine Freiheit zurückgegeben, ohne dass jemand ihr beistehen konnte.

26

Carsons mentale Verbindung zu Nikodemus flammte auf, heiß und lodernd. Sie konnte sich nicht bewegen. Nicht einen Muskel. Obwohl all die Muskeln an ihrem Rückgrat laut zu schreien schienen, vor lauter Anstrengung, sie aufrecht zu halten und auf Abstand zu Iskander.

»Du wirst es nicht schaffen, in ihren Geist einzubrechen, Iskander.«

Es war Nikodemus' Stimme. Leise und gelassen. Ruhig und beherrscht, in schrillem Gegensatz zu der Panik, die Carson im Griff hielt.

Iskander stand auf. Er war so groß, unglaublich groß, und schien den gesamten Raum auszufüllen.

Carson konnte sich nicht von seinem Blick lösen, bog den Kopf immer weiter zurück. Es musste doch eine Möglichkeit geben, sich von ihm zu befreien. Doch er suchte immer noch nach einem Weg, ihr Bewusstsein zu brechen, und sie hatte Angst, dass er ihn finden würde, wenn sie irgendetwas unternahm.

»Sie ist eine Hexe«, sagte Iskander. Seine Stimme klang rau. Wieder flutete seine Magie über sie hinweg, und Carson spürte eine Gänsehaut am ganzen Körper. »Ein Feind.«

»Und sie gehört zu uns, zur Sippe.« Ein Dielenbrett knackte, Bewegung verdeckte das Mondlicht, das durch das offene Fenster fiel. »Willst du mir wirklich weismachen, du würdest nicht spüren, dass sie eine von uns ist? Gib sie frei, Iskander.«

»Du hast die Hexe an dich gebunden«, warf Iskander ihm vor.

Nikodemus kam näher, und Carson konnte ihn nun auch sehen. Iskander überragte ihn um etliche Zentimeter, doch Nikodemus ließ sich nicht davon beeindrucken. Er blieb vor dem Dämon stehen und verschränkte die Arme vor der Brust.

»Ich sagte: Gib sie frei.« Nikodemus' Hand schoss vor, und seine Finger krallten sich in Iskanders Haar. »Sie gehört mir, Dämon.«

Iskanders Augen blitzten auf. Er trat einen Schritt zurück, doch Nikodemus lockerte seinen Griff kein bisschen.

»Und ich werde nicht einmal bis drei zählen«, fügte er hinzu, die Stimme zu einem Flüstern gesenkt.

»Warlord.« Die eisenharten Klammern um Carsons Kopf lockerten sich, und Nikodemus ließ den Dämon los. Iskander berührte seine Stirn mit den ersten drei Fingern seiner Hand und beugte den Kopf. Carson konnte sie immer noch beide spüren, aber zumindest versuchte Iskander nicht länger, sie zu brechen.

»Idiot – was auch immer mit dir nicht in Ordnung war, Carson hat es gerichtet.« Nikodemus sah Iskander an. »Wie könnten wir eine solche Gabe nicht für unser Vorhaben nutzen? Glaubst du nicht auch, dass diese Kraft uns retten könnte?«

Iskander kniete sich vor Nikodemus hin, den Kopf gesenkt. »Warlord.«

Er wirkte immer noch riesengroß. Hätte Carson nicht gewusst, über wie viel Macht Nikodemus verfügte, hätte sie sie in ebendiesem Moment nicht in sich gespürt, dann wäre sie sich nicht sicher gewesen, wer von den beiden in einem fairen Kampf gewonnen hätte.

Nikodemus schaute auf den knienden Iskander hinab. »Sag mir, was das für dich bedeutet!«, forderte er. »Aber wähle deine Worte sorgfältig, denn es gibt kein Zurück.«

Erneut berührte Iskander mit drei Fingern seine Stirn, dann neigte er den Kopf zur Seite. »Es wird eine Schlacht zwischen den Dämonen und dem Magiergeschlecht geben«, antwortete er. »Und ich wähle den Warlord, dessen Hexe mich befreit hat.«

»Was ist mit deiner Schwester?«, wollte Nikodemus wissen, und nun klang seine Stimme weicher.

Die Streifen auf Iskanders Gesicht erglühten in einem intensiven Blau. »Ich bin frei zu wählen, Warlord«, erwiderte er.

»Genau das, was ich immer haben wollte«, murmelte Nikodemus vor sich hin, »die psychotische Hälfte eines Blutzwillingspaars.« Lauter fügte er hinzu: »Noch ein letztes Mal, Iskander: Bist du dir wirklich sicher?«

Iskander begann, die Worte des Eids zu sprechen, und seine Stimme klang weich wie Samt in dem dunklen Raum. Magie umhüllte seine Worte, verstärkte ihre Bedeutung, erfüllte die Luft, die sie atmeten.

Carson wagte es nicht, sich zu rühren. Iskander versuchte nun nicht mehr, ihren Willen zu brechen, aber er hatte sich nicht von ihr gelöst, und so erlebte sie zum zweiten Mal auf diese intensive Weise mit, wie ein Dämon einem Warlord Treue gelobte.

Nachdem Iskander den Eid geleistet hatte, ritzte Nikodemus ihm die Haut am Hals. Frisches Blut quoll hervor, mit purpurner Hitze und dem Geschmack von Eisen.

Verzehrende Begierde schüttelte Carson. Es war schon erregend zu spüren, wie Nikodemus' Magie sie überflutete, doch nun war sie kurz davor, die Kontrolle über sich zu verlieren.

Nikodemus zog Iskander auf die Füße. Dann langte er wieder in dessen Haar und zog den Dämon zu sich heran. Aus dem Gleichgewicht gebracht, legte Iskander einen Arm um Nikodemus' Hüfte und hielt sich fest.

Carson spürte genau, was Nikodemus empfand, kostete mit ihm den Geschmack von Iskanders Blut und die Freude, als das Band der Treue zwischen ihnen geschmiedet wurde. Und genauso fühlte sie Iskanders Reaktion, als diese innige Verbindung die Einsamkeit von ihm nahm, die seine Seele zerfressen hatte.

Nikodemus lehnte sich leicht zurück, um sich am Handgelenk zu ritzen und nun sein Blut Iskander darzubieten.

Die Augen des Dämons flammten in den unterschiedlichsten Blautönen auf, und Carson spürte, wie Iskanders Magie sie erfüllte, als er sich über Nikodemus' Handgelenk beugte. Und auch diesmal meinte sie, den Geschmack und den Geruch zu spüren. Ihr Herz klopfte, als das Band sich verfestigte. Das war es, was Nikodemus brauchte: Wesen seiner Art, die ihm in Treue verbunden waren und denen er vertrauen konnte.

Iskander richtete sich auf, dann senkte er erneut den Kopf, legte drei Finger auf seine Stirn und sagte leise: »Warlord.«

Nikodemus streckte eine Hand aus und zog Carson auf die Füße. Er legte einen Arm um ihre Schultern und sagte: »Sie gehört mir, Iskander. So, wie ich ihr gehöre. Verstanden?«

»Ich fühle sie wie eine von uns«, erwiderte Iskander, und

es war genauso ein Eingeständnis wie ein Ausdruck seiner Erleichterung. Er sah Carson an, und zunächst fühlte sie nur ein Aufblitzen in ihrem Bewusstsein, dann mehr. Seine Magie war definitiv aus dem Gleichgewicht geraten, genau wie sein Verstand, und das würde sich auch nie mehr ändern lassen, doch er war ein machtvoller Dämon.

Er war so lange einsam gewesen, abgeschnitten von seiner Magie und unfähig, sie zu nutzen, dass er nun gierig nach Nikodemus griff. Seine Sehnsucht, sich mit dem Clan zu verbinden, schwoll an wie ein reißender Fluss. Er langte auch nach Carson, und sie fühlte, wie seine Kraft zitterte, genau wie der Blick in Fens Augen. Instabil eben.

Nikodemus zog mit einem Finger die Linie von Iskanders Kinn nach. Die Luft um sie herum vibrierte vor Magie, und Carson wurde tief in die Verbindung der beiden hineingezogen. Sie konnte Iskander plötzlich nicht mehr sehen, doch sie spürte ihn in ihrem Kopf mit sinnlicher Hitze. Auch Nikodemus verschwand aus ihrer Sicht, aber genauso wie Iskander blieb er in ihrem Geist. Sie waren beide in ihrem Bewusstsein, oder sie war in ihren Köpfen. Sie versuchte, Nikodemus' Gesicht in der Düsternis des Raums zu erkennen, doch wann immer sie dachte, es sei ihr gelungen, entzog er sich ihren Blicken erneut.

»Nikodemus?«

Licht flackerte auf, oder vielleicht kehrte einfach nur ihre Sehkraft zurück, denn nun konnte sie beide wieder erkennen, so deutlich, als fiele heller Sonnenschein durch die Fenster. Iskander nahm den Arm von Nikodemus' Schultern, und der zog Carson in seine Umarmung, liebkoste ihre Kehle mit den Fingerspitzen.

Sie fühlte sich wohl bei ihm, und obwohl sie Iskander immer noch spürte, war ihre Verbindung zu Nikodemus wesentlich stärker. Und an ebendieser tiefen Verbundenheit ließen sie nun Iskander teilhaben. Gemeinsam versuchten sie, ihm Trost zu schenken. In all den Jahren war er so allein gewesen, und auch jetzt noch sehnte er sich nach seiner Schwester, die so lange ein Teil seiner selbst gewesen war.

Abgeschnitten von ihr, hatte er allmählich sich selbst verloren. Carson begriff, dass die Verbindung zwischen ihnen dreien ein erster Schritt zu seiner Genesung war. Er brauchte die Berührung mit anderen seiner Art, körperlich wie geistig. Er musste lernen, wie er mit anderen Dämonen umzugehen hatte.

Iskander streifte mit einer geschmeidigen Bewegung sein Hemd ab. Der Mondschein warf Licht und Schatten auf seinen Oberkörper, auf seine Beine, als er sich weiter auszog. Als er nackt war, legte er einen Finger auf sein Herz, dann zog er mit dem Zeigefinger eine Linie von seiner Brust hinunter zu seinem Nabel und hinterließ eine dunkelblaue Spur. In dem spärlichen Licht glühten seine Augen kobaltblau, und Carson spürte, wie ihre Knie weich wurden.

Die blaue Linie blieb bestehen, und Carson betrachtete sie fasziniert und auch ein bisschen erschreckt. Die Macht, die sich in Iskander sammelte, presste die Luft aus ihren Lungen. Er streckte die Arme über den Kopf, reckte sich nach der Decke und bot sich ihnen in seiner vollen Größe dar. Carson musste den Kopf in den Nacken legen, um zu ihm aufschauen zu können. Magie vibrierte in ihm, umhüllte die Verbindung zwischen ihnen.

Und dann wandelte sich Iskander. Seine Haut kräuselte sich. Einen Moment lang dachte Carson, er wäre verschwunden. Sie blinzelte. Er absorbierte die Dunkelheit so vollkommen, dass nicht einmal mehr die Konturen seines Körpers wahrzunehmen waren. Erst als sie den Kopf drehte und ihn von der Seite betrachtete, konnte sie ihn wieder sehen. Seine Augen glühten in einem dunklen Blau, während sein Körper schwarz schimmerte und nur dort ein tiefes Blau zeigte, wo das Mondlicht auf ihn fiel. Selbst sein Haar war blauschwarz, schulterlange Locken in der tintenblauen Dunkelheit.

Iskander blieb in dieser Pose stehen. Er war dafür geschaffen zu kämpfen, todbringend wie eine Waffe. Sein Körper war nun größer und breiter. Wirkte bedrohlich. Und Carson ahnte, dass er genau diese Wirkung beabsichtigt hatte.

Doch woher sollte er wissen, dass sie es mochte? Sie mochte diese Bedrohung. War es das, was Nikodemus gemeint hatte, als er davon sprach, dass sie auf Dämonen reagierte? Iskander so zu sehen erregte sie. Sein Mund verzog sich zu etwas, was ein Lächeln sein mochte.

»Ja, Carson.« Nikodemus umfing ihre Handgelenke, und so schnell, dass sie kaum merkte, wie es geschah, zog er ihre Arme nach oben und dann nach hinten, sodass sie die Hände in seinem Nacken verschränkte, damit sie Halt fand. Denn weil er so groß war, musste sie sich auf die Zehenspitzen recken. Seine Hände glitten unter ihr Shirt, über ihren Bauch nach oben zu ihren Brüsten.

Und während Iskander immer noch mit ihnen verbunden war, flüsterte Nikodemus ihr ins Ohr: »Du hast zu viele Sachen an.«

Er streifte ihr Shirt und ihren BH ab. Dann schlossen sich seine Hände um ihre Brüste, und er senkte den Kopf. Seine Zähne glitten über ihre Schulter, nicht so fest, um sie zu ritzen, aber beinah. Sie war so verletzlich.

Aus den Augenwinkeln bemerkte sie, dass Iskander näher kam. Nikodemus schob ihr die Hose über die Hüften, mitsamt ihrem Slip, bis er sie ganz ausgezogen hatte, dann schloss er den Mund um eine ihrer Brüste. Seine Zärtlichkeiten waren rau und fordernd, fast schon ein bisschen zu rau, und doch erregten sie Carson. Genau wie das Wissen, dass nicht nur Nikodemus ihr Verlangen spürte, sondern auch Iskander.

»Das wird weder süß noch sanft«, warnte Nikodemus sie.

»Ich will es nicht süß und sanft.« Sie zog seinen Kopf zu sich herunter, und als ihre Lippen sich trafen, flammte ihr Begehren noch heißer auf. Sie küsste ihn voller Leidenschaft, und genauso leidenschaftlich erwiderte er ihren Kuss. Seine Augen glühten schwarz mit einem Hauch von Silber darin.

Ihr Körper sehnte sich fast schmerzhaft nach ihm, und sie spürte, dass sie bereit für Nikodemus war. Ihr Herz klopfte heftig und wild. Sie flüsterte seinen Namen, und wie ein Echo hörte sie Iskander. Ihre Hände glitten zu Nikodemus' Haar, spielten mit den seidenweichen Strähnen.

»Bitte!«

»Es ist nicht sicher«, sagte er, und seine Stimme klang rau. »Es ist nicht sicher für dich, Carson.«

»Ist mir egal.« Sie legte eine Hand auf seine Brust.

Sie sagte seinen Namen, doch es klang mehr wie ein Stöhnen.

»Iskander, verwandele dich zurück«, sagte Nikodemus. »Sofort!«

»Warlord.«

Carson fühlte ihn plötzlich weniger stark. Er kam wieder gänzlich in Sicht, als der Mann, den sie kannte, mit blauen Streifen im Gesicht und Augen, die voller Leben waren.

Nikodemus berührte ihre Stirn mit seinem Zeigefinger, und im selben Moment war er in ihrem Kopf, übernahm die Kontrolle. Das Gefühl, mit ihm verbunden zu sein, wurde schwächer, dann verschwanden auch die silberschwarzen Augen. Selbst die Schatten um ihn herum schienen sich aufzulösen.

Er war in ihrem Inneren, und es erschien ihr unglaublich real. Sein schwarzer Schatten befand sich in ihr, übernahm ihre Gefühle, trieb sie in ungeahnte Höhen. Es war, als benutze er ihren Körper von innen.

Iskander kniete sich hin und berührte Carson, seine Hände glitten über ihren Körper, und gleichzeitig war er lebendig in ihrem Kopf. Nikodemus nahm all ihre Empfindungen auf und gab sie ihr zurück, vermischt mit seinen. Und sie spürte, wie ihr Körper nun anders reagierte, wie selbst ihre Sicht sich veränderte.

Sie schnappte nach Luft, als Iskander die Magie des Talismans berührte. Wieder fühlte sie sich an ihre eigene Magie erinnert, zu der sie keinen Zugang hatte, obwohl sie ihr angeboren war, weil Magellan sie über Jahre hinweg vergiftet hatte.

Iskanders Lippen berührten ihre, während er Carson auf den Boden zog, und wild erwiderte sie seinen Kuss, angetrieben von Nikodemus' und ihrer eigenen Erregung. Iskander brauchte diesen körperlichen Kontakt, der ihre mentale Bindung noch verstärkte.

Er legte sich über sie. Die Hitze seines Körpers überraschte Carson. Er küsste sie erneut, berührte mit einem Finger die Stelle an ihrem Nacken, wo die Magie des Talismans in sie eingedrungen war, und strich leicht darüber. Carson erlaubte ihm, sie heftiger zu küssen und erwiderte seine Küsse mit der gleichen Intensität.

Sie fühlte Nikodemus in ihrem Kopf, fühlte, wie er ihre Erregung schürte, bis sie glaubte, es kaum noch ertragen zu können. Und in ebendiesem Moment spürte sie, dass Iskander in sie eindringen wollte.

Er war groß, unglaublich groß, doch sie war bereit für ihn, ihr Körper nahm ihn auf, während er sich gegen sie drängte. Als sie ihn ganz in sich spürte, in all seiner Länge, stieß sie unwillkürlich einen Schrei aus.

Es fühlte sich gut an, war genau das, was sie brauchte. Wie er sich bewegte, sich zurückzog, wieder kraftvoll vordrang. Sie spürte ihn in ihrem Körper und Nikodemus in ihrem Kopf, und er steigerte ihre Lust, trieb sie höher und höher. Iskander ergriff ihre Hände und drang noch tiefer in sie ein, und Carson bog sich ihm wild entgegen.

»Nikodemus. Warlord«, flüsterte Iskander.

Hitze baute sich in Carson auf, breitete sich in ihrem gesamten Körper aus, eine Welle der Lust trieb sie dem Höhepunkt entgegen.

Doch Nikodemus kontrollierte diese Welle, ließ sie über ihnen beiden zusammensinken und erneut aufsteigen.

Iskander senkte die Lider, verbarg die brennenden blauen Augen dahinter. Die Streifen auf seiner Wange glühten sanft. Carson hielt ihn, so fest sie konnte, spürte, wie seine Muskeln sich anspannten. Er drückte ihre Arme nach hinten, bewegte sich schneller und wilder. Erneut stieg ein Schrei in Carsons Kehle auf, der seine Antwort in einem Stöhnen fand, das tief aus Iskanders Brust kam. Aber noch immer war er ihr nicht nah genug, noch immer nicht tief genug in ihr.

Seine heißen Hände glitten zu ihren Schultern, packten sie und hielten sie fest, während er sich mit ihr umdrehte, ohne sich aus ihr zu lösen. Sie spürte ihn nun anders, fester, und ihr Körper reagierte darauf, schloss sich enger um ihn.

Iskander umfing ihren Kopf, die Finger in ihrem Haar, und zog sie zu sich herunter. Seine Lippen legten sich auf ihre, ungezügelt und voller Verlangen küsste er sie.

Carson spürte, wie sich der Höhepunkt in ihr aufbaute. Ihre Hände glitten über seine Haut, hinunter bis zu seinen Hüften. Er kam zuerst, und als sie hörte, wie er aufstöhnte, und das Zittern seines Körpers spürte, ließ sie sich von ihm mitreißen.

Sie spürte, wie Nikodemus sich aus ihrem Körper löste, und als sie ihn wieder sehen konnte, kniete er vor ihr, die Hände auf den Oberschenkeln. Sie blinzelte, und als sie die Augen öffnete, veränderte er sich in der gleichen Weise wie Iskander. War immer noch solide und fest und doch so flüchtig in den Schatten um sie herum. Carson musste sich anstrengen, um die Sicht auf ihn nicht völlig zu verlieren.

Seine Finger, die immer noch auf seinen Schenkeln ruhten, endeten in glänzenden, ebenholzschwarzen Klauen, sein Gesicht wirkte härter und kantiger. Unnachgiebig und nicht so einnehmend wie sein menschliches Gesicht. Seine schmale Nase zeigte einen kühnen Schwung, wie Elfenbein glänzten die Zähne zwischen den roten, sinnlichen Lippen, die an den Enden scharf gebogen waren. Sein Körper war ausgeprägt männlich, mit einer breiten Brust und harten Muskeln, und nur wenn man genau hinschaute, konnte man ein wenig von der Eleganz erkennen, die seinen menschlichen Körper auszeichnete.

Iskander stand aufrecht da, und sie glaubte zu sehen, wie das Mondlicht sich kräuselte, als auch er sich wandelte und verschwand und dann als ein Teil ihrer Verbindung mit Nikodemus wieder auftauchte.

Nikodemus' Augen waren mehr blau als grau, auf seinen Wangen schimmerten schmale blaue Streifen.

Sie streckte ihre Hand aus, bis ihre Finger ihn berührten. Die Haut unter ihren Fingerkuppen war unglaublich weich, sein Herz schlug kräftig.

Mehr als einmal blinzelte Nikodemus, und jedes Mal verschwand er vollkommen aus ihrer Sicht. Hätte sie ihn nicht mit ihren Fingern gespürt, hätte sie glauben können, sie wäre ganz allein. Als sie ihre Hand weiter über seinen Körper führte, glitten ihre Finger über seine Brustwarze.

Nikodemus bog den Kopf zurück, und sein Körper drängte sich ihr entgegen. Sie folgte der stillen Bitte, ihn an dieser Stelle zu liebkosen, und sie hörte, wie er heftig den Atem einsog.

In ihrem Kopf fühlte sie Iskander, eng mit Nikodemus verbunden. Ihre Antwort darauf war, dass sie sich vorbeugte und ihre Zunge um Nikodemus' Brustwarze kreisen ließ. Er legte eine Hand auf ihren Hinterkopf und drückte sie fester an sich.

Carson rutschte zwischen seine gespreizten Beine, legte ihre Hände auf seine Hüften. Dann liebkoste sie seine Brustwarze erneut mit ihrem Mund.

Seine Hände auf ihrem Rücken fühlten sich anders an, hatten nicht die richtige Form. Sie glitten von ihren Schultern zu ihrem Po, blieben dort liegen. Er krümmte die Finger so, dass nur die Fingerkuppen sie streichelten, doch eine winzige Bewegung hätte genügt, sie die Klauen spüren zu lassen.

Carson schauderte, und die Hitze zwischen ihren Schenkeln verstärkte sich. Sie blickte an sich herab auf eine tintenschwarze Hand, die nach vorn zu ihrem Bauch gewandert war. Nur mit einer einzigen Klaue berührte Nikodemus sie, zog einen Kreis um ihren Nabel. Dann lagen beide Hände auf ihren Schultern, glitten ihre Arme hinunter bis zu ihren Händen.

Nikodemus' Präsenz in ihrem Bewusstsein war stärker als die von Iskander, doch auch ihn spürte sie deutlich. Die ganze Zeit über waren beide in ihrem Geist, nahmen Carsons Gefühle in sich auf und teilten ihre eigenen.

Einer von Nikodemus' Schenkeln schob sich zwischen ihre, drückte sie weit auseinander. Sie lehnte sich zurück, stützte sich mit den Armen ab und winkelte die Beine an.

Ihr Herz fing an zu hämmern, als sie Nikodemus sah und ihn zwischen ihren Schenkeln spürte. Ihr Körper glühte vor Erwartung. Und sie schrie enttäuscht auf, als er sich dann doch zurückhielt.

Er packte sie an den Hüften, zog sie zu sich heran, ließ sie ihn erneut spüren und drängte sich gegen sie. Bis er mit einem festen Stoß in sie eindrang. Carson nahm ihn bereitwillig in sich auf, gab sich ganz ihren Empfindungen hin, während er sich kraftvoll in ihr bewegte. Er verstärkte ihre Empfindungen noch, bis sie vor Lust brannte, so heiß wie seine Haut, so heiß wie Feuer.

Dann jedoch zog Nikodemus sich zurück, löste sich aus ihr. Hob sie auf seine Knie und drückte sie fest an sich. Als sie zu ihm aufblickte, sah sie in seine silberblauen Augen, las darin, was er empfand, und einen Moment später wurde sie von seinen Gefühlen überflutet. Carson schnappte unwillkürlich nach Luft.

Sie wand sich aus seinem Griff, drückte ihn nach hinten,

bis er flach auf dem Rücken lag und sie über ihm kniete. Seine Hände schlossen sich um ihre Brüste, seine Finger verstärkten den Druck, bis sie seine Klauen spürte. Er mochte gefährlich sein, doch sie vertraute ihm.

Einen Moment lang schienen Iskanders Augen sie anzublicken, doch dann sah sie wieder das vertraute silbrige Schwarz. Nikodemus' Hände glitten über ihre Seiten, streichelten sie. Auch sie wollte ihn berühren, ihm Lust schenken, ihn liebkosen, bis er genauso erregt war wie sie.

Wo immer ihre Hände über seinen Körper strichen, fühlten ihre Finger harte Muskeln unter der weichen Haut. Alles in ihr sehnte sich nach ihm. Sie küsste seinen Hals, ließ ihre Lippen tiefer gleiten, bis sie sich erneut um seine Brustwarze schlossen. Nikodemus' Körper bog sich ihr entgegen.

Dann spürte sie seine Hand zwischen ihren Schenkeln, und als er mit einem Finger in sie eindrang, schrie sie auf.

Nikodemus zog seine Hand zurück und stützte sich auf einem Arm ab, um Carson besser ansehen zu können. Silbrigschwarze zu Blau gewordene Augen hielten sie fest. Schließlich setzte er sich ganz auf.

Und wieder spürte sie seine Hand, seinen Finger in ihr. Carson hielt den Atem an. Nikodemus liebkoste sie, bis sich alles in ihr zusammenzog und sie dem Höhepunkt entgegentrieb und schon fast die Kontrolle über sich verloren hatte.

»Sag mir, dass du es magst«, bat Nikodemus.

Sie öffnete die Augen und versuchte, ihren Blick auf sein Gesicht zu konzentrieren, doch es war nicht leicht, weil es immer wieder in den Schatten verschwand.

»O ja!«

»Warlord«, flüsterte er. »Sag das.«

»Berühr mich, Warlord«, stieß sie atemlos hervor und beobachtete, wie sich seine andere Hand um ihre Brust schloss, beobachtete die langen, schlanken Finger, die in Klauen endeten. »Bitte, ich will, dass du mich berührst.« Er tat es. »Mehr.«

Er legte nun die zweite Hand seitlich an ihren Kopf und drückte so lange, bis ihr Hals gestreckt war. Mit einer Klaue ritzte er ihre Haut und drückte seine Lippen auf die kleine Wunde.

»Dreh dich, Carson«, wisperte er, und als sie ihm den Rücken zuwandte, liebkoste er ihren Nacken. Wie Iskander streichelte er den kleinen dunklen Punkt unter ihrem Haaransatz, und ein solches Begehren ergriff von Carson Besitz, dass sie glaubte, es nicht ertragen zu können.

Dann spürte sie ihn und Iskander wieder überdeutlich in ihrem Kopf. Mit einem brennenden, heißen Verlangen, das sie versengte wie Feuer, durch sie glitt und alles in Flammen zu setzen schien. Sie stöhnte auf, als seine Hände über ihre Hüften glitten.

»Es wird dir gefallen«, sagte er, und wie um seine Worte zu unterstreichen, verdoppelte er die Macht ihrer Empfindungen.

Sie spürte, wie sein Glied gegen sie drängte. Heiß und so groß, doch sie wollte ihn. Sanfter, als sie erwartet hatte, glitt er in sie hinein. Und schneller. Und langsamer. Schweiß überzog ihren Rücken.

Nikodemus sagte kein Wort, während er sich in ihr bewegte. Nicht ein einziges Wort. Er nahm ihren Geist so, wie er ihren Körper nahm, wild und leidenschaftlich und einfach nur überwältigend.

Sie schrie, als sie glaubte, die Lust nicht mehr aushalten

zu können, und sie bettelte ihn an, sie endlich zum Höhepunkt kommen zu lassen. Er stieß fester zu, bis sie zu vergehen glaubte.

Als sie endlich wieder in die Wirklichkeit zurückkehrte, war nur noch Nikodemus' Präsenz in ihrem Kopf, zärtlich und vertraut. Carson drehte sich um und küsste ihn auf die Schulter.

Iskander hatte sich von ihnen gelöst, dennoch konnte sie ihn immer noch schwach fühlen.

Und dann hörte sie ihn plötzlich sagen: »Fen ist fort.«

27

Als die drei nach unten kamen, blickte Harsh ihnen entgegen. »Fen ist, verdammt noch mal, verschwunden. Einfach fort.«

»Ich weiß«, erwiderte Nikodemus, noch in Gedanken. Er hätte Carson zu gern wieder in die Arme gezogen und noch ein paar Tabus mehr mit ihr gebrochen, und sein Körper zitterte vor Verlangen, erneut seine ursprüngliche Gestalt anzunehmen.

Stattdessen ging er in die Küche und wartete, dass Harsh ihm folgte. »Ist sie fort, weil es sie ärgert, dass Iskander nun zu mir gehört, oder gab es einen anderen Grund?«

Sie setzten sich alle an den Tisch, und nachdem sie etliche Möglichkeiten durchgesprochen hatten, kamen sie zu dem Schluss, dass Fen ungefähr zu dem Zeitpunkt verschwunden war, als Carson ihren Bruder befreit hatte.

Verdammt. Magellans Hexe, eine Frau, die er vor Kurzem noch hatte töten wollen, hatte ihm tatsächlich zwei Dämonen zurückgebracht, die zuvor von der Sippe abgeschnitten waren. Einen Magiegebundenen und einen aus dem Gleichgewicht geratenen Blutzwilling. Das konnte kein Zufall sein.

Carson, die neben ihm saß, hatte ihre Hand in seine geschoben.

»Mir ist da was aufgefallen«, sagte sie nun. »Wenn ein Dämon magiegebunden ist, dann kann er sich nicht länger mit seinen Artgenossen verbinden, die es nicht sind, nicht wahr?«

»Richtig«, bestätigte Nikodemus.

»Und ihr könnt sie jetzt nicht mehr spüren, oder? Als wir hierherkamen, konnten wir sie fühlen. Iskander und Fen. Sie schienen frei zu sein, weil wir sie spüren konnten.«

»Ja, sicher«, meinte Nikodemus.

»Natürlich«, antwortete Harsh gleichzeitig.

Iskander hatte sich auf seinem Stuhl zurückgelehnt, die Arme verschränkt.

Carson sah ihn an. »Aber du und Fen, Iskander, seid praktisch immer zusammen gewesen. Niemals getrennt, wie ein einziges Wesen.« Ihre Wangen röteten sich, und sie wandte schnell den Blick von ihm, schaute stattdessen zu Nikodemus hin.

Er wollte nicht so unhöflich sein und in ihrem Kopf nachforschen, was sie gerade dachte. Also zog er sie lediglich näher zu sich heran. Ihre Finger schlossen sich um seine, und sie schenkte ihm ein winziges Lächeln, das er unwiderstehlich fand.

»Na ja, vielleicht liege ich falsch, aber nehmt ihr Dämonen Blutzwillinge nicht wie eine einzige Person wahr?«, fuhr sie fort.

»Worauf willst du hinaus?«, fragte Nikodemus, und er hatte das dumme Gefühl, dass etwas Unerfreuliches auf sie wartete. Etwas sehr Unerfreuliches.

»Zwei, die als einer wahrgenommen werden.« Sie runzelte die Stirn, starrte Iskander an. »Aber was, wenn einer der beiden magiegebunden ist? Was passiert dann? Fühlt man dann überhaupt nichts mehr von beiden, oder fühlt man dann nur denjenigen, der noch frei ist?«

»Shit«, sagte Nikodemus, weil er plötzlich begriff, was Carson damit ausdrücken wollte. »Sie meint, dass wir Iskander fälschlicherweise für Iskander und Fen gehalten haben. Weil man Blutzwillinge eben immer nur als Einheit wahrnimmt. Mit anderen Worten, sie will uns darauf hinweisen, dass Fen magiegebunden sein könnte.« Er schaute Harsh an. »Du kanntest beide schon früher – haben sie sich für dich jetzt anders angefühlt?«

»Ja. Aber es war ja deutlich, dass irgendetwas mit Iskander geschehen war. Ich dachte, es läge daran, dass ich sie nicht mehr so wie früher gespürt habe. Außerdem …«

Nikodemus ließ ihn nicht aussprechen. »Das heißt, wir müssen als Erstes herausfinden, wohin sie verschwunden ist und wieso.«

»Vielleicht kommt sie zurück«, wandte Harsh ein.

Armer Teufel, dachte Nikodemus. Es war sicher schwer für ihn zu akzeptieren, dass seine frühere Geliebte eventuell magiegebunden war.

»Wir wissen gar nichts«, fuhr Harsh fort. »Nicht, wo sie sich jetzt aufhält, und auch nicht, wie es ihr geht.« Er trommelte mit den Fingern auf den Tisch. »Es könnte doch auch sein, dass es Fen zu sehr geschmerzt hat, dass Iskander von ihr getrennt wurde. Vielleicht irrt sie irgendwo dort draußen herum. Verletzt. Oder zu verwirrt, um zurückzufinden.«

»Iskander, was hat dich so werden lassen, wie du warst?«, wollte Nikodemus wissen.

Iskander senkte den Kopf, schloss die Augen. Er holte tief Luft, und als er die Augen wieder öffnete, brannten sie wie blaue Flammen. »Ich weiß es nicht. Nicht genau jedenfalls. Es kam ganz plötzlich.«

»Wart ihr beide zusammen, du und Fen, als es passierte?«

Er schüttelte den Kopf. »Nein. Und dann war ich monatelang zu nichts in der Lage. Konnte nichts tun, nicht sprechen, nichts fühlen. Was ist das menschliche Wort dafür?« Er runzelte die Stirn. »Jetzt weiß ich es wieder: katatonisch.« Er schaute die anderen an. »Ohne Fen wäre ich gestorben.« Er legte die Hände auf den Tisch, die Finger gespreizt, und sah Nikodemus unter halb gesenkten Lidern hervor an. Immer noch brannte kobaltblaues Feuer in seinen Augen. »Verstehst du wirklich, was es bedeutet, ein Blutzwilling zu sein, Warlord?«

Ein Hauch von Vorwurf lag in seiner Stimme. Iskander, dessen Magie ihre Stärke zurückgewonnen hatte, war eine beeindruckende Kreatur. Der Stoff, aus dem Albträume gemacht sind. Er und Fen mussten in ihren besten Zeiten furchteinflößend gewesen sein. Iskanders Hände lagen weiterhin auf dem Tisch, und man konnte sehen, wie seine Muskeln sich anspannten. »Meine Schwester hat sich so sehr bemüht, uns wieder zusammenzubringen. Ein paar Mal wäre es ihr fast geglückt. Ich war verloren. Allein, und doch bin ich niemals allein gewesen.« Wieder holte er tief Luft. »Und dann bist du gekommen, Warlord. Ich habe dich gefühlt. Genau wie Harsh. Ich habe sogar Carson gefühlt.«

»Wir sollten den schlimmsten Fall in Betracht ziehen«, warf Carson ein.

»Ja«, stimmte Nikodemus ihr zu, auch wenn ihm nicht gefiel, worauf dieses Gespräch hinauslief.

Carson sah ihn an. »Sie weiß, dass du dich mit den anderen Warlords treffen wirst, Nikodemus. Wenn sie magiegebunden ist, wird ihr Meister es ebenfalls wissen, wer auch immer er ist.«

»Wir müssen das Treffen absagen«, meinte Nikodemus leise.

Harsh sprang auf. »Es ist zu spät.« Er sah die anderen drei an. »Sie sind so gut wie hier. Kurz bevor ihr herunterkamt, haben sie sich gemeldet.«

»Wie viel hat Fen mit angehört?«, wollte Nikodemus wissen.

Harsh seufzte und begann, in der Küche auf und ab zu laufen. »Ich bin mir nicht sicher.«

»Wir wissen, dass Rasmus und Magellan hinter uns her sind, und ich denke, dass einer von ihnen Fen unter Kontrolle hat. Rasmus wahrscheinlich.« Carson wandte sich Nikodemus zu, und in ihrem Gesicht stand Sorge. Er mochte es, wenn sie so intensiv nachdachte. »Was ist, wenn sie die Warlords bereits geschnappt haben?«

»Dann sitzen wir ganz schön in der Scheiße.«

»Das glaube ich nicht«, meinte Harsh. »Ich denke, sie werden warten, bis sie uns alle auf einmal erwischen können. Mich. Carson. Dich, Nikodemus.«

»Plan A«, begann Nikodemus. »Du, Harsh, versuchst, einen der Warlords zu erreichen, während wir in die Stadt fahren. Der dann hoffentlich die Warnung noch früh genug an die anderen weitergeben kann.« Seine Gedanken arbeiteten auf Hochtouren, während er die möglichen Szenarien durchging.

»Aber sicher ist das nicht«, wandte Harsh ein.

»Plan B ist, dass du, Harsh, mit Iskander zu dem verabredeten Treffen gehst und ihr die anderen dort heimlich warnt. Carson und ich, wir werden versuchen, die Hexer an der Nase herumzuführen, und so tun, als fände das Treffen woanders und zu einem anderen Zeitpunkt statt. Wenn es klappt, haltet ihr die Warlords bei Laune, während ich mich um Magellan und Rasmus kümmere.«

»Gibt es auch einen Plan C?«, wollte Carson wissen.

»Ja.« Er grinste. »Wir improvisieren.«

Die Erklärung, wie Fen verschwunden war, fanden sie, als sie das Garagentor öffneten. Nikodemus hieb mit der Faust gegen die Wand. »Sie hat, verdammt noch mal, mein Auto geklaut!«

Ihnen blieb also nur der rostige Pick-up, der hinter der Garage stand. Die Schlüssel waren nicht aufzufinden, aber Iskander schloss den Motor kurz. Wenige Minuten später befanden sie sich auf dem Weg in die Stadt.

Carson saß vorn bei Nikodemus, während Harsh und Iskander sich auf der Ladefläche einrichteten. Nikodemus schwor sich, Fen in Stücke zu zerreißen, wenn sein Mercedes auch nur einen Kratzer hatte! Er merkte gerade allzu deutlich, was er an seinem Wagen hatte. Der Chevy war eine Schrottkiste. Einige der Sprungfedern hatten sich durch das Polster gebohrt. Ein Gummiband hielt das Autoradio an seinem Platz, und ein weiteres sorgte dafür, dass das Handschuhfach geschlossen blieb. Nachdem Carson den Beckengurt angelegt hatte – Schultergurte hatte es zu der Zeit, als dieses Gefährt gebaut wurde, noch nicht gegeben –, gab er Gas, und sie holperten die Einfahrt hinunter. Ohne irgendeine Art von Stoßdämpfern, wie es ihm schien. Im Rückspiegel sah er, dass Harsh das Handy am Ohr hatte.

In der Stadt lenkte Nikodemus den Pick-up auf den Parkplatz eines Lokals namens »Kodiak Jack's«. Während Carson mit der Beifahrertür kämpfte, unterbrach Nikodemus die Verbindung der Drähte. Als er ausstieg und die Tür auf seiner Seite schloss, sackte die Fensterscheibe herab. Mit den Fingern zog er sie wieder ein Stück nach oben.

»Das passt«, meinte Nikodemus. »Ist nicht schlecht, wenn wir so tun, als fände unser Treffen in einer Bar statt. Hier sind so viele Menschen, dass es sie vielleicht davon abhält, allzu heftige Magie einzusetzen. Ist sicherer für uns. Hast du jemanden erreicht, Harsh?«

»Nein.« Harsh gab Nikodemus dessen Handy zurück.

»Dann also Plan B.«

Der Wind, der vom Olompali River herüberwehte, hatte die abendliche Temperatur noch um einige Grad abgekühlt. Nikodemus war dankbar dafür.

Die Fensterscheibe rutschte erneut nach unten, und sie wollte auch nicht oben bleiben, nachdem Nikodemus sie wieder hochgezogen hatte. Er zuckte mit den Schultern und ließ den Wagen mit offenem Fenster stehen.

Harsh klopfte den Staub von seiner Hose.

»Harsh, du regelst das mit den Warlords«, sagte Nikodemus. »Und du, Iskander, stärkst ihm den Rücken. Seht zu, dass alles in Ordnung geht. Wir stoßen später zu euch. Alles klar?«

Harsh und Iskander nickten. Drei Dämonen und eine Hexe, und keiner der drei verschwendete auch nur einen Gedanken daran, dass sie sie betrügen könnte. Sie alle wussten, dass Verlass auf sie war.

Nikodemus nahm ihren Kopf zwischen die Hände. »Falls es Ärger gibt, improvisierst du einfach, ja? Und sollten wir getrennt werden, dann vergiss nicht, dass du eine Hexe bist. Die Magiegebundenen dürfen dich nicht verletzen. Trenn sie, wenn du kannst. Und wenn es richtig dicken Ärger gibt und du siehst, dass du nichts mehr erreichen kannst, dann renn weg, als wäre der Teufel hinter dir her.«

Ob es ihm gefiel oder nicht, sie bedeutete ihm alles. Seelisch, geistig und körperlich.

Nikodemus zog sie auf die Zehenspitzen und küsste sie, so leidenschaftlich, dass er beinah vergessen hätte, dass sie nicht allein waren. Als er sich von ihr löste, ließ er seine Hände noch einen Moment auf ihren Schultern liegen.

Ihre Augen wurden groß. Er wartete, doch dann sagte sie nur: »Ich werde vorsichtig sein, Nikodemus.«

Er wagte nicht zu sagen, was er für sie empfand. Stattdessen meinte er nur: »Glaub mir, wenn du nicht aufpasst und dir etwas passiert, dann werde ich dir schon beibringen, vernünftig zu sein, klar?«

Er fragte sich, ob sie wohl verstanden hatte, was er eigentlich sagen wollte: Du bist die Einzige für mich, Carson.

Als Harsh und Iskander sich auf den Weg machten, schauten sie den beiden hinterher.

28

Carson und Nikodemus gingen die Rampe hinauf, die zum Eingang der Bar führte. Ein Neonschild an der Wand zeigte jedem in grellem, blinkendem Rot, wo er war: *Kodiak Jack's. Kodiak Jack's. Kodiak Jack's.*

Carson versuchte, alle Gefühle auszuschalten, doch es gelang ihr nicht. Sie war zu nervös. Allein die Vorstellung, irgendwohin zu gehen, wo Magellan sie erwischen konnte, flößte ihr grässliche Angst ein.

Der Wind schnitt in ihre Haut, ließ sie frösteln, obwohl ihr nicht wirklich kalt war.

Nikodemus öffnete die Tür und ließ Carson den Vortritt. Eine Frau, die im Eingang stand, machte ihnen Platz und schenkte Nikodemus einen tiefen Blick. Er sah gut aus in seiner Jeans und dem engen schwarzen Shirt, das die Kraft seines Körpers betonte.

Warme Luft schlug ihnen entgegen, brachte den Geruch vieler Körper und von verschüttetem Bier mit sich. Musik und Gesprächsfetzen verbanden sich zu einer Lautkulisse, die Carson in den Ohren schmerzte.

Vor ihnen standen sechs Leute, die darauf warteten, dem Türsteher ihren Ausweis zu zeigen. Zwei Frauen in der Schlange bemerkten Nikodemus und drehten sich immer wieder zu ihm um. Warfen ihm auffordernde Blicke zu. Eine der beiden drückte ihm schließlich ihre Karte in die Hand.

»Nur für den Fall, dass dir langweilig werden sollte«, meinte sie mit einem Blick auf Carson.

Nikodemus erwiderte ihr Lächeln nicht. »Das glaube ich kaum«, sagte er.

Nachdem die anderen die Kontrolle passiert hatten, rückten sie immer weiter vor. Nikodemus gab dem Türsteher seinen Führerschein.

Carsons Mund wurde trocken. Sie fasste Nikodemus am Handgelenk und stellte sich auf die Zehenspitzen. »Ich habe keinen Ausweis«, flüsterte sie ihm ins Ohr.

»Kein Problem«, antwortete er ebenso leise. Er wandte sich zu ihr um und stellte sich ganz dicht vor sie, und sie konnte seine Gefühle ganz deutlich spüren. Er legte eine Hand auf ihren Rücken, auf den schmalen Streifen bloßer Haut zwischen ihrem Top und ihrer Jeans.

Als er seinen Führerschein zurückerhielt, gab er ihn unauffällig an Carson weiter, dann stützte er sich mit einer Hand an der Wand ab, lehnte sich dabei über den Türsteher.

Carson spürte einen kalten Luftzug, als ob die Tür geöffnet worden wäre, doch die war immer noch geschlossen. Mit zitternden Fingern reichte sie dem Mann Nikodemus' Führerschein.

Der Türsteher verglich das Foto mit ihr. Carson lächelte ihn an. »Viel Spaß«, wünschte er und gab ihr den Führerschein zurück.

Nikodemus nahm ihn, und sie betraten die Bar. Carsons Puls schlug immer noch zu schnell. Im »Kodiak Jack's« war es unglaublich voll. Carson hatte Mühe, die vielen Menschen auseinanderzuhalten. Das Licht war gedimmt, und dennoch schienen ihr die Farben zu grell, und manches von dem, was sie erblickte, weigerte sich, eine Form anzunehmen, die sie einordnen konnte. Sie blinzelte, aber als sie die Augen wieder öffnete, wurde ihr lediglich schwindelig.

Nikodemus nahm ihre Hand, und langsam klärte sich ihre Sicht, aus den Farbklecksen wurden Tische und Stühle und Menschen. Der schmutzige Boden bestand aus dunklen Bohlen; Papierfetzen und weggeworfene Servietten bedeckten ihn. Die Livemusik war jedoch hervorragend. *Ryan Huston* stand auf den Plakaten, die an die Wände geheftet waren. Huston sang gerade eine Ballade, und auf der überfüllten Tanzfläche schmiegten sich die Paare aneinander.

Es gab keinen freien Platz. Die Leute starrten sie an. Etliche Frauen, die ihre Blicke auf Nikodemus gerichtet hatten, sahen aus, als würden sie gleich anfangen zu sabbern.

Nun ja, Carson konnte es nachempfinden. Sein dunkles Haar reichte ihm bis über die Schultern. Und er wirkte gleichzeitig sexy und gefährlich.

Wieder spürte sie einen kalten Lufthauch, und als sie sich zu Nikodemus umdrehte, bemerkte sie den konzentrierten Ausdruck auf seinem Gesicht. Er zog Magie, sicherte das Lokal, wie er es nannte, sodass er spüren würde, wenn ein Magier es betrat.

An der Bar bestellte er etwas, was sich für sie wie *la frog* anhörte. Ein Zwanzig-Dollar-Schein verschwand in der Hand des Barkeepers.

»Und du, Carson?«

Sie schüttelte den Kopf. Die Blicke der Männer, die sie abschätzend anschauten, brachten sie durcheinander und hielten sie davon ab, sich zu konzentrieren. Plötzlich fühlte sie sich unwohl in ihren neuen Kleidern. Ihr Shirt reichte nicht bis zum Bund ihrer tief sitzenden Jeans, und ihre Blöße missfiel ihr auf einmal. Unauffällig zog sie an dem Shirt, das dadurch nicht länger wurde und ihren Nabel nicht bedeckte.

Der Barkeeper reichte Nikodemus ein Glas mit einer Flüssigkeit, die sie nicht identifizieren konnte, und er trank es in einem Zug leer. Dann blickte er sie an.

»Keine Bange, du siehst wirklich hübsch aus«, sagte er, hakte einen Finger in ihre Gürtelschlaufe und zog Carson näher zu sich heran. In seinen Augen schimmerte es silbern. »Willst du tanzen?«

»Ich dachte, wir sollten hier ein Ablenkungsmanöver starten.«

Er schaute sich um, dann musterte er Carson von Kopf bis Fuß. »Hier drin sind außer dir und mir keine freien Dämonen.«

»Ich bin kein Dämon.«

Nikodemus lächelte. »O doch. Du gehörst zu uns.« Er strich sich das Haar zurück. »Und außer dir sind auch keine Magier hier.« Sein Lächeln verschwand, und er zog sie enger an sich. »Also, Hexe, willst du nun mit dem großen bösen Dämon tanzen oder nicht?«

»Ich kann nicht tanzen.«

»Ist nicht schwer. Ich bringe es dir bei.«

Es lag an ihrer Nervosität, dass sie das erste Warnzeichen missachtete. All die vielen Leute verwirrten sie. Das zweite jedoch nahm sie deutlich wahr. Carson hatte plötzlich das Gefühl, als würde ihr Herz zusammengequetscht.

Nikodemus erstarrte im selben Moment.

»Irgendwo hier ist ein Magiegebundener«, sagte sie. Sie drehte sich zu dem überfüllten Innenraum um, versuchte, in der Menge die Quelle ihrer Unruhe zu entdecken. »Nicht weit von uns entfernt.«

Nikodemus lehnte einen Arm auf die Theke. Sein Gesicht zeigte einen nachdenklichen Ausdruck.

Der Barkeeper kam zu ihm. »Eine Flasche Laphroig«, bestellte Nikodemus, und diesmal warf er einen Hunderter auf die Theke. »Hör zu«, sagte er dann zu Carson. »Wer auch immer es ist, er wird gleich deine Magie spüren. Wir sollten ihn vorher finden.«

Carson ließ ihren Blick weiterschweifen, und dann entdeckte sie Fen, vielleicht fünfzehn Meter von ihr entfernt. Fen hatte ihr rotes Haar nicht zu dem üblichen Zopf geflochten, sondern zu einem lockeren Pferdeschwanz zusammengefasst. Wie es schien, hatte sie sie noch nicht bemerkt.

Obwohl Carson eben noch geglaubt hatte, Fen als magiegebunden zu spüren, schien irgendetwas merkwürdig an der Sache. War Iskanders Schwester tatsächlich gebunden? Wenn ja, warum hatte sie dann immer noch ihr langes Haar? Diese Anomalie gefiel Carson nicht. Es stand zu viel auf dem Spiel.

Carson stieß Nikodemus an und deutete mit dem Kopf in Fens Richtung.

»Sieh mal an. Wenn das nicht unsere Glücksnacht ist«, sagte er, als er Fen entdeckte. »Falls du die Möglichkeit hast, dann trenn sie, ja?«

»Okay.«

In diesem Moment wurde Fen auf sie aufmerksam, zuerst auf Carson. Als sie Nikodemus sah, wurde sie blass. Fen kam auf sie zu, und wieder zitterte der Blick in ihren Augen so eigenartig.

Nikodemus bewegte sich so schnell, dass Carson es kaum bemerkte. Als es ihr bewusst wurde, hielt er Fens Arm bereits in einem eisernen Griff. Die Temperatur war um weitere zwei Grad gefallen.

Carson schnappte sich die Flasche und Nikodemus' Glas. Sie gingen zu einem Tisch, der zwar besetzt war, von dem die Leute jedoch hastig aufstanden, als sie sich näherten. Nikodemus zerrte Fen mit sich, die ein Bier in der Hand hielt.

Carson stellte Glas und Flasche ab, dann streckte sie auffordernd die Hand aus. »Du hast den Wagen des Warlords gestohlen«, sagte sie zu Fen. »Wenn du klug bist, gibst du mir den Schlüssel, bevor er beschließt, sich selbst darum zu kümmern.«

»Du kannst mich, Hexe!«

»Halt die Klappe«, sagte Nikodemus. »Gib schon her, oder ich nehme sie mir, und das wird dir nicht gefallen.«

Sie starrte ihn böse an, nahm dann aber den Schlüssel aus der Tasche ihrer Jeans und ließ ihn in Nikodemus' Hand fallen. Er steckte ihn ein.

»Danke«, sagte er spöttisch.

Sie setzten sich hin. Fen neben Nikodemus, Carson ihm gegenüber, doch er zog ihren Stuhl nah zu sich heran. Fen ließ seine Magie heiß und gefährlich brodeln. Er brach das Siegel an der Whiskyflasche und schüttete das Glas halb voll.

»Wann wird Rasmus kommen, Fen?«, wollte er wissen.

»Wer?« Sie schlug die schlanken Beine übereinander. »Hab den Namen noch nie gehört.«

»Lügnerin.« Er trank einen Schluck.

Carsons Kehle brannte, als ob sie das Zeug geschluckt hätte.

»Wann triffst du ihn?«

»Wovon redest du? Ich hab nicht vor, jemanden zu treffen.«

»Du lügst nicht sehr überzeugend.« Carson beugte sich vor und packte Fen am Arm, weil sie hoffte, dass sie durch die Berührung spüren könnte, was sie tun musste, um Fen zu trennen. Doch sie fühlte nicht das Geringste. »Hat Rasmus dich gebunden?«

»Du bist verrückt«, erwiderte Fen und wandte sich wieder Nikodemus zu. »Herrgott, ich bin hierhergekommen, weil ich mal etwas Abstand von ihr brauchte.« Sie schüttelte Carsons Hand ab. »Ich dachte, ich würde hier vielleicht einen netten Menschen finden, mit dem ich ein paar Stunden verbringen könnte.«

Nikodemus legte einen Arm um Carsons Schulter und zog sie dicht zu sich heran. Zärtlich berührte er ihren Mund mit einem Finger.

»Das ist eine Lüge«, meinte er wie nebenbei.

Fen starrte auf Nikodemus' Hand. »Warum berührst du die Hexe auf diese Weise, Warlord? Vielleicht bist ja du derjenige, der magiegebunden ist.«

29

Carson hob abrupt den Kopf. »Hier sind Dämonen«, sagte sie.

»Klar. Der Warlord und ich.«

»Nicht nur ihr beide. Magiegebundene.« Carsons Haut prickelte unmissverständlich. »Mindestens sechs. Noch nicht hier drin, aber ganz in der Nähe.«

Bedeutete das, dass ihr Plan aufging? Glaubten Rasmus und Magellan tatsächlich, dass das Treffen der Warlords nun hier stattfinden würde? Was mochten Harsh und Iskander gerade tun? Hatten sie die Warlords noch warnen können, oder waren sie zu spät gekommen?

»Magiegebunden?« Fen machte ein großes Theater daraus, als sie sich umschaute. »Ich sehe hier nur Menschen.« Sie lehnte sich vor, zu Carson hin, und ihr Blick zitterte. Sie war genauso verrückt wie ihr Bruder. »Beute. Für die Sippe. Du hast keine Ahnung, was du fühlst, Hexe.«

Auf der Bühne hatte Huston seinen Song beendet. Als der Applaus und die Rufe nachließen, stellte er seine Gitarre weg und verließ die Bühne, um eine kurze Pause zu machen. Es gab einen Moment der plötzlichen Stille, in dem niemand etwas sagte.

Carson hatte Fen zugehört. Und nach wie vor nahm sie nur wahr, dass Iskanders Schwester ein unfreier Dämon war.

Nikodemus berührte den dunklen Punkt an Carsons Nacken, wo die Dämonenmagie in sie eingedrungen war, und streichelte sanft darüber. »Kannst du sie trennen?«, fragte er leise.

Carson griff nach ihrer Magie, doch weil sie keine Verbindung zu Fen hatte, tat sich nichts. Sie war auf eine merkwürdige Weise genauso von Fen abgeschnitten, wie es ein magiegebundener Dämon von seiner Spezies war. Hatte sie versagt?

Fen zuckte zusammen, als wäre sie von etwas gestochen worden. »Lass mich in Ruhe, Hexe!«

»Da ist nichts«, erwiderte Carson. »Einfach … gar nichts.« Fens langes Haar ließ darauf schließen, dass sie nicht magiegebunden war. Und trotzdem war sie nicht frei. Carson wusste, dass Fen irgendwie unter dem Einfluss eines Magiers stand. Wenn sie auch nicht begriff, worin dieser Einfluss bestand.

Musik erklang aus den Lautsprechern. Keith Urbans Stimme war zu hören.

Nikodemus hatte sich zurückgelehnt, in einer Hand das Whiskyglas, die andere lag immer noch an Carsons Nacken.

Plötzlich streckte Fen den Arm aus und griff nach Nikodemus. Die Streifen auf ihrem Unterarm schimmerten leicht.

Er wich ihr aus.

Fen runzelte die Stirn. »Hast du Angst, dich von einem Dämon berühren zu lassen, Nikodemus?«

»Warum sollte ich mich von einer magiegebundenen Irren, die ihren Blutzwilling verloren hat, einfach so anfassen lassen?«

Fen fuhr sich übers Haar, strich das ohnehin schon straff zurückgekämmte Rot noch glatter. »Lebt Iskander noch, oder hat deine Hexe ihn umgebracht?«

»Er ist wieder frei und gehört zur Sippe«, erwiderte Nikodemus.

»Wie das?«

»Dank Carson.« Nikodemus' Ausdruck änderte sich nicht, doch seine Finger schlossen sich fester um das Glas.

Fen streckte die Hand nach Nikodemus' Wange aus, doch kurz bevor sie ihn berühren konnte, drehte er sich weg. Einen Moment lang blieb ihre Hand in der Luft hängen, dann ließ Fen sie sinken.

Nikodemus schüttelte den Kopf. »Du kannst mich berühren, nachdem du mir Treue geschworen hast, Fen. Wehe, du wagst es zuvor.«

»Was hat die Hexe Iskander angetan? Ich kann ihn nicht mehr spüren. Kein bisschen.«

Nikodemus hob das Glas und leerte es. »Ich habe es dir doch gesagt: Er ist frei. Und hat mir Gefolgschaft geschworen. Du willst ihn zurückhaben? Okay, du weißt, was du dafür tun musst.«

Fen verzog den Mund. Dann richtete sie ihre Aufmerksamkeit auf Carson. Ihr flackernder Blick glitt über Carsons Gesicht. Keine Sympathie lag darin. Nicht die geringste. »Du meinst wohl, so frei, wie deine Hexe es ihm erlaubt.«

»So frei, wie auch Harsh es jetzt ist.« Nikodemus legte einen Arm um Carsons Schultern, und sie lehnte sich an ihn. »Und frei von dir.«

Carson spürte, wie Nikodemus seine Magie gegen Fen einsetzte, doch nichts passierte.

»Richtig.« Fen hatte ihre leere Bierflasche am Hals gepackt und ließ sie über dem Tisch kreisen. »Genauso fängt es an«, sagte sie und ließ die Flasche gegen den Tisch klirren. »Du glaubst, du wärst frei, dass der Magier niemals etwas tun würde, was dich einschränkt oder dir die Unabhängigkeit nimmt.« Es klirrte ein weiteres Mal. »Aber so läuft es nicht. Nie.« Sie versuchte erneut, Nikodemus zu berühren, immer wieder, und jedes Mal wich er ihr aus.

»Behalt deine Finger bei dir!« Seine Stimme klang gefährlich leise. »Wenn du Kontakt haben willst, schwör mir Treue.«

»Du bist ein Narr, wenn du glaubst, die Hexe ließe dir deine Freiheit. Früher oder später wird sie dich betrügen.«

Nikodemus setzte sein Glas ab. Blitzschnell beugte er sich vor und umklammerte Fens Handgelenk, hielt sie erneut in einem eisernen Griff.

»So, wie du heute deinen Bruder betrogen hast?«

Die Luft um sie herum heizte sich plötzlich auf. »Sie zieht Magie«, sagte Carson.

»Halt den Mund, Hexe!« Fens Silberarmbänder blinkten. »Das geht dich nichts an.«

Nikodemus wehrte Fens Angriff ab. »Du solltest es besser wissen, als mit deiner Magie zwischen all diesen Menschen herumzuspielen«, sagte er. »Aber was kann man schon von dir erwarten, nach dem, was du deiner Sippe angetan hast.«

Fen versuchte, sich aus seinem Griff zu befreien, aber seine Finger umschlossen sie nur umso fester.

»Du hast Iskander betrogen, Fen«, fuhr er fort. »Deinen Blutzwilling. Du hast zugelassen, dass er von allem abgeschnitten war.« Nikodemus holte tief Luft. »Und wieso? Um zur Dienerin eines Hexers zu werden.«

»Ich bin keine Dienerin. Von niemandem.«

Er ließ sie los, als bereitete es ihm Übelkeit, sie zu berühren. »Was hast du deinem Hexer über uns erzählt?«

»Ich brauchte ihm nichts zu erzählen. Er wusste schon alles.«

Carson sah die Emotionen in Fens Augen, und endlich begriff sie, warum Fen sich nicht so anfühlte wie andere Magiegebundene. Sie hatte sich freiwillig in die Gewalt des Hexers begeben.

Und dann spürte sie, so intensiv, dass ihre Haut am ganzen Körper prickelte, dass Fen erneut ihre Magie sammelte. Instabile Magie. So unstet wie ihr Blick.

Nikodemus fühlte es durch Carson, und so war er gewappnet, als Fen ihre Magie auf ihn losließ und ihn attackierte. Die Menschen hinter ihm schrien, einer wurde von seinem Stuhl gerissen.

Und dann streifte etwas ihr inzwischen Vertrautes Carsons Bewusstsein. Sie sah zur Tür hin.

Sechs Männer hatten die Bar betreten. Auch Fen drehte sich um und richtete ihren Blick auf die Neuankömmlinge – allesamt magiegebundene Dämonen. Nikodemus erkannte es nur durch Carson, und dass Fen es wusste, bedeutete, dass sie eine Verbindung zu dem Hexer hatte, der diese Magiegebundenen beherrschte. Rasmus, dessen konnten sie nun vollkommen sicher sein, denn der Anführer der Gruppe war Xia.

Rasmus' Stoßtrupp, ausgesandt, um die Warlords und die Dämonen in ihrem Gefolge zu überraschen, weil die sie nicht spüren konnten. Die Magiegebundenen bahnten sich den Weg durch die Gäste. Schatten schienen sie zu umgeben und schirmten sie von den Menschen ab.

Doch Carson konnte sie erkennen.

Vier der sechs Dämonen trugen Tarnanzüge. In ihren schwarzen Kampfstiefeln und dem millimeterkurzen Haar sahen sie aus wie Soldaten.

Am bedrohlichsten aber wirkte Xia. Carson versuchte, den Dämon nicht anzustarren, um dessen Lippen ein Lächeln spielte. Ein Lächeln mit einer eindeutigen Botschaft: Komm zu mir, damit ich dich umbringen kann.

Wieder war er ganz in Leder gekleidet. Das Material schmiegte sich an seine langen, muskulösen Beine. Seine abgetragenen Cowboystiefel hatten metallene Spitzen. Sein Shirt zeichnete die Konturen seines Oberkörpers nach. Alles an ihm strahlte Brutalität aus.

Er blickte sich suchend um, und wieder spürte Carson genau, was er war. Sie begann zu zittern, als die Macht in ihr mit voller Kraft aufflammte.

Als sie weiter vordrangen, verblassten die Schatten. Die Leute wurden auf die Gruppe aufmerksam.

Da erst richtete Carson ihre Aufmerksamkeit auf den sechsten Dämon. Genau wie Xia trug er Leder. Er hielt das Gesicht abgewandt, sodass sie ihn nicht gleich erkennen konnte, doch als er sich in ihre Richtung drehte, wusste sie, wer er war.

Heftig schlug ihr das Herz gegen die Rippen. Durian. Durian war der sechste Magiegebundene.

Nikodemus hörte, wie Carson scharf den Atem einsog, und legte beruhigend eine Hand auf ihren Arm. Fens Armbänder klirrten, und Carson sah, dass die kupferfarbenen Streifen wieder zu glühen begonnen hatten.

Die sechs kamen immer näher, und als sie nur noch knapp drei Meter entfernt waren, verspürte Carson auf einmal das gleiche Drängen wie in der Mall, als sie plötzlich verstanden hatte, wie sie Xia trennen konnte. Beide riefen diese Reaktion in ihr hervor, Xia genau wie Durian, jene Reaktion, die sich Fen gegenüber nicht einstellen wollte. Wahrscheinlich, weil Iskanders Schwester nicht gegen ihren Willen gebunden ist, dachte sie.

Carson konnte ihren Blick nicht von Xia abwenden. Er war eindeutig der Anführer. Er war derjenige, dem die anderen sich unterordneten, selbst Durian. Und Carson verspürte den heftigen Drang, Xia endlich zu trennen.

Xia und Durian waren ein beeindruckendes Paar und schienen durchaus in der Lage, einen Warlord so lange in Schach zu halten, bis Rasmus kam. Und wenn man Kynan hinzurechnete … wofür brauchten sie dann überhaupt die anderen?

Carson beobachtete, wie Xia erneut die Menge absuchte, stehen blieb, den Blick schweifen ließ, weiterging. Sie versuchte, auf ihre Magie zuzugreifen, damit sie vorbereitet war, doch sie wusste, dass sie viel zu verkrampft war. Wie, um Himmels willen, sollte sie sich in dieser Situation entspannen? Zu viel stand auf dem Spiel! Ihr Eid gegenüber Nikodemus würde kein Versagen zulassen. Sie musste dem Hexer Xia wegnehmen, denn damit würde sie Rasmus einen herben Schlag versetzen. Sie musste unbedingt eine Möglichkeit dazu finden.

Und dann sah Xia sie. Oder war ihr nah genug, um ihre Magie zu spüren. Wie auch immer. Er richtete seinen Blick auf sie, und Carson versank darin. Alles andere wich in den Hintergrund zurück. Nicht eine Sekunde ließ er sie aus den Augen, während er mit Durian und seinen anderen Kumpanen näher kam.

Durian … als sie ihn das letzte Mal gesehen hatte, war sie sicher gewesen, dass er nicht überleben würde. Nicht nach der grässlichen Verletzung, die Magellan ihm zugefügt hatte. An jenem Abend in Rasmus' Haus hatte sie auch keine Magie mehr in ihm fühlen können, doch nun spürte sie sie, und sie flößte ihr fast genauso viel Angst ein wie die von Xia.

Wie sollte sie bloß mit diesen beiden so machtvollen Dämonen fertigwerden?

Die Magiegebundenen blieben stehen. Xia vorn, Durian hinter ihm, die anderen im Hintergrund.

Doch zunächst konzentrierte sich Xia auf Fen, musterte sie von Kopf bis Fuß. Seine Mundwinkel zuckten. »Rasmus meinte, dass wir dich hier finden würden.« Wieder trug er ein Headset. »Ich habe sie«, erklärte er. Sein Blick verschwamm leicht, während er zuhörte, dann nickte er. »Wie du gesagt hast. Ja, auch der Warlord.« Als seine Augen wieder klar waren, sprang ein Funke Magie von ihm zu Carson über, doch es reichte nicht, einen Weg in seinen Geist zu finden.

»Freut mich, dass du überlebt hast, Durian«, sagte Nikodemus, doch Durian antwortete nicht.

»Er will, dass du zu ihm kommst«, sagte Xia und deutete auf Fen. Er lauschte erneut. Dann blinzelte er, und die Farbe seiner Augen wechselte von dunklem Blau zu Schwarz und wieder zu Blau. Einem zu intensiven, einem schmerzenden Blau.

Ein Schauder überlief Carson.

»Sie macht sich auf den Weg«, antwortete Xia.

Fen nickte, und mit einem letzten sehnsüchtigen Blick auf Nikodemus, den dieser ignorierte, verschwand sie.

Als sie fort war, lächelte Xia Nikodemus an. »Warlord«, sagte er und verschränkte die Arme vor seiner beeindruckend breiten Brust.

Nikodemus stand auf. Er war nicht so groß wie der magiegebundene Dämon, doch so viel Macht, wie Nikodemus sie ausstrahlte, würde Xia niemals besitzen.

»Wir bringen dich zu ihm, Warlord«, fuhr Xia fort. »Und

dann wird Rasmus hoffentlich einsehen, dass es an der Zeit ist, mich zu belohnen.« Er lachte. »Vielleicht mit der Hexe.«

Einer der vier anderen drängte vor, doch Durian hob eine Hand und hielt ihn auf. Genau wie Xia überragte auch Durian die anderen vier um etliche Zentimeter.

»Nicht hier«, sagte er nun, packte den Magiegebundenen am Shirt und schob ihn wieder zurück. »Du weißt, dass wir hier, zwischen so vielen Menschen, nichts tun dürfen.«

Carsons Magie flammte wieder auf, und sie griff hastig danach, bevor sie ihr von Neuem entschwinden konnte. Sie erkannte Xias Magie ganz genau. Und sie sah auch, genau wie in der Mall, auf welche Weise er an Rasmus gebunden war. Doch gerade, als sie glaubte, ihre Magie unter Kontrolle zu haben, erlosch sie so unvermittelt, dass es fast schmerzte.

Xia lächelte. Genau wie die anderen Dämonen spürte er ihre Magie. Sie wussten, wann die Kraft in ihr aufstieg. Carson konnte nur hoffen, dass auch Nikodemus wusste, dass sie kurz davor war, die Kontrolle zu verlieren.

»Verdammte Hexe«, sagte Xia.

Carson stand auf und ging die paar Schritte auf ihn zu, bis sie direkt vor ihm stand. Adrenalin schoss durch ihren Körper. O ja, seine Magie zog sie unwiderstehlich an. Sie spürte ein Brennen in der Brust, das sich bis in ihren Kopf ausweitete.

Carson verschränkte ebenfalls die Arme. »Verdammte Hexe, ja? Was Besseres fällt dir nicht ein?«

»Carson«, mahnte Nikodemus. »Nicht hier. Wir haben schon genug Aufmerksamkeit erregt.«

Sie ignorierte die neugierigen Blicke der anderen Gäste. Warum sollte sie nicht tun, was sie wollte? Solange sie Xia und seine Kumpane ablenkte, waren sie nicht hinter den anderen Warlords her, und das war schließlich Ziel und Zweck der Übung.

Xia murmelte ein Schimpfwort. Seine Augen waren tiefschwarz. Nicht blau. Schwarz. Große dunkle Pupillen, von einer schwarzen Iris umgeben.

Und Carson sehnte sich danach, in diese schwarzen Seen einzutauchen und sich all dieser Magie zu überlassen, bis sie zu der Verbindung gelangte, die Rasmus geknüpft hatte. Um sie dann zu zerstören.

»Wenn ich das tatsächlich wäre, was wärst dann du?«, erwiderte sie. Sie überließ sich vollkommen ihrem Instinkt, wie sie es auch bei Iskander getan hatte. »Ein magiegebundener Bastard?«

Xia musterte sie von Kopf bis Fuß, ein wenig länger ruhte sein Blick auf dem Stück bloßer Haut. »Du bist zu klein, als dass du mich wirklich ärgern könntest«, meinte er. »Wenn ich wollte, könnte ich dich mit einer Hand zerbrechen.«

Carson war so auf Xia konzentriert, dass ihr gar nicht in den Sinn kam, dass sie und Nikodemus sich hoffnungslos in der Unterzahl befanden.

»Was er dir allerdings nicht erlaubt hat«, erwiderte sie. Sie beugte sich vor, angezogen von Xias Magie, und wartete darauf, dass die nächste Welle sie mitriss und auf ihn zutrug, sodass sie ihn berühren und trennen konnte. »Du darfst mir nichts tun.«

Xia trat vor, bis sein Körper den ihren fast berührte. »Leck mich!«

Ihr war schwindelig, schwindelig von Magie, die sie kaum ertragen konnte. Das war sie, die Welle, und Carson ließ sich mittragen.

Doch Nikodemus fasste sie am Arm, und sie verlor ihre

Konzentration. »Nicht hier«, sagte er. »Nicht hier zwischen all den Menschen.«

»Zeit zu gehen«, mischte sich Durian ein.

Die magiegebundenen Dämonen nahmen sie und Nikodemus in ihre Mitte und führten sie zum hinteren Teil der Bar.

Auf dem Weg nach draußen lehnte sich Xia kurz zu Carson hinüber. »Wenn ich frei wäre, Hexe, dann wärst du bereits tot.«

30

Xia führte die Gruppe durch einen Flur zum Hinterausgang. Sein Misstrauen wurde geweckt, als er merkte, wie ruhig die Hexe war. Es gefiel ihm nicht, wie sie sich anfühlte, wie Hexe und Dämon zugleich. Das konnte doch gar nicht sein. Abgesehen davon, dass es ihm gar nicht möglich war, einen aus der Sippe zu spüren, seit sein Leben nicht mehr in seiner eigenen Hand war.

Die Hexe schaute zu Nikodemus hin, und Xia wünschte zu wissen, ob die beiden miteinander kommunizierten. Hatte sie den Warlord mit ihrer Magie gebunden? Aber Nikodemus' Haar war immer noch lang.

Xia konzentrierte sich auf das brennende Gefühl in seiner Brust – was garantiert von der Hexe stammte – und auf seine Kumpane. Von Durian konnte er nicht das Geringste auffangen. Keine Gefühle. Der riesige Dämon, der Magellan gehörte, war ein verdammt cooler Hurensohn, aber die anderen vier warfen der Hexe immer wieder verdrießliche Blicke zu. Jeder Dämon fühlte sich in der Nähe einer Hexe unbehaglich. Man wusste nie, wann sie einen auszutricksen versuchte. Und natürlich wussten sie auch, wer Nikodemus war, und hatten zu Recht Angst vor ihm. Hoffentlich rissen sie sich zusammen. Er brauchte ihre körperliche Kraft.

Die Magie der Hexe wechselte schneller, als er es je bei ihr erlebt hatte, wahrscheinlich, so vermutete er, weil sie von so vielen Dämonen umgeben war. Er machte sich Sorgen darüber, was sie tun könnte. Durian war erst seit Kurzem magiegebunden, noch hatte er sich nicht an den Gedanken gewöhnt, für den Rest seines Lebens versklavt zu sein. Und obwohl ihm eigentlich gar nichts anderes übrig blieb, als Rasmus' Befehlen zu gehorchen, wie auch immer sie lauten mochten, gehörte der Dämon Magellan. Und deshalb musste Xia die Möglichkeit ins Auge fassen, dass Durian versuchte, sich gegen Rasmus zu stellen, was bedeutete, dass er sich nicht auf ihn verlassen durfte.

Er hatte sich wirklich schon besser gefühlt.

Xia blieb stehen und drehte sich um, was in dem engen, düsteren Korridor die ganze Gruppe zum Halt zwang. Xia stieß Nikodemus gegen die Wand und packte mit einer Hand in dessen Haar. Die Augen des Warlords glühten, und Xia hatte das Gefühl, dass Nikodemus ihn gegrillt hätte, wenn sie sich nicht immer noch im Gebäude der Bar befunden hätten, umgeben von so vielen Menschen. Er hatte nicht den geringsten Zweifel daran, dass der Warlord ihn getötet hätte, hätten sie sich irgendwo anders befunden.

Xia zog sein Messer heraus und hielt es an Nikodemus' Haar. »Keine Ahnung, warum sie dir dein Haar lässt. Vielleicht sollte ich sie dir für sie abrasieren? Was meinst du, Warlord?«

Nikodemus' Augen brannten silberschwarz.

Xia beugte sich vor. »Glaubst du vielleicht, ich wüsste nicht, dass du irgendetwas vorhast?« Er sah zu Carson hin. »Mach keinen Mucks, Hexe, sonst ist er tot. Durian!« Der Dämon trat zu ihm. »Halt ihn fest. Falls die Hexe irgendeinen Trick versucht, brich ihm den Hals.« Das sollte die Hexe davon abhalten, irgendwelche Dummheiten zu machen.

Durian zog Magie. Xia spürte das Echo davon auf seiner

Haut. Dann nahm der Dämon Nikodemus in den Schwitzkasten, doch es dauerte nicht einmal zehn Sekunden, bis der Warlord sich befreit hatte. Verdammt!

Xia ging weiter. Schneller nun. Durian hielt sich immerhin eng bei Nikodemus.

Nach einem kleinen Umweg durch einen Vorratsraum, in dem hauptsächlich ungeöffnete Kisten mit Alkohol standen, gelangten sie zu einer verriegelten Tür.

Xia trat sie einfach ein. Sie schlug auf, und sie gelangten auf einen schmalen Pfad, der an dem Bereich vorbeiführte, auf dem die Angestellten rauchen konnten, bis zu einer Treppe, über die man auf den dunklen Gästeparkplatz kam. Ein paar Menschen blickten auf und schnell wieder weg. Verdammte Loser.

Sie hielten auf einen Zaun zu, der einen Lagerbereich umschloss. Xia schnitt mit seinem Messer durch das Metall, als wäre es weiche Butter. Niemand würde es bemerken, wenn sie Nikodemus hierherbrachten.

Allerdings fürchtete Xia, dass es dem Warlord vorher gelingen würde, sie alle zu überwältigen, wenn Rasmus seinen Hintern nicht schnell genug hierherschaffte.

An drei Seiten ließen üppige Weidenbäume ihre Äste über die Einfriedung hängen, an der vierten, wo Xia den Zaun durchgeschnitten hatte, stand ein Container für Bauschutt. Vom Fluss her wehte kalte Luft herüber.

Xias Haut prickelte, als die anderen Dämonen ihre Magie sammelten. Aber er spürte auch den Widerhall von Carsons Magie, die außer Kontrolle zu geraten drohte.

Seine Leute hatten ihre Formation beibehalten, und sie überquerten das Gelände Richtung Fluss, den an einer schmaleren Stelle ein halb verrotteter Steg überspannte.

Xia tippte an sein Headset. »Alles klar«, meldete er, als die Verbindung zustande kam. »Durian wird sich so lange um ihn kümmern, bis du hier bist.« Er lauschte Rasmus' Instruktionen. Im Hintergrund konnte er Fen hören, die lautstark forderte, dass die Hexe getötet werden sollte. Als ob Rasmus einen Magier umbringen würde! Und schon gar nicht Magellans Hexe. Nicht, wenn Magellan den Job selbst erledigen wollte.

Xia packte Carson am Oberarm, so fest, dass sie fast von den Füßen gerissen wurde, dann legte er einen Arm um ihren Hals.

»Pass auf den Warlord auf«, befahl er Durian. Er hielt einen Moment inne, während der Hexer an seinem Kopf quasselte. Und sah, dass Nikodemus' Augen in einem unirdischen Silber glühten. Zeit, sich über dumme Befehle hinwegzusetzen. »Sollte er außer Kontrolle geraten, bring ihn um, Durian. Rasmus wird sich damit abfinden müssen.«

»Klar«, meinte Durian nur.

Carson trat nach Xia, doch es nutzte ihr nichts.

Die Augen des Warlords wurden tiefschwarz. »Du weißt, was du zu tun hast, Carson«, sagte er. »Finde eine Möglichkeit.«

»Gar nichts wirst du tun«, meinte Xia. Er legte einen Arm fest um Carsons Taille, das Messer noch in der Hand, so, dass die Spitze auf Carsons Seite zeigte. Und dem Warlord demonstrierte, wie leicht seine kleine Hexe sterben könnte.

Xia hielt mit ihr auf die Brücke zu, und Carson wand sich in seinem Griff.

»Nikodemus!«

»Halt deine verdammte Klappe!« Xia wandte sich um und sah gerade noch, wie einer der Magiegebundenen durch die Luft flog. Verdammte Bande. Alles Loser. Durian war immer noch nicht vollkommen genesen und konnte wahrscheinlich nicht schnell genug reagieren. Bevor er eingreifen konnte, um Nikodemus zu töten, hatte der Warlord diese Schwächlinge wahrscheinlich alle bereits ausgeschaltet.

Besser, wenn die Hexe das nicht sah. Er zog sie weiter. »Rasmus und Magellan wissen, wo sich die Warlords treffen«, sagte er und fügte lachend hinzu: »Wahrscheinlich scheren sie sie gerade.« Er senkte den Kopf. »Wär doch nett, wenn wir dabei zuschauen könnten, nicht?«

Damit hatte er endlich einen empfindlichen Punkt getroffen. Carsons Magie brauste auf, himmelhoch, und es machte ihn unglaublich an. Ihre Hüften berührten sich, während er sie weiterzerrte, und seine Haut prickelte erneut, als ihre Magie ihn traf. Er roch Carsons Duft, fühlte ihren weichen und warmen Körper und konnte nicht widerstehen. Er musste sie einfach anfassen.

Carson hieb ihm den Ellbogen in die Niere.

Xia ging unbeirrt weiter, sicher über die Brücke, trotz des brüchigen Holzes. Dann waren sie auf der anderen Seite des Flusses, nahmen die Stufen am Ufer, und als sie oben angekommen waren, bog Xia nach links in eine recht belebte Einbahnstraße ab und hielt auf ein viktorianisches Haus zu, ein Eckhaus in einem scheußlichen Gelb, das neben einem Lagergebäude stand.

Durch einen Seiteneingang betraten sie das Haus. Die Treppe war eng. Über dem Absatz machte sie einen Knick, sodass Xia von unten nicht erkennen konnte, was ihn oben erwartete. Er legte eine Hand auf Carsons Rücken.

»Rauf mit dir«, befahl er.

Ihr Fuß stieß gegen eine Stufe.

»Rauf mit dir, habe ich gesagt.« Er hatte plötzlich alles satt, wollte es nur noch hinter sich bringen. Einen weiteren Verrat an seinem Volk. Ihn konnten die Warlords, die sich dort oben befanden, nicht spüren, aber sie würden gleich die Hexe fühlen. Das würde sicher eine kleine Panik auslösen, bevor sie zum Höhepunkt des Abends gelangten, und die Warlords wären abgelenkt, wenn Rasmus und Magellan angriffen.

»Ich kann nichts sehen.«

Heul doch, dachte er missmutig. Wenn sie ihre Magie vernünftig benutzen würde, so wie jeder andere Magier, dann hätte sie jetzt ein Problem weniger.

Xia legte einen Arm um Carsons Kehle und zog sie dicht an seinen Körper. »Hoch mit dir«, fuhr er sie an.

Sie packte seinen Arm mit beiden Händen und zog ihn weg, damit sie wieder Luft bekam. Magie sickerte unter seine Haut, dunkel, wild und chaotisch. Ihre magische Kraft war erstaunlich, und sie erregte ihn. Er presste Carson eng an sich, damit ihr ja nicht entging, in welchem Zustand er sich befand. Vielleicht turnte es sie ja sogar an.

Wieder legte er seinen Arm um ihre Kehle, aber nicht mehr so fest, der andere glitt um ihre Taille. So stieg er mit ihr die Treppe hinauf.

»Lass mich los!«, sagte sie.

»Ich gehöre Rasmus, dem Hexer«, erwiderte er. »Nicht Carson, der Hexe. Du hast mir gar nichts zu befehlen. Also halt, verdammt noch mal, den Mund.«

Die Spitze seines Messers schnitt durch ihren Ärmel und ritzte ihre Haut. Er roch Blut, und verdammt wollte er sein, wenn nicht auch sie davon erregt wurde. Und wieder fühlte sie sich wie eine aus der Sippe an.

»Sieh zu, dass das aufhört.«

»Wie denn?«

»Scheiße.« Seine Arme schlossen sich fester um sie.

»Lass mich los, du Idiot.« Sie versuchte sich aus seinem Griff zu winden, und sie schaffte es tatsächlich, ihn aus dem Gleichgewicht zu bringen, sodass er stolperte. Aber er ließ sie nicht los.

»Ich könnte dich gleich hier auf der Treppe nehmen«, drohte er, den Mund nah an ihrem Ohr. Eine seiner Hände glitt unter ihr Shirt. Ihre Haut war so weich. Rasmus erlaubte ihm so gut wie nie, Sex zu haben. Wann war das letzte Mal gewesen? Vor Jahren!

Aber das war eine besondere Situation. Die Hexe musste so viel Magie wie möglich ausstrahlen, sobald sie in Reichweite der Warlords kamen, und wenn das nur erreicht werden konnte, wenn er mit ihr schlief, dann würde Rasmus es gutheißen.

Xia streichelte ihre bloße Haut, drängte seine Hüften gegen sie. Ließ die Hand zu ihrem Oberschenkel gleiten und wieder hinauf zu ihrem Bauch.

»Er erlaubt es mir. Er mag es, wenn sie Angst vor mir haben.« Sein warmer Atem strich über Carsons Kehle, kalt, wenn er ihn einsog, als atmete er ihre Magie. »Hast du Angst vor mir, Hexe?«

»Ja.« Ihre Stimme klang zu sachlich, als dass er ihr geglaubt hätte. »Aber wenn du von Rasmus getrennt werden willst, dann solltest du auf mich hören.«

Seine Antwort bestand darin, dass er den Daumen unter den obersten Knopf ihrer Jeans schob. Er spürte, wie er aufsprang, und das erregte ihn noch stärker. Je mehr er Carson berührte, desto mehr fühlte sie sich wie ein Dämon an. Sie öffnete sich ihm, ohne jeden Widerstand, und für einen Moment schien es ihm, als wäre er nie versklavt worden.

»Lass es zu, Xia«, flüsterte sie.

Es beunruhigte ihn, dass sie sich so sehr wie ein Dämon anfühlte.

»Ich habe auch Iskander getrennt. Das war schon das zweite Mal. Du könntest der Dritte sein.«

»Wie wäre es, wenn ich dich auf der Stelle nähme? Während Rasmus alles mitbekommt. Er ist hier. Nah genug, um in meinem verdammten Kopf zu sein. Er will genau wissen, was zwischen uns beiden passiert.« Seine Hand glitt tiefer, und wieder ließ er sie spüren, wie erregt er war.

»Was willst du, Xia?« Das hörte sich so herablassend an, als wäre sie zweimal so groß wie er, und kurz bekam er die gesamte Kraft ihrer Hexenmagie zu spüren. Sein Magen zog sich zusammen. »Sex oder deine Freiheit. Du hast die Wahl. Und glaub mir, du kannst nur eines davon haben.«

»Du hast schon einmal versagt.«

Mit der Hand, in der er sein Messer hielt, berührte er ihre Schulter, und Carson zuckte zusammen. Die scharfe Klinge zerriss ihr Shirt, biss sich in ihre Haut, und erneut stieg ihr der Geruch von Blut in die Nase.

Xia ließ Carson los, und sie wandte sich um, lehnte sich mit dem Rücken gegen die Wand.

»Lass es mich versuchen.«

Er konnte sie in der Dunkelheit genau erkennen. Ihre Augen waren weit aufgerissen. Während er sie beobachtete, berührte sie ihre verletzte Schulter. Blut klebte an ihren Fingern. Doch sie wischte es nicht wie ein Mensch an ihrer Hose ab, nein, sie leckte es ab und schloss die Augen dabei, als genieße sie den Geschmack.

»Ist es das, was du willst?«, fragte Xia. Er ritzte sich selbst mit der Klinge in der Ellenbeuge. Eine federleichte Berührung nur, und Blut quoll hervor.

Tief atmete die Hexe ein, und in diesem Moment hätte er geschworen, dass sie zur Sippe gehörte. Er hielt ihr seinen Arm hin, und sie machte einen Schritt auf ihn zu. Ihre Lippen legten sich auf seine Haut, warm und feucht, ihre Zunge glitt den Schnitt entlang, den er gezogen hatte.

Sie stöhnte auf, und der Geschmack nach Eisen tanzte auf ihrer Zunge.

Xia lehnte sich ihr entgegen, gierig, sie zu berühren, gierig, ihre Magie zu spüren.

Doch Carson schob ihn weg, und er trat einen Schritt zurück, hob die Hände. Sie schauderte, und ihre Magie loderte auf. Ihre großen Augen waren hexengrün.

Xia stieß ein Schimpfwort aus und zuckte zusammen, als ob er gebissen worden wäre.

»Halt still«, sagte sie. »Beweg dich nicht.«

Sie legte eine Hand auf seine Brust, spreizte die Finger, und es schien ihm, als wäre ein elektrischer Kontakt entstanden. Als hätte sich ein Schaltkreis geschlossen. Schmerz raste durch seinen Körper.

Er konnte nicht mehr atmen. Bekam keine Luft. Rasmus war in seinem Kopf, schrie auf, und es erschien ihm, dass seine Trommelfelle bluteten. Er hielt sich die Ohren zu. Seine Knie drohten nachzugeben.

Die Hexe sog tief den Atem ein, und nun bekam auch er wieder Luft. Sie stieß den Atem aus, und seine Lungen leerten sich. Carson wurde in seinem Kopf lebendig, unglaublich lebendig, denn ihre Magie war in seinem Bewusstsein. Sein Herz klopfte heftig, im gleichen Rhythmus wie ihres, dann setzte sein Herzschlag aus und gleich darauf wieder ein. Shit. Was, zum Teufel, war das?

»Du hast dich bewegt«, warf sie ihm vor. Sie klang wütend, verdammt wütend. Typisch Magier, sich gleich so aufzuregen? »Du hast alles verdorben.«

Nun war nur noch ein Magier in seinem Kopf: Rasmus. Und auch er war wütend, weil Carson sich dieses »Spielchen« erlaubt hatte. Und weil sie immer noch nicht in Reichweite der Warlords war.

Der Zwang zu gehorchen legte sich wie ein schweres Gewicht auf Xia. Er packte Carson und drehte sie um, schob sie die Treppe hinauf.

»Sei still!«, fuhr er sie an. »Sei, verdammt noch mal, endlich still.«

Als sie oben angekommen waren, hatte er wieder das merkwürdige Gefühl, mit der Sippe verbunden zu sein. Aber er war es nicht. Weil es unmöglich war.

Die Hexe war stehen geblieben. Xia stieß sie vor sich her. Sie stützte sich mit einer Hand an der Wand ab, um nicht das Gleichgewicht zu verlieren.

Xia konnte niemanden dort in dem Raum spüren, obwohl er wusste, dass sich darin drei Warlords befanden.

Drei mehr, die er betrügen musste.

31

Carson konnte nicht mehr sehen, wusste nicht, wo sie sich befand. Ihr war schwindelig. Ihr Herz lag wie ein kalter Stein in ihrer Brust. Nur ihr Verlangen brannte heiß, das Verlangen, Xia zu berühren, ihn von Rasmus zu trennen.

Sie streifte etwas mit der Hand. Die Wand. Es musste die Wand sein.

Schließlich klärte sich ihre Wahrnehmung so weit, dass sie wieder etwas erkennen konnte. Straßenlicht fiel durch Ritzen in einem Fensterladen herein, und sie sah, dass sie vor einer Tür stand. Sie presste ihre Hand so hart gegen die Wand, dass ihr Handgelenk schmerzte. Aus der Wunde an ihrer Schulter sickerte immer noch Blut, ein schmales Rinnsal. Der Geruch erregte sie, und sie wusste, dass er die gleiche Wirkung auf Xia hatte.

Plötzlich sah sie, wie sich der Türknauf drehte. Ein schmaler Streifen Licht fiel in den Flur, wurde breiter, streifte ihr Gesicht. Sie blinzelte und wich dem Lichtschein aus.

»Carson?« Iskander schaute sie an, die Hände in die Hüften gestützt, und hielt die Tür mit einem Fuß offen.

»Eine Falle«, stieß sie hervor. »Passt auf!«

Xia griff in ihr Haar und zog sie zurück, die Klinge seines Messers blitzte an ihrer Kehle. »Sei still, Hexe. Lass uns rein, Dämon, oder sie stirbt auf der Stelle.«

Iskander trat beiseite, und Xia schob Carson vor sich her.

Es war ein einziger großer Raum, der das gesamte Stockwerk einnahm. Carson hörte, wie Xia die Tür verriegelte.

Dann schaute er sich um und tippte das Headset an. »Bin drin«, meldete er.

Die drei Warlords, zwei Männer und eine Frau, sprangen auf. Auch Harsh war da. Er hatte sich ebenfalls erhoben. Magie flackerte machtvoll auf und erfüllte den Raum. Carson war die Einzige, die sämtliche Dämonen fühlen konnte.

»Bist du in Ordnung, Carson?« Harsh trat zu ihr, fasste sie am Arm und zog sie an seine Seite.

»Ihr hättet uns nicht hereinlassen sollen. Rasmus ist hinter Nikodemus her.«

Sie redete hastig, ihre Worte überschlugen sich. Das Brennen in ihrer Brust wurde immer stärker, sie hatte das Gefühl, nicht genug Luft zu bekommen. Himmel, ihr Kopf fühlte sich an, als ob er gleich explodieren würde. Ihr Blick verschwamm, klärte sich jedoch wieder, als sie sich an das Licht gewöhnt hatte.

Irgendwo dort draußen näherte sich ein Magier, kam nah genug, dass Carson seine Magie ahnen konnte. Dunkel und verdorben. Magellan oder Rasmus? Sie konnte nicht erkennen, welcher von beiden es war.

Sie *musste* Xia trennen, schnell, denn sonst würde Rasmus auch Nikodemus in seine Gewalt bringen.

Sie wandte sich zu Xia um und versuchte, sich zu konzentrieren, obwohl sie nichts als Chaos in sich spürte. Ihr Körper war ganz still, und dennoch hatte sie das Gefühl, sich zu bewegen. Erneut wurde ihr schwindelig. Dann war sie plötzlich von Ruhe erfüllt.

Sie durfte Nikodemus nicht im Stich lassen. Und sie würde es auch nicht tun. Die Magie, die sie nun spürte, erschien ihr nicht länger fremd und unbeherrschbar. Zum größten Teil jedenfalls. Hitze wallte in ihr auf, glitt in ihre Arme und ihre Hände.

Xia brüllte auf, so laut, dass es Carson fast taub werden ließ.

Das Echo hallte von den Wänden wider.

Dann stürzte Xia auf sie zu, das Messer in der ausgestreckten Hand. Plötzlich lief alles wie in Zeitlupe ab. Die Klinge schnitt in ihre Haut, Blut quoll hervor, und gleichzeitig schien in ihrem Inneren etwas zu explodieren.

Trotz des Schmerzes war sie ganz auf Xia konzentriert. Sie drehte ihr Handgelenk, und das Messer glitt zur Seite.

Der Schock stand Xia ins Gesicht geschrieben. Und als Carson ihr Gewicht verlagerte, landeten ihre Hände auf seiner Brust. Er erstarrte.

Ja.

Sie war in seinem Bewusstsein. Fiel in ein Labyrinth aus Hass und Macht. Ihre Magie umfasste ihn, übernahm die Kontrolle, führte sie und zeigte ihr, wie sie Xia von Rasmus trennen konnte. Sie vergaß, wer und was sie war, aber ihre Magie wurde immer kraftvoller, loderte glühend hell auf. Sie versuchte, sie zu zügeln, und konnte es nicht. Farben tanzten vor ihren Augen. Ihre Handflächen brannten.

Die Welt schien zu blinzeln, auf dem Kopf zu stehen, und in diesem verrückten Moment sah sie ganz deutlich die Magie, die Xia an Rasmus band. Sie pulsierte in einem ärgerlichen Orange, roch bitter, schmeckte faul, ein übles Geschwür, das ihn auffraß und der Sitz von all diesem gewaltigen Hass war.

Xias Augen blickten wild. Seine Iris zeigte das gleiche Nachtschwarz wie seine Pupillen, zwei tiefe, unendliche

Seen voller Hass. Seine Stärke war genau das, was Nikodemus brauchte.

Carson ließ sich wieder in ihn fallen, kehrte zurück zu der Magie, die Xia gefangen hielt. Sie berührte sie und spürte erneut, wie verdorben und ätzend sie war. Eine schmutzige, widerwärtige Macht, die Xia so lange von seiner Spezies getrennt und ihm seinen Willen genommen hatte.

»Was, zum Teufel, tust du da?« Xia packte sie an den Handgelenken und drückte zu. Doch er schob Carson nicht weg.

Diesmal wurde die Verbindung zwischen ihnen nicht unterbrochen. Nicht sofort jedenfalls. Carson näherte sich erneut dem hässlichen Band, das Xia fesselte. Der Dämon schrie auf, warf die Arme hoch und unterbrach den körperlichen Kontakt zwischen ihnen.

Die Welt schien zu zerreißen, Carson wurde hochgewirbelt. Dann blinzelte sie und blickte auf eine Frau mit blasser Haut und dunklem Haar herab, deren grüne Augen dunkel schimmerten.

»Verdammt, Hexe«, flüsterte Xia, doch seine Stimme erklang nur in seinem Inneren, war nicht an die Frau gerichtet, die vor ihm stand.

Carson fiel aus seinem Bewusstsein, und einen Moment lang war sie wie blind. Wütend schrie sie auf. Weil es ihr nicht gelungen war, das zu erreichen, was sie hatte erreichen wollen. Sie zitterte.

Und wieder wallte Hitze in ihr auf, weißglühende Hitze, die in ihrem Körper brannte. Sie starrte Xia an, sah direkt in seine Augen, doch so sehr sie sich anstrengte, sie fand keinen Weg zurück in sein Inneres. Carson fletschte die Zähne.

Xia wich vor ihr zurück, ging in dem großen Raum immer

weiter rückwärts, bis er schließlich gegen eine Wand stieß und fast eine goldgerahmte Fotografie herabgerissen hätte.

»Tu es«, sagte er und hob sein Messer, auf dem ihr rotes Blut glänzte. Seine Stimme klang herrisch, doch Carson spürte das Zittern darin, wusste, dass er bis in sein Innerstes erschüttert war. »Mach es diesmal richtig.«

Carson griff erneut in ihn hinein, ließ sich von nichts anderem leiten als ihrem Instinkt. Rasch. Weil sie keine Zeit mehr verlieren durfte. Xia war zu groß und zu stark, als dass sie sich ein Zögern hätte erlauben können. Und sie wusste jetzt, wo sie zuschlagen musste. Immer noch brannte diese gewaltige Hitze in ihr, und sie gab sich den Flammen hin, sandte all diese Glut aus, mitten in den Knoten der magischen Kraft, die Xia fesselte.

Xia warf die Hände hoch, seine Arme prallten gegen die Wand. Glas splitterte, als das gerahmte Bild zu Boden fiel. Seine Augen waren weit geöffnet, starr auf sie gerichtet, und Carson sah den Schmerz darin.

Der Knoten wollte sich nicht lösen lassen, widerstand ihr, aber sie weigerte sich aufzugeben. Sie wollte, dass Xia frei von Rasmus war. Er musste befreit werden. Von diesem Gräuel, das Rasmus ihm angetan hatte. Es musste beendet werden.

In ihren Ohren rauschte es, so heftig, dass sie nichts anderes mehr hörte. Erneut lenkte sie die Hitze aus sich heraus auf die Magie, die Xia verätzte, und diesmal gelang es ihr, den Knoten zu durchtrennen.

Kraftlos lehnte Xia an der Wand. Seine Augen, weit aufgerissen und schwarz wie die Nacht, waren auf sie gerichtet. Sie glühten auf unirdische Weise. Seine Brust hob und senkte sich heftig, sein Mund stand offen.

Carson wurde übel, doch da war nichts in ihrem Magen, was hätte hochkommen können. Die Zeit lief wieder normal ab, und sie begriff, dass nicht mehr als ein paar Sekunden vergangen sein konnten.

Zeit genug jedoch für die Warlords, um ihre Magie zu sammeln, genug, um Carson zu Asche zu verbrennen. Doch Harsh und Iskander hielten sie davon ab. Ihre Magie schien Funken zu sprühen.

Das Messer fiel Xia aus der Hand wie ein wirbelnder blausilberner Streifen. Der Dämon berührte seine Brust. Seine Beine zitterten, und Carson konnte sehen, wie er sich gegen die Wand stemmte, um aufrecht stehen zu bleiben. Ein Fuß rutschte ihm weg, doch noch konnte er sich halten.

»Was hast du getan?«, fragte er, und seine Stimme war nicht mehr als ein Krächzen. »Was hast du mir angetan?«

Seine Augen drehten sich nach oben, dann sank er zu Boden.

Eins der hinteren Fenster wurde aufgestoßen; alle wandten sich um und sahen, wie Nikodemus auf den Boden sprang.

»Einen guten Abend wünsche ich, Warlords«, sagte er, während er sich Staub von der Brust wischte. »Tut mir leid, dass ich ein bisschen spät dran bin.«

Er kam herüber, um Xias Messer aufzuheben, dann trat er zu dem reglos daliegenden Dämon und schob das Messer in die Scheide, die an Xias Gürtel befestigt war.

»Himmel und Hölle noch mal, Carson«, sagte er, »selbst drüben auf der anderen Seite des Flusses habe ich deine Kraft gespürt.«

Einer der Warlords nahm eine drohende Haltung ein. Nikodemus zog die Augenbrauen hoch. »Komm schon, Mir, lass das Theater. Du musst hier nicht demonstrieren, welchen Rang du innehast, und das weißt du auch«, sagte er. Dann wandte er sich an Iskander. »Kannst du mir den Gefallen tun und für mich ein bisschen aufräumen? Drüben, auf der anderen Seite des Flusses, direkt bei dem Container. Ist nicht zu verfehlen.«

»Warlord.« Iskander verbeugte sich.

Carsons Gedanken klärten sich allmählich. Das Brennen in ihrem Brustkorb hatte nachgelassen. Sie ging zu Xia hinüber. Er sah aus, als wäre er tot, als hätte er aufgehört zu atmen. Aber seine Magie hallte immer noch in ihr wider, und sie konnte ihn spüren. So, wie sie Harsh und Iskander spürte. Ihr Herz klopfte heftig gegen die Rippen.

»Alles in Ordnung mit dir?«, fragte Nikodemus. Er schob eine Hand unter ihren Arm, stützte sie. Sein Rubinohrring glitzerte, als er sich zu den Warlords umwandte.

»Ja«, erwiderte sie. Nein, gar nichts war in Ordnung mit ihr, aber sie fand, dass es keine gute Idee sei, das Nikodemus ausgerechnet jetzt zu sagen.

Der Warlord, den Nikodemus Mir genannt hatte, stand mitten im Raum, die Arme verschränkt. Die beiden männlichen Warlords waren typische Dämonen: athletische Körper, muskelbepackt, Haar, das ihnen bis über die Schultern reichte. Einer von ihnen hatte Dreadlocks, der andere einen Pferdeschwanz. Die Dämonin hielt sich abseits; sie war groß, hatte lange Beine; Locken fielen ihr bis auf den Rücken. An der Hüfte trug sie einen Dolch. Nun zog sie ihn aus der Scheide und setzte sich auf eines der schwarzen Ledersofas, die im Raum standen.

Harsh hob Xia hoch, als ob der Dämon gar nichts wiegen würde. Xias Kopf hing über Harshs Schulter, sein Körper war schlaff. Harsh trug ihn zu dem anderen Sofa, weg von den Warlords.

Xias Headset fiel auf den Boden. Nikodemus ging hinüber und zertrat es, bis es vollkommen zerstört war.

Der Warlord mit den Dreadlocks musterte Carson von Kopf bis Fuß und meinte dann: »Nun, das war eine beeindruckende Vorstellung, Carson Philips.«

Carson gefiel es nicht, dass alle so gereizt und nervös waren. Sie konnte spüren, wie angespannt selbst Nikodemus war. Er hielt seine Magie strikt im Zaum.

Die Frau wandte sich ihm zu und richtete den Dolch auf Nikodemus. »Es ist deine Sache, wenn du dich da draußen deiner Hexe bedienst. Wenn es dir Spaß macht …« Sie zuckte mit den Schultern. »Doch hier drin betrifft es uns alle.« Sie ließ ihren Finger über die Klinge gleiten. »Du weißt, dass du tot bist, wenn du uns betrügst. Und deine Hexe auch.«

32

Carson strahlte ihre Emotionen so deutlich aus, dass Nikodemus genau wusste, was sie dachte: ein verdammt gefährliches Spiel, was wir hier spielen.

Nikodemus war der gleichen Meinung. Aber trotz Siddique und deren Dolch hatte bisher keiner der Warlords wirklich etwas unternommen, dabei hätten sie Carson längst töten können. Nikodemus stand in der Mitte des Raums, ungefähr anderthalb Meter von Xia entfernt, der sich nun aufgesetzt hatte und den Kopf in die Hände stützte.

Die Luft um den weiblichen Warlord schimmerte, und Nikodemus sammelte seine Magie, bereit, Siddique, wenn es sein musste, bis Napa County und wieder zurück zu katapultieren. Xia spürte Nikodemus' Macht, und sein Kopf fuhr hoch.

Siddique richtete die Dolchspitze auf Xia. Der zog Magie, und die Luft schien zu knistern. Nikodemus hielt für einen Moment den Atem an. Eine falsche Bewegung konnte jetzt zur Katastrophe führen. Xia beugte sich vor und zeigte Siddique den Mittelfinger.

Nikodemus war beeindruckt. Es gab nicht viele Dämonen, die sich getraut hätten, einen Warlord derart zu provozieren.

»Du kannst mich«, sagte Xia zu Siddique. »Ich bin nicht dein Sklave.«

»Wär aber ganz nett, wenn du es wärst«, erwiderte sie.

»Sehr nett.« Sie setzte sich aufrecht, hielt ihren Dolch in beiden Händen, die Spitze zwischen zwei Fingern, das Heft zwischen Daumen und Zeigefinger der anderen Hand. Sie blickte Xia über die Klinge hinweg an. »Und wessen Sklave bist du dann, wenn ich fragen darf?«

»Ich kann dich spüren«, antwortete er. »Und du spürst mich.« Xia blickte zu Carson hin, und Nikodemus sah, dass der Dämon blass wurde. »Das heißt wohl, dass ich jetzt ungebunden bin.« Wieder starrte er Siddique an. »Und ich habe auch vor, es zu bleiben.«

Nikodemus spürte, wie Harsh hinter ihm Magie zog, gerade genug, um den Warlords klarzumachen, dass Nikodemus nicht ohne Unterstützung war.

Siddique senkte den Dolch. »Wie schade«, meinte sie.

Nikodemus lächelte, legte einen Arm um Carson und zog sie nah zu sich heran. »Du musst nicht bleiben, Siddique. Die anderen Warlords und ich kommen schon klar.«

Siddique richtete ihre Aufmerksamkeit erneut auf Nikodemus. Ihr schmales, hübsches Gesicht wirkte neugierig, zeigte aber auch eine Bosheit, die typisch für sie war. »Hast du die Hexe wirklich unter Kontrolle, Warlord?«

Mir, der Warlord mit den Dreadlocks, setzte sich neben Siddique und nahm ihre Hand, führte sie an die Lippen und hauchte einen Kuss darauf. »Wir alle können viel voneinander lernen«, sagte er. »Deshalb bin ich auch froh, dass Nikodemus uns zusammengerufen hat.«

Klar, dass Mir etwas in dieser Art sagte. Er war nicht so bösartig wie Siddique, und ihm hatten nur halb so viele Dämonen die Gefolgschaft geschworen wie ihr. Er war bekannt dafür, dass er auch dann nicht aufgab, wenn die Chancen nicht allzu gut standen.

Mir schaute die anderen an, dann konzentrierte er sich auf Carson und lächelte. »Ich bin sicher, wir würden eine faszinierende Geschichte zu hören bekommen, wenn wir die Zeit hätten, sie uns anzuhören.« Sein Blick wanderte weiter zu Nikodemus.

Der ließ zu, dass Mir in seinen Geist eindrang und seine Gedanken erforschte. Langsam und gleichzeitig rasiermesserscharf. Mit nur so viel Kraft, wie nötig war.

»Falls ich mich nicht irre, dann ist Magellans Hexe deine neue Gefährtin«, sagte Mir.

»Wenn ich magiegebunden wäre, könntest du mich nicht spüren«, erwiderte Nikodemus.

»Aber sie ist immer noch eine Hexe«, mischte sich Huijan ein, der dritte Warlord. Ein stiller Typ. Berüchtigt dafür, dass er gern als Erster zuschlug. Dort, wo er seiner Meinung nach den größten Schaden anrichten konnte.

»Seid ihr sicher?«, fragte Nikodemus. »Spürt ihr denn wirklich nicht die Sippe in ihr?«

»Wir sollten sie umbringen«, sagte Huijan. »Du hättest sie schon längst kaltmachen sollen.«

Nikodemus zog Carson näher zu sich heran. »Ich will ja gar nicht leugnen, dass ich genau das vorhatte, als wir uns begegnet sind. – Aber hat einer von euch Xia gespürt, als die beiden hierherkamen?« Er blickte von einem zum anderen und stellte fest, dass sie ihn alle mehr oder weniger misstrauisch anschauten. »Ich denke, die Antwort ist Nein. Ihr habt *sie* gespürt, aber nicht ihn. Und nun gehört Xia wieder zur Sippe. Ihr habt gesehen, wie sie ihn getrennt hat. Das Gleiche hat sie für Harsh getan. Also ich kenne nicht viele Magier, die herumlaufen und magiegebundene Dämonen befreien. Ihr vielleicht?«

Siddique legte einen Arm auf die Sofalehne. »Warum beweist du uns nicht, dass du frei von ihrem Einfluss bist, und tötest sie?«

Mir und Huijan wechselten einen Blick, widersprachen Siddique jedoch nicht. Ihr Schweigen deutete Nikodemus als Zustimmung. Warlords konnten wirklich verdammt blutdürstig sein. Was ein Teil des Problems war.

»Das kann ich nicht«, erwiderte er und drückte Carson kurz an sich.

Siddique zischte und zog erneut ihren Dolch hervor.

Nikodemus hob beruhigend eine Hand. »Weil sie mir Gefolgschaft geschworen hat.«

»Gefolgschaft?« Mir zog die Augenbrauen zusammen.

Nikodemus reagierte gelassen auf Siddiques giftigen Blick. Argumente galten nicht viel bei den meisten Warlords. Macht, das verstanden sie, und Krieg. Mit den Feinheiten der Diplomatie waren sie weniger vertraut.

»Sie steht unter meinem Schutz, Warlords«, fuhr er fort. »Greift sie an, und ich werde euch alle töten, genau wie diejenigen, die ihr liebt. Greift mich an, und sie wird mich mit ihrem Leben beschützen. Ihr mögt euch gegen die meisten anderen Dämonen behaupten, aber könnt ihr auch eine Hexe besiegen?«

Natürlich war das ein Trick, ein kalkuliertes Risiko, denn er setzte darauf, dass die Warlords nicht wussten, wie eingeschränkt ihre Hexenmagie war.

Huijan zog eine seiner nachtschwarzen Augenbrauen hoch. »Wie ist es denn dazu gekommen?«

»Ich fand sie, und dann haben wir entdeckt, dass wir gemeinsame Interessen haben.«

Xia stand auf und begann, in dem großen Raum auf und

ab zu laufen. Er hielt sein Messer in der Hand, warf es hoch und fing es auf, abwechselnd am Heft und an der Klinge. Immer und immer wieder, ohne auch nur einmal aus dem Rhythmus zu kommen.

Es war wirklich eine ungewöhnliche Waffe. Nikodemus hatte noch nie solch ein Messer gesehen. Es hatte nicht nur eine Klinge, sondern Dutzende, ineinander zu einem verwirrend tödlichen, erbarmungslosen Muster verschlungen. Man brauchte Jahre, um mit magischer Kraft eine solche Waffe zu schaffen.

Siddique folgte Xia mit dem Blick. Schließlich nahm sie ihren Dolch und balancierte ihn mit der Klinge auf ihrem Zeigefinger. Xia ignorierte sie, warf weiterhin das Messer und marschierte durch den Raum.

Mir und Nikodemus sahen sich immer noch an. Mir war der schwächste der drei Warlords, aber seine Fähigkeit, sich in andere hineinzuversetzen, machte den Mangel an Stärke wett. Nur selten fällte er ein falsches Urteil.

»Ich fühle es nun«, meinte er. »Sie hat dir tatsächlich Treue geschworen.«

»Wie ich es gesagt habe.«

Siddique hörte auf, mit ihrem Dolch zu spielen, und griff nach Mirs Hand. Wieder zog er ihre Finger an die Lippen und hauchte einen Kuss darauf.

»Die Magie der Hexe hat in der Tat etwas Seltsames«, fügte er dann hinzu.

Nikodemus spürte, wie der Warlord versuchte, in Carsons Bewusstsein einzudringen. Ganz sanft, aber um sie zu überprüfen. Allerdings kam er nicht weit. Carson blockte ihn ab.

»Mir ist nur ein Fall bekannt, in dem ein Dämon dauerhaft mit einem Menschen verschmolzen ist. Allerdings behielt jener Dämon die Kontrolle und blieb, bis sein widerstrebender Gastgeber starb.«

Carson gab sich gelassen.

»Bei dir jedoch«, fuhr Mir, an Carson gewandt, fort, »ist es anders. Der Dämon kontrolliert dich nicht. Ihr habt euch aneinander angeglichen, Dämon und Hexe.« Er runzelte die Stirn. »Ich frage mich, ob man noch behaupten darf, dass du ein Mensch bist.« Sein Mund verzog sich, aber es wirkte nicht wie ein Lächeln. »Ich bin neugierig, Nikodemus. Wenn du in ihrem Geist bist, wie wirkt sich dann ihre Magie auf dich aus?«

Nikodemus lächelte, aber auch das war kein freundliches Lächeln. »Es bläst dir beinah den Kopf weg, Mir. Es ist unglaublich.«

Mir sammelte erneut Magie, und Nikodemus gefiel das kein bisschen. Siddique hatte von Neuem begonnen, mit ihrem Dolch zu spielen, zog die Klinge über ihre Hand und steckte einen blutenden Finger in den Mund.

Nikodemus drückte Carson an sich. »Es war ein langer Tag für sie, und ich fürchte, sie kriegt ziemlich schlechte Laune, wenn wir nicht bald zu einer Einigung kommen. Haben wir einen Deal oder nicht? Wollt ihr lieber weiterhin an euren alten Gewohnheiten kleben und zuschauen, wie immer mehr aus der Sippe den Magiern zum Opfer fallen, bis niemand von uns übrig ist?«

Er bot ihnen das an, wofür Dämonen lebten: die Schlacht gegen den Feind. Über Jahrhunderte hinweg hatten sie heftig unter der Bedrohung der Magier gelitten, sich aber unablässig untereinander bekriegt. Nie waren sie ein Bündnis eingegangen, hatten sich stets abseits der anderen Gruppen gehalten – das waren die alten Sitten. Und auf diese fatale Weise hatten sich die Dämonen immer weiter selbst geschwächt.

»Das kann man nicht so einfach entscheiden«, erwiderte Huijan. »Darüber muss man diskutieren.«

»Zeitverschwendung«, hielt Nikodemus ihm vor. »Entweder machst du mit oder nicht. Wenn nicht, kannst du auch gleich nach draußen marschieren und dich dem nächstbesten Magier ergeben.«

Xia stand am Fenster und hob die Lamellen eines Rollos mit der Messerspitze an, blickte hinaus in die Dunkelheit.

»Apropos«, sagte er und schaute Nikodemus an, »draußen rollt gerade eine Limousine vor. Eine hübsche, glänzende Stretch-Limousine.« Er legte den Kopf schief. »Wenn du mich fragst, dann ist sie gerade aus Tiburon gekommen.«

Carson erstarrte. »Magellan«, flüsterte sie.

Die schimmernde Magie um Siddique verwandelte sich in weißglühende Hitze, dann sammelte sie sich in einem gleißenden Strahl. Nikodemus spürte, dass er genau auf Carson zielte, bösartig und mit wachsender Kraft.

Xia lachte, das Messer angriffsbereit in der Hand, doch es lag keine Fröhlichkeit in seinem Lachen.

Nikodemus sammelte seine eigene Magie, und Carson öffnete sich ihm, damit er noch mehr Macht gewann. Sie wusste nicht genug über Dämonen, aber ihre Instinkte funktionierten umso besser. Und manchmal war Improvisation tatsächlich erfolgreicher als ausgefeilte Taktik. Nikodemus schlug zurück, und Siddiques Magie prallte gegen eine Mauer aus Granit. Selbst Xia zuckte unter dem Aufprall zusammen.

»Die Fenster!«, schrie Carson plötzlich.

Magie drang durch das Glas, hässlich und pervertiert, und wäre Nikodemus nicht durch Carsons Ruf gewarnt worden, hätte er keine Zeit mehr gehabt, in irgendeiner Weise zu reagieren. Magellans Attacke kam leise und tödlich.

Alle drei Warlords sprangen auf, als sie spürten, wie die Verbindung zu ihren Gefolgsleuten abbrach. Nikodemus begriff, dass Magellans Angriff nur ein Ablenkungsmanöver war, um sie hier zu halten, während die Magier die Dämonen der Warlords banden.

Nikodemus jedoch hatte immer noch Harsh, der sich im selben Raum befand, und plötzlich standen seine Chancen, was die anderen Warlords betraf, gar nicht mehr so schlecht.

Siddique jedoch nutzte aus, dass die Warlords sich nun auf andere Dinge konzentrierten. Wie der Blitz schoss sie auf Carson zu, den Dolch in ihrer Hand.

Mir und Huijan hatten ebenfalls ihre Kraft gesammelt. Der Raum schien vor Magie fast zu explodieren, als Siddique angriff.

Ein gewaltiger Hitzestrahl traf den Dolch. Nikodemus' Körper krümmte sich, als ihn der Rückschlag seiner eigenen Magie traf, und alle Luft wich aus seinen Lungen. Er stürzte. War es ihm gelungen, die Waffe zu zerstören? Er wusste es nicht. Magellans Magie verdunkelte alles. Doch als er auf dem Boden lag, hörte er das Zischen von Xias Messer.

Ein Körper schlug auf den Boden. Nikodemus roch Blut. Mir und Huijan zogen noch mehr Magie, um Magellans Angriff abzuwehren. Harsh fügte seine Kraft der ihren hinzu.

Langsam zog sich Magellans Magie zurück. Dank Carsons Warnung hatte die vereinte Macht der Warlords seinen Angriff abgewehrt. Zumindest für den Moment. Denn der Hexer würde nicht aufgeben. Das war nur der Anfang gewesen, schlimmere Dinge würden folgen.

Es war Siddiques Blut, das Nikodemus gerochen hatte. Sie

lag auf dem Boden, das Heft von Xias Messer ragte aus ihrer Kehle. Aus ihren Augen war bereits jegliches Leben gewichen. Xia murmelte etwas, und die Waffe war zurück in seiner Hand.

Mir hatte seine Hand gegen Siddiques Kehle gepresst, doch das Blut hatte bereits aufgehört zu fließen. Es war zu spät. Ihre Hand hielt immer noch den Griff ihres Dolchs umklammert – mehr war nicht davon übrig geblieben.

»Du bist tot, Dämon«, sagte Mir und zeigte auf Xia. »Tot.«

Xias Augen veränderten sich von Schwarz zu Blau. »Dann komm doch!«, erwiderte er, und seine Stimme zitterte vor Wut. »Gib dein Bestes.« Seine Augen glitzerten. »Wir werden schon sehen, wer von uns beiden überleben wird.«

Mir wandte sich Nikodemus zu, der wieder aufgestanden war. »Wenn du eine Allianz zwischen uns haben willst, dann gib mir den Dämon«, forderte er.

»Siddique hat uns angegriffen.« Ärger stieg in Nikodemus auf. Wut. »Ich habe sie gewarnt, und trotzdem konnte sie es nicht lassen. Als sie Carson angriff, hat sie auch mich angegriffen. Ich hätte sie selbst getötet, dafür, dass sie jemanden attackieren wollte, der mir Treue geschworen hat. Xia hat mir nur die Arbeit abgenommen.«

Harsh stand am Fenster, dicht gegen die Wand gedrückt, um kein Ziel zu bieten, und schaute nach unten. »Ob ihr es glaubt oder nicht, wir haben jetzt andere Probleme«, meinte er.

Nikodemus trat zu ihm, blickte auf die Straße hinab, wo er, ein Stückchen entfernt, einen Mann erkennen konnte, der neben der Limousine stand. Es kostete ihn Mühe, sich zu beherrschen und lediglich die Situation einzuschätzen. Der Gedanke an den bevorstehenden Kampf erregte ihn.

»Sieht aus, als ob Magellan ein paar Freunde zum Spielen mitgebracht hätte.«

Carson wurde in seinem Kopf lebendig. Ihre Zuversicht war zurückgekehrt, hallte in ihnen beiden wider. Eine Jägerin, das war sie. Man brauchte sie nur in die Nähe eines machtvollen Dämons zu bringen, und sie wurde wild.

»Rate, wer es ist!«, forderte Nikodemus sie auf.

Sie war blass, aber ihre grünen Augen funkelten. »Kynan.«

Die Fensterscheiben bogen sich nach innen.

»Und Rasmus«, fügte Xia hinzu.

Nikodemus riskierte einen längeren Blick nach draußen. »Wie viele Dämonen hat Rasmus insgesamt mitgebracht?«

Xia spielte mit seinem Messer. »Mit Durian und mir zusammen zwölf.«

»Sind irgendwelche anderen Magier dabei?«, fragte Nikodemus weiter.

»Einer, der noch sehr unerfahren ist. Recht talentiert.«

»Okay, dann haben wir es mit drei Magiern zu tun.« Xia nickte zustimmend. »Carson, wie viele Dämonen kannst du spüren?«

»Woher soll sie das wissen, wenn sie magiegebunden sind?«, erkundigte sich Huijan.

Nikodemus drückte sich mit dem Rücken an die Wand. Das war es, die Zukunft hatte bereits begonnen. Dämonen, die gegen die Magier zusammenhielten. »Sie ist eine Hexe, Warlord«, antwortete er. »Sie kann uns spüren, egal, ob wir frei oder gebunden sind. Wie viele, Carson?«

»Ich müsste näher dran sein, um sicher zu sein.« Sie schloss die Augen. »Fünfzehn?«

»Also dann fünfzehn. Durian und Kynan sind diejenigen, die uns den größten Ärger bereiten können. Die beiden musst du auf jeden Fall trennen.« Er sah Carson an. »Meinst du, sie haben Iskander erwischt?«

»Ich glaube nicht.« Sie legte eine Hand auf ihre Brust. »Ich kann ihn noch genauso spüren wie zuvor.«

Mir und Huijan hatten aufmerksam zugehört. Nikodemus hoffte, dass sie allmählich begriffen, wie sehr Carson ihnen nutzen konnte.

»Okay, dann muss ich hier raus«, meinte sie, die Hände in die Hüften gestemmt. Die Fensterscheiben verbogen sich erneut. Magellan hatte den Warlords ihre Gefolgsleute weggenommen, nun war er hinter ihnen selbst her. Über das mittlere Fenster lief bereits ein gezackter Riss.

Nach außen hin wirkte Carson ruhig, doch Nikodemus wusste, wie aufgeregt sie war. »Ich werde sie trennen. Jeden magiegebundenen Dämon, der mir unter die Finger kommt. Was heißt, dass ihr euch allein um Magellan und die anderen Magier kümmern müsst.«

»Zwei Magiegebundene kommen gerade die hintere Treppe herauf, vier andere über die vordere«, sagte Xia. Er wusste, was Mir einwenden wollte, und fügte deshalb hinzu: »Ich kann sie hören, Warlord. Sie machen sich gar nicht mehr die Mühe, sich lautlos anzuschleichen.«

»Gut, Xia«, lobte Nikodemus. »Fällt dir vielleicht auch noch eine Möglichkeit ein, wie wir Carson hier rausschaffen können?«

Xia neigte den Kopf, als hätte er Nikodemus bereits Treue geschworen. »Das Fenster«, erwiderte er. Dann blickte er auf Siddiques reglosen Körper. »Und ihre Leiche werfen wir die Treppe hinunter. Das dürfte sie ablenken.«

Nikodemus lachte. »Ich mag deine Art zu denken.«

Xia blickte Carson an. »Wie sieht's aus, Hexe?«

Carson nickte. »Welches Fenster?«

»Das hintere, durch das Nikodemus gekommen ist.« Xia löste Messer samt Scheide von seinem Gürtel und befestigte es an Carsons Jeans. »Nimm das mit.«

»Wozu?«

Xia tätschelte den Griff seines Messers. »Solltest du Rasmus nah genug kommen, stoß es ihm mitten ins Herz.«

33

Carsons Herz schlug heftig, als sie im Hinterhof mit den Füßen auf dem Boden landete. Sie atmete tief durch. Dann suchte sie sich vorsichtig einen Weg zwischen umgekippten Mülltonnen und zerbrochenen Flaschen und gelangte schließlich auf die Seitenstraße.

In der Nähe des Hauses gab es zwei Bars, und vor beiden standen große Gruppen von Menschen. Sie alle warteten offensichtlich darauf, dass man sie hereinließ.

Autos rollten langsam die Straße entlang, auf der Suche nach einem freien Parkplatz. Dafür, dass es bereits weit nach Mitternacht war, waren noch eine Menge Leute unterwegs. Sie lachten, unterhielten sich, flirteten, hielten Händchen. Viele von ihnen waren in Carsons Alter.

Bis zu diesem Abend war Carson noch nie in einer Bar gewesen. Sie wusste nicht, wie es war, Freunde zu haben und auszugehen, um sich zu amüsieren.

Carson probierte, sich so zu tarnen, wie Nikodemus es unter Menschen tat. Sie lehnte sich gegen die Wand, versuchte, ruhiger zu werden, und wartete, bis die Schauer der Furcht nachließen.

Die Luft war kühl und feucht, Nebelschwaden zogen vom Fluss herüber. Carson atmete ein paar Mal tief ein, versuchte, den Gestank des Mülls aus ihrer Nase zu verdrängen, ihre Furcht jedoch blieb.

Eine Gruppe junger Leute ging an ihr vorbei, sie unterhielten sich lebhaft.

Keiner nahm Notiz von ihr.

Carson stieß sich von der Wand ab und schlich weiter, vorbei an schmalen viktorianischen Häusern mit vielen Erkern und Giebeln. Wie mochte es sich anfühlen, eine dieser lachenden jungen Frauen zu sein, mit einem gut aussehenden jungen Mann Händchen zu halten oder mit jemandem zu flirten, nur, weil es Spaß machte?

Der Griff von Xias Messer stieß bei jedem Schritt gegen ihre bloße Haut und ließ dunkle Magie in ihren Körper sickern.

Kurz bevor sie zur Kreuzung kam, begann ihre Haut zu prickeln.

Magiegebundene.

Als ob jemand einen Schalter angeknipst hätte, wurden ihre Sinne plötzlich schärfer. Sie sah besser und weiter und nahm selbst die feinsten Details wahr. Verwirrend, und für einen Moment schien ihr Gehirn nicht in der Lage, sich auf diese neue Fähigkeit einzustellen. Alles um sie herum begann sich zu drehen.

Tief durchatmen, befahl sich Carson. *Entspann dich. Lass es einfach zu.*

Die Welt hielt wieder still, und es gelang ihr, sich zu fokussieren. Keiner der Menschen bemerkte den Dämon, der dort drüben stand, Carson aber fühlte ihn.

Die Arme verschränkt, lehnte eine Frau an einem blauen Ford Ranger. Die Art, wie sie gekleidet war – ein schwarzer Anzug aus feinstem Wollstoff, weiße Bluse, ein grünes Tuch statt einer Krawatte –, war typisch für Magellans Dämonen. Doch seit wann versklavte er auch weibliche Dämonen? Sie konnte erst gebunden worden sein, nachdem Carson aus seinem Haus geflohen war.

Carson bemerkte eine Gewehrhalterung in der Heckscheibe. Als das Heft von Xias Messer nun gegen ihre Haut stieß, war der magische Impuls wesentlich stärker als zuvor.

Carson bewegte sich langsam auf die Frau zu. Sie musste so dicht an sie herankommen, dass sie sie berühren konnte. Sie lauschte, weitete ihre Sinne aus, und sie griffen über ihr Ziel hinaus. Carson versuchte, ihre neuen Fähigkeiten ein wenig zu zügeln. Zunächst musste sie nur wissen, wie viele Magiegebundene sich noch in unmittelbarer Nähe befanden, ob die Dämonin Rückendeckung hatte.

Drei. Noch dreimal fühlte sie die Ausstrahlung gebundener Dämonen in ihrem Bewusstsein. Alle drei männlich. Einer verbarg sich in der Menge vor der ersten Bar, zwei warteten in geparkten Autos, eines davon ein SUV-Mercedes.

Carson konzentrierte sich wieder auf die Frau, schloss die Distanz zwischen ihnen. Sie konnte nun ganz deutlich das Wesen der Dämonin erkennen, wusste, wie sie zu trennen war.

Erst, als sie nur noch eine Armlänge von ihr entfernt war, hob Carson ihre Tarnung auf. Sie hielt Xias Messer in der Hand, und es erschreckte sie, wie entschlossen sie war, es zu benutzen. Ein Leben zu nehmen, falls etwas schiefging. Aber diese Entschlossenheit war nötig, um zu verhindern, dass Nikodemus und die anderen Dämonen versklavt wurden.

Die Augen der Frau weiteten sich, als sie Carson so unvermittelt vor sich stehen sah, und sie stieß sich von dem Pickup ab. »Carson Philips?«, fragte sie.

»Ja.«

Die Frau war noch jung. Sehr jung. Was, wenn sie Widerstand leistete? Was, wenn ihre Bindung an Magellan stärker war als ihr Verlangen nach Freiheit?

Carson trat noch dichter an sie heran, legte ihr eine Hand auf das Brustbein. Macht floss aus der Frau heraus, und Carson folgte ihr. Es war nicht schwer, Magellans Magie zu zerstören, noch hatte sich das Band nicht verfestigt, denn die junge Frau war tatsächlich erst vor Kurzem gebunden worden.

Die Frau wankte, stieß gegen die Tür des Pick-ups. Für Ahnungslose sah es aus, als würde eine Frau einer anderen helfen, die zu viel getrunken hatte.

Carson genoss es, wie kraftvoll die Macht sie durchströmte. Sie liebte ihre Magie. Mehr noch, sie berauschte sie.

Doch nun zwang sie sich, diesen Machtrausch zu dämpfen. Die Frau war nun von Magellan befreit – aber es wäre ein Leichtes, sie nun an sich zu binden. Absichtlich. Das gleiche Verlangen, das Carson bei Iskanders Trennung empfunden hatte, erfüllte sie auch jetzt. Nur eine kleine, eine winzig kleine Anstrengung wäre nötig, und die Dämonin gehörte ihr. Wäre ihre Kreatur statt Magellans. Auch die anderen Magiegebundenen könnte sie zu ihren Sklaven machen, könnte sie gegen Magellan und Rasmus schicken. Aber so wären sie niemals frei.

Die Blicke der beiden Frauen trafen sich, und jeder von ihnen war bewusst, dass dies der Moment der Entscheidung war. Freiheit oder erneute Sklaverei.

Wie süß wäre es, einen eigenen Dämon zu besitzen, über eine Quelle der Magie zu verfügen, aus der sie beliebig zusätzliche Macht schöpfen könnte. Eine Dienerin, die stets das tat, was Carson wollte. Es juckte sie in den Fingern, Xias Messer zu nehmen, Dämonenhaut zu ritzen und die bittersüße, nach Eisen schmeckende Wärme zu kosten.

Es war ein dunkles, wildes Verlangen, das Carson erfüllte, und es schüttelte ihren ganzen Körper. Erneut ließ sie ihre Magie in die junge Frau fließen.

Die verführerische dunkle Macht flüsterte Carson zu, dass sie es endlich beenden, die junge Frau zu ihrer Dienerin machen solle. Für Nikodemus. Um ihm, um ihrer Sache zu helfen.

Sie schauderte und verschloss sich der Verlockung. Kämpfte den Impuls nieder, ihr nachzugeben. Sie schwankte, während sie ihre Magie zurückzog.

Die Frau sank zurück gegen die Tür, presste die Hände auf ihre Brust. Atmete so angestrengt, als hätte sie Mühe, genug Luft zu bekommen. Ihr Blick verschwamm. »Ich bin frei«, flüsterte sie.

Noch ist es nicht zu spät.

Carson spürte die Verletzlichkeit der Dämonin. Versuchte, sich dagegen zu verschließen. Hörte die Stimme wispern: »Noch kannst du dir nehmen, was du willst.«

»Ich bin tatsächlich frei!« Wie ungläubig das klang!

»Geh«, sagte Carson. »Geh endlich.«

Sie blieb noch einen Moment neben dem Ranger stehen, spürte, wie eisige Kälte bis in ihre Knochen schnitt. Und erst nachdem die Frau verschwunden war, merkte sie, wie fest sie Xias Messer umklammert hatte.

Sie starrte auf die miteinander verwobenen Klingen. Was für eine düstere Waffe! Wie sehr sie danach dürstete, Blut zu trinken. Wie machtvoll sie die dunkle Seite in ihr weckte!

O Gott, wie schrecklich nah sie daran gewesen war, die junge Frau an sich zu binden!

Und immer noch schwieg diese dunkle Seite nicht. *Nimm dir den Nächsten,* flüsterte sie ihr zu. *Schmeck ihn, koste sein Blut!*

»Nikodemus, ich brauche dich«, flüsterte sie vor sich hin. Der Abgrund, in den es sie zog, war nicht mehr als eine Messerlänge entfernt. Die Länge von Xias Messer. Ein Abgrund, der sich auftat zwischen ihrem Verlangen und dem, was diese Nacht von ihr forderte.

Carson schob das Messer in die Scheide zurück und öffnete erneut ihre Sinne. Der nächste Dämon war nicht weit entfernt, stand immer noch vor der Bar. Ob er bemerkt hatte, dass die Dämonin nicht mehr auf ihrem Posten war?

Auch er war einfach zu trennen, obwohl er Carson fast entkommen wäre, als er kurz den Kontakt durchbrach, den sie aufgebaut hatte. Doch sie bekam ihn schnell wieder in den Griff und gab ihm die Freiheit zurück. Und niemand dachte sich etwas dabei, dass ein Paar, das an der Wand lehnte, sich berührte.

Der Dämon im Auto machte ebenfalls keine Probleme. Carson berührte ihn, und prompt sprang er aus dem Wagen und folgte ihr. Hätte er sich genauso einfach von ihr versklaven lassen?

Aber noch widerstand sie dem Verlangen, das ständig wuchs.

Dem Dämon in dem SUV war inzwischen aufgefallen, dass irgendetwas nicht stimmte. Er war ausgestiegen, stand auf dem Bürgersteig und suchte die Menschenmenge ab nach jemandem, der nicht dazugehörte.

Carson handelte schnell.

Anschließend durchstreifte sie weiter die nähere Umgebung. Wurde immer sicherer. Immer geschickter. Doch das Verlangen, die Dämonen an sich zu binden, wurde stärker, je mehr Magiegebundene sie befreite. Und es kostete sie verdammt viel Kraft, ihm zu widerstehen.

Es dauerte nicht lange, bis sie sämtlichen erreichbaren Dämonen die Freiheit zurückgegeben hatte. Elf waren es insgesamt. Einige von ihnen kannte sie aus ihrer Zeit bei Magellan. Andere waren, genau wie die Dämonin, erst seit Kurzem gebunden.

Nun machte Carson sich auf den Weg zu Magellan. Und plötzlich spürte sie Kynan, wenn auch nur schwach.

Als sie auf das gelbe Haus zuging, brannte die Hitze der letzten Trennung noch immer in ihren Adern. Und sie fühlte auch Nikodemus wieder. Er war nicht weit entfernt, und er sammelte Magie. Sorge erfüllte sie, machte sie unachtsam. Längst nicht so sorgfältig, wie sie es hätte tun sollen, überprüfte sie ihre Umgebung.

»Carson«, sagte jemand hinter ihr.

Die Welt schien stehen zu bleiben, und als sie sich wieder in Bewegung setzte, hatte sich alles verändert.

Álvaro Magellan, der Mann, der sie ihren Eltern geraubt hatte, stand ihr gegenüber. Hinter ihm ragte Kynan auf.

Sofort dämpfte Carson ihre Magie. Sie musste ihn überraschen, ihn erwischen, wenn er weniger achtsam war, und sie durfte nicht zulassen, auf keinen Fall, dass ihr Hass auf ihn die Kontrolle übernahm.

Magellan betrachtete sie freundlich. Gelassen. Kynan hatte die Stirn gerunzelt und blickte Carson aus halb zusammengekniffenen Augen an. Das mochte Magellans größtes Geschick als Magier sein: dass er so angenehm und harmlos wirkte, selbst wenn er gerade ein Leben zerstörte. Nun ja, schließlich hatte er Kynan für die Drecksarbeit.

»Tja, Carson«, begann Magellan, »du scheinst dich gut erholt zu haben, seit wir uns das letzte Mal gesehen haben.«

Carson schaute sich um. Panik griff nach ihr, weil sie spürte, dass irgendetwas nicht stimmte, und sie nicht wusste, was es war.

»Ich habe den Talisman nicht bei mir«, sagte sie.

»Jammerschade, Carson. Dann wirst du mir hoffentlich verraten, wo er sich gerade befindet. Und noch was: Deine Freunde können uns weder hören noch sehen.« Jetzt spürte Carson es auch: Eine ungewohnte Magie hüllte sie ein. Ihr Kopf begann zu schmerzen, auf diese vertraute, ihre Kraft schwächende Art.

Magellan gab Kynan ein Zeichen, und der Dämon trat vor. Er packte Carson am Arm, drehte ihn ihr schmerzhaft nach hinten. Dann führte er sie zu Magellans Limousine. Er legte die andere Hand an ihren Kopf und schob sie in den Wagen.

Ein Streifenwagen fuhr an ihnen vorbei, doch Carson gelang es nicht, den Kopf zu drehen.

Carson schmeckte Eisen in ihrem Mund, einen trockenen, schweren metallischen Geschmack, als Kynan sie auf die Rückbank drückte. Er hielt sie weiterhin unerbittlich fest, den Arm immer noch auf den Rücken gedreht, den Kopf gegen die Polster gedrückt. Sie konnte nichts sehen und war nicht in der Lage, sich zu bewegen. Xias Messer drückte sich in ihren Bauch.

Carson versuchte, alles andere abzublocken und sich ausschließlich auf das zu konzentrieren, was sie wissen musste, um Kynan zu befreien. Sie musste unbedingt herausfinden, wie sie ihn trennen konnte. Auch wenn sie Angst vor ihm hatte, tiefsitzende Furcht empfand, und nichts so einfach war wie bei den anderen Dämonen, denen sie die Freiheit geschenkt hatte.

Die hintere Tür öffnete sich, und Magellan stieg ein, setzte sich auf die Sitzbank gegenüber. »Ein Warlord. Kein

Geringerer als Nikodemus persönlich«, sagte er mit einer Stimme wie Samt. »Wirklich beeindruckend, dass du ihn für dich gewonnen hast. Du, eine Hexe ohne jegliche Fähigkeiten.«

»Geh zur Hölle«, murmelte sie.

»Kynan?«

Der Dämon packte Carson und drehte sie herum, sodass sie Magellan ansehen musste, der ihr gegenübersaß, ein Bein über das andere geschlagen.

»Nun, es macht mich schon neugierig, in welcher Beziehung ihr beide zueinander steht«, fuhr der Magier fort und zog die Augenbrauen hoch. »Du besitzt nicht genug Magie, um einen Dämon von seiner Macht zu kontrollieren. Deshalb denken Kynan und ich, dass es Nikodemus sein muss, der dich kontrolliert. Bis er sich irgendwann langweilt. Und er dich dann umbringen wird, dessen bin ich mir sicher. So sind sie nun mal, die Dämonen.« Er wandte sich an Kynan. »Was meinst du, Kynan, wie lange wird es dauern, bis Nikodemus begreift, dass wir sie haben?«

»Nicht lange«, erwiderte der magiegebundene Dämon. Er hielt Carson immer noch fest. »Im Höchstfall eine halbe Stunde, schätze ich. Länger werden die anderen ihn nicht ablenken.«

Magellans Magie wurde schwächer, und Carsons Konzentration verbesserte sich. Soweit sie konnte, blockte sie den Hexer ab und konzentrierte sich auf Kynan.

»Ich schlage vor, dass du deine Zeit klug nutzt, Kynan. Je eher Nikodemus zu ihrer Rettung herbeieilt, desto besser.«

Carson spürte, wie Kynan tief Luft holte.

»Ich werde draußen warten«, fuhr Magellan fort, dann beugte er sich vor und küsste Kynan.

Carson spürte, wie sich der Körper des Dämons verkrampfte.

»Tu mit ihr, was du willst«, sagte der Hexer, als er sich von Kynan löste.

»Magier.« Kynan neigte den Kopf.

»Lass dir Zeit. Und bring sie erst um, wenn Nikodemus mir gehört.«

»Ja, Magier.«

Das Türschloss klickte. Kalte Luft drang herein, und dann fiel die Tür mit einem dumpfen Knall wieder zu. Niemand würde bemerken, was hier drin vor sich ging, niemand konnte durch die schwarz getönten Scheiben hineinschauen.

Carson wehrte sich gegen ihre Panik. Sie musste sich auf Kynan konzentrieren und herausfinden, wie sie ihn Schritt für Schritt von Magellan lösen konnte.

Er drückte sie auf die Sitzbank herunter. Carson war durch die Aufgabe, die sie sich selbst gestellt hatte, so abgelenkt gewesen, dass ihr erst jetzt auffiel, dass er ihr Xias Messer abgenommen hatte. Die Klinge zischte, als er sie aus der Schneide zog und das blitzende Messer zwischen sie hielt.

Kynan lachte. Er packte Carson am Handgelenk und drückte zu, bis ihr die Tränen in die Augen traten. Ihre Finger wurden taub. Dann ließ er sie unvermittelt wieder los, und als Carson sich aufrichtete, wechselte er den Platz und setzte sich ihr gegenüber.

Sie konzentrierte sich erneut auf ihn.

Kynan hielt Xias Messer in den Händen und untersuchte es. Er saß da wie vorher Magellan, ein Bein über das andere geschlagen.

»Du kommst hier nicht raus, Carson«, sagte er. »Magellan

hat die Türen versiegelt.« Sein Blick heftete sich auf ihren Mund. »Und es wird dich auch niemand schreien hören.«

Kynans Magie machte ihr Angst. Er fühlte sich ähnlich wie Nikodemus an, eine Macht, die so gewaltig war, dass sie ihn komplett auszufüllen schien. Die Knoten, die Magellan in das Band gewebt hatte, mit dem er Kynan fesselte, waren weitaus komplizierter als alles, was ihr bisher begegnet war. Und es gelang ihr nicht, sie so deutlich hervortreten zu lassen, dass sie sie hätte durchtrennen können. Doch die Zeit drängte.

Erneut flammte die Verbindung zu Nikodemus heiß in ihr auf. Ein weiteres Mal zog er Magie, und sie senkte ihre Abwehr gegen Kynan, um Nikodemus Zugang zu ihrer Kraft zu gewähren.

Kynan änderte seine Position, streckte die Beine aus. In seinen so schönen Augen loderte ein orangefarbenes Feuer.

Er trug einen Anzug von Luigi Borelli aus nachtschwarzer Wolle, ein sorgfältig gestärktes weißes Hemd und eine goldfarbene Krawatte. Alles war maßgeschneidert, beste italienische Handarbeit. Natürlich war nur das Teuerste gut genug für Magellans Dämonen.

»Du fühlst dich anders an«, stellte Kynan fest. »Was hat Nikodemus mit dir gemacht?«

Sie widerstand dem Impuls, die Arme vor der Brust zu verschränken. Sollte er doch starren, wenn er wollte. »Ich weiß nicht, ob ich es dir erklären kann«, erwiderte sie.

Er löste die Krawatte und warf sie neben sich auf den Sitz. »Ich habe gehört, du hast einen weiteren von Rasmus' Dämonen getrennt.« Er knöpfte die Anzugjacke auf. »Erst Harsh, dann Xia. Stimmt das?«

»Ja.«

»Xia hat mir erzählt, dass überhaupt nichts passiert ist, als du ihn zuvor schon einmal berührt hast.« Er öffnete die obersten Knöpfe seines Hemds. Goldene Haut wurde über dem weißen Unterhemd sichtbar.

Carson drückte sich in ihren Sitz.

Kynan fuhr fort, sein Hemd zu öffnen. Als er damit fertig war, band er die Schuhe auf und streifte sie ab. Dann hob er den Kopf, einen Mundwinkel hatte er verächtlich heruntergezogen.

Carson suchte seinen Blick. Sie musste ihm in die Augen schauen, wenn sie einen Weg in seinen Geist finden wollte.

Seine Augen blickten kalt. Leidenschaftslos. Was Kynan wollte, interessierte nicht. Das Einzige, was zählte, waren Magellans Befehle.

Carsons setzte sich gerade hin. Ihre Hand zitterte, bereits vergessene Schmerzen kehrten zurück. Helle Blutstropfen liefen ihren Arm hinab, dort, wo Xias Messer sie verletzt hatte.

In Kynans Augen flackerte etwas auf. Carson wusste, was Blut für einen Dämon bedeutete, und dieses Aufflackern war das erste Anzeichen echter Emotion, das sie je bei ihm wahrgenommen hatte.

»Und wenn du mich berührst?«, wollte er wissen. Er streifte sich das Jackett von den Schultern, löste den Gürtel. Geschmeidig schlüpfte er aus der Hose. Er trug Boxershorts, und dann lagen auch sie auf dem Sitz.

Dämonen zogen es vor, nackt zu sein, wenn sie die Gestalt wechselten. Es war kein Muss, sie fanden es nur angenehmer. Kynan in seiner ursprünglichen Gestalt – Carson war nicht sicher, ob sie dann mit ihm fertigwerden würde. Als Letztes zog er Hemd und Unterhemd aus.

Sein Blick blieb die ganze Zeit mit ihrem verbunden, und Carson hielt ihm stand. »Was würde passieren, wenn du mich berührst?«, wiederholte Kynan.

»Es hängt davon ab, ob du mir hilfst oder gegen mich ankämpfst«, erwiderte sie. Dann holte sie tief Luft, und obwohl Furcht ihr Herz erfüllte, hielt sie ihm ihren Arm hin.

Kynan zögerte, und Carson wartete. Schließlich jedoch schloss er seine langen Finger um ihren Ellbogen und zog ihren Arm zu sich heran. Sein Geist konzentrierte sich auf die Wunde, auf den Geschmack und den Geruch ihres Bluts.

Carson rutschte ein Stück nach vorn, suchte einen Weg in sein Bewusstsein. Kynan ließ seine Hand über ihren Unterarm gleiten, dann hob er ihn an seine Lippen, berührte ihre Haut, kostete aber nicht ihr Blut. Noch nicht.

»Was hat Nikodemus dir beigebracht?«, fragte er.

»Mehr, als du dir vorstellen kannst.«

Seine Lippen verzogen sich zu einem Lächeln, dann spürte Carson seine Zunge. Sie stand auf, als er die Lippen schloss – fast wie ein Kuss – und von ihrem Blut kostete. Sie teilte die Reaktion seines Körpers, und seine wachsende Erregung riss Carson mit. Er griff mit seiner anderen Hand nach ihr, drückte ihre Schulter gegen das kühle Fenster.

»Was ist mit dir?«, flüsterte sie. »Willst du deine Freiheit nicht zurückhaben?«

Kynan hob den Kopf, bog ihn leicht zurück und bot Carson seine Kehle dar, ritzte sich dann die Haut mit Xias Messer. Eine ganz leichte Berührung genügte, und schon quoll Blut hervor. Kynan wartete, seine schönen Augen auf Carson gerichtet.

Sie lehnte sich in der unerträglichen Enge der Limousine nach vorn. Der Geruch seines Bluts stieg ihr in die Nase, und sie presste ihre Lippen auf den Kratzer an seinem Hals. Ihr ganzer Körper prickelte, als sie sein Blut schmeckte.

Seine Finger glitten zu ihrer Jeans, zogen den Reißverschluss herunter.

»Nein!«, sagte Carson und wand sich aus seinem Griff, zog den Reißverschluss wieder hoch.

»Warum nicht?« Er fuhr mit einem Finger über ihre Unterlippe, und als er ihn wegzog, schimmerte ein Blutstropfen darauf.

Carsons Geist war in Aufruhr. Sie fühlte die Intensität seiner Magie und Magellans Echo. *Wenn ich dieser Verbindung folge, dann lande ich bei Magellan,* dachte sie.

Kynan zu verlieren wäre ein harter Schlag für den Hexer, und sie musste ihm so viel Schaden wie möglich zufügen. Sie schloss die Augen und konzentrierte sich auf diesen Gedanken.

Und dann war sie plötzlich in Kynans Geist. Anfangs nicht sehr tief, aber es reichte. Tiefer. Sein Hass auf Magellan würde die Welt versenken, falls er jemals freikam.

»Ich kann dich trennen«, sagte sie.

»Wie machst du es?« Die Hand, in der er immer noch Xias Messer hielt, lag an ihrem Kopf. Drei Finger lösten sich und griffen in ihr Haar. Carson war in seinem Geist, und er wusste es. Erlaubte ihr zu bleiben. »Du gehörst nicht zur Sippe. Und ich bin nicht frei.«

»Doch«, sagte sie. »Ich gehöre zur Sippe, und ich bin trotzdem eine Hexe.« Sie tauchte tiefer in sein Bewusstsein ein. Ihre neue Magie, jahrhundertealt und doch so unvertraut für sie, reagierte auf Kynans Kraft mit einer solchen Macht, dass Carson unwillkürlich aufschrie. Sie fiel ganz tief in ihn hinein, und dann sah sie ihn plötzlich nicht mehr, raste durch seine Gedanken, unterschied seine Magie von der des Hexers, und dann lächelte sie.

»Das ist unmöglich«, flüsterte er. »Das kann nicht möglich sein.«

Sie beugte sich vor und legte eine Hand auf seine Wange. »Ich weiß, auf welche Weise er dich gebunden hat, und ich werde dem jetzt ein Ende setzen.«

Sie trennte Kynan mit einem einzigen, brutalen Schnitt.

Doch sie zog sich nicht aus seinem Geist zurück, war nah, viel zu nah daran, ihn zu ihrem Sklaven zu machen. Kynans Magie stürmte auf sie zu, raste wie ein Hurrikan über sie hinweg. Der Teil ihrer Magie, der nicht dämonischen Ursprungs war, blähte sich auf, ließ ihre Sicht schwächer werden. Und dann spürte sie Kynans Kraft in sich. Es brachte sie in ihren Körper zurück, ließ sie nach Atem ringen.

Kynan sandte weiterhin seine Magie in sie.

»Hör auf«, flüsterte sie.

Sein Körper war über sie gebeugt. Sein Brustkorb hob und senkte sich, während er mühsam Luft holte.

Sie rief seinen Namen, voller Furcht, in etwas hineingezogen zu werden, was ihre Beziehung zu Nikodemus zerstören würde. Ihr Verlangen, Kynan an sich zu binden, brannte heiß und wild in ihr, und sie wusste nicht, wie sie widerstehen sollte. Kynan würde ihr gehören, eine furchtbare Waffe sein in ihrem Kampf gegen Magellan und Rasmus. Sie konnte Nikodemus und den anderen helfen, wenn sie ihn zu ihrem Sklaven machte.

Kynan hob den Kopf und sah sie an, während er seine Magie weiterhin in ihren Geist jagte. Sein Mund verzog sich leicht. »Es ist besser, deine Kreatur zu sein als Magellans.«

»Nein.« Nikodemus erwartete von ihr, dass sie Kynan

trennte, doch nie, niemals durfte sie diese Linie überschreiten und einen Dämon mit ihrer Magie binden. Die Hitze der Verbindung zwischen Kynan und ihr verbrannte sie fast, doch es gelang ihr, sie zu dämpfen, denn würde sie es nicht tun, würde es zu ihrem Unglück führen.

Wenn sie Kynan band, würde sie Nikodemus verlieren.

Kynans Körper bog sich ihr entgegen, und er atmete tief aus.

Carson blickte auf die Hand, mit der er immer noch ihren Arm hielt. »Lass mich los«, sagte sie. »Bitte, Kynan.«

Er sank gegen den Sitz, die Hände auf seine Brust gepresst. »Er ist fort«, flüsterte er und öffnete die Augen. Carson vermied jeden weiteren Kontakt mit ihm. Als er erneut versuchte, in ihre Gedanken einzudringen, wehrte sie ihn ab.

»Es ist vorbei, Kynan.«

Er sah sie an, Unsicherheit in seinem Blick. »Du hast mich nicht gebunden. Warum?«

Sie zuckte mit den Schultern. »Weil es hässlich und falsch ist. Deshalb.«

»Aber ich kann dich fühlen.«

»Weil du nicht länger magiegebunden bist.«

»Das kann nicht sein«, sagte er leise.

Plötzlich wackelte die Limousine, und Carson erstarrte, als Nikodemus ganz unvermittelt Magie aus ihr zog. Er und Magellan würden dort draußen aufeinandertreffen, und ihr war, als presste eine Hand ihr Herz zusammen.

Carson stieß einen Schrei aus, als sie versuchte, die Tür zu öffnen. Ihr Kopf drohte vor Schmerzen zu platzen, und Magellans Magie explodierte um sie herum.

Kynan fasste sie am Arm.

Carson sah ihn an. »Wenn du es irgendwie gutmachen

willst, dass ich dich befreit habe, dann sieh zu, dass Nikodemus nichts passiert.«

»Bist du eine Hexe oder ein Dämon?«

»Beides!«, fuhr sie ihn an.

Kynan griff um sie herum und löste die Verriegelung.

Carson öffnete die Tür. Er war hier. Nikodemus war ganz nah, und Magellan wollte ihn töten, gemeinsam mit Rasmus. Kynan mochte Magellan nicht länger gehören, doch auch seine eigene Kraft war beträchtlich.

Über ihnen erstreckte sich der dunkle, sternenlose Himmel.

Carson stieg aus dem Wagen, und nur einen Moment später stand Kynan neben ihr. Immer noch nackt. Sie wusste, er war kurz davor, sich zu wandeln.

Nikodemus stand in Angriffshaltung auf der Motorhaube der Limousine, Magellan vor ihm, eine Hand erhoben.

Carsons Kehle wurde eng. Ohne Kynan war nicht einmal Magellan stark genug, um Nikodemus zu binden. Sie wusste es, und der Hexer wusste es ebenfalls. Deshalb war er nur noch darauf aus, ihn zu töten.

Sie stürzte auf Magellan zu, während orangefarbene und purpurrote Streifen hinter ihren Augen tanzten. Die Luft wurde ihr knapp, und dann erstarrte sie in plötzlicher Panik. Das Gefühl, einen fürchterlichen Fehler gemacht zu haben, lähmte sie. Einen Fehler, der Nikodemus das Leben kosten konnte. Sie war nicht in der Lage, Magellan mit ihrer Magie zu berühren. Alles, was sie fand, wenn sie in seinen Geist einzudringen versuchte, war tiefste Schwärze. Ein undurchdringlicher Vorhang.

Sie konnte einen Magier nicht auf die gleiche Weise wie einen Dämon beherrschen.

Blitzschnell übertrug sie ihre Magie, alles, was sie selbst ausmachte, auf Nikodemus, ging völlig und ohne Einschränkung in ihm auf. Es kümmerte sie nicht, ob sie bei dem Versuch, ihn vor Magellan zu schützen, sterben würde.

Nikodemus richtete sich auf, setzte schon zu einem Sprung an. Doch jemand anderes war schneller.

Kynan hatte Magellan als Erster erreicht, ein Wesen, das nicht mehr menschlich war. Xias Messer blitzte in seiner Hand auf, fiel klirrend auf den Boden, als Kynan taumelte.

Magellan schwankte, doch er richtete sich wieder auf. Blut floss aus einer Wunde in seiner Brust. Sein Blick fand Carson, und sengende Hitze schien ihren Kopf zu sprengen.

Sie kannte Magellan. Und sie wusste, dass nun sie sein Ziel war. Durch die Dämonenmagie in ihr war sie angreifbar geworden. Das erste magische Band wand sich um sie, lähmte ihren Willen und ihren Verstand. Sie sah, wie der Hexer lächelte, und sie hörte Nikodemus aufbrüllen, als Magellan nach ihr griff.

Wie verzweifelt er ist, dachte sie, und die Liebe zu Nikodemus durchbohrte ihr Herz.

Sie war gefangen. Gefangen in einem ekelerregenden, süßen magischen Netz, das sie an den Hexer band. Alles in ihr sträubte sich gegen den Verlust ihrer Freiheit. Sie heulte auf, als sie begriff, dass sie zu Magellans Sklavin wurde. Sie würde ihm gehören, weil sie keine Möglichkeit mehr sah, sich zu befreien.

Und dann erfüllte eine neue, schreckliche Furcht ihre Seele: Durch sie würde Magellan eine Möglichkeit finden, auch Nikodemus zu binden.

Magellans Geist wand sich um ihren, befahl ihr, Xias Messer zu nehmen. Der Schmerz, dem Widerstand zu leisten, erschütterte ihren Körper. Magellan wollte, dass sie Nikodemus umbrachte, und ein Teil von ihr zitterte vor Verlangen, seinen Befehl auszuführen. Sie verschloss ihn, unterdrückte diesen Teil auf die gleiche Weise, wie sie sonst eine Mauer um ihr Bewusstsein errichtete, um es abzuschirmen. Die Anstrengung riss an ihrer Seele. Aber lieber würde sie sterben, als Nikodemus zu verletzen.

Da begriff sie, dass genau das in diesem Moment passierte: Sie starb.

Das Messer schimmerte im Straßenlicht, zeigte einen ganz eigenen blaugrauen Glanz. Aus den Augenwinkeln nahm sie wahr, dass Kynan jemanden angriff. Nicht jedoch Magellan.

Ihr Wille brach. Sie stürzte zu dem Messer, griff danach, und augenblicklich ließ der Schmerz nach. Mit dem Messer in der Hand stand Carson vor Nikodemus. Ihre Qual fand Ausdruck in einem fürchterlichen Schrei. Sie zwang ihre Finger, sich zu öffnen, und dann brach sie zusammen. Ihr Ungehorsam begann, sie zu zerstören.

Sie lag auf dem Straßenpflaster, zitternd, entschlossen, den grauenvollen Schmerz zu bekämpfen, der sie in seinen Klauen hielt. Doch es gelang ihr nicht. Ihre Lungen weigerten sich zu atmen, bekamen keine Luft mehr. Mit der letzten Kraft ihrer Augen sah sie, wie Nikodemus über Magellan gebeugt stand. Den Arm zurückgebogen, für einen winzigen Augenblick reglos wie eine Statue. Dann sank sein Arm herab, hob sich zum erneuten Stoß. Blut glitzerte an der Klinge.

Der Himmel wurde weiß. Carson vernahm keine Laute mehr. Sie roch nichts mehr. Da war nur noch dieses blendende Weiß. In ebendem Moment, in dem sie spürte, dass Magellan starb. Genau wie sie selbst.

34

Nikodemus zog Carson in seine Arme, drückte sie an sich. »Es darf nicht zu spät sein«, flüsterte er. Seine Stimme brach, genau wie sein Herz.

In der Ferne war ein Martinshorn zu hören.

»Warlord?« Das war Kynan. Nikodemus ignorierte ihn.

Er konnte nichts von Carson spüren, doch nach einem Moment voller Panik begriff er, dass sie noch atmete. Sie war kalkweiß. Nikodemus erhob sich, hielt Carson auf seinen Armen.

»Warlord«, sagte Kynan erneut. »Bring sie von hier fort.« Er warf einen Blick zurück auf Magellans Leiche. »Ich werde hier aufräumen.«

Nikodemus nickte und eilte davon.

Die Sonne ging auf, als sie beim Farmhaus ankamen. Carson hatte kein einziges Wort gesagt.

Im Moment gab Nikodemus sich mit ihrem Schweigen zufrieden. Wagte nicht, daran zu denken, dass Magellan ihr irreparablen Schaden zugefügt haben könnte.

Sie griff nicht mental nach ihm, wie sie es sonst tat, und Nikodemus verzichtete darauf, sich ohne ihre Einwilligung mit ihr zu verbinden. Weil er nicht sicher war, in welchem geistigen Zustand sie sich befand, und er nicht womöglich alles noch verschlimmern wollte.

»Wie fühlst du dich?«, fragte er.

Sie antwortete! »Ich bin okay.« Es war nicht mehr als ein Krächzen.

Erleichterung überflutete ihn. Ihr Verstand war intakt. Carson ging auf das Haus zu.

»Hey, Süße«, rief er ihr hinterher. »Warte auf mich.«

Sie wandte sich um, und in dem Augenblick, als er ihr ins Gesicht sah, wusste er, dass etwas nicht in Ordnung war. Ganz und gar nicht in Ordnung. Er schloss zu ihr auf und legte einen Arm um ihre Schultern.

»Was ist los, Carson?«, fragte er.

Sie schüttelte den Kopf. »Nicht jetzt, ja? Ich will einfach nur ins Haus.«

»Klar.«

Als sie die Küche betraten, war Harsh gerade mit der Espressomaschine beschäftigt.

Xia stand an die Küchentheke gelehnt und starrte auf den Tisch. Das heißt, eigentlich starrte er Kynan an, der in seinem maßgeschneiderten italienischen Anzug am Tisch saß. Iskander saß neben ihm, die blauen Streifen glühten in seinem Gesicht.

Nikodemus versuchte, Carsons Blick aufzufangen, doch sie wich ihm aus. Kynan starrte Carson an, als wäre sie Eiskrem und er das Sahnehäubchen.

Der Espresso war fertig, und Harsh trank gleich einen doppelten.

»Gib mir mein Messer zurück«, sagte Xia unvermittelt.

Kynans Blick wanderte von Carson zu dem Dämon. Dann langte er unter den Tisch, und als er sich aufrichtete, hielt er das Messer in der Hand. Das Morgenlicht fing sich in der Klinge und ließ kleine Regenbogen auf Carsons Gesicht tanzen.

Sie wurde noch blasser als zuvor. Beinah schien es, als hätte sie nun gar keine Farbe mehr.

Kynan balancierte das Messer auf seiner Fingerspitze und lächelte. »Verdammt feines Gerät, Dämon.«

»Gib es ihm zurück, Kynan«, mischte Nikodemus sich ein. Und Kynan, obwohl er selbst ein Warlord war, tat, worum Nikodemus ihn gebeten hatte.

»Es ist wirklich ein gutes Messer«, fuhr Kynan fort. »Es mag Blut.« Er drehte es zwischen Daumen und Zeigefinger, dann warf er es Xia zu.

Xia fing das Messer, ohne zu blinzeln. So schnell trickste ihn niemand aus, nicht einmal Kynan.

Carson, die sich inzwischen gesetzt hatte, stützte den Kopf in die Hände.

Nikodemus überlegte, vorsichtig in ihr Bewusstsein zu dringen, entschied sich dann aber dagegen. Noch nie hatte er eine Frau so sehr geliebt wie Carson. Für keine andere hätte er seine Seele gegeben. Carson aber war seine Seele, und er war sich überdeutlich bewusst, wie leicht er sie verletzen konnte. Und dass er das nicht wollte. Ganz und gar nicht.

»Ich hasse dieses Ding«, sagte Carson. »Und ich hoffe, nie wieder etwas mit diesem Messer zu tun zu haben.«

Harsh hatte mehrere Tassen auf die Küchentheke gestellt und gab aufgeschäumte Milch hinein. Irgendetwas auf dem Herd roch verlockend.

Die erste Tasse brachte Harsh Carson und bedachte Nikodemus dabei mit einem merkwürdigen Blick.

»Weiß irgendjemand genau, was mit Magellan passiert ist?«, wollte er wissen.

»Der Warlord hat ihn getötet«, erwiderte Kynan und deutete auf Nikodemus. »Mit Xias Messer.«

Kynan lehnte sich zurück und verschränkte die Arme vor der Brust. Die Krawatte hing aus der Tasche seiner Anzugjacke. Sein Haar war immer noch kurz, doch man konnte erkennen, dass es mittelbraun war.

»Bist du sicher, dass er tot ist?«, fragte Iskander.

Harsh reichte Nikodemus eine Tasse. Eine weitere stellte er vor Iskander, dann ging er zum Herd zurück, um die Pfannkuchen zu wenden, die er dort buk.

»Ja«, erwiderte Kynan. Er lächelte. »Ich selbst habe seinen Körper zu Asche verbrannt. Also bin ich mir hundertprozentig sicher, dass Álvaro Magellan nicht mehr unter uns weilt.«

»Und Rasmus?«, erkundigte sich Nikodemus.

Iskander hob seine Tasse und trank einen Schluck. »Ist entkommen, Warlord.«

»Was werden wir deshalb unternehmen?«, fragte Carson.

Xia drehte den Kopf und starrte Carson böse an. »Wir?«, wiederholte er. »Wir werden gar nichts unternehmen. Ich werde Rasmus finden und ihn töten.«

Kynan stellte seine Tasse ab. »Hey, hast du schon vergessen, wem du deine Freiheit verdankst?« Er sah Xia böse an. »Also red nicht so mit Carson.«

»Sie ist ein Mensch. Sie hat Magie.« Xia spreizte die Hände. »Deshalb ist sie eine Hexe. Ich mag Menschen nicht, und ich hasse Hexen.« Er verzog den Mund. »Was mich betrifft, können wir auf sie verzichten. Einer von uns hätte sie töten sollen, als wir die Möglichkeit dazu hatten.«

Harsh knallte einen Teller mit Pfannkuchen auf den Tisch. Dann schob er Xias Stuhl mit dem Fuß weg. »Niemand hält dich auf, wenn du gehen willst, Xia.«

»Es ist doch nur eine Frage der Zeit, bis sie ihrem natürlichen Instinkt folgt, uns zu versklaven.« Er zeigte auf Carson. »Sie kann doch gar nicht anders.«

Interessant, dachte Nikodemus. Carson sah jetzt noch miserabler aus als noch vor ein paar Minuten. Was, zum Teufel, war los mit ihr?

»Verdammt, Xia«, sagte er dann. »Entspann dich ein bisschen. Himmel noch mal, du bist frei! Atme tief ein und genieß den Duft der Rosen.«

Harsh teilte Teller aus. »Besser nicht«, meinte er. »Er würde die Rosen zerstören. Carson hat ihn befreit. Wenn er sie immer noch hasst, soll er zur Hölle gehen. Dann gehört er nicht hierher.« Er setzte sich und angelte sich mit der Gabel einen Stapel Pfannkuchen. »Nicht zu uns.«

Carson fuhr sich mit der Zunge über die Lippen.

»Xia, du kannst mich gern hassen, aber bitte erst, wenn eure Aufgabe erledigt ist. Das gilt auch für dich, Kynan.« Sie schaute die beiden durchdringend an. »Viel wichtiger ist, wie ihr zu Nikodemus steht. Denn wenn ihr gegen die Magier kämpfen und möglichst viele eurer Artgenossen zurückgewinnen wollt, dann braucht ihr ihn.«

Nikodemus hatte schon immer Frauen gemocht, die sich durchzusetzen wussten. Carson war seine Frau. Nikodemus lehnte sich zurück und ließ sie weiter für ihn reden.

Sie zeigte auf Xia, dann auf Kynan. »Wir anderen haben ihm die Treue geschworen, ja, genau, auch ich. Ihr beiden könnt frei entscheiden, doch wenn ihr den Eid nicht leisten wollt, dann verschwindet. Und zwar sofort.«

Xia neigte den Kopf zur Seite und durchbohrte Carson mit seinem Blick. Die nahm sich seelenruhig einen Pfannkuchen und bestrich ihn mit Butter. Niemand sagte etwas, und sie tat, als wüsste sie nicht, was in den Köpfen der anderen vorging.

»Das war's. Mehr habe ich zu dem Thema nicht zu sagen. Harsh, gib mir bitte den Sirup.« Er reichte ihn ihr. »So, und können wir jetzt bitte wie zivilisierte Leute essen? Danach mag sich verabschieden, wer immer gehen will.«

Nachdem alle Pfannkuchen gegessen waren, kniete sich Kynan vor Nikodemus auf ein Bein.

»Du bist selbst ein Warlord«, sagte Nikodemus. »Du könntest dir deine eigene Gruppe aufbauen. Bist du sicher, dass du mir Treue schwören willst?«

Kynan legte drei Finger an seine Stirn. »Ich werde mit dir und Carson kämpfen.«

Er sprach den Eid, und dann tauschten er und Nikodemus ihr Blut. Als Kynan sich wieder hingesetzt hatte, streckte Nikodemus Xia die Hand hin. »Du brauchst nicht länger zu bleiben«, sagte er. »Niemand wird von dir verlangen, dass du das Geschirr spülst, bevor du gehst. Danke für deine Hilfe in der vergangenen Nacht, und pass gut auf dich auf.«

Xia sah ihn an. Und dann überraschte er alle, indem auch er auf ein Knie sank und den Eid sprach. Mit klarer, unbewegter Stimme. Als es vorüber und besiegelt war, sagte Nikodemus: »Ich bin froh, dich an meiner Seite zu haben. Aber solltest du Carson jemals etwas antun, dann reiße ich dir den Kopf ab. Ist das klar?«

»Leck mich.«

»Ich denke nicht daran.« Nikodemus sah zu Kynan hin. »Das Gleiche gilt übrigens für dich. Verstanden?«

»Klar.« Kynan stand auf und half Harsh, die Küche in Ordnung zu bringen, danach verschwanden sie. Iskander ging nach oben, Xia setzte sich hinaus auf die hintere Veranda. Und Carson und Nikodemus waren plötzlich allein.

»Carson? Meinst du nicht, dass wir reden sollten?«, fragte

er. »Weil es mich nämlich verrückt macht, nicht zu wissen, was mit dir los ist.«

Sie stand auf und trat zu ihm, nahm seine Hand. Sie wollte etwas sagen, machte den Mund aber wieder zu. Nikodemus wartete. »Es ist wegen Magellan«, meinte sie schließlich.

»Er ist tot, Carson«, erwiderte er. Nie würde er die bösartige Freude vergessen, die er empfunden hatte, als er den Magier getötet hatte. »Er wird dir niemals mehr etwas Böses zufügen können.«

Ihre Finger lagen warm in seiner Hand. »Beinah hätte er mich durch seine Magie gebunden.«

»Ja. Ich weiß.« Er zog sie näher zu sich. »Dieses Gefühl möchte ich in meinem Leben nie mehr empfinden.« Er streckte die Hand aus und strich Carson durchs Haar. »Ich habe gespürt, als es passiert ist«, flüsterte er. »Du warst fort, und mein ganzes Leben schien in diesem Moment zu enden.«

»Er wollte, dass ich dich töte.«

Er führte ihre Hand an seinen Mund und küsste ihre Fingerspitzen. »Aber du hast es nicht getan.« Er verstand ihr Problem und hatte Angst, etwas Falsches zu sagen. Er wollte sie umarmen, doch sie ließ es nicht zu.

»Ein Teil von mir wollte es.«

»So ist das, wenn man magiegebunden ist, Carson. Dann tun wir Dinge, die wir freiwillig niemals tun würden.« Er runzelte die Stirn, dann nahm er sie doch in die Arme, ob sie wollte oder nicht. »Ich würde dir niemals etwas vorwerfen, was du in diesem Zustand getan oder gedacht hast. Falls du dir also deshalb Sorgen machen solltest, dann kannst du sie getrost vergessen.« Er schaute ihr in die Augen. »Und noch mal, du hast mich nicht umgebracht. Ich habe gesehen, wie du dir das Messer genommen hast, aber du hast es nicht gegen mich eingesetzt.«

»Aber ich wollte.« Tränen füllten ihre Augen.

»Ja, und? Du hast es nicht getan.« Er wischte ihr die Tränen weg. »Du bist nicht Magellans Sklavin. Du bist in Sicherheit. Genau wie ich. Das ist alles, worauf es ankommt. Und dass ich dich liebe.«

Carson war noch immer beunruhigt. »Und wenn es noch mal passiert? Wenn ein anderer Magier mich benutzt, um an dich heranzukommen?«

Nikodemus zog sie auf seinen Schoß. »Ich könnte morgen schon von einem Laster überfahren werden. Oder du. Oder wir beide. Es ist vielleicht nicht die romantischste Art, es auszudrücken, aber es ergibt doch keinen Sinn, wenn wir beide jetzt darauf verzichten, glücklich zu sein, nur weil uns irgendwann vielleicht etwas Schreckliches zustoßen könnte.« Er hielt sie so, dass sie ihn anschauen musste. »Tu uns beiden das nicht an, Carson«, bat er. »Wir gehören zusammen. Ich gehöre dir.«

»Nikodemus …« Sie entspannte sich ein bisschen, und er legte einen Arm um sie.

»Ich brauche dich«, fuhr er fort. »Du hast mich kein einziges Mal im Stich gelassen.« Er strich ihr das Haar hinters Ohr. »Ich liebe dich. Wenn du mich verlassen würdest, wäre ich nicht mehr derselbe wie zuvor.«

»Aber ich bin nicht normal. War es nie.«

Er lachte und küsste sie auf die Schulter. »Ich habe gesehen, was du in der vergangenen Nacht getan hast, Carson. Ohne dich würde ich nicht mehr leben. Magellan hat versucht, dich zu binden. Wenn du ein normaler Dämon gewesen wärst, hättest du mich getötet. Aber du hast es nicht getan. Er konnte dich nicht dazu zwingen, weil du ihm nicht vollkommen gehört hast. Und der Teil von dir, der noch frei war – der Hexenteil, um genau zu sein –, hat dich davon abgehalten, mich umzubringen.« Er hauchte einen Kuss auf ihre Stirn. »Ich liebe dich, Carson. Ich liebe dich, weil du nicht normal bist und tapfer und weil du mich anmachst wie verrückt.«

Sie holte tief Luft. »Du bist der Einzige für mich. Was auch immer passieren mag, du wirst immer der Einzige für mich sein.«

Sie schlang die Arme um ihn, und sein Herz wurde so groß, dass es kaum noch in seine Brust passte. »Ich liebe dich, Nikodemus.«

Er legte einen Arm um ihre Taille und zog Carson an sich. Öffnete ihr sein Herz und seine Seele. »Du wirst für immer meine Hexe sein.«

Danksagung

Ein ganz riesiges, lautes Dankeschön an Megan Frampton, die dieses Buch in der Rohfassung gelesen hat (ha!). Übrigens, ich habe alles in Ordnung gebracht, okay? Ebenfalls ein Danke an Kathy Alvarez, die das Gleiche wie Megan getan hat. Und wie immer muss ich mich auch bei meiner Familie bedanken, besonders aber bei Nathaniel, der eine Menge ertragen muss, wenn meine Abgabetermine immer näher rücken (Glaub mir, mein Sohn, diese Kochfertigkeiten werden dir später einmal durchaus nützlich sein!). Und du, Marguerite, meine große Schwester: Du wirst immer älter sein als ich, aber du bist und bleibst die Beste! Danken möchte ich außerdem Sherril Jaffee und Noelle Oxenhandler, diesen beiden außergewöhnlichen Englischprofessorinnen, sowie den Studenten im Kurs English 530, die die ersten Kapitel gelesen haben. Und natürlich darf ich auch nicht vergessen, Jake, Jasper, Fudgester und unsere gemeinsamen »Sesselmomente« zu erwähnen: Ich bin inzwischen perfekt darin, ganz still vorn auf der Kante zu sitzen, um eure Katzen- und Hundeträume nicht zu stören. Meine Lektorin, Michele Bidelspach, ist fast schon eine Heilige: ein großes Danke für all die Einsichten und Vorschläge. Zum Schluss möchte ich Kristin Nelson danken, meiner wunderbaren Agentin – die auch so unheimlich nett ist!

Glossar

aufbrechen: Ein Hexenmeister oder eine Hexe vermag durch eine rituelle Tötung einen Talisman aufzubrechen, um die darin gefangene Lebenskraft/Magie eines Dämons in sich aufzunehmen und das eigene Leben zu verlängern.

Blutzwillinge: Dämonen-Zwillinge, die nicht nur durch ihre Abstammung miteinander verbunden sind, sondern zusätzlich durch ihre symbiotische Magie. Normalerweise bleibt diese enge Beziehung ihr ganzes Leben lang bestehen. Sie schotten sich meist ab und sind anfällig für Psychosen.

Clan: gleichbedeutend mit »Sippe«. Es ist die Bezeichnung, die die Dämonen für sich selbst verwenden. Der Clan besteht aus einzelnen Gruppen, meist von einem Warlord geführt, die untereinander um die Herrschaft ringen. Clan-Mitglieder verbinden sich miteinander auf psychischer Ebene.

Copa: eine gelbliche, aus Pflanzen gewonnene Substanz, die auf Angehörige des Clans eine milde psychotrope Wirkung hat, also die Psyche verändert. Clan-Mitglieder nutzen sie zur Entspannung; bei Hexen und Hexenmeistern steigert sie die magischen Fähigkeiten und macht in hohem Grad abhängig.

Dämonen: magische Wesen, die ihre Gestalt ändern können – wobei mindestens eine Form eindeutig menschlich ist – und über die Fähigkeit verfügen, Menschen in Besitz zu nehmen und zu kontrollieren. Vor dem Krieg, der Dämonen und Magier entzweite, gingen diese oft magische Verbindungen miteinander ein.

Hexe: eine Frau mit magischen Fähigkeiten. Vgl. »Magiergeschlecht«.

Hexenmeister: das männliche Pendant zur Hexe. Vgl. »Magiergeschlecht«.

Magier: allgemein: Angehöriger des Magiergeschlechts; speziell: gleichbedeutend mit Hexenmeister. Vgl. »Magiergeschlecht«.

magiegebunden: der Zustand, in dem sich ein Dämon befindet, der unter der absoluten Kontrolle einer Hexe oder eines Hexenmeisters steht.

Magiergeschlecht: Menschen, die über magische Fähigkeiten verfügen. Ihr Ziel ist, ihre nicht magiebegabten Artgenossen vor den Angriffen der Dämonen zu bewahren, einer nur allzu realen Bedrohung.

Talisman: ein meist kleines Objekt, in das ein Magier die Lebenskraft/Magie eines Dämons eingeschlossen hat, in der Regel gegen dessen Willen. Ein Talisman verstärkt die magische Kraft desjenigen Zauberers, in dessen Besitz er sich befindet. vgl. »aufbrechen«.

taub: Bezeichnung für nicht magiebegabte Menschen oder abwertend für jemanden, der zwar zum Magiergeschlecht gehört, doch nur über geringe Kräfte verfügt.

(durch-)trennen: der magische Vorgang, bei dem ein magiegebundener Dämon aus der Kontrolle des ihn beherrschenden Magiers gelöst wird.

Warlord: Anführer einer Gruppe von Dämonen, die ihm Treue geschworen haben. Mit besonderen Führungsqualitäten und wesentlich mehr magischer Kraft ausgestattet.